I0603034

VERTRAUEN IN MOLLY

Die Männer von Silverstone, Buch 3

SUSAN STOKER

EBENFALLS VON SUSAN STOKER

Ein Held für Kinley
Ein Held für Aspen
Ein Held für Jayme
Ein Held für Riley
Ein Held für Devyn
Ein Held für Ember
Ein Held für Sierra

Mountain Mercenaries:
Die Befreiung von Allye
Die Befreiung von Chloe
Die Befreiung von Morgan
Die Befreiung von Harlow
Die Befreiung von Everly
Die Befreiung von Zara
Die Befreiung von Raven

Ace Security Reihe:
Anspruch auf Grace
Anspruch auf Alexis
Anspruch auf Bailey
Anspruch auf Felicity
Anspruch auf Sarah

Die Delta Force Heroes:
Die Rettung von Rayne
Die Rettung von Emily
Die Rettung von Harley
Die Hochzeit von Emily
Die Rettung von Kassie
Die Rettung von Bryn
Die Rettung von Casey
Die Rettung von Wendy
Die Rettung von Sadie

KAPITEL EINS

Mark »Smoke« Chamberlin hatte die Nase voll vom Dschungel. Er und seine Kameraden des *Silverstone-Teams* waren seit Wochen in Nigeria und versuchten, die Terrorgruppe Boko Haram zu finden. Vor Monaten hatten diese Männer zweiundsiebzig Mädchen und junge Frauen aus einer örtlichen Schule entführt. Sie hatten auch eine Umweltwissenschaftlerin mitgenommen, die an diesem Tag in der Schule gewesen war. Molly Smith.

Molly war fünfunddreißig, aber auf den ersten Blick hätten die Terroristen sie für einen Teenager halten können. Sie war zierlich, fast einen ganzen Kopf kleiner als er selbst mit seinen ein Meter fünfundachtzig. Auf den Bildern, die er von ihr gesehen hatte, hatte sie langes schwarzes Haar und Augen, die für jemanden, der so jung war, zu viel Qual in sich trugen.

Es gab Berichte darüber, dass einige der entführten Schülerinnen an verschiedenen Orten wieder aufgetaucht waren, aber die meisten waren immer noch unauffindbar. Das *Silverstone-Team* war vor einem Monat in Nigeria eingetroffen und hatte mithilfe der Informationen, die sie vom FBI und den Behörden vor Ort erhalten hatten, den Dschungel nach Hinweisen auf die Terrorgruppe oder die verbliebenen Mädchen abgesucht.

Und sie hatten sie schließlich gefunden.

Smoke, Bull, Eagle und Gramps lagen im dichten Laub und beobachteten das primitive Lager. Es war kein Wunder, dass sie die Gruppe vom Hubschrauber aus nicht hatten entdecken können. Die Zelte waren getarnt, und der Bereich des Dschungels, in den die Terroristen die Mädchen gebracht hatten, war dicht bewachsen und fast unzugänglich. Der Gedanke, dass die Mädchen vielleicht gezwungen worden waren, die über dreißig Kilometer in das Gebiet zu laufen, war unvorstellbar.

Für Smoke und seine Teamkameraden war es ein harter Weg gewesen, und sie waren top in Form. Für eine Gruppe verängstigter Schulmädchen konnte es nicht einfach gewesen sein.

In der Mitte des Lagers waren drei große Zelte aufgebaut, von denen jeweils eine Seite zur heißen, feuchten Luft des Dschungels hin offen war, und Smoke konnte in allen drei Zelten Mädchen sehen. Kleinere Zelte umgaben die größeren Zelte. Smoke nahm an, dass sie für die Männer bestimmt waren, um das Lager zu sichern und die Mädchen an der Flucht zu hindern. Allerdings wäre es fast unmöglich gewesen, aus dem abgelegenen Lager zu entkommen. Er hatte das Gefühl, dass die Mädchen, wenn sie erst einmal im Dschungel waren, nicht mehr wüssten, wohin sie sich wenden sollten, um sich in Sicherheit zu bringen.

Als Smoke durch sein Fernglas blickte, sah er, dass die meisten Mädchen teilnahmslos in den Zelten lagen, als hätten sie keine Energie, sich zu irgendetwas aufzuraffen. Auf der einen Seite wurden drei Feuer angezündet, um die sich fünfzehn Mädchen versammelt hatten, die offensichtlich kochten und eine Mahlzeit zubereiteten.

Was die Entführer anging ... es waren mehr, als Smoke gedacht hatte. Er zählte mindestens zwei Dutzend. Alle waren bis an die Zähne bewaffnet. Sie hatten Macheten um den Oberkörper geschnallt und Gewehre auf dem Rücken. Sie schrien ihre Gefangenen an, wenn die Mädchen aus der Reihe traten, und Smoke sah zu, wie ein Mädchen, das nicht älter als elf oder zwölf gewesen sein mochte, so heftig geschlagen wurde, dass es auf den Boden fiel.

Es war schon schlimm genug, Zeuge der Misshandlungen zu sein. Aber so sehr er sie auch suchte, Smoke konnte keine Spur von Molly Smith entdecken.

Es war unmöglich zu sagen, was ihr in den letzten drei Monaten zugestoßen war. Ihm wurde ganz flau im Magen, als er darüber nachdachte, was die Entführer mit ihr gemacht haben könnten, aber er zwang sich, diesen Gedanken zu verdrängen.

»Irgendein Zeichen von Abubakar Shekau?«, fragte Gramps Eagle.

»Ich nehme an, das da drüben ist sein Zelt«, antwortete Eagle leise und deutete auf ein viertes großes Zelt, das ein paar Dutzend Meter von den anderen entfernt stand. Es schien von besserer Qualität zu sein – und es standen zwei Männer davor Wache.

Während sie weiter beobachteten, zerrten zwei der Entführer eine junge Frau – Smoke schätzte sie auf etwa vierzehn Jahre – in Richtung des Zeltes. Sie weinte und flehte die Männer an, sie gehen zu lassen. Sie ignorierten sie und hielten sie am Arm so fest, dass sie sie praktisch trugen.

Sie blieben vor dem Zelt stehen, dann beugte sich einer der Männer hinunter und sagte etwas zu dem Mädchen. Sie schüttelte den Kopf, und der Mann gab ihr eine Ohrfeige. Das Geräusch, wie seine Hand ihr Gesicht traf, hallte durch den dichten Dschungel.

Smoke biss die Zähne zusammen. Er wäre am liebsten zwischen den Bäumen hervorgesprungen und hätte das Mädchen weggeschnappt, um sie vor dem zu bewahren, was in diesem Zelt passieren würde. Aber er konnte es nicht. Ihm waren die Hände gebunden.

Die beiden Männer lachten das Mädchen aus und stießen sie hinein, nachdem die Wachen die Zeltklappe geöffnet hatten. Smoke sah, wie sie direkt im Zelt auf die Knie fiel. Ein Mann stand über ihr und deutete auf eine Stelle im Dreck. Das Mädchen kroch schnell zu der Stelle, auf die er zeigte, und blieb dabei auf den Knien.

Der Mann griff nach der Kordel seiner Hose, als die Wachen die Zeltklappe schlossen.

»Das war er«, erklärte Eagle mit einem nervösen, angespannten Knurren. »Shekau.«

Smoke wusste, wenn Eagle sagte, der Mann sei Shekau, dann war er Shekau. Eagle hatte die einzigartige Fähigkeit, sich an jeden Menschen zu erinnern, den er jemals getroffen oder von dem er ein Bild gesehen hatte. Obwohl es im Inneren des Zeltes dunkel war, hatte Eagle den Mann identifizieren können.

Sie alle wussten, was für ein Glück es war, dass Shekau da war. Er hätte die Mitglieder seiner Terrororganisation leicht seine Drecksarbeit machen lassen können, während er sich anderswo versteckt hielt. Dass er im Lager war, war ein großer Glücksfall.

Das *Silverstone-Team* war extra nach Nigeria gekommen, um diesen Mann zu töten.

Smoke wollte am liebsten sofort loslegen. Sich in den hinteren Teil des Zeltes schleichen und den Dreckskerl umbringen. Es war offensichtlich, dass die Mädchen in den Monaten seit ihrer Entführung auf jede erdenkliche Art und Weise missbraucht worden waren, die ein Mensch einem anderen antun konnte. Aber er war gezwungen zu warten. Jetzt, da sie die Bestätigung hatten, dass sowohl die Mädchen als auch Shekau dort waren, mussten sie den nigerianischen Beamten Bericht erstatten.

So sehr das *Silverstone-Team* Shekau auch töten und sich davonschleichen wollte, sie konnten die Mädchen nicht der Gnade der verbleibenden Boko-Haram-Mitglieder überlassen. Nein, dies musste sowohl eine Rettungsmission als auch eine Mission zur Tötung des Terroristenführers sein.

Im Moment konnten sie nichts weiter tun, als zu beobachten und auf die Ankunft ihrer Verstärkung zu warten. Das *Silverstone-*

Team würde Shekau und alle seine Anhänger, die es wagten, Widerstand zu leisten, töten, und die nigerianischen Einsatzkräfte würden den Einsatz unterstützen, die Mädchen herausholen und sie zu ihren Familien zurückbringen, die verzweifelt nach ihnen suchten.

Zwei Tage. So lange würden die nigerianischen Streitkräfte brauchen, um sich für die Razzia in Stellung zu bringen.

Smoke war sich nicht sicher, ob er es ertragen konnte, tatenlos zuzusehen, wie Kinder missbraucht wurden. Aber er hatte keine andere Wahl. Keiner von ihnen hatte das.

Bull machte sich auf den Weg, um seinen nigerianischen Kontaktleuten mitzuteilen, dass sie eine visuelle Bestätigung dafür hatten, dass Shekau sich im Lager aufhielt, und um ihnen die Koordinaten mitzuteilen. Smoke wusste, er würde dafür sorgen, dass alle verstanden, dass die Zeit drängte.

»Das wird jetzt hart klingen, aber ... ich habe noch nie viel über die Menschen nachgedacht, die wir bei solchen Missionen retten«, erklärte Eagle in leisem Ton. Sie waren weit genug vom Lager entfernt, um nicht belauscht zu werden, aber sie wollten ihr Glück nicht herausfordern.

Smoke schaute zu seinem Freund hinüber. Eagle runzelte die Stirn und sah extrem angespannt aus. Alle vier konnten es kaum erwarten, dass diese Mission zu Ende war. Im Dschungel war es heiß, sie waren erschöpft, und er wusste, dass sein Freund seine Frau vermisste. Eagle war eindeutig besorgt darüber, wie Taylors Schwangerschaft verlief. Als sie aufgebrochen waren, war sie etwa in der vierzehnten Woche gewesen; es musste schwer sein, die wichtigsten Etappen ihrer ersten Schwangerschaft zu verpassen.

»Ich meine, die Opfer tun mir leid«, stellte Eagle klar, »aber ich denke hinterher nie viel über sie nach. Weißt du noch, als wir in Peru waren und del Rio ausgeschaltet haben?«

Smoke nickte, und neben ihm auch Gramps.

»Ich war angewidert von dem, was er getan hatte, wie viele

Leben er ruiniert hatte, aber nachdem wir weg waren, habe ich nicht mehr an seine Opfer gedacht. Aber in letzter Zeit frage ich mich immer wieder, wie es ihnen geht. Ob sie ihre Familien gefunden haben. Ob sie sich wieder an ihr früheres Leben gewöhnen konnten oder ob sie durch das, was passiert ist, zu traumatisiert sind, um wieder ein normales Leben führen zu können.«

»Jetzt, da ich verheiratet bin und bald Vater werde, kann ich nicht aufhören, daran zu denken ... was wäre, wenn das Taylor gewesen wäre? Was wäre, wenn der Serienmörder, der es auf sie abgesehen hatte, es geschafft hätte, mit ihr zu entkommen? Ich sehe mir die Mädchen in diesem Camp an und frage mich, wie ihr Leben aussehen wird, nachdem sie das durchgemacht haben. Es ... quält mich.«

Smoke war sich nicht sicher, was er sagen sollte. Er wollte gern Mitgefühl haben, aber da er nicht verheiratet war, seit Jahren keine ernsthafte Beziehung mehr gehabt hatte und kein Kind erwartete ... konnte er es eigentlich nicht. Natürlich taten ihm die Mädchen leid, die von Boko Haram missbraucht wurden, aber sobald sein Team Shekau getötet hatte, war ihr Auftrag erledigt. Sie würden alle nach Indianapolis und zu ihrer Abschleppfirma zurückkehren und ihr normales Leben weiterführen.

Eagle wandte sich an Gramps und Smoke. »Wenn ich mir diese Mädchen ansehe, sehe ich mein eigenes Kind. Ich höre Geschichten über Frauen, die vergewaltigt und gegen ihren Willen festgehalten werden, und stelle mir vor, Taylor wäre an ihrer Stelle. Ich weiß nicht, ob ich dadurch in dem, was wir tun, besser oder schlechter werde.«

»Du wirst dadurch besser«, erklärte Gramps, ohne zu zögern. »Meine Großeltern kamen aus Mexiko nach Amerika, um einem Drogenkartell zu entkommen. Die Anführer dieses Kartells zwangen jeden in ihrer kleinen Stadt, für sie zu arbeiten, und jeder, der sich weigerte, wurde einfach erschossen. Kinder, Großeltern ... niemand war sicher. Also packten meine Großeltern, was sie tragen konnten, und wanderten durch die Sonora-Wüste, um nach Amerika zu gelangen. Es war nicht leicht, aber sie wussten, dass diese Zukunft besser war als die Arbeit für die Kartelle. Sie wollten, dass die Kinder, die sie noch nicht hatten – und die Enkel und Urenkel –, nicht in Angst leben mussten. Das Beste für die Menschen zu wollen, die man liebt, ist nie etwas Schlechtes.«

Eagle nickte.

Gramps sprach nicht viel über seine Herkunft. Sie wussten alle, dass seine Großeltern aus Mexiko stammten, aber sie kannten keine Einzelheiten darüber, wie sie in die Vereinigten Staaten gekommen waren.

»Es hat lange gedauert und viel harte Arbeit gekostet, aber sie haben die Staatsbürgerschaft bekommen«, fuhr Gramps fort. »Sie wollten nur ihre Steuern zahlen und frei in diesem Land leben, und das tun sie jetzt. Ich denke, wenn wir die Empathie für andere verlieren, können wir genauso gut unseren Hut an den Nagel hängen. Ja, wir töten Menschen. Und wir sind auch verdammt gut darin. Aber wir töten nicht einfach um des Tötens willen. Wir tun es, um die Welt ein kleines bisschen besser zu machen. Ich hasse es, dass du Taylor in den Gesichtern derer siehst, die wir von der Tyrannei befreien, aber meiner Meinung nach macht es das, was wir tun, noch persönlicher.«

Eagle atmete tief durch. »Danke. Das ist genau das, was ich hören musste.«

»Smoke und ich kümmern uns gern um die Zivilisten, wenn das die Sache für dich einfacher macht«, erklärte Gramps.

»Ist schon in Ordnung«, versicherte Eagle ihm. »Ich vermisse nur Taylor. Ich habe seit einem Monat nicht mehr mit ihr gesprochen, und es fühlt sich an, als würde ein Teil von mir fehlen. Ich werde das durchstehen, denn ich weiß, dass meine Frau mich genauso vermisst. Ich hoffe wirklich, dass ihr eine solche Verbindung zu jemand anderem findet. Es ist etwas anderes als die Bindung, die wir miteinander haben, und sogar noch befriedigender.«

Smoke hasste den Anflug von Eifersucht, der ihn überkam. Er

war froh, dass Bull und Eagle Frauen gefunden hatten, die zu ihnen stehen konnten und stolz auf das waren, was sie taten. Aber Skylar und Taylor waren einzigartig, und er war sich nicht sicher, ob er jemals das Glück haben würde, jemanden wie sie zu finden.

»Ich finde es toll, dass du deine Frau hast«, erklärte Smoke ehrlich. Einen Moment lang waren sie alle still, dann fragte er: »Hat jemand die Amerikanerin gesehen?«

Gramps setzte das Fernglas wieder an seine Augen und schüttelte den Kopf, während er die Gegend erneut absuchte. »Nein.«

»Vielleicht haben sie sie schon getötet«, gab Eagle leise zu bedenken.

Smoke seufzte. Er hatte den gleichen Gedanken gehabt. Er dachte nicht gern daran, dass die Frau tot war, aber im Moment gab es keine Beweise, die auf das Gegenteil hindeuteten. Sie hatte sich einfach in Luft aufgelöst. Es gab keine Gerüchte, dass sie in den Sexhandel verkauft worden war, und sie war auch in keinem der umliegenden Dörfer gesichtet worden. Wahrscheinlich war Molly Smith getötet worden, als Boko Haram sie unter den Schulmädchen entdeckt hatte, und dann war ihre Leiche zurückgelassen worden, um im Dschungel zu verrotten.

Sie hatte niemanden, der sich für ihre Heimkehr einsetzte. Ihre Großeltern waren tot in ihrem ausgebrannten Haus in einem Vorort von Chicago aufgefunden worden, und *Apex*, das Unternehmen, für das sie arbeitete, hatte alle Mitarbeiter, die in Nigeria arbeiteten, zusammengetrieben und nach Hause geschickt.

Niemand suchte nach Molly Smith.

Ein Ruf ertönte aus dem Lager und Smoke wandte die Aufmerksamkeit wieder der Situation zu, die ihnen bevorstand. Er musste sich auf das konzentrieren, wozu er gekommen war: Shekau zu töten und die Dutzende von Mädchen zu befreien, die einfach nur zur falschen Zeit am falschen Ort gewesen waren.

———

Molly Smith leckte sich über die Lippen, aber es half nicht, sie zu befeuchten. Das Wasser in ihrem Loch war über Nacht ausgetrocknet, und egal, wie tief sie gegraben hatte, um mehr zu finden, sie hatte kein Glück gehabt. Ihre Zeit neigte sich dem Ende zu, und sie wusste es. Ohne Wasser würde sie nicht lange überleben. Und die Mistkerle, die sie gefangen genommen hatten, hatten sich schon lange nicht mehr die Mühe gemacht, ihr welches zu bringen.

Sie versuchte zu berechnen, wie lange sie schon im Dschungel war, aber auch das gelang ihr nicht. Anfangs hatte sie noch mitgezählt, aber nachdem sie das erste Mal versucht hatte zu fliehen und dafür bewusstlos geschlagen worden war, hatte sie die Tage nicht mehr gezählt. Nach ihrem zweiten Fluchtversuch war sie in dieses Loch geworfen worden, und seitdem hatte sie an nichts anderes mehr gedacht als ans Überleben.

Vielleicht war es dumm von ihr gewesen, ein zweites Mal zu versuchen zu fliehen, aber sie wollte einfach nicht darauf warten, dass jemand ihr etwas antat oder sie zwang, die »Frau« von irgendeinem der Kerle zu sein. Wenigstens war sie hier unten von den Entführern isoliert, und niemand hatte versucht, sie unangemessen zu berühren.

Sie war es gewohnt, allein zu sein – sie mochte es sogar –, aber nachdem sie so lange mit niemandem mehr gesprochen hatte, dachte sie, sie würde buchstäblich verrückt werden. Ein- oder zweimal hatte sie versucht, mit den Männern zu sprechen, die ab und zu über ihrem Gefängnis auftauchten, um etwas altes Brot hinunterzuwerfen, aber sie hatten sie nur ausgelacht. Sie fragten sie, warum sie noch nicht tot sei, und gingen wieder.

Das Loch, in dem sie steckte, war nicht besonders tief. Wahrscheinlich nur etwa zwei Meter oder so. Aber es hätte genauso gut doppelt so hoch sein können. Sie hatte versucht, an den Wänden hochzuklettern, aber es war unmöglich, irgendeinen Halt zu finden. Und wenn sie sprang, bekam sie keinen guten Halt am

Rand des Loches. Es war zum Verrücktwerden, so nahe an der Freiheit zu sein und doch nicht dorthin zu gelangen.

Seit sie gezwungen worden war, eine klapprige Leiter hinunterzuklettern, die aus Stöcken aus dem Wald und ausfransenden Seilen gebastelt worden war, hatte man sie nur ein paarmal aus dem Loch herausgelassen. Einmal war sie den Mädchen vorgeführt worden, wahrscheinlich um ihnen zu zeigen, was passieren würde, wenn sie sich ihren Entführern widersetzten.

Beim letzten Mal war sie gezwungen worden, der »Hochzeit« eines zehnjährigen Mädchens mit einem Mann mittleren Alters beizuwohnen. Es war widerlich ... und es gab buchstäblich nichts, was Molly hätte tun können, um es zu verhindern.

Sie fühlte sich hilflos und hoffnungslos und stützte den Kopf auf ihre hochgezogenen Knie. Sie war im Begriff, hier zu sterben. Mitten im Nirgendwo. Ihre Entführer brauchten nur noch Erde über das Loch zu schütten – und schon lag sie im Grab.

Der Gedanke war morbide und deprimierend, aber ohne die Möglichkeit, aus dem Loch herauszukommen, war sie so gut wie tot.

Später an diesem Abend, als sie ihren persönlichen Tiefpunkt erreicht hatte, hörte Molly etwas. Ein Geräusch, das sie seit einer Woche nicht mehr gehört hatte.

Regen.

Im Dschungel war das Geräusch von Wasser, das auf Blätter fiel, überraschend laut. Molly richtete sich erwartungsvoll auf, legte den Kopf zurück, öffnete den Mund und wartete.

Zuerst wurde sie mit leichten Tröpfchen belohnt. Dann, plötzlich, verwandelte sich der sanfte Regen in einen Sturzbach.

Lachend vor Freude trank Molly so viel von dem Wasser, wie sie konnte. Es schmeckte köstlich. Rein und sauber. Auf den Knien grub sie in dem Loch am Boden ihres Gefängnisses und beobachtete, wie es sich langsam mit Wasser füllte. Es war schlammig, aber an diesem Punkt ihrer Gefangenschaft war Molly das egal. Wasser war Wasser. Sie würde aus den verseuchten Flüssen trinken, und sei es nur, um noch ein wenig länger am Leben zu bleiben.

Als Nächstes zog sie ihr Hemd aus und wusch sich, so gut es ging. Es war eine Ewigkeit her, dass sie wirklich sauber gewesen war, und die Regenschauer, die durch die Gegend zogen, waren ihre einzige Chance, etwas von dem Schmutz zu entfernen, der sich auf ihrem Körper angesammelt hatte.

Eine Vision von Andy in dem Film *Die Verurteilten* kam ihr in den Sinn. Es war, nachdem er durch das mit Abwässern gefüllte Rohr gekrochen war. Er hatte sich das Hemd vom Leib gerissen und den Kopf zurückgeworfen, damit der Regen ihn sowohl von dem Gestank der Abwasserkanäle, durch die er gekrochen war, als auch von dem Gestank des Gefängnisses, in dem er so lange zu Unrecht festgehalten worden war, befreien konnte.

So fühlte sich auch Molly. Natürlich befand sie sich in Nigeria in einem Erdloch und war nur monate- und nicht jahrelang gefangen gehalten worden – und sie war nicht frei –, aber der Regen, der auf ihren Körper fiel, fühlte sich irgendwie wie ein Zeichen einer höheren Macht an.

Obwohl ... das war zweifelhaft. Nur selten in ihrem Leben hatte sie gedacht, dass jemand im Himmel auf sie aufpasste. Meistens hatte sie – abgesehen von ihren Großeltern – das Gefühl, auf sich allein gestellt zu sein. Vor allem dann, wenn sich ihr übliches Pech wieder einmal bemerkbar machte.

Ihre Großmutter sagte immer, wenn sie kein Pech hätte, hätte sie überhaupt nichts. Ihre Klassenkameraden hatten ihr sogar den Spitznamen *Folly Molly* – Molly, der Pechvogel – gegeben, weil das Pech sie überall hin zu verfolgen schien.

Sogar mitten in einem Dschungel auf einem anderen Kontinent.

Ihre Großeltern hatten den Spitznamen nie selbst benutzt, aber sie hatten auch nie gesagt, dass sie ihn nicht für passend hielten. Sie liebten sie, so wie sie sie liebte, aber sie wussten alle, dass sie das größte Pech hatte.

Wie auch immer, sie war am Ende ihrer Kräfte, brauchte Wasser, um zu überleben, und jetzt regnete es. Es goss in Strömen.

Vielleicht, nur vielleicht, ging es aufwärts, und sie konnte das Pech abschütteln, das sie ihr ganzes Leben lang geplagt hatte.

Nachdem sie sich mühsam ihr Oberteil wieder angezogen hatte, setzte Molly sich in den Schlamm auf dem Boden des Loches. Sie lehnte sich gegen den Rand und hob den Kopf. Mit offenem Mund, um so viel sauberes Wasser wie möglich aufzufangen, schloss sie die Augen.

Sie hatte nicht vor aufzugeben. Noch nicht. Der Regen hatte ihrer schwächelnden Psyche einen neuen Schub gegeben. Wenn ihre Entführer das nächste Mal kamen, um sie aus dem Loch zu holen, würde sie einen weiteren Versuch unternehmen zu fliehen. Sie würde nicht eher anhalten, bis sie sicher war, dass ihr niemand folgte. Es war ihr egal, wie weit sie laufen musste, sie wollte raus aus dem Dschungel und zurück zu ihren Großeltern in die Vorstadt von Chicago. Sie sehnte sich danach, Nana und Papa wiederzusehen. Sie liebten und unterstützten sie ohne Vorbehalt. Ohne die Hoffnung, sie wiederzusehen, ohne dieses Ziel, hätte sie vielleicht schon aufgegeben.

Molly würde die Sache hier überleben, egal was passierte. Ihr Tod würde ihre Großeltern zerstören, und das wollte sie ihnen nicht zumuten. Sie war noch nie der positivste Mensch auf der Welt gewesen, aber sie begann zu verstehen, dass hier draußen das positive Denken das Einzige war, was sie am Leben hielt.

Molly fantasierte von ihrem Wiedersehen mit Nana und Papa. Kaum hatte sie das Ende der Auffahrt erreicht, kämen sie mit Augen voller Freudentränen herbeigestürmt. Sie würden sie umarmen und weinen und sie dann ins Haus führen. Nachdem sie eine riesige, selbst gekochte Mahlzeit gegessen hatte, würde Molly sich an die Seite ihrer Großmutter kuscheln und sie würden sich im Fernsehen Spielshows ansehen, so wie sie es regelmäßig taten, seit Molly vor Kurzem wieder in ihr Haus gezogen war. Papa würde ihr einen Kuss auf die Schläfe geben, und Nana würde sie ins Bett bringen, wie sie es getan hatte, als Molly noch jünger war.

Ihre Großeltern waren immer ihr sicherer Hafen gewesen, und Molly schlief mit dem Gedanken ein, wie glücklich sie sein würden, sie endlich wieder zu Hause zu haben.

KAPITEL ZWEI

Es würde gleich losgehen.

Smoke hockte im dichten Laub am Rande des Boko-Haram-Lagers und war bereit, in den Kampf zu ziehen. Er und seine Kameraden vom *Silverstone-Team* waren damit beauftragt worden, Shekau auszuschalten. Der Rest der nigerianischen Sicherheitskräfte sollte dafür sorgen, dass die entführten Mädchen nicht ins Visier der Terroristen gerieten, und Shekaus Unterstützer ausschalten, falls sie versuchten, sich zu wehren.

Smoke sah zu Gramps hinüber und wartete auf das Signal. Der Plan war, von hinten in das Zelt einzudringen, in dem Shekau sich verschanzt hatte. Sie würden die Zeltplane aufschlitzen und den Anführer mit den erforderlichen Mitteln außer Gefecht setzen. Im Idealfall würden sie dies ohne den Einsatz einer Waffe tun können, weil der Schuss seine Anhänger alarmieren würde, dass sie angegriffen wurden, aber alle vier waren auf fast alles gefasst.

Smoke hatte seinen Spitznamen bekommen, weil er so gut darin war, sich in knifflige Situationen hinein- und wieder herauszuschleichen, ohne dass jemand es mitbekam. Es hieß, er könne wie Rauch verschwinden. Und *Silverstone* betrachtete die Fähigkeit zur Unauffälligkeit als ihren größten Trumpf, aber angesichts der zwei Dutzend nigerianischen Sicherheitskräfte, die nervös und angespannt waren, wussten sie alle, dass dieser Job alles andere als unauffällig ablaufen würde.

Wie um das zu beweisen, ertönten Schüsse von der anderen Seite des Geländes – bevor einer von ihnen einen Schritt machen konnte und bevor Smoke seinem Spitznamen gerecht werden konnte.

Ihre nigerianischen Kameraden waren offensichtlich entdeckt worden, und ihr Plan, sich unauffällig zu verhalten, hatte sich damit erledigt.

»Verdammt noch mal«, fluchte Gramps, als die vier ihre Positionen verließen und zu Shekaus Zelt eilten.

Doch nur wenige Augenblicke nach diesem ersten Schuss war die Sache schon aus dem Ruder gelaufen. Es flogen Kugeln, sowohl von der nigerianischen Polizei als auch von den Terroristen. Kinder schrien und weinten; einige der Mädchen flohen in den Dschungel, als die für ihre Zelte zuständigen Wachen ihre Posten verließen, um sich auf den Kampf gegen die nigerianischen Sicherheitskräfte zu konzentrieren. Die Situation war ein einziges Chaos.

Das war nichts, was das *Silverstone-Team* gewohnt war. Die Männer hatten gern die Kontrolle über die Situation, und im Moment hatten sie buchstäblich *nichts* unter Kontrolle.

Smoke tat sein Bestes, um jegliche Bedrohung auszuschalten, während er sich so unauffällig und schnell wie möglich bewegte und gleichzeitig nach Shekau Ausschau hielt. Zum Glück für das Team befand sich das Lager in einem so dicht bewaldeten Teil des Dschungels, dass sie bis zur letzten Minute weitgehend verborgen bleiben konnten ... aber das machte es den Mitgliedern von Boko Haram auch leichter, sich zu verstecken und Kugeln auszuweichen.

Einige Meter von Shekaus Zelt entfernt sah Smoke, wie die Wachen in Panik ihren Posten verließen und in den Dschungel flohen. Dann verließ Shekau selbst sein Zelt, mit wütendem Gesichtsausdruck feuerte er ein paar Schüsse mit einer Pistole ab, bevor er in den Schutz des Dschungels flüchtete.

»Ich gehe nach rechts«, erklärte Gramps über Funk. »Smoke, du gehst nach links. Eagle und Bull, bleibt auf Kurs. Wir müssen dafür sorgen, dass er nicht in eine der beiden Richtungen abbiegt, und ihn einholen, bevor er verschwindet.«

Smoke machte sich nicht die Mühe zu antworten; das brauchte er auch nicht. Alle vier wussten, dass Shekau, falls er entkam, einfach eine andere Gruppe von Schulmädchen finden würde, die er entführen konnte. Dieses Mal würde er mehr Wachen aufstellen, um jeglichen Rettungsversuch zum Scheitern zu bringen.

Smoke bog nach links ab, schlängelte sich durch die Bäume und sah die größeren Zelte vor sich, die immer noch voller Mädchen waren, die zu viel Angst hatten, um wegzulaufen. Er würde sich von hinten nähern, dann umdrehen – und hoffen, dass Shekau sich entschließen würde, auf das Lager zuzugehen und dabei in Smoke hineinzulaufen.

Smoke konzentrierte sich darauf, das Gebiet vor ihm abzusuchen und sich zu vergewissern, dass die Luft rein war, und achtete nicht darauf, wo er seine Füße hinsetzte.

Im einen Moment bewegte er sich so leise wie möglich – und im nächsten fiel er.

Sein Kopf schlug gegen den Rand eines riesigen Loches, in das er hineingetreten war, als sein Körper fiel. Smoke hatte keine Zeit, zu fluchen oder irgendetwas zu tun, um seinen Sturz abzubremsen, bevor ihm bei der harten Landung die Luft wegblieb.

Er öffnete den Mund und ein Grunzen entrang sich ihm – aber es war das verängstigte weibliche Kreischen, das ihn dazu brachte, sich von der Person, auf der er gelandet war, aufzurappeln.

Smoke drehte sich um und blickte zu Boden, erschüttert bis ins Mark. Er hatte vielleicht nicht die Fähigkeit, sich an jeden

Einzelnen zu erinnern, den er sah, wie Eagle es tat, aber er wusste ohne Zweifel, wen er in diesem Moment vor sich hatte.

Molly Smith.

Sie sah zwar etwas mitgenommen aus, aber sie lebte. Ihr Haar war verfilzt und sie wirkte noch zierlicher als auf den Fotos, die er gesehen hatte. Das T-Shirt, das sie trug, war schmutzig und voller Löcher. Die Cargohose an ihren Beinen war zerrissen und sie war barfuß. Sie saß regungslos im Schlamm auf dem Grund des Loches, in das er gefallen war, und sah verwirrt zu ihm auf.

»Molly?«, fragte Smoke, wobei die Ungläubigkeit in seinem Tonfall deutlich zu hören war.

Auf seine Frage hin schien die Frau ihren Schock darüber, dass er buchstäblich auf sie gefallen war, abzuschütteln, und sie sprang auf die Füße.

Sprang war vielleicht etwas übertrieben. Sie stützte sich mit der Hand an der Wand des Loches ab und schwankte auf ihren Füßen, als sie sich endlich aufgerichtet hatte. Eine Hand wanderte zu ihrem Hosenbund, wahrscheinlich um zu verhindern, dass ihr die weite Hose bis zu den Knöcheln herunterrutschte. »Ja. Ich bin Molly Smith. Du weißt, wer ich bin?«

»Ja«, versicherte Smoke ihr. »Wir waren uns nicht sicher, ob du noch bei deinen Entführern bist.«

»Das bin ich. Ich bin hier!«, rief sie, dann zuckte sie zusammen. »Aber das kannst du ja sehen.«

»Warum bist du ...«

Smokes Frage wurde von Bulls Stimme durch den Knopf in seinem Ohr unterbrochen. »Smoke? Wo zum Teufel steckst du?«

»Verdammt«, murmelte Smoke, dann sah er zum Rand des Loches hoch. Es war nur ein paar Zentimeter über seinem Kopf und er sollte in der Lage sein, ohne allzu große Schwierigkeiten hinauszuklettern. Er blickte wieder hinunter zu Molly. »Ich muss da wieder raus.«

Sie machte große Augen. »Okay. Hilf mir und ich komme mit.«

Smoke schüttelte widerstrebend den Kopf. »Hier unten bist du sicherer, glaub mir.«

»Nein! Bitte! Ich muss hier raus.«

Smoke wusste, dass er keine Zeit für so etwas hatte, aber er konnte nicht gehen, ohne die Frau zu beruhigen. »Mein Team braucht mich. Wir müssen Shekau finden, den Kerl, der die Entführung all dieser Kinder organisiert hat. Wenn wir mit ihm fertig sind, komme ich zurück und hole dich.«

Molly starrte ihn an und er konnte sehen, dass sie protestieren wollte. Sie wollte darauf bestehen, dass er sie sofort mitnahm. Aber stattdessen atmete sie tief durch und fragte: »Versprochen?«

Als Antwort aktivierte Smoke sein Funkgerät und sagte, ohne den Blickkontakt zu Molly zu unterbrechen: »Ich habe Molly Smith gefunden. Sie lebt, wird aber als Geisel in einem verdammten Loch im Boden festgehalten, etwa acht Meter hinter einem der großen Zelte. Ich komme jetzt, um euch zu unterstützen, aber wenn mir etwas zustößt, sorgt bitte dafür, dass sie verdammt noch mal hier rauskommt.«

»Verstanden«, entgegneten seine drei Teamkameraden wie aus einem Mund.

Smoke legte sanft eine Hand auf Mollys Schulter. »Wir werden nicht ohne dich gehen. Aber ich muss wirklich wieder da raus und meinem Team helfen.«

Er sah, wie sie schwer schluckte und dann nickte. »Okay. Was kann ich tun, um zu helfen? Du bist ziemlich groß, also brauchst du vielleicht keine Hilfe, um hier rauszukommen, aber ich kann auf meine Hände und Knie gehen, und du kannst auf meinen Rücken treten, um dir einen Schub zu geben.«

Smoke starrte sie einen Moment lang schockiert an. Er musste *wirklich* von dort verschwinden, aber er war von ihrer Reaktion beeindruckt. Sie sah aus, als würde sie nicht mehr wiegen als der Rucksack auf seinem Rücken – und sie bot ihm an, sie als verdammten Tritthocker zu benutzen? Das würde er auf keinen Fall tun.

»Ich weiß das Angebot zu schätzen, aber es wird schon gehen«, versicherte er ihr. Mit einer blitzschnellen Entscheidung nahm Smoke seinen Rucksack ab und ließ ihn neben sich auf den Boden fallen. »Darin befinden sich Gelpacks für sofortige Energie. Ich habe Wasser in meiner Feldflasche und es gibt ein paar Fertiggerichte. In einer der Taschen habe ich ein Seil, das du als Gürtel benutzen kannst, und wenn du dein Oberteil wechseln willst, habe ich auch noch ein weiteres da drin. Es ist nicht sauber, aber es hat immerhin keine Löcher.«

Molly machte große Augen und flüsterte: »Du lässt deine Sachen hier?«

»Ja. Ich bin gleich wieder da«, erklärte er ihr, bevor er wieder zum Rand des Loches hinaufblickte.

»Okay«, entgegnete sie tapfer, aber Smoke hörte trotzdem, wie ihre Stimme zitterte.

Er streckte die Hand aus und berührte ihre Wange. Es war ein Risiko, sie auf diese Weise zu berühren. Sie hätte von ihren Entführern vergewaltigt und missbraucht werden können, aber er hätte sich nicht zurückhalten können, selbst wenn er es versucht hätte. Er musste sie berühren. Musste ihr auch nur einen kurzen Moment der Freundlichkeit zeigen.

»Danke, dass du meinen Sturz abgefedert hast«, erklärte er leise und lächelte. »Ich komme wieder, Molly. Glaub mir, wenn ich dir sage, dass du hier sicherer bist als irgendwo da oben.«

Er wartete auf eine Reaktion auf seine Worte und bekam sie, als sie den Kopf leicht neigte und sich ein wenig an ihn lehnte. Es war nicht viel, aber selbst diese kleine Menge an Vertrauen brachte ihn fast um.

»Pass auf. Ich werde springen«, bemerkte er und ließ seine Hand sinken.

»Sei vorsichtig«, erwiderte Molly.

Smoke antwortete nicht. Er lehnte sich mit dem Rücken an die Wand des Loches, stieß sich dann mit dem Fuß ab und sprang nach oben. Er bekam seine Hände leicht über den Rand, aber der

Schmutz war glitschig und er spürte sofort, wie er nach hinten rutschte.

Doch dann schlang Molly ihre Arme um eines seiner Beine und drückte ihn mit aller Kraft nach oben.

Sie gab ihm gerade so viel Kraft, dass Smoke sein anderes Knie nach oben und über den Rand des Loches schwingen konnte. Als er draußen war, blickte er nach unten. Molly hatte den Kopf zurückgeworfen und sah zu ihm auf. Aus diesem Blickwinkel sah sie noch jünger aus als auf ihren Fotos. Und verzweifelt.

Mit einem kurzen Nicken rollte Smoke von dem Loch weg und stand auf. Er hatte immer noch sein Gewehr auf dem Rücken und brachte es in Position. Die Messer in seinen Holstern waren an ihrem Platz, und er hatte auch zwei zusätzliche Handfeuerwaffen bei sich. Wenn er seinen Rucksack zurückließ, machte ihn das nicht im Geringsten verwundbarer. Wenn überhaupt, würde er dadurch noch besser vorankommen.

»Ich bin auf dem Weg«, erklärte Smoke tonlos in das Funkgerät, um seinem Team mitzuteilen, dass er wieder im Einsatz war.

Aber ein Teil von ihm war immer noch in diesem Loch bei Molly. Er wollte wissen, wie lange sie dort gewesen war. Was ihre Entführer mit ihr gemacht hatten. Wann sie das letzte Mal etwas zu essen bekommen hatte. Und zum Schlafen konnte sie sich in diesem Loch ganz sicher nicht flach hinlegen, wie hatte sie also geschlafen? Er hatte hundert Fragen, aber keine Zeit, sie zu stellen.

Es hatte ihm ganz und gar nicht gefallen, die Niedergeschlagenheit in ihrem Blick zu sehen, als er gesagt hatte, dass er sie zurücklassen müsse. Dem Team mitzuteilen, dass sie dort war, und ihr seinen Rucksack zu überlassen waren die einzigen Möglichkeiten, die ihm einfielen, um zu beweisen, dass er es mit seiner Rückkehr ernst meinte. Irgendjemand würde sie retten, und Smoke hoffte inständig, dass er es sein würde.

Ein Terrorist überraschte Smoke, indem er fast direkt in ihn hineinlief, als er um einen Baum herumging. Der Mann wollte seine Waffe heben, aber Smoke reagierte schneller und drückte ab. Der Mann fiel um wie ein Sack Kartoffeln.

Smoke hörte seinen Teamkameraden zu, wie sie sich der Stelle näherten, an der Shekau untergetaucht war, und joggte schnell, um sie einzuholen. Er hatte schon lange davon geträumt, den Anführer von Boko Haram auszuschalten, aber jetzt wollte er nur noch, dass diese ganze Angelegenheit vorbei war, damit er zu Molly zurückkehren konnte. Um ihr zu versichern, dass sie nicht mehr allein war, und ihr zu beweisen, dass er sie nicht vergessen hatte.

Molly starrte auf den großen Rucksack, der zu ihren Füßen lag. Sie hatte vorhin die Schüsse gehört, hatte mit dem Rücken an der Wand des Loches gesessen und ihr Herz hatte in ihrer Brust gehämmert, als ein Mann buchstäblich vom Himmel gefallen war. Schmutz und Trümmer waren auf sie herabgeregnet, als er auf ihr landete und ihr die Luft raubte. Sie konnte nichts weiter, als aus Protest zu krächzen.

Einen Moment lang hatte sie befürchtet, es sei einer ihrer Entführer. Nicht in ihrer kühnsten Vorstellung hätte sie gedacht, dass ein amerikanischer Soldat in ihr Loch fallen würde. Sie hatte keine Ahnung, wie er hieß, woher er kam oder mit wem er zusammenarbeitete, aber ehrlich gesagt war ihr das auch völlig egal.

Er kannte ihren Namen, was bedeuten musste, dass er zu den Guten gehörte ... oder etwa nicht?

Und er hatte sie erkannt. Selbst ohne Spiegel wusste Molly, dass sie furchtbar aussah. Ihr Haar war durcheinander, sie war schmutzig und sie hatte eine Menge Gewicht verloren. So viel, dass ihre Hose nicht mehr hielt. Jedes Mal wenn sie aufstand, musste sie sie festhalten. Aber er hatte sie trotzdem erkannt.

Und als er sie angesehen hatte, hatte er weder Mitleid noch Abscheu empfunden.

Sie hätte schwören können, dass sie Bewunderung gesehen hatte ... aber das konnte nicht stimmen.

Wahrscheinlich war sie wegen des Mangels an Nahrung und Wasser im Delirium.

Apropos, Molly sah auf den Rucksack des Mannes hinunter. Er hatte versprochen, zu ihr zurückzukommen, aber wenn er das nicht tat, wenn ihre Entführer ihn und denjenigen, mit dem er über sein Funkgerät gesprochen hatte, töteten, würden sie ihr den Rucksack wegnehmen.

Sie war hin- und hergerissen zwischen dem Versuch, alles zu essen, was sie in die Finger bekam, und dem Versuch, es aufzuheben. Sie sah sich um und überlegte, ob sie einige der Dinge, die sie in der Tasche gefunden hatte, vergraben könnte, damit ihre Entführer sie nicht finden würden.

Sie holte tief Luft und schüttelte den Kopf. »Nein, er kommt zurück«, erklärte Molly. »Er hat es versprochen.«

Es war ziemlich kindisch – die Worte laut auszusprechen würde sie nicht wahr machen –, aber sie fühlte sich dadurch trotzdem besser.

Mit dem Gefühl, etwas Unerlaubtes zu tun, zwang Molly sich, auf die Knie zu gehen, und öffnete langsam den Reißverschluss des Rucksacks. Sie griff hinein und zog einen kleinen Trockenbeutel heraus. Neugierig, was er enthielt, aber mehr daran interessiert, etwas zu essen zu finden, steckte Molly ihn wieder hinein und stöberte weiter herum.

Etwa eine Minute später fand sie die versprochene Feldflasche, ein Proviantpaket, die Energiegelpackungen und ein T-Shirt. Er hätte vielleicht gedacht, dass das Kleidungsstück schmutzig war, aber für sie war es fast zu schön, um wahr zu sein. Ohne lange zu überlegen, kämpfte sie sich aus dem feuchten Hemd und warf es auf den Boden. Sie nahm an, dass sie es vorsichtshalber aufheben sollte, aber ehrlich gesagt wäre sie froh, wenn sie es nie wieder sehen müsste.

Molly zog sich das schlichte schwarze T-Shirt des Mannes

über den Kopf und atmete tief ein. Es roch nach Schweiß, aber das stieß sie nicht ab. Unter dem Schweiß konnte sie schwach den Geruch von Waschmittel wahrnehmen.

Tränen stiegen ihr in die Augen. Sie war so dumm gewesen. Aber der Geruch von etwas so Normalem, so Alltäglichem ließ sie schwören, es nie wieder als selbstverständlich anzusehen, sauber zu sein.

Das Hemd war lächerlich groß an ihr. Ihr ausgemergelter Körper schwamm förmlich darin. Schnell raffte Molly den überflüssigen Stoff an ihrer Hüfte zusammen und machte einen Knoten. Sie konnte sich nicht verkneifen, auch noch einmal an dem Ärmel zu riechen, als sie ihn aufrollte.

Es war offiziell: Sie hatte den Verstand verloren.

Molly zwang sich, nicht mehr an dem Hemd des armen Mannes zu riechen, und öffnete mühsam eine der Gelpackungen. Sie hatte noch nie so etwas gegessen, aber im Moment würde sie jede Kalorie nehmen, die sie bekommen konnte. Sie stellte sich vor, wie ihre Zellen die Nährstoffe aufsaugten, so wie der Boden den Regen nach einer Dürre aufsaugte.

Da sie keinen Abfall hinterlassen wollte – auch wenn sie sich unter diesen Umständen lächerlich vorkam –, steckte sie den abgerissenen Plastikschnipsel zurück in den Rucksack des Mannes und führte das Gel an ihre Lippen. Sie spritzte sich ein wenig in den Mund und hielt inne, um es zu beurteilen. Ihre Geschmacksknospen explodierten vor lauter Süße, und sie zog unwillkürlich die Lippen zusammen.

Molly konnte immer noch die Schüsse über ihr hören, aber sie war zu sehr in das vertieft, was sie tat, um mehr als einen flüchtigen Gedanken daran zu verschwenden. Nahrung und Wasser hatten Vorrang vor allem anderen.

Sie schluckte das Gel hinunter und stellte fest, dass es eigentlich ganz gut schmeckte. Sie zwang sich, den Rest der Packung langsam zu essen, obwohl sie ihn am liebsten in einem Mal ausgesaugt hätte. Als Nächstes versuchte sie, den Deckel der Feldflasche abzuschrauben, aber sie bekam ihn nicht auf.

Sie hasste es, dass sie so schwach war, dass sie nicht einmal den Behälter öffnen konnte, um an den Inhalt zu gelangen. Frustriert wollte sie weinen, und ihr lief das Wasser im Mund zusammen, als sie an das saubere Wasser dachte, das sich wahrscheinlich darin befand, aber sie legte die Feldflasche widerstrebend beiseite und griff nach dem Proviantpaket. Sie öffnete die Verpackung und begutachtete den Inhalt. Sie hatte keine Ahnung, wie sie die Spaghetti aufwärmen konnte – im Moment kam es ihr so vor, als seien sie in einer der Packungen gefriergetrocknet worden –, aber als sie das kleine Stückchen Schokolade sah, das in der Mahlzeit enthalten war, vergaß sie die Nudeln.

»Schokolade«, hauchte sie.

Die Süßigkeit fühlte sich in der kleinen Verpackung wie Brei an, aber das schreckte sie nicht ab. Langsam öffnete sie sie und hielt sie an ihre Nase. Der vertraute Geruch der Schokolade brachte sie wieder einmal fast zum Weinen. Nana hatte immer eine Schale mit Pralinen in ihrem Esszimmer stehen gehabt. Sie hatte Molly immer eine aussuchen lassen, wenn sie ihre Eltern besucht hatte ... bevor sie gestorben waren.

Molly leckte jedes bisschen Schokolade von der Verpackung und war traurig, als sie fertig war. Doch dann erregten die Cracker in der Packung ihre Aufmerksamkeit. Obwohl sie wusste, dass es ein Fehler sein könnte, diese zu essen, ohne etwas zu trinken zu haben, beschloss sie, trotzdem zuzugreifen. Es war auch ein Stück Bananenbrot dabei, aber im Moment waren die Cracker leichter zu essen.

Sie aß einen, dann noch einen, bevor ihr Magen zu rebellieren begann. Es war schon sehr lange her, dass sie so viel auf einmal gegessen hatte, also steckte Molly das, was sie nicht essen konnte, vorsichtig zurück in die Provianttüte und verstaute diese in dem Rucksack des Mannes. Als sie das tat, sah sie das Seil, das er erwähnt hatte, und zog es heraus.

Molly stand langsam auf, führte das Seil durch ihre Gürtelschlaufen und band es fest, wobei sie den Rest baumeln ließ. Sie wusste nicht, wann sie gemerkt hatte, wie viel Gewicht sie verloren hatte. Aber eines Tages war sie aufgestanden und ihre Hose war ihr buchstäblich bis zu den Knöcheln runtergerutscht. Ihre Hüftknochen ragten heraus, und zu wissen, dass sie so viel Gewicht verloren hatte, war entmutigend.

Es war verrückt, wie etwas so Einfaches wie ein Gürtel die Dinge irgendwie besser erscheinen ließ.

Molly steckte ein weiteres Gelpack in ihre Tasche, packte alles andere zurück in den Rucksack und schloss ihn mit dem Reißverschluss. Sie hatte keine Ahnung, wie viel Zeit vergangen war, aber er würde sicher bald zurück sein.

Sie hörte keine Schüsse mehr über sich, doch das tröstete sie nicht gerade. Hatten die Entführer den Mann und sein Team überwältigt? Ging es den Schulmädchen gut? Waren alle aus dem Dschungel geflohen und hatten sie dort allein zurückgelassen?

Folly Molly ...

Der verletzende Spitzname kam ihr schnell wieder in den Sinn. Vielleicht war der Mann, der vom Himmel gefallen war, getötet worden. Es schien, als käme jeder, mit dem sie in Kontakt kam, irgendwie zu Schaden. Man schaue sich nur an, was mit den Schulmädchen passiert war. Und ihren Eltern.

Und dann war da noch Preston. Ihr Pech hatte eindeutig das Sagen gehabt, als sie ihm begegnet war.

Vielleicht hatte ihr Pech auf den Mann abgefärbt, der in ihr Loch gefallen war, nur weil er sie berührt hatte.

Molly schüttelte den Kopf und versuchte, den Gedanken zu verdrängen. Sie erinnerte sich daran, wie sanft seine Berührung gewesen war, als er ihre Wange gestreichelt hatte. Es war so lange her, dass jemand sie berührt hatte, ohne die Absicht, ihr wehzutun. Die Umarmungen von Nana und Papa waren der letzte sanfte menschliche Kontakt gewesen, den sie erfahren hatte. Bis der Mann seine Hand auf ihre Wange gelegt hatte.

Molly schaute auf, als würde das den Mann irgendwie aus dem Nichts herbeizaubern, und versuchte, ruhig zu bleiben. »Er hat gesagt, er würde zurückkommen, also kommt er auch zurück«, flüsterte sie. Sie musste nur geduldig sein. Er würde zu ihr zurückkommen. Er hatte es versprochen.

KAPITEL DREI

Smoke blickte auf das Gemetzel um ihn herum und seufzte. Bis jetzt war bei dieser Mission nichts so gelaufen, wie das *Silverstone-Team* es sich erhofft hatte. Ihre übliche Vorgehensweise war es, sich einzuschleichen, ihre Zielperson zu töten und wieder zu verschwinden. Aber mit den Schulmädchen, die es zu beschützen galt, und zwei Dutzend Mitgliedern von Boko Haram, die bereit waren, alles zu tun, um ihre Gefangenen an der Flucht zu hindern, waren die Dinge schnell außer Kontrolle geraten.

Das Einzige, was nach Plan verlief, war die Eliminierung von Shekau. Das Team wollte ihn weder entkommen lassen noch zulassen, dass die nigerianischen Streitkräfte ihn festnahmen. Er hatte so viele Anhänger, dass er, selbst wenn er ins Gefängnis käme, mit großer Wahrscheinlichkeit wieder freikäme, um erneut unschuldige Mädchen zu terrorisieren. Sie hatten ihm keine Chance gegeben, um sein Leben zu betteln oder eines der Mädchen als Schutzschild zu benutzen. Nachdem er von Eagle die Bestätigung erhalten hatte, dass es sich bei dem gefangenen Mann tatsächlich um Shekau, den Anführer von Boko Haram, und nicht um einen Lockvogel handelte, hatte Bull ihm zwei Kugeln ins

Herz und eine weitere in den Kopf gejagt, um auf Nummer sicher zu gehen.

Aber das war noch nicht das Ende des Auftrags – nicht mal annähernd.

Als der Staub sich schließlich gelegt hatte, lagen überall um das Dschungelversteck herum tote Männer. Ein paar der nigerianischen Sicherheitskräfte waren zusammen mit den Terroristen getötet worden. Die Mädchen waren hysterisch, weinten und drängten sich in den größeren Zelten zusammen.

Aber während des ganzen Tumults und der fliegenden Kugeln hatte Smoke nicht aufgehört, an Molly zu denken. Er hatte ehrlich gesagt nicht erwartet, sie zu finden. Es machte keinen Sinn, dass Boko Haram eine Amerikanerin festhielt. Er hatte keine Ahnung, ob die Gruppe vorhatte, Lösegeld für sie zu fordern, oder was sie sonst noch im Sinn hatte.

»Was hast du gesagt, du hättest Molly gefunden?«, fragte Gramps.

»Ja. Ich muss zu ihr zurück«, entgegnete Smoke. Er drehte sich um und ging hinter eines der großen Zelte, direkt auf das Loch zu, in dem sie festgehalten wurde. Seine Teamkameraden folgten dicht hinter ihm. Smoke wusste, dass er auf den Dschungel um ihn herum achten sollte, denn es war mehr als wahrscheinlich, dass einige der Terroristen in das dichte Blattwerk geflohen waren, aber sein Blick war auf den Boden gerichtet.

Das Loch war nicht gerade unauffällig. Ihre Entführer hatten nicht versucht, es zu tarnen.

»Du meine Güte, wollt ihr mich verarschen?«, fragte Bull, als sie sich Mollys Gefängnis näherten.

»Bitte sag mir, dass sie nicht da drin ist«, fügte Eagle hinzu.

»Diese verdammten Mistkerle«, fügte Gramps hinzu.

Smoke nahm seinen Freunden ihre Reaktion nicht übel. Sie hatten während ihrer Zeit beim Militär und beim *Silverstone-Team* viele der schrecklichen Dinge gesehen, die ein Mensch einem anderen antun konnte. Sie hassten es auf jeden Fall, wenn jemand, vor allem eine Frau, in ein Loch gesteckt wurde, um dort zu verrotten.

Smoke hob den Riemen seines Gewehrs über Kopf und Schultern, ging auf Hände und Knie und kroch die letzten paar Meter zum Loch. Er wollte nicht riskieren, dass irgendwelche Trümmer auf Molly fielen.

Er spähte über den Rand – und blinzelte überrascht. Molly hatte offensichtlich seinen Rucksack durchwühlt, denn sie trug jetzt eines seiner anderen T-Shirts. Sie hatte es in der Taille verknotet, und er konnte auch sehen, wie die Enden des Seils, das sie als Gürtel benutzte, an ihren Beinen herunterhingen. Sie saß auf seinem Rucksack und ihr Kopf ruhte an der Erdwand hinter ihr. Ihre Augen waren geschlossen ... und sie sah aus, als würde sie fest schlafen.

»Molly?«, rief Smoke.

Sie zuckte zusammen, als hätte er ihren Namen direkt in ihr Ohr gebrüllt, verlor das Gleichgewicht und fiel von seinem Rucksack in den Schlamm am Boden des Loches.

»Ich bin hier!«, rief sie und sah dann zu ihm hoch. »Bist du in Ordnung?«

Smoke runzelte die Stirn. Sie fragte *ihn*, ob es ihm gut ginge? Bewunderung erfüllte ihn. »Mir geht's gut. Willst du da rauskommen?«

»Ja!«, schrie sie quasi, während sie aufstand. »Irgendwo im Lager sollte es eine behelfsmäßige Leiter geben. So bin ich hier reingekommen, und so haben mich die Mistkerle, die mich entführt haben, immer wieder rausgeholt, wenn sie ihre Meinung kundtun wollten.«

Smoke gefiel das nicht, aber er ließ es vorerst dabei bewenden. »Eine Leiter ist nicht nötig«, erklärte er ihr. »Kannst du rüberrutschen, bis du mit dem Rücken an der Wand bist?«

Sie sah verwirrt aus, tat aber sofort, was er verlangte. Smoke drehte sich um und sah seine Teamkameraden an. »Ich springe runter. Ich helfe ihr nach oben, aber dann müsst ihr mir raushelfen.«

»Natürlich«, erklärte Gramps, nahm seinen eigenen Rucksack ab und machte sich bereit zu helfen.

»Ich komme jetzt runter«, warnte Smoke Molly.

»Was? Nein, warte ...«

Aber Smoke war schon in Bewegung. Er setzte sich auf den Rand des Loches und sprang dann wieder in die Grube hinunter.

»Ich weiß nicht, ob ich beeindruckt oder sauer sein soll, dass es bei dir so einfach aussieht«, beschwerte Molly sich.

Smoke grinste, dann ließ er den Blick abschätzend über sie gleiten. Sie sah schlimm aus. Das ließ sich nicht leugnen. Aber das galt auch für ihn. Er hatte sich seit einem Monat nicht mehr rasiert, und außer einem Waschlappen, um sich zu reinigen, hatte er in dieser Zeit auch kein richtiges Bad genommen. Er und sein Team hatten den Dschungel nach Spuren von Boko Haram und den entführten Mädchen abgesucht. Sie hatten zwar die Möglichkeit gehabt, in einigen kleinen Dörfern zu übernachten, aber sie hatten sich stattdessen für die harte Tour entschieden, nur für den Fall, dass sie auf Boko-Haram-Sympathisanten stießen.

Aber er hatte nicht gehungert. Er hatte nicht buchstäblich im Dreck geschlafen. Er hatte seine Kleidung in einigen der kleinen Bäche gewaschen, auf die sie gestoßen waren, und dank der Filter und Reinigungstabletten, die er und die anderen bei sich trugen, hatte er genügend Wasser.

Molly hatte nichts von alledem gehabt. Er hatte keine Ahnung, wie lange sie in diesem Loch festgehalten worden war, aber es war offensichtlich, dass es mehr als ein oder zwei Tage gewesen waren. Aber erstaunlicherweise stand sie jetzt gerade vor ihm, aufrecht und unerschütterlich.

Wenn Smoke ehrlich zu sich selbst war, war er von ihrer Stärke ein wenig eingeschüchtert.

»Bist du bereit, von hier abzuhauen?«

»Ja.«

Ihre Antwort war kurz, aber die Gefühlslage hinter diesem einen Wort war klar.

»Alles klar. Meine Freunde werden dir oben helfen, du musst nur deinen Fuß in meine Hände legen, und ich hebe dich hoch. Kinderleicht. Bist du bereit?«

Molly schaute nach oben und sah Bull, Eagle und Gramps oben stehen und darauf warten, ihr zu helfen. Dann sah sie wieder zu ihm. »Darf ich fragen, wie du heißt?«, fragte sie leise.

»Verdammt. Ich habe mich dir noch gar nicht vorgestellt. Wow, ist das unhöflich. Ich bin Mark Chamberlin. Aber alle nennen mich Smoke.« Er hielt ihr die Hand hin.

»Ich bin Molly«, entgegnete sie höflich, als sie ihm die Hand schüttelte. »Freut mich sehr, dich kennenzulernen.«

Smoke hielt ihre Hand einen Moment lang fest, drückte sie sanft und ließ sie dann los. Er verschränkte seine Finger ineinander und beugte sich vor. »Stell deinen Fuß in meine Hand«, sagte er und deutete mit dem Kopf auf seine Hände.

Sie legte ihre Hand auf seine Schulter, um sich zu stützen, und stellte dann vertrauensvoll ihren kleinen nackten Fuß in seine Hände. Mit langsamen Bewegungen, um sie nicht zu erschrecken, richtete Smoke sich auf, während Molly mit ihren Händen die Seite des Loches hinaufging, und sobald sie in Reichweite war, ergriffen seine Teamkameraden ihre Arme und zogen sie ohne viel Aufhebens hoch und aus ihrem Gefängnis heraus.

Als sie draußen war, hob Smoke seinen Rucksack auf und zog ihn über. Dann hob er eine Hand und Gramps ergriff sie. Innerhalb von Sekunden stand auch er neben dem Loch.

»Das war fast ein bisschen enttäuschend einfach«, bemerkte Molly und fuhr sich unruhig mit der Hand durch die Haare.

»Glaub uns, enttäuschend ist gut«, entgegnete Gramps. »Wir ziehen es vor, wenn die Dinge möglichst unaufregend sind. Ich bin Gramps.«

Molly sah zu ihm auf. »Ich glaube, du bist größer als das Loch, in dem ich war«, erklärte sie, während sie ihm die Hand schüttelte.

Er lächelte sie an, sagte aber nichts weiter dazu.

»Ich bin Eagle«, stellte Eagle sich vor und streckte die Hand aus.

Bull stellte sich ebenfalls vor, und Molly lächelte sie alle an. »Und ich bin Molly, aber ich nehme an, das wusstet ihr alle.«

Alle nickten. »Wir sind sehr froh, dich gesund und lebendig gefunden zu haben«, erklärte Eagle ihr.

»Nun ja ... immerhin bin ich am Leben. Ich weiß jedoch nicht so recht, ob ich gesund bin«, scherzte Molly.

»Du bist krank?«, fragte Smoke und seine Stimme klang besorgt.

Sie zuckte mit den Schultern. »Ich meinte nur, dass ich nur ein bisschen mitgenommen bin.«

Smoke wusste, dass er sich bei ihrer Erklärung hätte entspannen sollen, aber er konnte es nicht. Warum ihn ihr Unbehagen über ihr Aussehen so sehr störte, wusste er nicht.

»Welche Schuhgröße hast du?«, fragte Bull.

Molly runzelte die Stirn. »Siebenunddreißig. Warum?«

»Ich komme gleich wieder«, erklärte Bull, drehte sich um und machte sich auf den Weg zu dem Durcheinander auf der anderen Seite des Zeltes.

Smoke wusste, dass er die toten Männer durchsuchen wollte, um zu sehen, ob er ein Paar Schuhe für Molly finden würde. Er hatte keine Ahnung, ob sie sich dagegen sträuben würde, die Schuhe eines toten Mannes zu tragen, aber er glaubte es nicht. Bis jetzt war sie für jemanden, der eine solche Tortur durchgemacht hatte, sehr besonnen.

»Sind sie alle tot?«, fragte sie und ließ den Blick zu dem großen Zelt in der Nähe schweifen.

»Die Terroristen? Ja«, erklärte Gramps ihr unverblümt. »Du bist in Sicherheit. Die nigerianischen Behörden werden die Mädchen, die noch hier sind, zurück in die Stadt Askira geleiten, um sie zu ihren Familien zu bringen. Sie werden auch alle befragen, um herauszufinden, ob sie eine Spur zu den übrigen vermissten Mädchen finden können.«

»Sie haben sie verheiratet«, sagte Molly. »Bevor ich sie so verärgert habe, dass sie mich in dieses Loch gesteckt haben, haben sie uns alle gezwungen, bei den Zeremonien zuzusehen.«

Smoke kochte das Blut in den Adern. Es war falsch, minderjährige Mädchen zu stehlen und sie dann an den Meistbietenden zu verkaufen. Und dass die anderen dabei zusehen mussten, weil sie wussten, dass dies wahrscheinlich auch ihr Schicksal sein würde, machte alles noch schlimmer.

»Komm, wir bringen dich zurück zu den anderen«, entgegnete Smoke sanft und gab Molly ein Zeichen, vor ihm herzugehen.

Sie sah nicht gerade begeistert aus von der Aussicht, wieder mit den anderen Mädchen vereint zu sein, aber sie nickte und ging vorsichtig auf den Lärm zu, der von der anderen Seite des Zeltes kam.

Smoke und Gramps tauschten einen besorgten Blick aus und folgten ihr.

»Hast du genügend getrunken?«, fragte Smoke, während sie weitergingen.

»Ich habe die Feldflasche nicht aufbekommen«, gab Molly zu.

»Verdammt«, fluchte Smoke leise. »Eagle, warte mal kurz«, sagte er zu seinem Freund.

Alle blieben stehen, als Smoke seinen Rucksack auf den Boden stellte und darin herumwühlte. Er zog seine Feldflasche heraus, schraubte den Deckel ab und reichte sie Molly. »Tut mir leid, ich drehe den Deckel immer extrafest zu. Es gibt nichts Schlimmeres als eine undichte Feldflasche.«

Ihre Hände zitterten, als sie nach dem Wasser griff, und Smoke wurde schon wieder sauer. Sie sahen alle zu, wie sie die Augen schloss, während sie einen Schluck Wasser nahm. Es war lauwarm und schmeckte wahrscheinlich wegen der Reinigungstablette komisch, aber Molly machte keine Anzeichen, dass sie sich davor ekelte. Sie schluckte das Wasser nicht hinunter, was gut war, denn es wäre wahrscheinlich wieder hochgekommen. Stattdessen nahm sie kleine Schlucke, und ihr Vergnügen war deutlich zu erkennen.

Als sie die Augen öffnete und sah, dass sie im Mittelpunkt der Aufmerksamkeit stand, lächelte sie ein wenig verlegen. Sie schloss die Feldflasche und wollte sie zurückgeben, aber Smoke winkte sie ab. »Behalte sie.«

»Aber das geht doch nicht. Sie gehört dir.«

Smoke nahm den Rucksack wieder auf die Schultern und schüttelte den Kopf. »Und ich schenke sie dir.«

»Oh, na dann ... danke.«

Es gefiel ihm, dass sie nicht weiter versuchte, sich zu weigern. Sie zog einfach den Kopf ein und legte den Gurt über ihren Kopf und einen Arm, sodass er um ihren Körper geschlungen war.

»Du siehst aus wie eine Kriegerin«, kommentierte er.

Molly rümpfte die Nase und stieß ein kleines, selbstironisches Lachen aus. »Oh ja, eine Kriegerin, die Kleider trägt, die ihr vom Körper fallen, und die seit Monaten keine Shampooflasche mehr gesehen hat.«

»Eine Kriegerin ist mir allemal lieber als eine Prinzessin«, erklärte Smoke, der nicht wusste, woher das plötzlich kam, und dem es irgendwie peinlich war, dass er es tatsächlich laut gesagt hatte. »Komm schon«, sagte er schnell und versuchte, das Unbehagen zu überspielen. »Ich bin sicher, die anderen werden sich freuen, dich zu sehen.«

Er hörte, wie Molly etwas vor sich hin murmelte, aber sie hatte sich bereits umgedreht und ging weiter, sodass er nicht mitbekam, was genau sie sagte.

Als sie um das große Zelt herumgingen, wurde er erneut von dem Lärm überrascht. Die nigerianischen Streitkräfte versuchten, die Mädchen zu organisieren und sie auf den Weg zu den Lastwagen vorzubereiten, die ein wenig weiter weg abgestellt worden waren. Leider hatte Boko Haram sein Lager dort aufgeschlagen, wo keine Lastwagen hinfahren konnten. Ihnen stand allen ein langer Fußweg durch den dichten Dschungel bevor, um zu ihrem Transportmittel zu gelangen.

Smoke und seine Teamkameraden hatten geplant, in die entgegengesetzte Richtung zu gehen, dorthin, wo sie ihren eigenen Wagen abgestellt hatten, aber das schien jetzt plötzlich nicht mehr die beste Idee zu sein. Molly zu verlassen war etwas, mit dem er sich nicht wohlfühlte.

Er öffnete den Mund, um Gramps zu fragen, ob er mit ihm unter vier Augen über eine Planänderung sprechen könne, als eines der älteren Mädchen zu kreischen begann. Sie zeigte auf Molly und rannte auf sie zu, schrie auf Hausa und gestikulierte wild.

Smoke hatte keine Ahnung, was vor sich ging, und er schaute zu einer Gruppe nigerianischer Offiziere, die in der Nähe standen. Sie starrten das Mädchen leicht verwirrt an, schienen aber nicht sonderlich besorgt zu sein.

Als Smoke wieder zu Molly sah, hatte das Mädchen sie erreicht. Sie stand direkt vor ihr, sprach immer noch schnell und deutete auf Mollys Brust.

Molly presste die Lippen zusammen und ballte die Fäuste an den Seiten, aber sie sagte nichts angesichts des offensichtlichen Zorns des Mädchens.

Dann schnellte die Hand des Mädchens hoch und sie schlug Molly ins Gesicht.

Bevor Smoke oder jemand anderes reagieren konnte, tat sie es noch einmal.

Sie hob die Hand, um ihr ein drittes Mal eine Ohrfeige zu verpassen, aber Gramps griff schnell nach dem Handgelenk des Teenagers und verhinderte so einen weiteren Schlag. Das Mädchen wehrte sich gegen den Griff von Gramps, während Smoke zu Molly ging, seinen Arm um ihre Schulter legte und sie von dem wütenden Mädchen wegzog.

»Was zum Teufel sollte das denn?«, fragte Eagle.

Einer der nigerianischen Polizisten kam herüber und packte

das Mädchen, das offensichtlich immer noch wütende Worte gegen Molly ausstieß, und zog sie zurück zur Gruppe. Jetzt, da Smoke sich die Zeit nahm, sie genau zu betrachten, sah er, dass keines der Schulmädchen froh war, Molly zu sehen. Die meisten drehten ihr den Rücken zu; es war offensichtlich, dass sie nicht mit offenen Armen empfangen werden würde.

»Alles in Ordnung?«, fragte Smoke und drehte Molly so, dass sie ihm zugewandt war.

Sie begegnete seinem Blick nicht. »Ja, alles in Ordnung.« Sie führte eine Hand zu ihrem Gesicht und rieb sich die inzwischen gerötete Wange.

»Sag mir, was da los war«, befahl Smoke. »Was sollte das denn?«

Er glaubte nicht, dass sie ihm antworten würde, aber schließlich seufzte sie. Sie sah ihm immer noch nicht in die Augen und starrte stattdessen auf seine Brust, aber sie erklärte: »Sie geben mir die Schuld dafür, dass wir entführt wurden.«

»Das ist doch Blödsinn«, entgegnete Bull, als er sich näherte. In der Hand hielt er ein Paar abgewetzte Turnschuhe und ein Paar Socken. »Warum?«

»Ich bringe Pech«, erklärte Molly.

Smoke wartete darauf, dass sie weitersprach, aber als sie es nicht tat, legte er seine Finger unter ihr Kinn und hob ihren Kopf an, bis sie keine andere Wahl hatte, als ihn anzusehen. »Erklär mir das.«

»*Folly Molly*. So werde ich genannt. Ich hatte schon immer Pech. Anscheinend hat sich das auch nicht geändert, als ich um die halbe Welt gereist bin. Ich war in der Schule, um mit den Mädchen über meinen Beruf als Umweltingenieurin zu sprechen. Ich hatte noch keine Gelegenheit zum Reden gehabt, als die Schule von Entführern überrannt wurde. Da ich das Einzige war, was an diesem Tag anders war, haben sie mir die Schuld gegeben.«

»Dir ist aber schon klar, wie lächerlich das ist, oder?«, wollte Smoke wissen.

Sie schüttelte den Kopf. »Du verstehst das nicht«, flüsterte Molly.

»Ich verstehe, dass Boko Haram die Entführung dieser Mädchen geplant hatte, lange bevor sie die Schule in Askira angriffen. Es gab Gerüchte auf den Kanälen der Sicherheitsorganisation, die das bewiesen. Du warst einfach zur falschen Zeit am falschen Ort, und du warst in keiner Weise für diese Mistkerle verantwortlich.«

Folly Molly – Molly, der Pechvogel. Der Spitzname war lächerlich. So etwas wie Pechvögel gab es nicht. Jedem passierten schlimme Dinge.

»Aber sie denken, ich bin dafür verantwortlich«, erwiderte Molly leise. »Sie hassen mich. Als ich versucht habe, einige von ihnen zu überreden, mit mir zu fliehen, hatten sie zu viel Angst. Sie sagten, ich würde den Zorn der Entführer auf sie alle lenken, wenn ich irgendetwas versuchen würde. Aber ich konnte nicht den ganzen Tag und die ganze Nacht im Zelt sitzen und mich fragen, was unsere Entführer als Nächstes mit uns anstellen würden. Nachdem ich das erste Mal versucht hatte zu fliehen, wandten sie sich alle gegen mich. Sie weigerten sich, ihre Lebensmittel mit mir zu teilen. Sie wollten nicht in meiner Nähe schlafen. Nach meinem zweiten Fluchtversuch steckten die Entführer mich dann in dieses Loch. Die Mädchen waren wahrscheinlich erleichtert.«

Smoke konnte nicht glauben, was er da hörte. »Sie haben sich gegen dich gewendet?«

Molly zuckte mit den Schultern. »Ich bin nicht wie sie. Ich bin weiß ... eine Amerikanerin. Ich bin eine Außenseiterin. Und ich kann es ihnen nicht verübeln, dass sie nichts tun wollten, was sie zu einer Zielscheibe für unsere Entführer gemacht hätte.«

»Verdammter Mist«, murmelte Gramps.

»Ich schätze, unsere Pläne haben sich geändert«, bemerkte Eagle.

»Gut, dass ich diese Schuhe gefunden habe«, fügte Bull hinzu.

Smoke seufzte innerlich erleichtert auf. Er würde nicht versuchen müssen, das Team zu überreden, Molly mit ihnen kommen zu lassen. Aber bevor er ihr versichern konnte, dass sie sie sicher nach Hause bringen würden und dass sie sich keine Sorgen um die anderen Mädchen machen müsse, wich sie einen Schritt von ihm zurück.

»Ich weiß es zu schätzen, dass ihr gekommen seid, um uns allen zu helfen«, erklärte sie ein wenig unbeholfen. »Ich weiß nicht, was mit uns passiert wäre, wenn ihr uns nicht gerettet hättet.« Sie sah jeden Einzelnen von ihnen an. »Eagle, Bull, Gramps ... Smoke. Ich danke euch. Ich werde euch nie vergessen.« Dann ging sie auf die Gruppe von Mädchen zu, die ihr den Rücken zugedreht hatten.

Smoke bewegte sich schnell, griff nach ihrem Oberarm und drehte sie um.

Molly schaute auf seine Hand, eine Frage in ihrem Blick.

»Du gehst nicht mit ihnen«, erklärte er ihr.

»Tue ich nicht?«, fragte sie. »Oh, richtig, weil ich keine Nigerianerin bin. Ich verstehe schon. Ich nehme an, jemand von meiner Firma wird mich abholen und mir helfen, in die Staaten zurückzukehren?«

Smoke schüttelte langsam den Kopf. »Sie haben das Land evakuiert, nachdem du entführt worden warst«, erklärte er ihr sanft.

»Sie haben mich zurückgelassen?«, fragte Molly mit leiser Stimme.

Smoke hörte Gramps hinter sich fluchen, aber er wandte den Blick nicht von Mollys Augen ab. Er hasste es, dass sie dachte, sie sei zurückgelassen worden – aber genau das hatten sie getan. »Sie haben dich nicht im Stich gelassen«, versicherte er ihr.

Sie starrte ihn an, und Smoke hatte das Gefühl, dass sie seine leeren Worte durchschaute. »Wer hat euch denn beauftragt, mich zu suchen?«

Smoke fuhr fort, obwohl er sich bei diesem Gespräch

verdammt unwohl fühlte. »Wir haben Abubakar Shekau verfolgt. Den Anführer von Boko Haram«, erklärte er ihr ehrlich.

Er sah den Moment, in dem sie seine Worte verstand. »Ihr seid nicht meinetwegen gekommen«, flüsterte sie.

»Das sind wir nicht«, wiederholte Smoke, »aber das heißt nicht, dass wir nicht an dich gedacht haben. Wir wussten, dass du zusammen mit den Schulmädchen entführt worden warst, und wir haben gebetet, dass du bei ihnen bist.«

Sie senkte den Blick. »Und was jetzt? Wie soll ich aus Nigeria herauskommen? Ich habe kein Geld. Ich habe keinen Reisepass. Ich habe buchstäblich nur die Kleider, die ich am Leib trage, und meine Firma hat mich im Stich gelassen. Ich nehme an, ich könnte meine Großeltern anrufen. Sie würden mir helfen.«

Smoke brach fast das Herz bei diesen Worten. Es war ihm erst jetzt aufgefallen, dass sie natürlich nicht wusste, dass ihre Großeltern tot waren. Er rechnete im Geiste nach und stellte fest, dass sie erst nach ihrer Geiselnahme getötet worden waren. Sie konnte also gar nicht wissen, was passiert war.

Er hielt seinen Teamkameraden heimlich die Hand hin, um sie davon abzuhalten, etwas zu sagen.

Diese Frau durfte auf keinen Fall ausgerechnet jetzt erfahren, dass ihre Großeltern ermordet worden waren.

»Du kommst mit *uns*«, informierte Smoke sie.

Molly sah ihn einen Moment lang an, dann seine Teamkameraden. »Wirklich?«

»Ja.«

Smoke hatte keine Ahnung, was ihr durch den Kopf ging, aber sie schockierte ihn zu Tode, als sie sagte: »Müssen wir den ganzen Weg zurück nach Askira laufen? Ich meine, ich nehme an, nachdem ich die letzte Zeit wer weiß wie lange in einem Loch verbracht habe, werde ich das schon schaffen, aber ich hatte auf eine Art Limousinenservice oder so etwas gehofft.«

Bull und Eagle brachen in Gelächter aus, und sogar Gramps lächelte sie an.

Die Bewunderung, die Smoke vorhin empfunden hatte, blühte wieder in seiner Brust auf. »Keine Limousine, aber du musst nicht den ganzen Weg zurück laufen. Es sind immerhin über hundertfünfzig Kilometer.«

Ihre Augen wurden groß. »Wirklich?«

»Ja. Aber wir haben etwa dreißig Kilometer von hier einen Wagen geparkt. Wir werden nach Maiduguri fahren und ein Flugzeug zum Murtala Muhammed International Airport in Ikeja nehmen. Dann geht es zurück in die Staaten. Wir *werden* ein bisschen laufen müssen, aber keine hundertfünfzig Kilometer.« Er wünschte, sie müsste nicht einmal dreißig laufen. Nach allem, was sie durchgemacht hatte, kam es ihm fast zu viel vor, ihr das abzuverlangen.

»Ich habe ein Paar Schuhe für dich gefunden«, bemerkte Bull, ging auf sie zu und hielt ihr die Turnschuhe hin. »Es sind zwar keine Louboutins, aber sie sollten reichen.«

Smoke sah, wie Mollys Augen sich zum ersten Mal mit Tränen füllten. »Erst eine Feldflasche und jetzt Schuhe. Ihr Jungs wisst wirklich, wie man ein Mädchen verwöhnt.«

Smoke beschloss, die Tränen nicht zu erwähnen, und sah zu, wie sie sich in diesem Moment auf den Boden setzte und die Socken – die an den Zehen Löcher hatten – und die Schuhe anzog. Die Schuhe waren in keinem guten Zustand, aber besser, als dass sie barfuß durch den Dschungel laufen musste.

Smoke reichte ihr eine Hand, und sie ergriff sie und ließ sich von ihm aufhelfen.

»Wie fühlen sie sich an?«, fragte Bull. »Ich kann dir andere suchen, wenn die nicht passen.«

»Die sind gut«, versicherte Molly ihm. »Danke.«

»Entschuldigen Sie bitte.«

Die Worte erschreckten Smoke, und ihm wurde klar, dass er sich nur auf Molly konzentriert hatte, was ihm noch nie passiert war. Er hatte sich noch nie so sehr von jemandem ablenken lassen, den sie gerettet hatten, dass er vergessen hatte, dass noch jemand in der Nähe war.

Smoke drehte sich um und sah einen der nigerianischen Offiziere in der Nähe stehen. »Die Amerikanerin muss jetzt kommen. Wir brechen auf.«

Smoke blickte hinüber und sah, wie eine Reihe von Mädchen das Lager verließ. Der Dschungelboden war noch immer mit Leichen übersät, aber niemand schien daran interessiert zu sein, die Terroristen in irgendeiner Form zu beerdigen. Die wenigen nigerianischen Offiziere, die getötet worden waren, wurden von ihren Kameraden weggetragen.

»Sie kommt mit uns«, informierte Gramps den Mann, bevor Smoke es tun konnte.

Der Mann runzelte die Stirn. »Das war nicht der Plan. Sie muss jetzt mit uns kommen.«

»Nun, der Plan hat sich geändert, und wir werden uns von jetzt an um sie kümmern«, erwiderte Eagle und trat vor Molly.

Smoke legte ihr eine Hand auf die Hüfte und zog sie zu sich zurück.

»Ich glaube nicht, dass ...«

»Die Mädchen sind traumatisiert. Sie haben doch gesehen, wie sie auf sie reagiert haben. Wollen Sie wirklich versuchen, sie auseinanderzuhalten, während Sie nach Askira zurückkehren? Es ist für alle besser, wenn sie getrennt sind.«

»Aber sie muss verhört werden«, beharrte der Offizier.

»Verhört?«, knurrte Bull. »Sie vergessen, dass sie bei all dem auch ein Opfer ist.«

»Ich meinte nur, dass sie Informationen haben könnte, die wir brauchen, um die vermissten Mädchen zu finden.«

»Sollte das der Fall sein, werden wir sie weitergeben«, erklärte Eagle. »Wir wollen genauso wie Sie, dass sie gefunden werden. Aber Sie müssen zugeben, dass es einfacher wäre, wenn wir sie mitnehmen würden. Es ist offensichtlich, dass Sie sie nicht am selben

Ort wie die anderen Mädchen unterbringen können, nicht bei der Feindseligkeit zwischen ihnen. Und was wollen Sie mit ihr machen, wenn Sie in Askira eintreffen? Wo wird sie bleiben? Wer wird sich darum kümmern, sie in die Vereinigten Staaten zu bringen? Das wird Geld kosten. Wir bieten Ihnen an, die Verantwortung für sie zu übernehmen. Sie ist nicht Ihre Priorität, sondern nur diese Mädchen.«

Der Mann dachte über Eagles Worte nach. »Das gefällt mir nicht«, erklärte er schließlich.

»Es muss Ihnen auch nicht gefallen«, erwiderte Gramps. »Sie kommt mit uns, und damit Ende der Diskussion.«

Smoke stand dicht bei Molly, bereit, gegen jeden zu kämpfen, der es wagte, sie zu zwingen mitzukommen, aber nach ein paar sehr angespannten Momenten nickte der Mann schließlich. Ohne ein weiteres Wort drehte er sich um und ging zurück zu den anderen.

»Du meine Güte«, bemerkte Molly. »Das war heftig. Aber ihr seid nicht für mich verantwortlich. Ich meine, ich bin mir sicher, dass ich einen Weg finden werde, wie ich nach Hause komme.«

»Aber jetzt musst du das nicht mehr«, erklärte Gramps und drehte dem Lager den Rücken zu.

»Ich ... danke euch«, sagte Molly.

Smoke wurde wieder einmal daran erinnert, wie dankbar er war, zum *Silverstone-Team* zu gehören. Sie gaben einander Rückendeckung, ohne Fragen zu stellen, und als er sah, wie die anderen sich für Molly einsetzten, war er stolz darauf, sie seine Freunde nennen zu dürfen.

»Wie wäre es, wenn wir aus diesem Dschungel verschwinden?«, schlug Gramps vor.

Eagle zückte ein GPS und ging voran. Bull folgte, dann Molly und Smoke, und Gramps bildete das Schlusslicht.

Als sie sich vom Lager entfernten, drehte Smoke sich noch einmal um. Es gab eine Menge Dinge zu sehen. Die Zelte, die Leichen und das Ende der Reihe von Mädchen, die in den Dschungel gingen – aber das Einzige, worauf Smoke sich konzentrieren konnte, war das Loch, in das er gefallen war und in dem er Molly gefunden hatte.

Er wusste nicht, was *ihre* Zukunft bringen würde, aber er hatte das Gefühl, dass seine eigene sich gerade unwiderruflich verändert hatte.

KAPITEL VIER

Molly musste immer wieder daran denken, wie die Männer, die sie gerade erst kennengelernt hatte, sich für sie eingesetzt hatten. Bull, Eagle und Gramps hatten sich tatsächlich zwischen sie und den nigerianischen Soldaten gestellt, als würden sie eher kämpfen, als ihm zu erlauben, sie mitzunehmen. Und das Gefühl von Smokes – nein, Marks – Hand auf ihrer Hüfte, mit der er sie leicht hinter sich gezogen hatte, während er sich ebenfalls zwischen sie und das stellte, was er offensichtlich als Bedrohung empfand, war Balsam für ihre geschundene Seele gewesen.

Sie hatte gedacht, sie würde in diesem Loch sterben. Allein und vergessen.

Und jetzt war sie hier, mit vier Helden.

Molly wollte einen Blick auf Mark werfen, während sie liefen, aber es war ihr zu peinlich, beim Anstarren erwischt zu werden. Außerdem würde er, wenn sie sich umdrehte, wissen wollen, was los war, und er würde wahrscheinlich dafür sorgen, dass sie alle stehen blieben, damit sie sich ausruhen oder etwas essen und trinken konnte. Er hatte bereits bewiesen, dass er ihre Verfassung sehr gut kannte.

Es war seltsam, die ungeteilte Aufmerksamkeit von jemandem

zu haben. Sie war nicht die Art von Frau, nach der die Männer sich die Hälse verrenkten. Sie verschwand im Hintergrund, was ihr ganz recht war. Normalerweise wurde sie nur dann wahrgenommen, wenn jemand eine Bemerkung über ihre Größe machte.

Sie war schon immer klein gewesen, und sie wusste nicht, warum das so eine große Sache zu sein schien. Ihre Mutter war nur einen Meter zweiundfünfzig groß gewesen, und ihr Vater war selbst auch nicht besonders groß gewesen, also war es keine Überraschung, dass sie mit etwa einem Meter sechzig aufgehört hatte zu wachsen.

»Wie kommst du zurecht?«, fragte Mark von hinten.

Molly drehte den Kopf nicht, um nicht zu stolpern oder gegen etwas zu laufen. »Mir geht's gut«, versicherte sie ihm. Das stimmte nicht. Nicht wirklich. Nachdem sie so lange in diesem Loch gefangen gehalten worden war, war sie es nicht gewohnt, so viel zu laufen. Aber sie hatte nicht vor, sich zu beschweren. Sie war am Leben und nicht mehr in dem Loch, also ging es ihr gut. Mehr als gut. Perfekt.

Aber etwas in ihrem Tonfall musste Mark darauf aufmerksam gemacht haben, dass sie nicht ganz ehrlich war. Er pfiff, und die anderen blieben stehen. Alle drehten sich um und starrten sie an.

Molly fühlte sich unwohl bei so viel Aufmerksamkeit und begann zu zappeln. »Was ist denn?«, fragte sie.

»Wir schlagen hier unser Nachtlager auf«, erklärte Gramps.

»Nein, ich ...«

Aber Mollys Worte verhallten ungehört, als Gramps, Eagle und Bull ausschwärmten und zwischen den Bäumen um sie herum verschwanden.

Sie schaute Mark an. »Ich kann weitergehen.«

»Ich weiß«, entgegnete Mark, wodurch sie sich ein wenig besser fühlte. »Aber das ist nicht nötig. Wir haben hier keinen Zeitplan. Es gibt keinen Grund, uns zu verausgaben, um zurück zum Wagen zu kommen. Wir sind heute gut vorangekommen, sogar besser, als ich gedacht hatte. Niemand ist hinter uns her, wir müssen uns weder verstecken noch jemandem ausweichen, während wir zu unserem Fahrzeug und nach Maiduguri gehen. Du bist das nicht gewohnt, und wir müssen auf deine Gesundheit achten.«

Molly schluckte und wandte den Blick ab, um ihre Fassung zu bewahren. Ihre Gedanken kreisten unweigerlich um Preston. Als sie angefangen hatten, sich zu treffen, war er genauso aufmerksam gewesen.

Aber es hatte nicht lange gedauert, bis er anfing, sie anzuschnauzen, sie häufig als dumm zu beschimpfen und andere böse Dinge zu sagen. Und während er anfangs so süß und witzig erschienen war, wurde er schnell zu einem eifersüchtigen, besitzergreifenden Idioten, der sie eher böse anfunkelte als anlächelte.

Anfangs hatte sie nicht mal mit ihm ausgehen wollen. Aber Preston war hartnäckig gewesen. Da sie sich einsam fühlte und das Gefühl hatte, dass die Zeit, jemanden zu finden, mit dem sie ihr Leben verbringen wollte, immer kürzer wurde, hatte Molly schließlich nachgegeben.

Nur einen Monat später hatte sie ihm bei einem Abendessen erklärt, sie wolle nur mit ihm befreundet sein, und Preston hatte das abgelehnt. Er hatte ihr wehgetan, ihren Arm zu fest gehalten, als er sie aus dem Restaurant gedrängt hatte. Dann hatte er sie gegen seinen Wagen geschleudert.

An diesem Abend hatte er begonnen, ihr ernsthaft nachzustellen.

Jetzt konnte sie nicht anders, als sich über Mark zu wundern. Wie er in seinem normalen Leben so war. Jetzt schien er sie zu beschützen, aber würde sich diese Beschützerhaftigkeit später in etwas anderes verwandeln, wie es bei Preston der Fall gewesen war? Würde er jede Sekunde des Tages wissen wollen, wo sie war, und sie unablässig anrufen, bis sie abnahm?

Hatte er auch Dinge über sich selbst zu verbergen?

»Worüber denkst du so angestrengt nach?«

Molly zuckte bei dieser Frage zusammen. Mist, sie war so in

Gedanken versunken gewesen, dass sie für einen Moment lang vergessen hatte, wo sie war. Das tat sie ständig ... und Preston hatte es natürlich gehasst.

»Es tut mir leid«, entschuldigte sie sich.

»Es muss dir nicht leidtun«, versicherte Mark ihr mit einem kleinen Lächeln. »Wenn du den ganzen Abend dastehen und nachdenken willst, dann nur zu.«

Nun ja. Das war sicherlich eine andere Reaktion, als sie es gewohnt war. »Ich bin nur ... ich bin müde, und wenn es wirklich in Ordnung ist, würde es mir nichts ausmachen, hier zu übernachten.«

»Es ist wirklich in Ordnung«, versicherte er ihr. »Du hast heute super durchgehalten.«

Molly rümpfte die Nase. »Ich musste alle zehn Minuten eine Pause einlegen, und ich bin sicher, wenn ich nicht hier wäre, wärt ihr schon längst bei eurem Fahrzeug.«

»Wenn du nicht hier wärst, würden wir immer noch versuchen, dich zu finden«, erklärte Mark, ohne zu zögern. »Komm, wir suchen dir einen Platz zum Ausruhen, während wir die Sachen für heute Abend vorbereiten.«

Sie ließ sich von ihm durch die Bäume in die Richtung führen, in die seine Freunde gegangen waren. Erstaunlicherweise hatten sie eine kleine Lichtung gefunden und bereits damit begonnen, Holz für ein Feuer zu sammeln, und auch einen Platz zum Schlafen gefunden.

»Das macht eigentlich Spaß«, erklärte Eagle lächelnd, als er einen Armvoll Holz fallen ließ. »Ich meine, bisher mussten wir immer heimlich vorgehen. Ich mag es, dass wir einfach zelten können und uns keine Sorgen machen müssen, ob wir leise sind oder gesehen werden.«

»Bist du sicher, dass wir in Sicherheit sind?«, fragte Molly. »Wir sind nicht weit vom Lager entfernt.«

»Wir sind sicher«, antwortete Mark für seinen Freund. »Ein paar Männer sind in den Wald geflüchtet, aber wenn sie uns Ärger machen wollen, werden sie nicht lange überleben. Sie müssen wissen, dass ihre beste Chance darin besteht, sich so weit wie möglich von unserem Lager zu entfernen.«

»Und obwohl wir nicht versuchen, leise zu sein, werden wir unsere Sicherheit auch nicht völlig außer Acht lassen. Wir werden abwechselnd aufbleiben und Wache halten. Du bist in Sicherheit, Molly«, erklärte Gramps, und man konnte die Aufrichtigkeit in seinem Tonfall deutlich hören.

»Danke«, erklärte sie leise. Dann sah sie zu, wie die vier Männer im Team arbeiteten; es war offensichtlich, dass sie das schon oft gemacht hatten. Kurze Zeit später waren vier behelfsmäßige Hütten aufgebaut, ein Feuer war bereit, angezündet zu werden, und sie saß auf einer zerknitterten Decke, die jemand aus seinem Rucksack geholt hatte.

Jetzt betrachtete sie die Schlafplätze aufmerksam.

»Wir brauchen nur vier, da einer von uns die ganze Zeit wach bleiben wird«, erklärte Mark, der offensichtlich ihr Unbehagen sah.

»Oh. Ich wollte nicht unhöflich sein«, sagte sie.

Alle vier Männer schnaubten.

»Du bist nicht unhöflich«, entgegnete Eagle. »Wir hätten es dir früher erklären sollen, damit du dir keine Sorgen machst.«

»Ich habe nicht einmal gefragt ... bist du verletzt? Haben diese Mistkerle ... dich vergewaltigt?«, fragte Mark sanft.

Seine direkte Frage beleidigte sie nicht. Es war ihr zwar peinlich, darüber zu reden, aber sie zog es vor, alles offen anzusprechen. »Nein. Ich glaube, sie hatten keine Ahnung, was sie mit mir machen sollten. Sie konnten mich nicht mit einem ihrer Anhänger verheiraten, ich war eine erwachsene Frau, und außerdem war ich ziemlich auffällig. Dass ich die einzige weiße Frau war, noch dazu eine Amerikanerin, schien sie misstrauisch zu machen. Ich glaube, sie waren froh, dass sie mich in dieses Loch stecken konnten. Aus den Augen, aus dem Sinn, so was in der Art.«

»Auf die Gefahr hin, überheblich zu klingen: Ehrlich gesagt war es besser, dass du von der Bildfläche verschwunden warst. So hast du wenigstens nicht die Aufmerksamkeit auf dich gezogen. Im Mittelpunkt von Shekaus Aufmerksamkeit zu stehen wäre nicht gut gewesen«, erklärte Bull ihr.

Molly nickte. »Ich weiß.« Und das tat sie auch. Bevor sie in das Loch gesteckt worden war, hatte sie den Boko-Haram-Führer in Aktion gesehen. Er war mit einer Gruppe von Männern herumgelaufen, die hinter ihm herliefen und ihm jeden Wunsch erfüllten. »Eines Abends kam er in das Zelt, in dem ich war«, erzählte sie ihren Rettern, »und zeigte auf fünf Mädchen. Am nächsten Tag waren sie verschwunden.« Sie erschauderte. »Ich bin mir sicher, er wusste, dass ich da war – ich stach auf jeden Fall unter den anderen Mädchen hervor –, aber er hat nie Hand an mich gelegt, und ich bin davon ausgegangen, dass er mich aus irgendeinem bestimmten Grund festhielt. Vielleicht um Lösegeld für mich zu verlangen? Oder um mich zu verkaufen? Ich glaube, er hat mich in das Loch gesteckt, um zu verhindern, dass ich versuche zu fliehen, während er ... das mit den anderen Mädchen macht.«

Die Gesichter der Männer verrieten ihr, dass sie ihr wahrscheinlich zustimmten. Sie war einem schlimmen Schicksal nur knapp entgangen, und das war ihnen allen klar.

»Also ... du musst eine Entscheidung treffen«, erklärte Mark mit einem kleinen Lächeln.

Molly war erleichtert, dass er das Thema wechselte. »Was für eine Entscheidung?«

»Was du zum Abendessen willst. Wir haben Spaghetti, Hühnchen mit Eiernudeln und Gemüse, Rindertaco oder Fleischbällchen in Marinarasoße.«

Molly lief bei dem Gedanken an jede einzelne dieser Optionen das Wasser im Mund zusammen. »Egal was«, versicherte sie ihnen. »Ich weiß nicht, wie viel ich essen kann. Ich habe mir ein paar Cracker aus deinem Rucksack geklaut und dachte, sie würden meinen Hunger sicher nicht stillen, aber nach nur ein paar war ich schon satt.«

Eagle nickte. »Es wird eine Weile dauern, bis dein Magen sich wieder ausdehnt. Am besten isst du mehrmals am Tag kleine Mahlzeiten.«

»Der Rindertaco schmeckt nicht besonders gut«, fügte Bull mit einem Lächeln hinzu. »Ich empfehle die Spaghetti oder die Fleischbällchen.«

»Fleischbällchen«, erklärte Molly. »Ich kann das Eiweiß gut gebrauchen. Aber ihr solltet nicht damit rechnen, dass ich mehr als eins esse. Ich möchte keine Nahrung verschwenden.«

»Keine Sorge. Wir haben die Vorräte rationiert, weil wir nicht wussten, wie lange wir weg sein würden. Wir haben genügend, bis wir wieder in der Zivilisation sind«, beruhigte Mark sie.

Sie beobachtete, wie er ein biegsames, kartenähnliches Ding herauszog – er erklärte ihr, es sei ein Heizgerät – und ein wenig Wasser hineinfüllte. Dann steckte er das Heizgerät und den Beutel mit den Fleischbällchen zurück in die Schachtel, aus der der Beutel gekommen war, und hielt sie verschlossen.

»Das ist irgendwie cool«, bemerkte Molly, die Augen auf den Beutel gerichtet.

Sie hörte Gelächter, und als sie hochsah, bemerkte sie, dass alle sie anstarrten.

Sie wusste, dass sie wahrscheinlich rot wurde, und fragte: »Was? Es ist cool.«

»Es ist lustig, die Reaktion von jemandem zu sehen, der noch nie eine Mahlzeit aus einer Feldration gegessen hat«, sagte Bull.

»Ich wette, Skylar würde sich auch darüber amüsieren. Sie würde wahrscheinlich eine ganze Unterrichtsstunde darüber abhalten«, bemerkte Eagle.

»Stimmt«, stimmte Bull zu.

Mark beugte sich vor und erklärte: »Skylar ist Bulls Freundin. Sie ist Kindergärtnerin.«

Molly hätte nie gedacht, dass sie einmal in einem Erdloch

gefangen sein und dann im Dschungel mit vier Männern zusammensitzen würde, die sie wahrscheinlich verdammt unheimlich gefunden hätte, wenn sie sie woanders getroffen hätte, um mit ihnen über Feldrationen und ihre Freundinnen zu reden.

»Ich glaube, wir müssen Archer bitten, etwas Essbares aus diesen Dingern zu zaubern«, bemerkte Smoke mit einem Grinsen.

»Bist du wahnsinnig?«, fragte Gramps. »Auf gar keinen Fall.«

»Und Shawn Archer ist einer unserer Angestellten in Indianapolis. Er wurde eingestellt, um zu putzen, sich um den Garten zu kümmern und zu kochen, aber jetzt kocht er so gut wie nur noch. Er ist unglaublich, und ich hoffe bei Gott, dass wir ihn nie mehr verlieren«, erklärte Mark.

Molly warf ihm einen Blick zu. »Einer eurer Angestellten?«

»Ja, vor dir stehen die Besitzer eines der erfolgreichsten Abschleppunternehmen in Indianapolis«, bemerkte Eagle mit einem Lächeln.

Molly zog verwirrt die Augenbrauen hoch und fragte: »Wenn ihr ein Abschleppunternehmen habt, was in aller Welt macht ihr dann in einem Dschungel in Nigeria?«

Bull, Eagle und Gramps sahen alle zu Mark hinüber und zeigten damit ebenso, dass es an ihm war, diese Frage zu beantworten.

»Das ist sozusagen unser ... Zweitjob«, unternahm Mark einen Erklärungsversuch.

»Was? Jungfrauen in Not zu retten?«, fragte Molly.

»Das ist manchmal ein Nebeneffekt unserer Einsätze. Wir waren früher beim Militär. Bei der Spezialeinheit. Wir machen jetzt das Gleiche wie damals im aktiven Dienst. Wir spüren den Abschaum der Gesellschaft auf und eliminieren ihn. Das FBI und das Ministerium für Innere Sicherheit unterstützen uns bei der Planung und Durchführung.«

Molly nickte. »Ihr habt also nicht gelogen, als ihr behauptet habt, ich sei nicht der Grund, warum ihr hier seid. Ihr seid hier, um Shekau zu töten.«

»Ja.«

»Das ist einleuchtend. Ich bin nur froh, dass du dabei in mein Loch gefallen bist«, bemerkte sie augenzwinkernd.

»Keine sonstigen Kommentare zu dem, was wir tun?«, fragte Gramps.

Molly zuckte mit den Schultern. »Eigentlich nicht. Ich habe eher mehr Fragen zu eurem Abschleppunternehmen. Wie viele Mitarbeiter habt ihr? Warum habt ihr euch entschieden, ein Abschleppunternehmen zu gründen? Und hat die Tatsache, dass ihr hier seid, Auswirkungen auf eure Firma? Und wieso habt ihr einen Koch? Das muss bedeuten, dass ihr ziemlich erfolgreich seid. Warum habt ihr euch für Indianapolis entschieden?«

Einen Moment lang sagte niemand etwas, dann brachen alle vier Männer in Gelächter aus.

»Was?«, fragte sie noch einmal. Diese Frage stellte sie oft.

»Ich werde die Frauen nie verstehen«, entgegnete Gramps mit einem leichten Kopfschütteln.

»Warum?«, fragte Molly, jetzt völlig verwirrt.

»Als Bull Skylar erzählt hat, was er neben der Arbeit beim Abschleppunternehmen tut, hat sie das nicht verkraftet, und er hätte sie fast verloren. Als Eagle seiner Freundin vom *Silverstone-Team* – so nennen wir uns – erzählt hat, hat sie so gut wie gar nicht mit der Wimper gezuckt. Und jetzt willst du, nachdem du herausgefunden hast, dass wir im Grunde genommen Auftragskiller sind, nur etwas über unser Abschleppunternehmen wissen.«

Molly zog die Nase kraus. »Entschuldigung, hätte ich nicht nach eurem Geschäft fragen sollen?«

»Doch! Ich finde es nur faszinierend. Wir haben uns darauf geeinigt, niemandem von diesen Einsätzen zu erzählen, um uns und unsere Familien zu schützen. Es scheint nur, dass die Leute sich weniger dafür interessieren, als wir dachten«, versuchte Gramps es ihr zu erklären.

»Ich bin beeindruckt. Und ich bewundere euch. Ich meine, ich sitze hier und versuche, Mark nicht anzufallen und ihm die köstlich duftenden Fleischbällchen aus den Händen zu reißen, aber selbst *das* ist nur möglich, weil ihr tut, was ihr tut. Ich würde jetzt immer noch in diesem Loch sitzen und mich fragen, ob sie daran denken, mir etwas Essbares runterzuwerfen.

Und ich habe mit eigenen Augen gesehen, wie grausam Männer wie Shekau sein können. Dass sie kein Mitgefühl für ihre Mitmenschen haben. Jeder, der Frauen wie Sklaven verkauft, verdient den Tod. Was ihr tut, ist wichtig. Ich selbst bin nur ein Wissenschafts-Freak. Ich will zurück in mein langweiliges Leben in Oak Park, außerhalb von Chicago. Zurück zu meinen Großeltern. Sie machen sich bestimmt große Sorgen um mich, und ich will ihnen versichern, dass es mir gut geht. Ich finde es ein wenig überraschend, dass ihr vier tut, was ihr tut, aber ich werde euch nicht dafür verurteilen, dass ihr den Mann getötet habt, der dafür verantwortlich war, dass ich fast in einem Loch gestorben wäre.«

Die Männer warfen sich gegenseitig Blicke zu, und Molly konnte sich nicht erklären, was sie gesagt hatte, dass sie so verlegen dreinschauten. »Es tut mir leid, wenn ich etwas Beleidigendes gesagt habe.«

Mark räusperte sich. »Nein, das war sehr schmeichelhaft. Ich glaube, das Abendessen ist fertig.«

Überrascht über den Themenwechsel ließ Molly das Thema fallen, nachdem sie noch einmal die Fleischbällchen gerochen hatte. Mark zog den Beutel mit dem Gericht aus dem Miniofen, den er aus der Verpackung der Feldration gemacht hatte, und reichte ihn ihr zusammen mit einem Löffel.

Dampf stieg aus dem Beutel auf und Molly atmete tief ein. Ihr Magen knurrte und sie konnte sich ein Grinsen nicht verkneifen. Die Umstellung von der Überzeugung, dass sie sterben würde, zu der Tatsache, dass sie jetzt eine heiße Mahlzeit in den Händen hielt, in weniger als acht Stunden war unfassbar.

»Vorsicht, es ist heiß«, mahnte Mark unnötigerweise.

Molly nickte und richtete die Aufmerksamkeit auf die Mahlzeit. Sie löffelte ein Stück Fleischbällchen und pustete ungeduldig darauf. Sie bemerkte, dass die anderen auch ihre selbst zubereiteten Mahlzeiten genossen. Sie war froh, dass sie sie nicht anstarrten, während sie aß.

Sie aßen schweigend, und obwohl Molly, wie vorhergesagt, nur ein Fleischbällchen essen konnte, versuchte sie, etwas von den anderen Nahrungsmitteln aus der Feldration zu sich zu nehmen. Mark aß die restlichen Fleischbällchen auf und packte den Rest der Mahlzeit für sie ein, damit sie ihn später essen konnte.

Im Dschungel wurde es schnell dunkel; das hatte sie überrascht, als sie nach Nigeria gekommen war. Im einen Moment dämmerte es, im nächsten war es stockdunkel. Die Männer entfachten das Feuer, und wenn sie die Augen schloss, konnte sie fast so tun, als säße sie im Garten ihrer Großeltern und würde an deren Feuerstelle ein Lagerfeuer machen.

»Ich muss dir etwas sagen«, sagte Mark sanft.

Molly drehte sich um und sah ihn an. Sie saß auf der Decke, die Arme um die Knie gelegt, und genoss das Gefühl, einen vollen Bauch zu haben. Aber plötzlich wurde ihr ganz flau im Magen, als sie seinen Gesichtsausdruck sah – es war offensichtlich, dass das, was er ihr zu sagen hatte, nichts Gutes war. »Was?«, fragte sie.

»Es geht um deine Großeltern.«

Alles in Molly erstarrte, bis auf ihren Atem. Der beschleunigte sich, und sie hätte sich am liebsten mit den Händen die Ohren zugehalten, als sei sie wieder drei Jahre alt.

»Es tut mir wirklich leid, Molly, aber ... sie sind verstorben, während du in Gefangenschaft warst.«

Molly erinnerte sich sofort an die Zeit, als sie in der Mittelstufe gewesen war und ein Polizist fast genau dieselben Worte über ihre Eltern gesagt hatte.

Sie begann, am ganzen Leib zu zittern, und sie konnte Mark nur anstarren und beten, dass er sich irrte.

»Ihr Haus ist abgebrannt und man hat ihre Leichen in den Trümmern gefunden. Die Polizei ... sie glaubt, dass sie schon tot waren, bevor das Haus in Brand gesteckt wurde.«

Molly war sich nicht einmal bewusst, dass Mark sich bewegt hatte, bis er seine Arme um sie legte. Sie wandte das Gesicht ab, kniff die Augen zusammen, legte die Stirn auf seinen Arm und schüttelte den Kopf.

»Es tut mir so leid«, murmelte Mark.

Sie konnte es nicht fassen. Nicht Nana und Papa. Sie waren die letzten Menschen, die sie auf der Welt hatte. Ohne sie hatte sie niemanden mehr.

»Atme, Mol«, befahl Mark ihr.

Sie hatte nicht bemerkt, dass sie die Luft angehalten hatte, und atmete tief ein. Aber dadurch wurde der Schmerz nur noch heftiger. Ihr Körper wurde von heftigem Schluchzen erschüttert, aber es kamen keine Tränen. Sie hatte nicht genügend getrunken, obwohl Mark und seine Freunde sie den ganzen Tag über mit Wasser und Gelpackungen versorgt hatten, während sie unterwegs gewesen waren.

Molly hatte keine Ahnung, wie lange sie in Marks Armen dasaß, aber als sie wieder klar denken konnte, bemerkte sie, dass die anderen drei Männer näher gekommen waren. Bulls Hand ruhte auf einem ihrer Knie, die von Eagle auf dem anderen. Gramps saß auf ihrer anderen Seite und hatte seinen Arm um ihre Taille gelegt.

Normalerweise wäre es ihr vielleicht unangenehm gewesen, von vier großen, schmutzigen Männern umgeben zu sein, aber sie war einfach ... wie betäubt. Sie war dankbar für die Unterstützung, die ihr zuteilwurde, und sie war überrascht, schließlich war sie eine Fremde. Aber sie konnte sich auf nichts anderes konzentrieren als auf die Tatsache, dass sie ihre geliebte Nana und ihren Papa verloren hatte.

»Was ist passiert?«, flüsterte sie schließlich, ohne den Kopf von Marks Arm zu nehmen.

»Wir wissen nur, was in dem Bericht stand«, antwortete Bull. »Die Feuerwehr wurde zu einem Haus gerufen, aus dessen Dach Flammen schlugen. Das Haus stand vollständig in Flammen, und es dauerte mehrere Stunden, bis das Feuer vollständig gelöscht war. Als die Feuerwehrleute das Haus betraten, fanden sie deine Großeltern in einem Schlafzimmer im Obergeschoss. Erst bei der Autopsie, als man keinen Rauch in ihren Lungen fand, wurde klar, dass sie ermordet worden waren, bevor das Feuer gelegt wurde.«

Mollys Kehle war wie zugeschnürt, und sie hatte Angst, dass das Essen, das sie vorhin gegessen hatte, wieder hochkommen würde.

Ermordet. Nana und Papa waren *ermordet* worden. Es war schlimm genug zu denken, dass sie in einem Feuer umgekommen waren, aber zu wissen, dass jemand sie getötet hatte, war noch viel schlimmer.

»Das Haus wurde vollkommen zerstört«, bemerkte Eagle.

Molly kam noch ein Gedanke. Sie hatte nichts mehr. Buchstäblich *nichts*. Sie war zu ihren Großeltern gezogen, nachdem Preston angefangen hatte, sie zu belästigen. Ihr ganzes Hab und Gut war im Haus ihrer Großeltern gewesen. Sie hatte nicht nur die beiden einzigen Menschen auf der Welt verloren, die sich um sie scherten, sondern sie hatte jetzt nur noch die Kleider, die sie am Leib trug, buchstäblich ... und das T-Shirt gehörte ihr nicht einmal.

»Kannst du irgendwo hin, wenn du nach Hause kommst?«, fragte Gramps. »Gibt es jemanden, bei dem du bleiben kannst?«

»Mir fällt schon was ein«, flüsterte Molly. »Alle meine Sachen waren im Haus. Ich kann mir in einem Secondhandladen Klamotten besorgen, um über die Runden zu kommen. Ich muss Preston aus dem Weg gehen ...«

»Preston?«, unterbrach Mark, seine Stimme einen Tonfall tiefer. »Wer ist Preston und warum musst du ihm aus dem Weg gehen?«

»Mein Ex«, gab Molly zu. »Er war nicht glücklich darüber, dass ich mit ihm Schluss gemacht habe, und er war der Grund, warum ich den Job in Nigeria angenommen habe.«

»*Inwiefern* nicht glücklich?«, wollte Gramps wissen.

»Er ist mir überallhin gefolgt. Buchstäblich *überall* hin. Auch das eine Mal, als ich versuchte, mit einem anderen Mann auszugehen. Preston unterbrach unser Abendessen und beschuldigte mich, ihn zu betrügen. Ich glaube, er war betrunken, was keine Überraschung war; er trank ziemlich viel, während wir zusammen waren – etwas, was ich vorher nicht gewusst hatte –, und es wurde noch schlimmer, nachdem wir Schluss gemacht hatten. Ich habe versucht, den Mann, mit dem ich verabredet war, davon zu überzeugen, dass wir nicht mehr zusammen waren, schon lange nicht mehr, aber er sagte, ich sei die Mühe nicht wert, und ließ mich im Restaurant stehen.«

»Er hat dich dort stehen lassen? Mit deinem Ex?«, fragte Mark zornig.

Aus irgendeinem Grund hatte Molly keine Angst vor diesem Mann. Sein Zorn richtete sich nicht gegen sie. Sie kannte den Unterschied. »Ja.«

»Konzentriere dich, Smoke«, bat Bull ihn. Dann fragte er: »Hast du Angst vor diesem Preston?«

Molly nickte.

»Könnte es sein, dass er so wütend war, dass er dich nicht finden konnte, dass er deinen Großeltern etwas antun würde?«, fragte Eagle.

Molly hasste es, überhaupt daran zu denken ... aber sie nickte wieder.

»Verdammt«, fluchte Gramps.

Mark spannte seine Arme an, als er sagte: »Du kannst bei mir in Indianapolis bleiben, wenn wir wieder in den Staaten sind.«

Obwohl Molly sich fühlte, als würde sie durch Molasse schwimmen, hob sie überrascht den Kopf. »Was?«

»Du kannst bei mir bleiben«, wiederholte er. »Ich habe ein Haus mit mehreren Hektar Land, und ich bin ganz allein. Ich weiß, es ist nicht dein Zuhause, aber du musst dir keine Sorgen machen, dass dieser Mistkerl Preston dich findet, und du hast Zeit, dir über deine nächsten Schritte Gedanken zu machen. Ich bin sicher, es gibt Dinge, die du mit der Versicherung und in Bezug auf den Nachlass deiner Großeltern klären musst. Das kannst du von Indianapolis aus genauso leicht erledigen wie von Chicago aus.«

Molly war verblüfft. Sie konnte nicht glauben, dass dieser Mann, den sie gerade erst kennengelernt hatte, etwas so Großzügiges anbot. Sie starrte ihn einfach nur sprachlos an.

»Er hat viel Platz«, versicherte Bull ihr, als sie nicht antwortete. »Er kann es sich mehr als leisten, dich dort zu haben. Und ich bin sicher, dass Skylar dich gern kennenlernen würde.«

»Taylor auch. Und wenn dein Ex irgendwie herausfindet, wo du bist, wird Smoke ihn nicht an dich heranlassen«, fügte Eagle hinzu.

»Du kannst tagsüber bei *Silverstone Towing* Zeit verbringen, solltest du dich nicht wohlfühlen, wenn du alleine bei ihm bist«, erklärte Gramps.

»Danke, aber ... ich *kann nicht*«, entgegnete Molly, und in ihrem Kopf drehte sich alles.

»Warum nicht?«, drängte Mark.

Sie wollte sich eigentlich nicht darauf einlassen, aber sie dachte, sie sollte ehrlich sein. Sie wollte nämlich auf keinen Fall, dass Marks Haus – oder Mark selbst – etwas zustieß, und zwar ihretwegen. »Ich bringe Unglück«, erklärte sie einfach.

Die vier Männer, die sich nicht von ihr wegbewegt hatten, blickten sich verwirrt an.

»Ernsthaft, warum nicht?«, fragte Mark.

»Ich meine es ernst. Jeder, mit dem ich in der Vergangenheit dauerhaft Kontakt hatte, hat meinetwegen gelitten.«

»Glaubst du das wirklich?«, fragte Mark.

Molly nickte.

»Ich lasse es darauf ankommen«, entgegnete er, als sei die Sache damit entschieden.

»Du verstehst das nicht. Meine Eltern sind meinetwegen gestorben. Meine Großeltern sind gestorben, weil ich mich für einen beschissenen Mann entschieden habe. Diese Mädchen wurden meinetwegen entführt. Ich bin wie ein umgekehrter Glücksbringer!«

»Blödsinn«, knurrte Mark.

Molly war so überrascht über seine schroffe Antwort auf ihre lebenslange Schande, dass sie ihn nur anstarren konnte.

»Ich habe deine Akte gelesen. Deine Eltern starben bei einem außergewöhnlichen Zugunglück. Das hatte nichts mit dir zu tun.«

Sie war kurz überrascht, dass es irgendwo eine »Akte« über sie gab, aber sie musste Mark klarmachen, warum es keine gute Idee war, in ihrer Nähe zu sein. »Sie wollten nach der Arbeit nach Hause kommen, und zwar mit einem Zug, den sie normalerweise nicht nahmen, weil ich sie überredet hatte, mich am nächsten Tag zu einer Show mitzunehmen«, protestierte Molly.

»Du warst nicht dafür verantwortlich, dass der Zug entgleist ist«, versicherte Eagle ihr.

Molly schüttelte den Kopf. »Ich bin mir zu neunundneunzig Prozent sicher, dass mein Ex Nana und Papa getötet hat. Es gibt niemanden sonst, der sie so sehr hasst, dass er sie ermorden würde. Er hat wahrscheinlich versucht, sie dazu zu bringen, ihm zu sagen, wo ich bin, und sie haben sich geweigert. Also sind *sie* auch meinetwegen gestorben.«

»Aber die Verantwortung dafür liegt bei Preston, nicht bei dir«, erwiderte Mark mit Nachdruck.

»Aber ...«, begann Molly, doch sie wurde wieder von Mark unterbrochen.

»Kein *Aber*. Dass dein Ex ein Idiot ist, ist *seine* Schuld, nicht deine. Dass diese Mädchen entführt wurden, hatte nichts mit dir zu tun, sondern damit, dass Shekau ein Dreckskerl erster Güte ist, der sich daran aufgeilt, andere zu versklaven und von ihrem Schmerz zu profitieren.«

»*Folly Molly*«, flüsterte Molly. »Molly, der Pechvogel – so werde ich schon mein ganzes Leben lang genannt. Sogar meine Eltern haben sich darüber lustig gemacht.«

Mark nahm ihr Gesicht in seine Handflächen. »Grausame Namen aus der Kindheit bedeuten mir gar nichts. Ich habe keine Angst vor dir, Molly. Wenn überhaupt, dann solltest du Angst vor *mir* haben.«

Als Molly in die braunen Augen des Mannes blickte, der sie festhielt, und sah, wie wütend er war, fragte sie sich zum ersten Mal, ob sie vom Regen in die Traufe geraten war.

»Ich sehe, du hast es endlich begriffen. Du weißt nichts über mich. Ich könnte ein genauso großer Mistkerl sein wie Preston.«

Molly schluckte. Nun ja ... Mark hatte sie auf jeden Fall dazu gebracht, über etwas anderes nachzudenken als über den Tod ihrer kostbaren Großeltern. Sie wusste, dass sie später darüber nachgrübeln würde, was mit ihnen geschehen war, aber im Moment konzentrierte sie sich auf den Mann, der sie festhielt.

»Bist du aber nicht«, erklärte sie leise, obwohl sie sich das auch schon gefragt hatte.

»Du hast recht, das bin ich nicht. Deine Instinkte sind gut, Mol. Dir ist einiges zugestoßen, aber – und ich will nicht zu hart sein – das passiert jedem mal. Bulls Mutter hat ihn verlassen, als er noch ein Baby war, und sein Vater starb, als er siebzehn war. Skylar wurde von einem Pädophilen gefangen genommen und fast getötet. Taylor leidet an einer Krankheit, bei der sie die Gesichter anderer nicht erkennen kann, auch nicht ihr eigenes, und ihre Mutter kam damit nicht zurecht und hat sie deswegen einfach aufgegeben. Sie wuchs in Pflegefamilien auf und fand nie Anschluss. Die Familie von Gramps kam illegal aus Mexiko herüber und hatte es definitiv nicht leicht. Meine Eltern wurden *auch* getötet, und ich wurde von meinem Onkel aufgezogen. Es tut mir sehr leid, was dir widerfahren ist, aber du bist nicht die erste Frau, die von ihrem Ex verfolgt wird, und du bist nicht der einzige Mensch, der einen Verlust erlitten hat.«

Molly starrte ihn an. Seine Worte waren ziemlich harsch, aber er gab ihr keine Gelegenheit zu einem Kommentar, sondern redete einfach weiter.

»Aber wenn man sich auf die schlimmen Dinge konzentriert, die einem passieren, verpasst man die guten Dinge. Ja, du warst zur falschen Zeit am falschen Ort und wurdest von Boko Haram gekidnappt, aber du lebst noch. Du wurdest nicht vergewaltigt und kehrst nach Hause zurück. Deine Eltern wurden getötet, aber das gab dir die Chance, deine Großeltern besser kennenzulernen. Ich schätze, du wärst ihnen nicht annähernd so nahegekommen, wenn sie dich nicht aufgenommen hätten. Jede Medaille hat zwei Seiten, Molly, und ich weiß, dass es schwer ist, aber du musst die positive Seite sehen. Sonst ertrinkst du in deinen eigenen negativen Gedanken.«

Molly schluckte schwer, und Mark ließ ihr Gesicht los. Sie ließ ihre Stirn an seine Schulter sinken und atmete tief ein. Er roch nach Schweiß, aber er war nicht abstoßend. Sie wusste, dass sie wahrscheinlich viel schlimmer roch als er.

Er hatte recht. Sie war noch am Leben. Es tat mehr weh, als sie je für möglich gehalten hatte, an Nana und Papa zu denken, aber sie waren die besten Großeltern gewesen, die sie sich hätte wünschen können. Sie hatten sie, ohne zu zögern, bei sich aufgenommen. Sie wusste mit jeder Faser ihres Wesens, dass sie kein Wort gesagt hätten, wenn Preston versucht hätte, sie zu zwingen, ihren Aufenthaltsort preiszugeben. Sie würden nicht das Risiko eingehen, dass Preston sie aufspüren würde, nicht einmal auf der anderen Seite der Welt.

Sie liebten sie. Mit Haut und Haaren und ohne Vorbehalt. Sie wusste, wenn sie in diesem Moment hier wären, würden sie ihr raten, Marks unglaublich großzügiges Angebot anzunehmen.

»Preston wird mich wahrscheinlich finden«, warnte sie.

»Das hoffe ich auch«, knurrte Gramps.

Molly warf einen Blick auf den anderen Mann. »Er ist gefährlich«, erklärte sie.

Gramps starrte sie einen Moment lang an, dann grinste er. »Liebes, sieh dich doch mal um. Wir sind auch nicht gerade Mimosen.«

Molly erkannte, dass er recht hatte. Diese Männer waren einen Monat lang im Dschungel unterwegs gewesen, um Abubakar Shekau zu suchen. Einen Mann, den anscheinend niemand hatte ausfindig machen können. Sie hatten ihn nicht nur gefunden, sondern auch getötet – und sie hatten geholfen, die meisten der entführten Mädchen zu retten. Selbst *ihr* war klar, wie gering die Wahrscheinlichkeit war, dass sie diese Mission erfüllen würden. »Du hast recht«, erklärte sie.

Sie spürte, wie Marks Körper sich an ihrem bewegte. Sie blickte zu ihm auf. Er lachte leise. »Mein Haus ist groß und hat ein paar Hektar Land, aber die Sicherheit ist erstklassig. Ich habe überall Kameras. Sie sind zwar lästig, aber nicht mal ein Eichhörnchen kann auf meinem Grundstück pupsen, ohne dass ich benachrichtigt werde. Und du wirst sehen, dass *Silverstone Towing* genauso sicher ist. Bei mir bist du sicher, Molly. Das schwöre ich dir.«

»Wenn du mich satthast oder mich loswerden willst, brauchst du nur ein Wort zu sagen, und ich bin weg.«

»Das werde ich nicht, aber okay«, entgegnete Mark.

»Ich werde mit Skylar darüber reden, dass sie ihr ein paar Klamotten besorgt, damit sie vorläufig was zum Anziehen hat«, bemerkte Bull.

»Und ich bin sicher, dass Taylor nichts dagegen hat, mit ihr einkaufen zu gehen, wenn wir zu Hause sind«, fügte Eagle hinzu.

»Archer wird sich freuen, sie mästen zu können«, warf Gramps ein.

Molly hatte keine Ahnung, was hier vor sich ging. Warum diese Leute, die sie nicht einmal kannte, so großzügig waren.

»Du wirst dich an uns gewöhnen«, versicherte Mark ihr. »Bist du müde?«

Erstaunlicherweise war sie das. Sie hatte gedacht, dass sie nach allem, was passiert war, auf keinen Fall schlafen konnte, vor allem nicht, nachdem sie das über ihre Nana und ihren Papa erfahren hatte, aber im Moment fühlten sich ihre Augen so schwer an, dass sie dachte, sie könne im Sitzen einschlafen. »Ich habe schon ewig nicht mehr im Liegen geschlafen«, murmelte sie.

Bevor sie sich rühren konnte, war Mark aufgestanden und hatte sie hochgehoben.

Molly klammerte sich schnell an ihn.

»Ganz ruhig. Ich werde dich nicht fallen lassen.«

Sie versuchte, sich zu entspannen, konnte aber nicht verhindern, dass sie sagte: »Eines Abends, als er sturzbetrunken war, hat Preston mich einmal hochgehoben und dann *absichtlich* fallen lassen, wobei er sich darüber lustig gemacht hat, wie mein Hintern auf dem Boden aufgeschlagen ist.«

»Dreckskerl«, knurrte Mark, und sie spürte, wie er die Arme anspannte. »Bei mir bist du sicher.«

Diese Worte drangen in ihre Psyche vor. Bei Mark war sie sicher. Woher sie das mit solcher Sicherheit wusste, war ihr nicht ganz klar, aber sie hatte keinen Zweifel daran, dass er alles tun würde, um sie zu beschützen.

Und das machte ihr irgendwie Angst. Sie wollte nicht, dass er ihretwegen verletzt wurde. Das war schon zu vielen Menschen in ihrer Vergangenheit passiert.

Sie musste dafür sorgen, dass er nicht in ihr Drama hineingezogen wurde. Das war sie ihm schuldig und noch viel mehr.

Er trug sie zu der Hütte, die dem Feuer am nächsten lag. Er ging auf ein Knie und ließ sie sanft auf den Boden sinken. Das, was sie nur als *Schlafsackhülle* bezeichnen konnte, war bereits ausgebreitet worden.

»Euer Schloss, Mylady«, scherzte er.

Molly legte ihre Arme über den Kopf und wölbte den Rücken, wobei sie die Muskeln dehnte, die nach all dem, was ihr Körper in den letzten Monaten durchgemacht hatte, verspannt waren und wehtaten. »Danke«, entgegnete sie leise.

»Das mit deinen Großeltern tut mir wirklich leid«, bemerkte Mark. »Vielleicht kannst du uns morgen, während wir unterwegs sind, von ihnen erzählen.«

Molly hatte keine Ahnung, ob er es ernst meinte oder nicht, aber sie respektierte ihn umso mehr für sein Angebot. »Nochmals danke.«

»Und du hast weder von mir noch von den anderen etwas zu befürchten«, versicherte Mark ihr. »Ich schwöre, dass du bei uns in Sicherheit bist, Molly.«

»Ich weiß.« Und das tat sie auch. Kein einziges Mal hatte sie sich Sorgen gemacht, angegriffen oder ausgenutzt zu werden. Bull, Eagle, Gramps und Mark hatten sich ihr gegenüber bisher immer wie Gentlemen verhalten. Sie sahen vielleicht ein wenig Furcht einflößend aus mit ihren buschigen Bärten und ihrer schmutzigen schwarzen Kleidung, aber sie hatten sich anständiger verhalten als alle ihre Entführer.

Mark betrachtete sie einen Moment lang, bevor er nickte und aufstand. Er ging zurück zum Feuer und setzte sich. Gramps war nicht mehr zu sehen, also nahm Molly an, dass er bereits auf Patrouille war und sich vergewisserte, dass sie in Sicherheit waren und sich entspannen konnten.

Sie wusste, sie hätte sich nicht sicher fühlen *dürfen*. Nicht, nachdem sie herausgefunden hatte, dass Preston ihre Großeltern getötet hatte, und nachdem sie wusste, dass einige ihrer Entführer höchstwahrscheinlich immer noch im Wald lauerten. Aber irgendwie hatte sie sich selbst inmitten des dunklen Dschungels nie sicherer gefühlt.

»Sie hat das gut aufgenommen. Fast zu gut«, bemerkte Eagle, als Smoke sich wieder ans Feuer setzte.

»Ich glaube, sie steht unter Schock nach allem, was passiert ist«, entgegnete Smoke und widerstand dem Drang, sich umzudrehen und nach Molly zu sehen. Er hatte sie buchstäblich gerade verlassen, es ging ihr gut. »Ich habe ihr gesagt, dass wir morgen gern etwas über ihre Großeltern hören würden, wenn sie möchte.«

»Gute Idee«, sagte Bull.

»Glaubst du, der Ex war es?«, fragte Eagle.

Smoke zuckte mit den Achseln. »Keine Ahnung. Aber ihre Angst vor ihm ist sicher real.«

»Ich hasse Tyrannen«, erklärte Bull mit einem finsteren Blick. »Wenn du bei irgendetwas Hilfe brauchst, lass es uns wissen. Wir haben zwar kein schickes Haus, aber Skylar und ich sind gern bereit, Wache zu halten, falls es nötig ist.«

»Ich weiß, und ich weiß es zu schätzen«, sagte Smoke zu seinem Freund.

Das Gespräch verebbte, und er dachte über alles nach, was an diesem Tag geschehen war. Er hatte nicht geglaubt, dass sie Molly Smith finden würden, aber das hatten sie. Und es hatte sich herausgestellt, dass sie viel mehr war, als er erwartet hatte. Ja, er hatte ihre Akte gelesen, und er hatte auch ihr Bild gesehen … was ihr nicht gerecht wurde. Aber selbst in diesem Loch war er von ihr beeindruckt gewesen. Besonders von der Art und Weise, wie sie ihre Angst beiseiteschob, wenn es nötig war, und ihre offensichtliche Sorge um alle außer sich selbst.

Sie war auch … authentisch. Sehr bodenständig. Das schätzte er mehr, als er sagen konnte.

Er hatte noch nie ein Problem damit gehabt, die Aufmerksamkeit von Frauen auf sich zu ziehen. Seine Eltern hatten ihm in Sachen Aussehen den Vorzug gegeben, und Frauen hatten ihm oft gesagt, dass er gut aussah. Aber nachdem sie ihn kennengelernt hatten – vor allem, nachdem sie von der beträchtlichen Erbschaft seines Onkels erfahren hatten –, hatten sich ihre Interessen stets geändert, manchmal auf weniger subtile Weise. Sie begannen plötzlich, teurere Restaurants zu bevorzugen. Sie schwärmten von teuren Kleidern und Schmuckstücken. Eine hatte ihn sogar ganz unverblümt gefragt: »Du kannst es dir leisten, wo ist das Problem?«

Sie hatten aufgehört, sich für *ihn* zu interessieren, und sich stattdessen in sein Geld verliebt.

Er konnte es nicht mit Sicherheit sagen, aber er vermutete, dass Molly anders war. Sie wusste nichts von seinem Erbe, obwohl Bull angedeutet hatte, dass er viel Geld hatte. Und sie hätte sich über *jeden* gefreut, der sie aus diesem Loch herausholen konnte, aber er hatte sich die schüchternen Blicke, die sie ihm im Laufe des Tages zugeworfen hatte, nicht eingebildet. Oder die Art und Weise, wie sie sich an ihn geklammert hatte, nachdem sie die schreckliche Nachricht über ihre Großeltern gehört hatte, und nicht an Gramps oder einen der anderen.

Sie hatten bereits eine Verbindung zueinander seit dem Moment, in dem er in das Loch gefallen war. Auf eine Art, die anders war, tiefer, als wenn sie sich in einer Kneipe oder einem Klub kennengelernt hätten. Auf eine Art und Weise, die nichts mit dem zu tun hatte, was er für sie kaufen konnte.

Er fragte sich vage, ob Bull und Eagle das Gleiche empfunden hatten, als sie Skylar und Taylor begegnet waren. Dieses sofortige Bedürfnis, sie besser kennenzulernen. Oh, Smoke war noch nicht bereit, auf die Knie zu fallen und ihr einen Antrag zu machen – bei Weitem nicht; er kannte die Frau kaum.

Aber zum ersten Mal seit einer Ewigkeit freute er sich darauf, die *Gelegenheit* zu haben, eine Frau kennenzulernen.

Smoke verlor seinen inneren Kampf, nicht hinter sich zu schauen, und drehte sich um. Molly lag immer noch auf dem Rücken, die Beine leicht gespreizt und die Arme an den Seiten ausgestreckt. Sie nahm so viel Platz wie möglich auf der Unterlage ein, die sie ausgebreitet hatten. Er lächelte. Es musste ein gutes Gefühl sein, so schlafen zu können, nachdem man so lange in einem kleinen Loch eingesperrt gewesen war.

Er war plötzlich froh, dass er beschlossen hatte, ein großes Doppelbett in eines seiner Gästezimmer zu stellen. Sie würde so viel Platz haben, wie sie wollte.

Sein Angebot, sie bei sich wohnen zu lassen, war definitiv untypisch für ihn. Er bot nicht jedem, den er rettete, ein Zimmer in seinem Haus an. Ja, er fühlte sich schlecht wegen der Situation mit ihren Großeltern und er machte sich Sorgen um ihren Ex, aber viele andere Leute, denen er in der Vergangenheit geholfen hatte, hatten auch Probleme gehabt.

Nein, sein Angebot war nicht nur ein freundlicher Akt zwischen zwei Fremden gewesen. Diese Frau hatte etwas Besonderes an sich, und er hatte das Gefühl, dass er es für den Rest seines Lebens bereuen würde, wenn er sie gehen ließe, *ohne* zu versuchen, ihr zu helfen.

Und der Gedanke, dass Molly in seinem Haus wohnte, machte ihm nicht im Geringsten Angst. In dem großen, alten Haus war es im Laufe der Jahre einsam geworden. Anfangs hatte er es genossen, so viel Platz zu haben, hatte große Pläne gehabt, um ihn auszufüllen, aber mit den Jahren war es ihm immer mehr wie eine Verschwendung vorgekommen, und er hatte erwogen, alles zu verkaufen, mit allem Drum und Dran. Er hatte gedacht, er sei inzwischen verheiratet und hätte Kinder, aber das war nicht der Fall.

Nachdem er lange darüber nachgedacht hatte, in ein kleineres Haus zu ziehen, war er zu dem Schluss gekommen, dass er das nicht konnte. Es war das Haus, in dem er aufgewachsen war, und überall waren Erinnerungen an seinen Onkel zu sehen. Es mochte mühsam sein, das Haus zu putzen und das Grundstück in Schuss zu halten, aber es war ja nicht so, dass er kein Geld für den Unterhalt hatte.

Er hatte keine Ahnung, ob Molly kochen konnte ... ob sie sauber oder unordentlich war ... was sie in ihrer Freizeit gern tat. Er wusste nur, dass sie eine Umweltingenieurin war, die jemanden brauchte, der ihr ein wenig half. Das konnte er tun, und sogar noch mehr.

Er würde auch etwas über diesen Mistkerl Preston herausfinden – und wenn er wirklich eine Gefahr für Molly darstellte, würden Smoke und seine Freunde diese Gefahr entschärfen.

Smoke war erst nach Gramps mit der Patrouille dran, also nickte er Eagle und Bull zu und machte sich auf den Weg zu der behelfsmäßigen Hütte neben der von Molly. Er legte sich hin, positionierte sich so, dass er sie sehen konnte, und schloss die Augen. Es würde eine lange Reise zurück nach Indianapolis werden, aber er wollte sie unbedingt zurück in die Staaten und in sein Heimatland bringen. Er hatte das Gefühl, dass Molly sein Leben verändern konnte ... falls sie mutig genug war, es zu versuchen.

KAPITEL FÜNF

Es dauerte noch ein paar Tage, bis sie den Ort erreichten, an dem Mark und seine Freunde ihren Wagen abgestellt hatten. Molly bedauerte, dass sie sie so sehr aufgehalten hatte. Sie hatte gehört, wie Bull über Skylar sprach, und wusste, dass Eagle sich Sorgen um seine schwangere Frau machte, aber egal, wie sehr sie sich anstrengte, ihr Körper – der in letzter Zeit so wenig Nährstoffe und Bewegung bekommen hatte – machte einfach nach acht bis neun Kilometern schlapp.

Es war anstrengend, durch den Dschungel zu laufen. Es gab keine Wege, und es war nicht wie ein Spaziergang auf der Straße. Das heiße Wetter und die Feuchtigkeit zehrten noch mehr an ihren Kräften, und es fiel ihr schwer, genügend zu essen, um ihre Energie wieder aufzufüllen.

Die Männer hatten ihr immer wieder versichert, dass alles in Ordnung sei und dass sie es nicht eilig hätten. Aber dadurch hatte Molly ein noch schlechteres Gewissen. Denn *sie* hatte es eilig. Sie wollte nach Hause. Obwohl sie kein Zuhause mehr hatte, konnte sie es kaum erwarten, Nigeria zu verlassen.

Die meisten Menschen, die sie vor ihrer Entführung kennengelernt hatte, waren erstaunlich gewesen. Nett und freundlich. Sie waren begeistert von ihrer Arbeit und von der Wasseraufbereitung, und fast überall, wo sie hinkam, wurde sie mit einem strahlenden Lächeln und offenen Armen empfangen.

Dann ging alles den Bach runter, und sogar ihre Mitgefangenen hatten sie gehasst.

Bedauerlicherweise würde sie Nigeria für immer mit ihrer schrecklichen Entführung in Verbindung bringen – und schlimmer noch, mit dem Wissen um den Tod ihrer Großeltern. Das war ein Schlag, von dem sie wusste, dass sie sich nie davon erholen würde.

Aber Mark und seine Freunde hatten ihr mehr geholfen, als sie in Worte fassen konnte. Er hatte sich nach Nana und Papa erkundigt und sie an dem Tag, nachdem sie ihr die Nachricht überbracht hatten, ununterbrochen über sie reden lassen. Sie hatte ihnen erzählt, was für eine wunderbare Köchin ihre Großmutter gewesen sei, vor allem wie toll ihr Kuchen war. Molly erzählte ihnen, wie sehr ihr Papa Weihnachten geliebt hatte und schon Anfang November mit dem Schmücken begonnen hatte. Er hätte den Baum das ganze Jahr über stehen lassen, wenn Nana das zugelassen hätte.

Je mehr sie erzählte, desto weniger schmerzte es. Nun ja ... der Schmerz, sie nie wiederzusehen, war immer noch unerträglich. Aber irgendwie fühlte Molly sich ein kleines bisschen besser, wenn sie Mark und die anderen über einige der Dinge lachen hörte, die ihre Großeltern gesagt und getan hatten.

Der Plan war, die Nacht im *Dujima International Hotel* zu verbringen und dann ein Flugzeug zum *Murtala Muhammed International* in Ikeja zu nehmen. Gramps hatte gesagt, dass sie wahrscheinlich auch dort eine Nacht verbringen müssten, während sie auf einen neuen Reisepass für sie warteten. Molly hatte keine Ahnung, wie sie das so schnell hinbekommen sollten, aber sie fragte auch nicht nach. Da keiner der Männer Bedenken zu haben schien, dass es zum Problem werden könnte, sie aus dem Land zu bringen, versuchte sie, auch nicht nervös zu werden.

Sie hatte viel Zeit damit verbracht, darüber nachzudenken, was Mark gesagt hatte, darüber, positiv zu sein, und Molly wurde klar, dass sie ihr ganzes Leben lang *dieser* Mensch gewesen war. Diejenige, die in allem das Negative sah. Sie musste sich widerwillig eingestehen, dass ihre Eltern das Gleiche getan hatten, und auch ihre Großeltern hatten das häufig getan. Negativität war erlernt, und obwohl sie es hasste, immer nur das Schlechte um sich herum zu sehen, war es eine schwer zu durchbrechende Gewohnheit.

Während dieser langen Wanderung beschloss Molly, dass sie versuchen wollte, aus ihren alten Denkmustern auszubrechen, aber sie wusste, dass es nicht einfach sein würde. Sie war fünfunddreißig und hatte ihr ganzes Leben als *Folly Molly* verbracht.

Als sie Mark gesagt hatte, dass sie positiver denken wollte, hatte er gelächelt und gesagt, dass er alles tun würde, um ihr zu helfen.

Das hatte sie noch mehr umgehauen als das Angebot, bei ihm zu wohnen.

Mark war der Typ Mann, der jede Frau haben konnte, die er wollte. Dessen war sie sich sicher. Warum er sich mit *ihr* abgab, war ihr schleierhaft. Sie vermutete, dass er sich aus irgendeinem Grund für sie verantwortlich fühlte oder sie vielleicht als Projekt betrachtete. Nachdem sie eine Weile zurück in den Staaten waren, würde er zur Vernunft kommen und sich fragen, warum er sie aufgenommen hatte, als sei sie ein verlorenes kleines Mädchen.

Andererseits, war das nicht genau das, was sie war? Sie mochte zwar gebildet und alt genug sein, um eigene Entscheidungen zu treffen, aber die Vorstellung, sich damit zu beschäftigen, was sie als Nächstes tun sollte, während sie im Grunde nichts besaß, war fast lähmend.

Was einen Job anging, so hatte sie zwar immer noch eine Stelle bei *Apex*, aber nach allem, was passiert war, war sie sich nicht sicher, ob sie dorthin zurückkehren wollte.

Wenn nicht, würde sie ihr Leben in jeder Hinsicht neu beginnen müssen.

Als sie endlich den Wagen erreichten, war es das Schönste, was Molly je gesehen hatte. Das Fahrzeug selbst war ein Schrotthaufen, und sie fragte sich, ob es überhaupt anspringen würde.

»Keine Sorge, der bringt uns nach Maiduguri.«

Molly runzelte die Stirn, als ihr klar wurde, dass sie das tat, was sie immer getan hatte – sie dachte automatisch daran, was schiefgehen könnte, anstatt dankbar für das zu sein, was sie hatte. Sie nickte. »Das ist gut, denn ich bin mir nicht sicher, ob ich noch lange laufen könnte.«

Mark lächelte sie an – und Molly stockte der Atem. Sein Lächeln veränderte sein Aussehen völlig. Er wurde dadurch zugänglicher. Offener. Und bis zu diesem Moment hatte sie gar nicht richtig registriert, wie gut er aussah. Jetzt konnte sie nicht anders, als sich zu fragen, wie er ohne den buschigen Bart aussah. Manche Männer sahen mit Gesichtsbehaarung einfach besser aus, aber sie hatte das Gefühl, dass ein Mark ohne Bart sie umhauen würde.

Gramps setzte sich hinter das Steuer und sie stiegen alle ein. Molly saß zwischen Mark und Eagle auf dem Rücksitz, und Bull nahm auf dem Beifahrersitz Platz. Als alle saßen, drehte Gramps sich um und fragte: »Also, wer hat den Schlüssel?«

Oh Gott, was, wenn niemand ihn hatte? Was, wenn sie den Wagen nicht starten konnten?

Aber dann lächelte Gramps sie an und zwinkerte ihr zu. »Keine Bange, ich mache nur Spaß«, versicherte er ihr und hielt einen einzelnen Schlüssel hoch.

Molly brauchte einen Moment, um zu begreifen, dass er sie nur aufgezogen hatte. »Das ist nicht nett«, meckerte sie und versuchte, ihm einen bösen Blick zuzuwerfen ... aber das hielt sie nicht lange durch und brach stattdessen in Gelächter aus.

Als sie sich wieder unter Kontrolle hatte, stellte sie fest, dass sie schon wieder im Mittelpunkt der Aufmerksamkeit stand. Alle vier Männer starrten sie an.

»Was ist?«, fragte sie.

»Nichts«, entgegnete Bull grinsend und drehte sich nach vorn um.

Gramps tat es ihm gleich, steckte den Schlüssel ins Zündschloss und startete den Motor.

Molly sah Eagle an, der ihr nur zuzwinkerte, dann wandte sie sich an Mark und zog eine Augenbraue hoch.

»Es ist einfach schön, dich lachen zu sehen, Mol«, erklärte er sanft.

Molly biss sich auf die Unterlippe. Sie konnte sich nicht erinnern, wann sie das letzte Mal gelacht hatte. Nicht aus vollem Halse wie gerade. Oder wann sie das letzte Mal von jemandem so gehänselt worden war wie von Gramps. Nicht während ihrer Gefangenschaft und schon gar nicht in den letzten Tagen, als ihre Gedanken nur bei Nana und Papa waren.

Der Wagen ruckelte, als Gramps den Gang einlegte und langsam aus dem dichten Gestrüpp auf die Straße fuhr. *Straße* war wahrscheinlich etwas übertrieben. Das, worauf sie fuhren, war eher ein Pfad im Wald, aber Molly war zu froh, dass sie nicht zu Fuß gehen musste, um sich darüber Gedanken zu machen, ein wenig durchgerüttelt zu werden.

Sie schloss die Augen und streckte die Beine aus; das Sitzen fühlte sich im Moment einfach fantastisch an.

Sie hörte Eagle neben sich schnauben und öffnete ein Auge, bevor sie den Kopf drehte und ihn ansah.

»Klein zu sein hat einige Vorteile«, bemerkte er und nickte zu ihren ausgestreckten Beinen.

Molly blickte nach unten und sah, dass sowohl Eagles als auch Marks Knie die Sitze vor ihnen berührten. Sie konnte sich ein Grinsen nicht verkneifen. Es tat *wirklich* gut, die positive Seite der Dinge zu sehen. Sie hätte sich darauf konzentrieren können, wie sehr ihre Beine vom Laufen schmerzten. Wie schmutzig sie war.

Wie verzweifelt sie ihre Großeltern vermisste ... aber stattdessen war sie in diesem Moment einfach nur dankbar, dass sie ihre Beine ausstrecken konnte und nicht verkrampft dasitzen musste.

»Wisst ihr, was noch gut daran ist, klein zu sein?«, fragte sie.

»Nein, was?«, fragte Eagle.

»Ich muss mir keine Gedanken darüber machen, wie groß die Badewanne ist, ich passe immer hinein. Dasselbe gilt für Duschen ... sie sind nie zu klein für mich. Das Wasser läuft mir immer über den Kopf und trifft mich nie auf die Brust.«

»Das sind wirklich beides Vorteile«, bestätigte Gramps von vorn. »Ich kann dir gar nicht sagen, wie oft ich in der Dusche schon in die Knie gehen musste, nur um meinen Kopf unter den Wasserstrahl zu bekommen.«

Diese Bemerkung löste ein langes und lebhaftes Gespräch über Duschen und die verschiedenen Orte aus, an denen die Männer um sie herum während ihrer Einsätze geduscht hatten.

Molly beteiligte sich nicht daran, sondern lehnte sich einfach zurück und hörte zu. Sie wusste, dass sie ein albernes Grinsen im Gesicht hatte, aber sie konnte nicht anders. Das Gespräch war so ... normal. Was an sich schon seltsam war, in Anbetracht der Tatsache, dass die Männer um sie herum *alles andere* als normal waren.

Als die Unterhaltung abflaute, begannen das Schaukeln des Wagens und die Hitze des späten Nachmittags, Molly in den Schlaf zu wiegen.

Kurz bevor sie einschlief, spürte sie, wie Mark nach ihrer Hand griff.

Sie öffnete die Augen und sah, dass er ihre Finger mit seinen verschränkt hatte. Sie konnte sich nicht erinnern, wann sie das letzte Mal mit jemandem Händchen gehalten hatte, geschweige denn mit einem Mann.

Sie fühlte sich so sicher wie schon lange nicht mehr, zwischen Eagle und Mark, der ihre Hand festhielt, und entspannte sich und schlief ein.

Sie schreckte auf, als Gramps den Motor vor einem Gebäude abstellte, das wie ein Motel aussah. Die Stuckwände waren cremefarben, und alles an dem Gebäude sah frisch und sauber aus. »Wir sind da«, verkündete er.

»Und wo sind wir?«, wollte Molly wissen und versuchte, ihr Gehirn in Gang zu bringen. Sie fühlte sich nach ihrem Nickerchen wie gerädert.

»*Dujima International Hotel* in Maiduguri«, erklärte Gramps ihr. »Unser Zuhause für die kommende Nacht.«

»Ich gehe rein und besorge ein paar Zimmer«, sagte Eagle und stieg aus.

»Sobald du in deinem Zimmer bist, ziehe ich los und schaue, was ich für dich zum Anziehen finden kann«, bemerkte Bull und drehte sich zu ihr um, während er mit ihr sprach.

»Oh, ich brauche nicht viel«, protestierte Molly.

Die Männer ignorierten sie völlig.

»Vergiss das Shampoo nicht. Und die Spülung, wenn du welche finden kannst«, sagte Mark zu Bull.

»Ich werde doch das Shampoo nicht vergessen«, entgegnete Bull mit einer hochgezogenen Augenbraue. »Ich bin derjenige, der mit einer Frau zusammenlebt, ich denke, ich weiß, was sie braucht.«

»Schuhe auch«, warf Gramps ein.

»Größe siebenunddreißig«, erinnerte Mark ihn.

»Siebenunddreißig, verstanden. Ich hab's. Ich finde schon heraus, welche Größe das hier ist«, antwortete Bull mit einem Nicken.

»Im Ernst, ich brauche nicht viel«, versuchte Molly, sich zu Wort zu melden. Aber wieder einmal redeten sie über sie hinweg.

»Im Flugzeug wird ihr wahrscheinlich kalt sein. Da sie so lange im Dschungel war, wird es ihrem Körper schwerfallen, sich wieder an die Klimaanlage zu gewöhnen. Bring also auch ein Sweatshirt oder einen Pullover mit«, schlug Gramps vor.

»Stimmt, da sie abgenommen hat, wird sie noch mehr frieren«, stimmte Bull zu.

»Und kauf auch ein paar Lebensmittel. Unsere Vorräte gehen zur Neige. Sie wird alle paar Stunden etwas essen müssen«, erinnerte Mark seinen Teamkameraden.

»Leute!«, sagte Molly so energisch, wie sie sich traute.

Alle drei hörten auf zu reden und starrten sie an.

Sie seufzte. »Ich weiß eure Hilfe mehr zu schätzen, als ich sagen kann. Ich kann jetzt nicht einfach losgehen und etwas kaufen, weil ich kein Geld habe. Aber ich brauche wirklich *nicht* viel. Ich möchte niemanden verärgern. Eine Hose, ein Hemd, vielleicht etwas Unterwäsche und ein Paar Flipflops. Damit sollte ich vorläufig über die Runden kommen. Ich kann die Toilettenartikel des Motels benutzen.«

»Das kannst du vergessen, Süße«, entgegnete Bull mit einem Kopfschütteln. »Ich bin mir nicht sicher, wie die Auswahl hier sein wird, aber ich bin schon lange genug mit Skylar zusammen, um zu wissen, dass sie sich besser fühlt, wenn sie sich frisch gemacht hat. Soweit es uns betrifft, bist du bereits verdammt schön – wir schätzen Stärke über alles andere. Und jemand, der überlebt hat, was du erlebt hast, ist eine verdammte Superwoman. Es ist nicht schwer, für dich ein paar Klamotten zu finden, die besser passen als Smokes T-Shirt. Du hast einen harten Weg vor dir, und wenn du dich wohlfühlst, wird dir dieser Weg viel leichter fallen.«

Mollys Augen füllten sich zum ersten Mal seit ihrer Rettung mit Tränen. Das Wasser, das Mark ihr ständig aufgedrängt hatte, hatte offensichtlich gute Arbeit geleistet und ihre Tränenkanäle rehydriert.

»Ich bin mir nicht sicher, ob wir dein Haar retten können oder nicht, aber ich werde dir helfen«, sagte Mark sanft und fingerte an einer Strähne ihrer völlig verdreckten Locken.

»Und obwohl ich sicher bin, dass wir zu viert eine zusätzliche Zahnbürste auftreiben können, hast du kein Glück mit Feuchtigkeitscreme und all dem anderen duftenden Zeug, das Frauen anscheinend mögen«, bemerkte Gramps.

Molly war sprachlos. Es war schon sehr lange her, dass jemand so großzügig gewesen war. Diese Männer waren vielleicht gewalttätig und tödlich für diejenigen, die andere töteten und entführten, aber eigentlich waren sie große Teddybären.

»Danke«, stieß sie leise hervor.

Mark drückte ihre Hand, und Gramps und Bull nickten einfach.

Dann fingen die drei Männer an, erneut über all die Dinge zu reden, die Bull ihr besorgen sollte. Mollys Tränen versiegten – und sie konnte nicht anders, als rot zu werden –, als Mark Bull sagte, er solle *gute* Unterwäsche kaufen, nicht diesen billigen Mist.

»Was weißt *du* denn schon von Frauenunterwäsche?«, meckerte Bull. »Du hast schon seit Jahren keine mehr an einer echten Frau gesehen. Zeitschriften anzuschauen ist nicht dasselbe.«

»Du kannst mich mal«, knurrte Mark. »Ich will damit nur sagen, dass du dir nicht einfach einen Dreierpack schnappen sollst und es damit getan ist. Molly hat etwas Besseres verdient.«

»Natürlich hat sie das«, stimmte Bull zu. »Ich bin kein Idiot. Und ich muss dir sagen, dass Skylar sich nicht über die Dessous beschwert, die ich ihr kaufe.«

Molly schlug eine Hand vor den Mund und tat ihr Bestes, um ihre Belustigung zu verbergen. Sie klangen eher wie zehnjährige Brüder als wie erwachsene Männer. Sie sah Gramps' Blick im Rückspiegel und konnte ihr Lachen nicht unterdrücken, als er die Augen verdrehte.

»Entschuldigung«, brachte sie hervor, als Bull und Mark sie verwirrt ansahen. »Ich bin sicher, was immer Bull findet, ist in Ordnung. Ich bin wirklich nicht so wählerisch.« Sie hatte nicht vor zu erklären, dass allein die Tatsache, *überhaupt* saubere Kleidung an ihrem Körper zu spüren, sich himmlisch anfühlen würde, nachdem sie so lange dieselben Klamotten getragen hatte.

Zum Glück kam Eagle zurück und unterbrach den Streit und Mollys gleichermaßen peinliche wie amüsante Reaktion auf das Gerede über ihre Unterwäsche. Er hatte drei Schlüssel dabei. Er gab Gramps einen Schlüssel und Mark den zweiten. »Die Zimmer haben keine Verbindungstür, aber wir sind alle nebeneinander.«

Molly hatte keine Ahnung, wie der Plan für die Zimmer aussah, aber sie nahm an, dass die Männer sich jeweils ein Zimmer teilen würden, sodass sie das dritte Zimmer bekommen würde.

Eagle zeigte ihr, wo sich ihre Zimmer befanden, und Gramps lenkte den Wagen in diese Richtung. Er parkte und sie stiegen alle aus, wobei die Männer ihre Rucksäcke von der Ladefläche des Wagens holten. Die Zimmer befanden sich im Erdgeschoss, und Mark gab Molly ein Zeichen, in das Zimmer in der Mitte der anderen zu gehen. Sie tat es, und er schloss ihr die Tür auf.

Als sie das Zimmer betrat, geriet sie kurz in Panik bei dem Gedanken, allein zu sein, vor allem nachts, aber Mark überraschte sie, indem er eintrat und die Tür hinter sich schloss. Er legte ihr die Hände auf die Schultern und schob sie zur Seite, dann ging er durch das Zimmer und sah unter den Betten und im Bad nach.

»Alles in Ordnung«, versicherte er ihr.

Molly starrte ihn an, als er seinen Rucksack auf den Boden neben dem Badezimmer stellte und begann, ihn zu durchwühlen. Er holte alles heraus und legte es auf den Boden. Kleidung, Trockensäcke, eine Feldration, eine Pistole, Munition, drei Messer ... es war, als sei die Tasche magisch und unerschöpflich. Sie hatte keine Ahnung, wie er es geschafft hatte, so viel in das Ding zu stopfen, aber als der Rucksack leer war, war er von Ausrüstung umgeben.

Er kramte in seinen Sachen, dann stand er auf. Er hielt ihr ein paar Dinge hin. »Eine saubere Zahnbürste, Zahnpasta und etwas Flüssigseife. Es ist nichts Ausgefallenes, aber ich war mir nicht sicher, ob du mit dem Duschen warten willst, bis Bull zurück ist.

Ich meine, du kannst natürlich auch zweimal duschen, einmal jetzt und einmal, wenn er zurückkommt.«

Molly betrachtete ihn ... und bemerkte, dass Mark nervös zu sein schien.

Sie sah sich in dem Zimmer um. Es gab zwei Doppelbetten in dem etwas schmuddeligen Raum, aber die Bettwäsche sah sauber aus. Ebenso wie der Teppich. Je mehr sie darüber nachdachte, desto klarer wurde Molly, dass dies wahrscheinlich das sauberste Billighotel war, in dem sie je gewohnt hatte.

»Bleibst du hier bei mir?«, platzte sie heraus.

Mark betrat das Badezimmer und stellte die Toilettenartikel auf den Tresen, dann ging er auf sie zu.

Molly blieb stehen und legte den Kopf in den Nacken, als er näher und näher kam. Er blieb etwa einen halben Meter von ihr entfernt stehen. Nicht so nahe, dass sie sich unwohl fühlte, aber nahe genug, dass er definitiv ihre volle Aufmerksamkeit hatte.

»Ja. Aber ich kann auch bei Gramps bleiben, wenn du ...«

»Nein!«, unterbrach Molly ihn. »Ich meine ... wenn das für dich in Ordnung ist?«

Mark hob langsam eine Hand, und Molly zuckte nicht zurück, als er ihr das Haar über die Schulter strich. »Als ich beim Militär war, bevor ich ein Delta wurde, wurden mein Team und ich von den Taliban gefangen genommen. Sie prügelten uns windelweich und schleppten uns dann in die Berge. Sie trennten uns alle, und es dauerte eine Woche, bis wir gefunden wurden. Als wir zum Stützpunkt zurückkamen, dachten unsere Vorgesetzten, sie täten uns einen Gefallen, indem sie uns eigene Zimmer in der Kaserne zuwiesen. Aber ich hatte die letzte Woche allein mit meinen Gedanken verbracht, und ich wollte auf keinen Fall allein sein.

Ich fand schnell heraus, dass es den meisten in meinem Team genauso ging. Wir passten nicht alle in ein Zimmer, weil sie verdammt klein waren, aber wir schafften es trotzdem, sieben von uns in mein Zimmer zu quetschen. Jemandes Füße waren in meinem Gesicht und einer der Jungs schnarchte wie eine verdammte Kettensäge … aber ich schlief in dieser Nacht so gut wie schon lange nicht mehr. Wenn du allein sein willst, dann gehe ich. Aber ich dachte, du hättest vielleicht gern etwas Gesellschaft.«

Molly konnte den Gedanken nicht ertragen, dass Mark gefangen genommen worden war, und ihr Herz schmolz dahin, als er so viel Verständnis für sie zeigte. »Ich habe schon überlegt, wie ich einen von euch bitten kann, bei mir zu bleiben«, gab Molly zu. »Wenn es hätte sein müssen, wollte ich schon wegen einer eingebildeten Spinne ausflippen.«

Er lächelte sie an. »Irgendwie glaube ich nicht, dass du nach dem, was du gerade durchgemacht hast, wegen einer Spinne ausflippen würdest.«

Sie schüttelte den Kopf. »Nein, aber wenn ich allein in diesem Zimmer bin, vielleicht schon.«

»Dann ist es ja gut, dass du nicht allein bleiben musst«, entgegnete Mark. »Willst du jetzt unter die Dusche springen oder warten, bis Bull zurückkommt?«

Die Entscheidung fiel ihr nicht schwer. »Ich möchte warten. Ich habe nichts Sauberes, das ich nach dem Duschen anziehen könnte.«

»Kein Problem«, entgegnete Mark und drehte sich wieder zu seinem Rucksack um. »Wie wäre es dann mit einem Snack?«

Molly lächelte. »Wirst du es zu deiner nächsten Aufgabe machen, mich vollzustopfen?«

»Vielleicht«, erwiderte Mark, und sie hörte nichts in seinem Tonfall, was darauf hindeutete, dass er einen Scherz machte.

Er starrte sie einen Moment lang an und Molly spürte, wie ihr Herz im doppelten Takt schlug. Sie fühlte sich auf seltsame Weise mit Mark verbunden, aber sie wusste nicht, ob es nur daran lag, dass er sie gerettet hatte, oder ob es mehr war.

»Du kannst dir wenigstens die Zähne putzen«, bemerkte Mark und brach den Bann zwischen ihnen. »Es war eines der besten Gefühle, als ich mir nach meiner Befreiung endlich mal so richtig die Zähne schrubben konnte.«

Molly nickte und machte sich auf den Weg ins Bad. Sie schloss die Tür hinter sich und nahm die Zahnbürste in die Hand. Sie starrte sie lange an, bis sich erneut Tränen in ihren Augen bildeten. Es war dumm. Es war nur eine Zahnbürste. Aber für eine Frau, die buchstäblich nichts hatte, war es so viel mehr.

Sie atmete tief durch, brachte ihre Gefühle unter Kontrolle und griff nach der Zahnpastatube.

———

Smoke wusste, dass seine Teamkameraden alles Erforderliche tun würden, um sie aus Nigeria heraus und zurück nach Indianapolis zu bringen. Sie würden Willis über den Erfolg ihrer Mission Bericht erstatten und er würde sich um einen neuen Reisepass für Molly kümmern.

Seine einzige Sorge galt im Moment der Frau selbst. Er war sehr froh, dass sie kein Problem damit hatte, dass er in dem Zimmer blieb. Auch wenn niemand glaubte, dass die Boko Haram, oder das, was davon übrig war, aus irgendeinem Grund hinter ihr her sein würde, wollte Smoke dieses Risiko nicht eingehen.

Sie war immer noch eine Frau, die allein in einem fremden Land war, und solange sie nicht wieder auf amerikanischem Boden waren, würde er wachsam bleiben. Verdammt, selbst *danach* würde er wachsam sein. Amerika war voller Gewalt ... und was sie ihnen über ihren Ex erzählt hatte, gefiel ihm definitiv nicht. Wenn es stimmte, was Molly gesagt hatte – und Smoke vermutete, dass sie ihm nicht einmal das Schlimmste erzählt hatte –, dann schien der Mann ein Vollidiot erster Güte zu sein.

Und wenn er ihre Großeltern getötet hatte? Er war nicht nur besessen, sondern auch verrückt.

Molly würde sich um eine Menge Dinge kümmern müssen, wenn sie wieder in den Staaten war. Sie musste mit den Beamten des Oak Park Police Departments sprechen. Wahrscheinlich waren sie diejenigen, die den Tod ihrer Großeltern untersuchten, da dies der Vorort war, in dem sie gelebt hatten. Dann musste sie, falls noch nicht geschehen, eine einstweilige Verfügung gegen ihren Ex erwirken. Das würde ihn zwar nicht davon abhalten, sie zu verfolgen, aber es wäre ein Hilfsmittel im Verfahren gegen ihn, falls er jemals die Grenze überschreiten sollte.

Und Smoke hatte keinen Zweifel, dass er diese Grenze überschreiten *würde*, wenn er ihre Großeltern getötet hatte. Besessene Männer kümmerten sich nicht um einstweilige Verfügungen, und er könnte es sogar als Herausforderung sehen.

In seinem Kopf drehte sich alles darum, was Molly tun musste und wie er ihr helfen konnte.

Warum er das so sehr *wollte*, konnte Mark sich auch nicht erklären. Aber in dem Moment, in dem er sie in diesem Loch gesehen hatte, hatte es bei ihm klick gemacht.

Er wusste bereits, dass er sie respektierte. Sie war durch die Hölle gegangen und hatte sich dennoch bemüht, sich auf das Positive zu konzentrieren.

Die Tür zum Badezimmer öffnete sich hinter ihm, und er drehte sich um.

Molly hatte offensichtlich ihr Bestes getan, um sich Gesicht und Hände zu waschen. Sie sahen tatsächlich eine Nuance heller aus als der Rest ihrer Haut. »Fühlst du dich besser?«, fragte er.

»Ich werde Toilettenpapier nie wieder als selbstverständlich ansehen«, entgegnete sie mit einem schiefen Grinsen.

Smoke lachte leise und streckte seine Hand aus, bevor er darüber nachdachte, was er da tat.

Sie kam sofort auf ihn zu und legte ihre Hand in seine. Es wirkte so natürlich, dass es ihn eigentlich hätte überraschen müssen, aber stattdessen spürte er ein Maß an Ruhe, das er schon lange nicht mehr erlebt hatte. Er führte sie hinüber zu dem kleinen Picknick, das er auf dem Boden neben dem Fenster aufgebaut hatte. Der Vorhang war zugezogen, da er nicht wollte, dass zufällig vorbeikommende Leute hineinschauen konnten, aber die Sonne schien immer noch durch die Ränder des Vorhangs.

»Ein Picknick?«, fragte sie.

»Ich bin davon ausgegangen, dass du dich nicht auf das Bett setzen willst, um die Decke nicht schmutzig zu machen.«

»Da hast du recht. Das sieht perfekt aus«, erwiderte Molly.

Smoke half ihr, sich zu setzen, und kniete sich dann neben sie. Er griff nach seiner Feldflasche, öffnete sie und reichte sie ihr. Das Wasser im Hotel sollte zum Trinken geeignet sein, aber er hatte im Laufe der Jahre gelernt, lieber auf Nummer sicher zu gehen. Er würde das Wasser trotzdem weiter aufbereiten, bis sie wieder zu Hause waren. Während er seine letzte Feldration aufwärmte, knabberte sie an ein paar Crackern. »Bull wird Lebensmittel mitbringen, wenn er mit den Klamotten für dich kommt«, versicherte Smoke ihr.

»Ehrlich gesagt reicht das schon«, entgegnete Molly.

Das war noch etwas, was ihm aufgefallen war: Sie hatte sich kein einziges Mal beschwert – nicht, dass sie müde war. Nicht, dass ihre Beine schmerzten. Nicht, dass die Feldrationen nicht lecker waren ... denn ehrlich gesagt, sie waren nicht so toll. Aber sie enthielten viele Kalorien, die sie dringend brauchte.

»Das ist es nicht, aber ich weiß es zu schätzen, dass du das so gelassen siehst.«

»Ich habe viel darüber nachgedacht, was du vor ein paar Tagen gesagt hast. Aber es fällt mir schwer zu glauben, dass ich kein Pechvogel bin. Alle haben mich immer damit aufgezogen, sogar Nana und Papa, solange ich denken kann. Es hat sich in mir festgesetzt. Aber ich gebe mir wirklich Mühe, nicht immer so negativ zu denken. Anstatt mich darauf zu konzentrieren, wie schlecht ich rieche, versuche ich, mich darauf zu konzentrieren, wie gut diese Mahlzeit riecht. Anstatt darüber zu meckern, wie sehr mir alles wehtut, versuche ich, mich daran zu erinnern, wie sehr ich mir gewünscht habe, meine Beine ausstrecken zu können, als ich in diesem Loch war, und jetzt kann ich es. Wenn ich alle meine Haare abschneiden muss, weil ich mit der Bürste nicht durchkomme, habe ich die Chance, einen neuen, lustigen Kurz-

haarschnitt auszuprobieren, wenn ich nach Hause komme. Und ...
vielleicht erkennt Preston mich dann nicht und lässt mich in
Ruhe. Er hat immer gesagt, er wolle, dass meine Haare länger
sind, also wird ihn das verärgern, wenn ich sie abschneide, was in
meinen Augen gut ist.«

»Ich habe im Laufe der Jahre und besonders beim Delta-Trai-
ning festgestellt, dass es immer besser ist, positiv zu denken als
negativ. Das macht die Dinge einfach leichter«, bemerkte Smoke.
Er wollte im Moment nicht über ihren Ex nachdenken. Je mehr er
über ihn erfuhr, desto mehr hasste er den Mann. Er konnte es
kaum erwarten, zu *Silverstone Towing* und ihren sicheren Computern zurückzukehren, um eine gründliche Suche nach dem Kerl
durchführen zu können – und all seine Schwachstellen herauszufinden. Wenn der Idiot dachte, er könne Molly weiter belästigen,
würde er feststellen, dass sie kein so leichtes Ziel war ... nicht mit
dem *Silverstone-Team* im Rücken. »Und ich finde dich hübsch, egal
ob du lange oder kurze Haare hast.«

Molly verdrehte die Augen.

Smoke konnte sich ein leises Lachen nicht verkneifen. »Was?
Du glaubst mir nicht?«

»Mark, ich habe seit Monaten nicht mehr geduscht. In meinen
Haaren lebt wahrscheinlich eine Rattenfamilie und unter meinen
Nägeln ist so viel Dreck, dass ich ihn nie wieder rauskriege. Ich
bin ein Wrack. Außerdem war ich noch nie hübsch, selbst wenn
ich nicht als Geisel in einem tropischen Dschungel festgehalten
worden wäre.«

Smoke drehte sich so, dass er noch näher an Molly herankam.
»Jetzt pass mal auf. Hörst du mir zu?«

Sie nickte leicht.

»Es gibt hübsch, und dann gibt es *hübsch*. Das äußere Erschei-
nungsbild ist mir völlig egal. Ich habe klassisch schöne Frauen
gekannt, die innerlich so hässlich waren, dass ich mich geekelt
habe, wenn ich neben ihnen stand. Ich habe auch Frauen gekannt,
die durch Feuer, einen Autounfall, einen Bombenanschlag oder

durch die Hand von jemandem, der sie eigentlich lieben sollte, entstellt wurden ... und weil sie so sind, wie sie innerlich sind, gehören sie zu den schönsten Frauen, die ich je gesehen habe. Es kommt nicht auf das Äußere an, sondern darauf, was für ein Mensch jemand im Innersten ist. Und du, Molly Smith, bist einer der erstaunlichsten Menschen, die ich je kennengelernt habe ... und ich habe schon *viele* Menschen kennengelernt. Und eins kannst du mir glauben, du siehst außerdem auch noch verdammt gut aus.«

Sie starrte ihn an, und es war leicht an ihrem Gesicht zu erkennen, wie sehr sie sich wünschte, ihm zu glauben.

»Bist du dir sicher, dass du nicht verheiratet bist oder zumindest mit jemandem zusammen?«

Smoke runzelte verwirrt die Stirn. »Ich bin mir sicher. Warum?«

»Weil ich nicht verstehe, warum dich nicht schon längst jemand weggeschnappt hat. Du bist nett, einfühlsam, großzügig, höflich ... und bei dir fühle ich mich in Sicherheit, auch wenn du nichts Besonderes tust.«

Er zuckte mit den Schultern. »Ich habe noch niemanden gefunden, bei dem ich das Gefühl habe, dass sie wirklich *mich* will. Seit ich das Anwesen meines Onkels geerbt habe, scheint es, als ob die Frauen nur noch das sehen. Ich könnte ein verdammter Troll sein, und sie würden trotzdem so tun, als würden sie mich lieben, nur um an mein Geld zu kommen.«

»Du bist reich?«, fragte Molly. »Ich meine, du hast auf dem Rückweg erwähnt, dass du das Haus geerbt hast, in dem du wohnst, und dass du *Silverstone Towing* mit aufgebaut hast, aber ich wollte keine falschen Schlüsse ziehen.«

»Ich besitze hundert Millionen Dollar«, entgegnete Smoke nüchtern und betete, dass er damit nicht eine gute Sache mit ihr ruinierte.

Molly machte so große Augen, dass sie ihr fast aus dem Gesicht traten. »Im Ernst?«

»Ja.«

»Nun ... ja, ich kann mir vorstellen, dass Frauen sich deswegen in deiner Nähe völlig bescheuert aufführen. Männer sicher auch.«

Smoke lachte trocken und ohne Humor. »Ja, ich dachte immer, ich bräuchte mehr Freunde, aber nachdem ich das ganze Geld geerbt hatte, ist mir klar geworden, dass die meisten Leute nur Zeit mit mir verbringen wollen, weil sie denken, dass ich für alles bezahle.«

»Wenn ich Zugriff auf meine Konten habe, kann ich das Hotelzimmer bezahlen«, antwortete Molly leise.

Smoke schüttelte den Kopf. »Ich habe das nicht gesagt, damit du dich wegen irgendetwas schuldig fühlst«, erklärte er ihr.

»Ich weiß, aber trotzdem ... ich bin nicht pleite. Ich kann mir meine Kleidung und meine Lebensmittel selbst kaufen und mir sogar eine Unterkunft in einem dieser Hotels für Langzeitaufenthalte leisten, wenn ich wieder in den Staaten bin.«

»Nein«, entgegnete Smoke, der sich nicht darum scherte, wie trotzig das klang. »Wenn dein Ex deine Großeltern umgebracht hat, könntest du in Gefahr sein. Ich habe in meiner Wohnung mehr Sicherheitsvorkehrungen, als du dir überhaupt vorstellen kannst. Du bist sicherer, wenn du bei mir bleibst.«

Molly starrte ihn so lange an, dass Smoke nervös wurde. Schon zum zweiten Mal in der letzten Stunde.

Aber dann überraschte sie ihn mit ihren nächsten Worten.

»Die sind doch selber schuld«, erklärte sie leise. »Diese Frauen, die nur wegen des Geldes mit dir zusammen sein wollten. Geld kann dich nicht umarmen. Es kann dich nachts nicht zudecken und dich festhalten, wenn du Schmerzen hast. Es kann dir keine Hühnernudelsuppe kochen, wenn du krank bist, und es kann dich nicht zum Lachen bringen, bis du dir den Bauch hältst. Wäre mein Leben nach dem Tod meiner Eltern einfacher gewesen, wenn ich Geld gehabt hätte? Vielleicht materiell. Aber dass Nana und Papa da waren, mich umarmten, wenn ich einen schlechten Tag hatte, und unzählige Fotos von meinem Abschlussball machten, war mehr wert als alles Geld der Welt.«

Tränen traten ihr in die Augen und sie blickte zu Boden und versuchte, sich zu beruhigen.

Smoke fand es schlimm, wenn sie weinte. Obwohl sie im Dschungel keine einzige Träne vergossen hatte, weinte sie jetzt, nachdem sie vom Schicksal ihrer Großeltern erfahren hatte, heftiger als jeder andere, den er je gesehen hatte.

Langsam, um sie nicht zu erschrecken, setzte er sich auf seinen Hintern und griff nach ihr. Er zog sie an seine Seite und tat sein Bestes, um ihren Schmerz zu lindern.

Molly schlang ihre Arme um ihn, legte ihren Kopf an seine Brust und weinte.

Sie hatte natürlich recht. Mit all den Dingen, die wichtiger waren als Geld. Deshalb hatte er sich in den letzten fünf Jahren auch nicht die Mühe gemacht, eine ernsthafte Beziehung einzugehen. Er wollte mehr sein als nur ein Geldgeber für eine Frau. Er wollte ihr bester Freund sein, so wie sie es für ihn sein sollte. Er wollte mit nichts weiter als einem Zelt und einem Schlafsack campen gehen, Marshmallows über dem Feuer rösten und die Sterne betrachten, während sie auf einem verwitterten Picknicktisch lagen. Er wollte eine große Familie, Kinder, die er und seine Frau verwöhnen konnten – ohne ein Vermögen für *andere* auszugeben, um sie zu beschäftigen, damit sie sich nicht um sie kümmern mussten. Er konnte sich nicht vorstellen, dass eine der Frauen, die er in den letzten Jahren kennengelernt hatte, dazu bereit gewesen wäre ...

Außer vielleicht Molly.

Das Klopfen an der Tür kam so unerwartet, dass sie beide zusammenzuckten.

Leise lachend, denn es war selten, dass Smoke überrascht wurde, sah er zu Molly hinunter. »Alles wieder gut?«

»Ja.«

Das Klopfen ertönte erneut, aber Smoke rührte sich nicht.

»Solltest du nicht zur Tür gehen?«

»Das ist Bull«, erklärte Smoke ihr. »Er kann warten. Ich will mich nur davon überzeugen, dass es dir wirklich gut geht und du das nicht nur sagst, weil du dich unwohl fühlst.«

»Es geht mir wirklich besser. Es trifft mich nur eben manchmal völlig unvorbereitet, dass Nana und Papa tot sind. Ich finde es schlimm, dass ich ihnen nicht sagen konnte, wie viel sie mir bedeutet haben. Wie sehr ich sie geliebt habe.«

»Das wussten sie«, entgegnete Smoke mit Überzeugung.

»Ich danke dir.«

»Gern geschehen.«

»Und im Ernst, ich kann selbst für mich bezahlen«, versicherte sie ihm.

Smoke verdrehte die Augen. »Du gehörst zu den Frauen, die es einem wirklich schwer machen, Geschenke zu kaufen und nette Dinge zu tun, nicht wahr?«

»Ich will nur nicht, dass du denkst, ich mag dich nur wegen deines Geldes. Ich meine, ich wusste bis gerade eben nicht einmal, dass du so viel Geld hast, und ich mochte dich trotzdem.«

»Ich weiß. Deshalb habe ich es dir ja auch gesagt. Glaub mir, Details über mein Erbe zu verraten ist nicht die Art von Small Talk, auf die ich mich normalerweise einlasse.«

»Komm schon, Smoke, mach die Tür auf!«, rief Bull von der anderen Seite. »Diese Tüten sind schwer!«

»Wir sollten ihn reinlassen. Ich meine, du musst schließlich die Unterwäsche begutachten, die er gekauft hat, oder?«, stichelte sie.

»Verdammt richtig«, erwiderte Smoke und stand schnell auf. Er reichte Molly eine Hand und half ihr auf die Beine. »Tu mir den Gefallen und warte bitte im Bad.«

»Was? Warum?«

»Eine reine Vorsichtsmaßnahme. Ich erkenne Bulls Stimme, aber ich weiß nicht, wer sich sonst noch da draußen herumtreibt. Und ich will auf keinen Fall, dass jemand vorbeikommt, dich sieht und dann denkt, du seist verwundbar und er könnte dich ausnutzen.«

»Aber du bleibst doch hier bei mir. Warum sollte jemand hinter mir her sein?«

»Weil manche Menschen eben so sind. Weil sie denken, Amerikaner sind dumm und ein leichtes Ziel? Ich weiß es nicht. Aber würdest du bitte lange genug im Bad warten, damit ich Bull reinlassen kann«, flehte Smoke.

Einen Moment lang war er davon überzeugt, Molly würde nicht tun, worum er sie gebeten hatte, aber dann drehte sie sich ohne ein weiteres Wort um und ging durch den Raum. Er wartete, bis sie die Badezimmertür hinter sich geschlossen hatte, bevor er die andere Tür öffnete.

Bull stand da, die Hände voll mit Paketen.

Smoke schnappte sich eine Papiertüte, die Bull beinahe fallen gelassen hätte, und schloss die Tür hinter seinem Freund ab.

»Du kannst jetzt rauskommen«, rief er, und fast augenblicklich spähte Molly aus dem Badezimmer.

»Die Luft ist rein?«, fragte sie.

»Ja.«

»Bist du dir sicher?«

»Ja, du kleine Besserwisserin«, entgegnete Smoke mit einem Lächeln.

Sie kam aus dem Bad und hielt kurz inne, als sie all die Dinge sah, die Bull gekauft hatte. »Du meine Güte, Bull ... was hast du gekauft?«

»Ein bisschen von diesem und ein bisschen von jenem«, erwiderte er lächelnd. »Und ich habe auch eine Tasche im Wagen, damit du das alles tragen kannst. Ich bringe sie dir gleich vorbei.«

»Hast du etwas Essbares gefunden?«

»Es riecht, als hättest du schon gegessen«, bemerkte Bull.

»Die Gerichte aus der Feldration zählen nicht, und das weißt du«, beschwerte Smoke sich.

»Ich wollte dich nur aufziehen. Natürlich habe ich etwas

Essbares für euch dabei. Ich bin auf Nummer sicher gegangen und habe traditionelle nigerianische Gerichte wie Akara, Moi Moi und Puff-Puffs zum Nachtisch geholt.«

Smoke drehte sich um, um für Molly zu übersetzen, aber die grinste nur und griff nach der Tüte, die Bull ihr hinhielt. »Oh mein Gott, ich liebe Moi Moi! Das hätte ich nicht gedacht, als ich es zum ersten Mal probiert habe. Ich meine, gekochter Bohnenpudding hört sich überhaupt nicht appetitlich an, aber die Gewürze, die sie dazugeben, sind unglaublich, und es macht mindestens so süchtig wie Crack. Gib her!«

Sowohl Smoke als auch Bull grinsten, als sie nach der Tüte griff, als könne sie keinen Moment länger warten, um die Köstlichkeiten darin zu probieren.

»Und du magst den Akara, den Bohnenkuchen?«, fragte Bull.

Molly zuckte mit den Schultern. »Er ist frittiert, was kann man daran nicht mögen?«, fragte sie, während sie einen der Moi Mois herauszog. Er war in ein großes Blatt eingewickelt, und sie zog es nicht gerade zart zurück und nahm einen großen Bissen von dem traditionellen nigerianischen Straßenessen. »Oh mein Gott ... so unglaublich lecker«, stöhnte sie.

Bull stupste Smoke an. »Sieht so aus, als müsstest du ihr nur etwas zu essen geben, um sie bei Laune zu halten«, scherzte er.

Smoke griff nach der Tüte und holte sie zwischen Mollys Füßen hervor, wo sie sie hingelegt hatte, nachdem sie den Moi Moi in die Finger bekommen hatte. Er nahm einen der frittierten, süßen Teigbällchen – auch bekannt als Puff-Puff – heraus und schob sich das ganze Ding in den Mund. Während er kaute, lächelte er zu Molly hinüber, deren Wangen ähnlich vollgestopft waren. Sie lächelte zurück.

»Ich habe dir drei Oberteile besorgt – zwei kurzärmelige und ein langärmeliges. Ich habe mich gegen eine normale Hose entschieden, weil ich deine Größe nicht kenne und nicht raten wollte. Also habe ich mich für Leggings und eine lockere, fließende Baumwollhose mit elastischem Bund entschieden. Bei den

Schuhen war es schwieriger, aber ich habe ein Paar Flipflops und ein Paar Nike-Imitate gefunden. Sie werden wahrscheinlich beim ersten Tragen auseinanderfallen, aber sie sollten zumindest so lange halten, bis du nach Hause kommst.

Da ist auch ein Sweatshirt drin und, wie gewünscht, seidenweiche Unterwäsche. Die Frau, die mir geholfen hat, dachte wahrscheinlich, ich sei pervers, weil ich darauf bestand, das Material zu fühlen, bevor ich die Unterwäsche gekauft habe. Und ich habe auch noch zwei Sport-BHs mitgebracht – auch hier dachte ich mir, das ist besser, als wenn ich deine Größe errate und versage. Dann habe ich ein Deo, eine Lotion, ein Shampoo und etwas, von dem die Dame versprach, es sei wie eine Spülung, obwohl ich keine Ahnung habe, ob sie wirklich verstanden hat, was ich wollte. Ich habe dir einen Kamm und eine Bürste besorgt, eine Nagelschere, eine Nagelfeile, einen Labello, Socken, falls deine Füße kalt werden, zwei Rasierer und eine Halskette ... weil der braune Stein mich an deine Augen erinnert hat. Wahrscheinlich ist es eine verdammte Fälschung, aber das war mir egal.«

Molly stand jetzt stocksteif da, den Moi Moi in ihren Händen vergessen, der drohte den ganzen Boden vollzutropfen. Sie starrte Bull an, die Augen weit aufgerissen vor offensichtlichem Schock.

»Eine Freundin zu haben hat mich eine Menge darüber gelehrt, was Frauen in Bezug auf Toilettenartikel für notwendig halten«, erklärte Bull.

Smoke wünschte sich, er sei derjenige gewesen, der für Molly eingekauft hätte, aber er musste zugeben, dass Bull das viel besser gemacht hatte, als er es wahrscheinlich getan hätte. »Danke«, sagte er zu seinem Freund.

»Nichts zu danken. Molly?«, fragte Bull.

»Ja?«, flüsterte sie.

»Du bist wirklich unglaublich. Es wäre mir eine Ehre, dich Skylar vorzustellen, sobald wir wieder in Indianapolis sind.«

»Ich würde sie auch gern kennenlernen«, erwiderte Molly.

»Wunderbar. Lasst euch die Mahlzeit schmecken. Gramps

kümmert sich um die Logistik. Ich rufe dich später an und sage euch Bescheid, wann unser Flugzeug abfliegt«, sagte Bull zu Smoke.

»Danke.«

»Wenn ihr sonst noch etwas braucht, was ich vielleicht vergessen habe, sag mir einfach Bescheid.«

»Machen wir«, erklärte Smoke, dann drehte er sich zu Molly um und deutete noch einmal mit dem Kopf in Richtung Badezimmer.

»Oh Mann«, beschwerte sie sich, ging aber ohne eine weitere Beschwerde in das kleine Zimmer und nahm dabei einen Bissen von dem Bohnenpudding.

»Geht es ihr gut?«, wollte Bull wissen, als sie die Badezimmertür geschlossen hatte.

»So gut es ihr im Moment gehen kann, würde ich sagen«, versicherte Smoke seinem Freund.

»Na gut. Im Ernst, wenn sie noch irgendetwas braucht, meldet euch einfach. Es ist kein Problem für mich, noch einmal loszuziehen und zu sehen, ob ich es finden kann.«

»Wird gemacht.«

Kaum hatte sich die Tür hinter Bull geschlossen, kam Molly aus dem Bad zurück, bevor er ihr sagen konnte, dass alles in Ordnung sei. Sie ging direkt auf Smoke zu und drang in seinen persönlichen Bereich ein.

Überrascht öffnete er seine Arme und schlang sie um sie, als sie ihn mit einem Arm umarmte. In der anderen Hand hielt sie immer noch ihr Essen.

»Danke«, murmelte sie an seine Brust gedrückt.

Sie war mehr als einen ganzen Kopf kleiner als er und sie fühlte sich zart und zerbrechlich an. Aber er wusste, dass sie alles andere als das war. »Gern geschehen.«

Dann wich sie zurück und er musste jedes äußere Anzeichen für seine Enttäuschung darüber unterdrücken, wie kurz die Umarmung gewesen war.

Sie drückte ihm den Rest des Moi Mois in die Hand. »Ich würde am liebsten das ganze Ding essen, aber dann muss ich mich übergeben. Außerdem will ich später noch etwas Akara essen. Und ein paar Puff-Puffs.«

Smoke ergriff das Gepäck und nahm einen großen Bissen. »Sehr lecker«, stimmte er zu, als er wieder sprechen konnte, aber Molly achtete nicht darauf. Sie hatte sich auf den Boden gekniet und sah die Sachen durch, die Bull für sie gekauft hatte.

Smoke war sich über die Qualität der Kleidung nicht sicher, aber es war offensichtlich, dass es Molly nicht interessierte. Das Lächeln auf ihrem Gesicht verriet ihm, dass sie mit dem, was sie bekommen hatte, mehr als zufrieden war.

Sie musste dreimal gehen, um alle Toilettenartikel und die Kleidung, die sie nach dem Duschen anziehen wollte, ins Badezimmer zu bringen. An der Tür hielt sie inne und schaute ihn etwas verlegen an. »Tut mir leid, willst du zuerst duschen?«

Smoke lachte. »Ich werde mich auf keinen Fall zwischen dich und diese Dusche stellen, Mol. Geh nur. Mach dein Ding. Ich kann warten.«

»Es könnte eine Weile dauern«, bemerkte sie und biss sich auf die Lippe.

»Nimm dir so viel Zeit, wie du willst. Wir müssen frühestens morgen wieder irgendwo sein.«

»Du wirst es vielleicht bereuen, mir das gesagt zu haben«, erklärte sie leise. »Aber ich danke dir. Nochmals.« Dann schloss sie die Tür.

Smoke hörte, wie das Wasser in der Dusche angestellt wurde, bemerkte aber, dass sie die Badezimmertür nicht abgeschlossen hatte. Nicht dass das Schloss ihn aufgehalten hätte, wenn er wirklich hineinwollte. Aber dieser einfache Beweis des Vertrauens in ihn erschütterte Smoke bis ins Mark. Was auch immer diese Sache zwischen ihnen war, er hoffte, dass ihr Vertrauen ein Zeichen dafür war, dass seine Gefühle nicht einseitig waren.

Es erregte ihn und jagte ihm gleichzeitig eine Heidenangst ein.

»Ein Schritt nach dem anderen«, sagte Smoke zu sich selbst, als er sich wieder auf den Boden fallen ließ, um zu warten, bis er an der Reihe war zu duschen. Er war nicht so schmutzig wie Molly, aber auch alles andere als sauber.

Er starrte auf die Badezimmertür, während er den Moi Moi aufaß. Es war fast beängstigend, wie groß sein Beschützerinstinkt gegenüber Molly jetzt bereits war. So mussten sich Bull und Eagle auch gefühlt haben, nachdem sie ihre Frauen kennengelernt hatten. Als wären sie zu allem bereit, um dafür zu sorgen, dass sie sicher, glücklich und gesund bleiben.

Der Gedanke hätte eigentlich Alarm bei ihm auslösen müssen ... *irgendetwas* ... aber stattdessen fühlte Smoke, wie Zufriedenheit ihn überströmte.

Diese Sache fühlte sich *richtig* an. Er hätte sein ganzes Geld darauf verwettet. Er hatte Molly impulsiv und aus Mitleid eingeladen, bei ihm zu bleiben, aber wenn die Dinge so liefen, wie er es für möglich hielt ... würde sie hoffentlich nie wieder gehen wollen.

Die besten Dinge im Leben waren nie einfach. Das war das Motto seines Onkels gewesen, und Smoke hatte noch nie so sehr daran geglaubt wie in diesem Augenblick. Es würde nicht leicht sein, Molly davon zu überzeugen, bei ihm zu bleiben, sich von ihm mit dem Mistkerl von Ex helfen zu lassen und mit dem Tod ihrer Großeltern und allem, was damit zusammenhing, fertigzuwerden. Aber am Ende ahnte Smoke immer mehr, dass sie es wert sein würde. Er musste nur hoffen, dass sie ihm gegenüber dasselbe empfand.

KAPITEL SECHS

Die Fahrt zurück nach Indianapolis war lang und anstrengend. Molly hatte vergessen, wie ermüdend das Reisen sein konnte. Es half auch nicht, dass Mark oder einer seiner Freunde sich ständig um sie kümmerte und fragte, ob es ihr gut ginge und ob sie etwas brauche. Sie wusste ihre Besorgnis zu schätzen, aber ihre Nerven waren endgültig am Ende. Sie war gestresst, weil sie wieder in den Staaten war.

Sie war froh, wieder hier zu sein, aber weil sie kein Zuhause und keine persönlichen Gegenstände hatte und sich mit dem Tod ihrer Großeltern auseinandersetzen musste, fühlte sie sich überfordert.

Sie hatten einen zusätzlichen Tag in Ikeja verbringen müssen, weil sie auf ihren Reisepass gewartet hatten. Molly hätte gern gewusst, wie sie so kurzfristig einen neuen Pass für sie bekommen hatten, vor allem weil es ewig gedauert hatte, als sie ihn vor ihrer Abreise nach Nigeria erneuert hatte, aber da es darum ging, sie aus dem Land zu bringen, wagte sie nicht, zu viele Fragen zu stellen.

Es war dunkel, als sie in Indiana landeten, und Molly fühlte sich, als würde sie vor Erschöpfung umkippen.

»Komm schon, Mol, du bist doch total fertig«, bemerkte Mark und hielt ihren Ellbogen fest.

»Bist du sicher, dass es dir nichts ausmacht, wenn ich erst mal bei dir bleibe?«, fragte sie zum hundertsten Mal.

»Da bin ich mir ganz sicher«, antwortete Mark geduldig. »Ich hätte es sonst nicht angeboten.«

»Es war schön, dich kennengelernt zu haben, Molly«, erklärte Bull.

»Wir sind froh, dass es dir gut geht«, fügte Eagle hinzu.

»Und danke, dass du Smokes Sturz in das Loch abgefedert hast«, scherzte Gramps.

Die Männer hatten Smoke die Hölle heißgemacht, nachdem sie gehört hatten, dass er buchstäblich auf sie draufgefallen war. Offensichtlich fanden sie die Vorstellung, dass der Mann, der so trittsicher und raffiniert war, in ein Loch fällt, urkomisch.

»Wir sehen uns morgen Nachmittag«, erklärte Bull und eilte dann in die andere Richtung davon.

Mark hatte ihr bereits erzählt, dass sie sich nach der Rückkehr von einem Einsatz immer am nächsten Tag trafen, nachdem sie sich ausgeruht hatten, um zu besprechen, was gut gelaufen war und was sie beim nächsten Mal besser machen konnten. Sie war beeindruckt von ihrer Professionalität und ihrem Engagement, sich zu verbessern.

»Ich bringe Taylor morgen zu *Silverstone Towing*«, sagte Eagle zu ihr. Dann fügte er schmunzelnd hinzu: »Wenn sie laufen kann.«

Gramps und Smoke lachten, aber Molly verdrehte nur die Augen. Sie hatte in den letzten anderthalb Tagen ihrer Reise alles über Skylar und Taylor erfahren. Bull und Eagle waren bis über beide Ohren in ihre Frauen verliebt, und als sie hörte, wie sehr sie sie vermisst hatten, tat ihr das Herz weh.

»Wir werden morgen darüber reden, was wir mit deinem Mistkerl von Ex machen«, bemerkte Gramps.

Sie hatte den Männern auch mehr über ihre Situation mit Preston erzählt. Keiner der Männer war glücklich mit ihrem Ex und sie waren alle bereit, ihm klarzumachen, dass sie jetzt endgültig tabu war.

Es gab eine Menge Dinge, die Molly tun musste, jetzt, da sie wieder in den Vereinigten Staaten war. Sie musste mit der Polizei sprechen und herausfinden, was bei den Ermittlungen zum Tod von Nana und Papa vor sich ging. Sie musste ihre Anwältin anrufen, um herauszufinden, ob sie irgendetwas tun musste, um den Nachlass zu regeln. Sie musste sich mit der Versicherung für das Haus in Verbindung setzen und auch mit einem Steuerberater, der sich um ihr Erbe kümmern sollte. Ihre Großeltern hatten nicht viel Geld gehabt, vor allem im Vergleich zu Mark, aber Molly ging davon aus, dass es Steuern zu zahlen gab.

Und sie musste einkaufen gehen. Mit Flipflops und billigen Turnschuhen würde sie nicht lange überleben, nicht in Indiana. Aber der Gedanke an alles, was sie tun musste, war zu überwältigend, und Molly hätte sich am liebsten einfach nur hingelegt und einen Monat lang geschlafen.

»Ich weiß, ich habe gesagt, dass Preston meine Großeltern umgebracht haben könnte, aber vielleicht habe ich nicht richtig nachgedacht. Es ist nur schwer vorstellbar, dass *überhaupt jemand* sie umbringen wollte«, sagte Molly zu Gramps.

»Wir werden herausfinden, was die Polizei weiß, und dann sehen wir weiter«, entgegnete er. »Wenn dein Ex etwas damit zu tun hat, werden wir dafür sorgen, dass er hinter Gitter kommt, wo er hingehört.«

Molly musterte den großen Mann. Sie konnte ihn nicht richtig einschätzen. Im einen Moment runzelte er die Stirn und sah sauer auf die Welt aus, im nächsten neckte er sie wie ein großer Bruder. Wie auch immer, sie konnte nicht anders, als ihn zu mögen. Sie mochte alle von Marks Freunden.

»Wenn Bull und Eagle morgen zu spät kommen, sag mir Bescheid«, bat Mark Gramps.

»Mach ich. Wenn du etwas brauchst, melde dich einfach«, erwiderte Gramps.

»Danke.«

»Molly?«

»Ja?«, fragte sie und drehte sich zu Gramps um.

»Ich bin wirklich froh, dass es dir gut geht. Du bist hart im Nehmen«, erklärte der ältere Mann.

»Danke. Du bist auch nicht so schlecht.«

»Du erinnerst mich an eine andere Frau, die ich mal kannte. Sie war auch ziemlich stark.« Sie lächelten sich kurz an, dann nickte Gramps ihr zu und drehte sich um, um wegzugehen.

»Er hat sich traurig angehört«, bemerkte Molly, als er außer Hörweite war.

»Es ist nie schön, sich an die Frau zu erinnern, die die Richtige gewesen wäre«, erklärte Mark ihr.

Sie wollte mehr wissen, unterdrückte aber ihre Neugierde. »Ich mag deine Freunde«, sagte Molly zu ihm.

»Da bin ich aber froh. Sie mögen dich auch«, erwiderte er. »Und jetzt komm schon. Ich bin erschöpft, und ich bin mir sicher, du auch.«

Sie verließen den kleinen Regionalflughafen und machten sich auf den Weg zum Parkplatz. Mark kniete sich an die hintere Ecke eines nagelneuen Ford Explorers und stand dann mit einer kleinen Schachtel in der Hand auf.

»Im Ernst? Du hast etwas, um deinen Schlüssel zu verstecken?«, fragte Molly mit einem Lächeln.

Er erwiderte ihr Lächeln und zuckte mit den Schultern. »Dieser Parkplatz wird überwacht und *Silverstone* zahlt viel Geld, um dafür zu sorgen, dass unseren Fahrzeugen nichts passiert. Und ich will nicht riskieren, dass ich meinen Rucksack und den Schlüssel verliere, während ich auf einem Einsatz bin.«

Das klang logisch, aber Molly fand es trotzdem komisch. Sie fing an zu lachen ... und konnte nicht mehr aufhören. Ihr war durchaus klar, dass die Tatsache, dass der Schlüssel in einer magnetischen Box an der Unterseite seines Wagens aufbewahrt wurde, nicht gerade *sonderlich* witzig war, aber Molly war im Moment völlig erschöpft.

Mark sagte nichts weiter, aber das Grinsen auf seinem Gesicht verriet, dass er sich nicht darüber ärgerte, dass sie über ihn lachte. Er ging mit ihr zur Beifahrerseite seines Wagens und half ihr beim Einsteigen. Sie lachte immer noch, als er auf der Fahrerseite einstieg.

Er ließ den Motor an und drehte sich dann zu ihr um. Sein Grinsen wurde breiter.

»Was?«, fragte sie.

»Nichts«, erwiderte er achselzuckend. »Ich höre dich nur gern lachen.«

Das brachte Molly aus dem Konzept. Sie konnte nicht glauben, dass sie lachte und sich amüsierte, während ihr Leben in Trümmern lag.

»Mist, ich hätte den Mund halten sollen«, murmelte Mark, als er den Gang einlegte.

Molly streckte die Hand aus und legte sie auf seinen Arm. Er verstummte und wandte den Blick wieder ihr zu.

Auch wenn sie schon einmal allein gewesen waren, kam es ihm dieses Mal irgendwie intimer vor. Vielleicht lag es daran, dass es draußen dunkel war. Vielleicht lag es daran, dass sie sich wieder in vertrauten Gefilden in den Vereinigten Staaten befanden, oder daran, dass sie wusste, dass sie in seinem Wagen saßen. Was auch immer der Grund war, Molly spürte, wie sich eine Gänsehaut auf ihren Armen bildete. »Nana und Papa hätten dich gemocht«, erklärte sie leise.

Mark entspannte seine Schultern. Er streckte eine Hand aus und strich ihr das Haar zurück. »Ich weiß, dass ich sie auch gemocht hätte.«

Dann fuhr er ohne ein weiteres Wort aus der Parklücke und auf die nahe gelegene Straße.

Molly lehnte ihren Kopf zurück an den Sitz und schloss die Augen. Sie war müde, aber sie konnte nicht aufhören, über alles nachzudenken, was in den letzten Tagen seit ihrem Treffen mit Mark passiert war.

Sie war nicht völlig ahnungslos. Sie merkte, dass er eine Schwäche für sie hatte ... aber sie fragte sich, ob das nur an der Situation lag. Weil er sie gerettet hatte.

Als sie nach ihrer ersten Dusche in Maiduguri aus dem Bad gekommen war, hatte er noch auf dem Boden gesessen. Er war aufgestanden und zu ihr hinübergegangen, und er hatte ihr glattes schwarzes Haar, das bis zu den Schultern reichte, angestarrt. Sie hatte eines der T-Shirts getragen, die Bull für sie gekauft hatte, und die Leggings. Beides war etwas zu groß, aber es war ein tolles Gefühl gewesen, saubere Kleidung zu haben. Sie hatte Marks T-Shirt so gut wie möglich gewaschen, weil sie es nicht in den Müll werfen wollte, so wie sie es mit ihrer schmutzigen Hose und Unterhose getan hatte.

»Das sieht gut aus«, hatte er gesagt und damit ihre Haare gemeint.

»Ich habe Glück, dass es dünn ist«, hatte sie erwidert. »Ich habe es dreimal mit Shampoo gewaschen.«

»Darf ich?«

Molly hatte genickt.

Er war ihr mit der Hand sanft über den Kopf gefahren. »Es ist weich. Wunderschön.«

Molly hatte keine Ahnung, wie lange sie sich gegenseitig angestarrt hatten. Aber schließlich hatte er den Kopf geschüttelt, als wollte er ihn klären, und erklärt, dass sein Gestank die Insekten verscheuchen würde. »Bleib im Zimmer und geh nicht an die Tür. Ich komme gleich wieder raus.« Und damit war er selbst im Bad verschwunden.

Seitdem hatte sie ihn immer wieder dabei erwischt, wie er ihr Haar angestarrt hatte. Er hatte es sogar noch ein paarmal berührt, wie vor einer Minute. Molly hatte keine Ahnung, warum er so fasziniert von ihren Haaren war, aber sie musste zugeben, dass sie seine Berührung genoss. Jedes Mal wenn er sie streichelte, hätte sie sich am liebsten in seine Hand geschmiegt und geschnurrt.

Obwohl sie wusste, dass sie eigentlich darauf achten sollte, wohin sie fuhren, konnte Molly die Augen nicht offen halten. Sie befand sich in einem Halbschlaf und dachte an Mark, bis der Wagen anhielt.

»Wir sind da, Mol«, erklärte er.

Sie atmete tief durch, setzte sich auf und öffnete die Augen. Sie standen vor einem Tor und ein helles Licht schien von oben auf den Wagen herab.

»Ich wollte, dass du meine Sicherheitsvorkehrungen aus erster Hand siehst, damit du dich sicherer fühlst«, bemerkte Mark.

Molly nickte und versuchte, ihren benebelten Verstand zu klären.

»Das ist die einzige Straße, die auf das Grundstück führt. Der Zaun geht um das gesamte Areal. Das Licht ist mit einem Bewegungsmelder ausgestattet und es gibt eine Kamera, die das Kennzeichen jedes einfahrenden Fahrzeugs festhält.« Er beugte sich vor und drückte eine lange Zahlenfolge auf dem Tastenfeld, woraufhin sich das Tor öffnete.

Nachdem er durchgefahren war, schaute Molly zurück und sah, dass sich das Tor in dem Moment schloss, in dem die hintere Stoßstange das Tor passiert hatte.

»Es ist so konstruiert, dass es erkennt, wenn ein Fahrzeug vorbeigefahren ist, und sich dann sofort schließt. Ich wollte nicht, dass zwei Fahrzeuge auf einmal durchfahren können. Das Tor bei *Silverstone Towing* ist genauso aufgebaut.«

Molly nickte beeindruckt.

Genauso beeindruckt war sie von dem Grundstück selbst. Überall standen große Bäume, aber sie schienen ziemlich gleichmäßig verteilt zu sein, als seien sie sorgfältig geplant worden. Als sie auf das Haus zusteuerten, machte sie große Augen.

Es war wunderschön.

Das zweistöckige Haus wirkte einladend, aber trotz seiner

Größe nicht prätentiös. Die überdachte Veranda an der Vorderseite fiel ihr sofort ins Auge, ebenso wie die weißen Fensterläden und die großen Fenster. Um das Haus herum gab es ein paar Büsche, aber sie waren nicht dicht genug – oder groß genug –, um sich darin zu verstecken, was Molly nicht überraschte, nachdem sie das Tor am Ende der Einfahrt gesehen hatte.

Während sie die Schotterauffahrt hinunterfuhren, erzählte Mark weiter von den Sicherheitsmaßnahmen auf dem Grundstück. »Das meiste hier hat mein Onkel eingebaut. Ich habe einfach alles verbessert, als ich das Haus geerbt habe. Er war paranoid, aber er war auch schon dreimal Opfer eines Einbruchs geworden, bevor er es leid war. Es gibt überall um das Haus herum strategisch platzierte Kameras. Ich werde über eine App auf meinem Telefon benachrichtigt. Ich kann mir das Video sofort ansehen, um zu sehen, ob es nur ein Tier ist oder jemand, der etwas Böses im Schilde führt. Alles wird über eine Box im Haus gesteuert. Mit einem Tastendruck kann alles ein- oder ausgeschaltet werden. Das System kann nicht ausgeschaltet werden, indem man die Kabel draußen durchtrennt, und selbst bei einem Stromausfall läuft es bis zu acht Stunden lang weiter.«

»Wow«, sagte Molly. »Ich glaube, ich bin eingeschüchtert«, erklärte sie ihm ehrlich. »Sowohl von deinem Haus als auch von den Sicherheitsvorkehrungen, die du getroffen hast.«

»Das war nicht meine Absicht«, entgegnete Mark. »Ich habe mein Haus so gemütlich wie möglich eingerichtet und wollte natürlich auch, dass es von außen schön aussieht. Und was die Sicherheit angeht, ich wollte nur, dass du weißt, dass du hier sicher bist. Ich werde dir das System morgen erklären, wenn du nicht mehr im Halbschlaf bist. Morgen früh fahre ich auch mit dir los und besorge dir ein Handy. Alles andere, was du brauchst, können wir sofort besorgen, aber ich bin sicher, dass Skylar und Taylor mit dir einkaufen gehen werden, um mehr Klamotten zu kaufen.«

»Ich brauche nicht sofort ein Handy«, widersprach Molly.

»Doch, das tust du. Du brauchst eine Möglichkeit, mich oder die anderen Jungs sofort zu erreichen.«

»Ich werde es dir zurückzahlen«, versicherte Molly ihm.

»Nicht nötig. Hast du nicht *gehört*, wie viel Geld ich habe?«, fragte Mark.

Das irritierte Molly ein wenig. »Ich will dein Geld nicht«, entgegnete sie. »Ich bin nicht wie die Frauen, mit denen du ausgehst und die sich nur für die Größe deines Bankkontos interessieren. Ich habe mein eigenes Geld, Mark. Ich bin nicht hilflos. Und wenn du denkst, dass ich das bin, kannst du den Wagen wenden und mich in ein Hotel bringen.«

Er war höflich genug, sie nicht darauf hinzuweisen, dass sie kein Geld hatte, um ein Zimmer zu bezahlen.

Stattdessen fuhr er in eine Garage mit vier Stellplätzen und drehte sich zu ihr um, als sich die Tür hinter ihnen schloss. Zu ihrer Überraschung lächelte er.

»Was?«, fragte sie ein wenig angriffslustig.

»Nichts. Ich hätte nur nie gedacht, dass du so ... kratzbürstig sein würdest.«

»Wenn du aufhören würdest, dich wie ein Idiot zu benehmen, wäre ich es auch nicht«, erwiderte sie. Dann dachte sie sofort, dass sie vielleicht den Mund hätte halten sollen. Nana hatte es schon immer gehasst, wenn sie, ohne nachzudenken, einfach drauflosgeredet hatte ... aber als Mark lachte, entspannte sie sich ein wenig. »Es tut mir leid. Ich bin erschöpft und das war unangebracht, vor allem in Anbetracht der Tatsache, dass du mir hilfst. Ich weiß, dass du das nicht musst.«

»Ist schon gut. Es ist schon lange her, dass jemand mein Hilfsangebot abgelehnt hat. Die meisten Leute machen einfach mit, wenn ich ihnen anbiete, für etwas zu bezahlen.«

»Nun ... ich weiß es zu schätzen, wirklich. Aber ich will dein Geld wirklich nicht. Und ich fühle mich im Moment furchtbar, weil ich so viel Hilfe brauche.«

»Ich will dir nur helfen, Mol«, versicherte Mark ihr.

»Ich danke dir. Ich weiß das zu schätzen. Ich habe schon einen Handyvertrag, ich brauche nur ein Ersatzhandy. Du musst mich nicht zu deinem Freundes- und Familientarif hinzufügen oder so etwas Verrücktes.«

»Abgemacht. Also ... willst du das Haus sehen?«

»Es wird doch kein Alarm losgehen, wenn wir das Haus betreten, oder?«, fragte Molly, die froh war, dass sie sich wieder auf neutralem Boden befanden.

»Nur wenn ich nicht innerhalb von dreißig Sekunden das Passwort in das System eingebe.«

»Dreißig Sekunden? Mehr Zeit hast du nicht?«

»Das ist eigentlich ziemlich lang. Du wirst schon sehen.«

»Ich werde das Ding auf jeden Fall auslösen und du wirst es satthaben, deiner Alarmfirma zu sagen, dass es nur dein ahnungsloser Gast war, der nicht den Dreh raus hat, den richtigen Code einzugeben.«

Mark brach in Gelächter aus, als er aus dem Wagen stieg.

Molly sprang auf ihrer Seite aus dem Fahrzeug und ging lächelnd zu Mark hinüber.

»Meine Alarmfirma bin ich selbst«, erklärte er ihr, als sie an seiner Seite ankam.

»Was meinst du damit?«

»Genau das, was ich gesagt habe. Ich bin nicht an eine Firma gebunden oder so. Ich bekomme die Benachrichtigungen auf mein Handy. Und wenn ich mein Handy nicht bei mir habe, alarmiert mich auch meine Uhr.«

»Ich habe mich schon gewundert, warum du aussiehst, als würdest du einen Desktop-Computer am Handgelenk tragen.«

»Witzig«, erklärte Mark und stieß mit seiner Hüfte leicht gegen ihre.

Molly tat so, als sei sein Stupser kräftiger, als das der Fall gewesen war, und stolperte zur Seite. Es gefiel ihr, sein Lächeln zu sehen. Sie stellte sich vor, dass es ohne seinen buschigen Bart noch strahlender sein würde.

»Ich kann die Polizei per Knopfdruck benachrichtigen, wenn es nach der Überprüfung der Kameras so aussieht, als hätte ich einen Eindringling. Ich muss allerdings zugeben, dass außer mir noch niemand hier gewohnt hat, seit ich das alles eingerichtet habe. Wir müssen uns ein System einfallen lassen. Ich will die Polizei nicht verärgern, weil die Beamten hier auftauchen müssen, obwohl der Alarm nur versehentlich ausgelöst wurde. Aber ich will auch, dass du jederzeit in Sicherheit bist.«

»Warum?«, platzte Molly heraus und errötete dann über ihre Unhöflichkeit. »Ich meine, ich weiß das wahnsinnig zu schätzen, aber ...« Sie seufzte. »Ich glaube, ich weiß immer noch nicht, warum ich überhaupt hier bin.«

»Du bist hier, weil du in letzter Zeit nicht sonderlich viel Glück hattest. Und nein, das heißt nicht, dass ich denke, dass du *Folly Molly* bist, also unterstell mir das nicht. Ich meine nur, dass du eine Verschnaufpause brauchst, weil deine Großeltern gestorben sind, dein Ex dich abfällig behandelt hat und du in einem fremden Land gefangen gehalten wurdest ... und ich kann dir genau diese Pause bieten.«

»Du hast gesagt, dass niemand anderes mehr im Haus gelebt hat, seit du die Sicherheitsvorkehrungen getroffen hast. Ich weiß nicht, wie lange das her ist, aber da du und deine Freunde *Silverstone Towing* vor fünf Jahren gegründet habt, nehme ich an, dass es nicht erst gestern war. Ich bin sicher, ihr habt seitdem anderen Opfern von ... schlimmen Dingen geholfen?«

»Das haben wir, aber nein, ich lade normalerweise nicht irgendwelche Leute, die wir gerettet haben, ein, bei mir zu wohnen.«

»Warum lädst du mich dann ein?«, drängte sie.

»Musst du das wirklich fragen?«, entgegnete er leise, griff nach ihrer Hand und zog sie an sich, als seine Finger sich um ihre legten.

Molly schluckte schwer. Sie hatte Angst, das Falsche zu sagen.

»Ich biete dir keinen Diamantring an. Und auch nicht meine

Collegejacke ... nicht dass ich eine hätte. Du beeindruckst mich, Molly. Du bist stark und klug. Du neigst nicht zur Hysterie und du hast alles erstaunlich gut gemeistert. Du hast keine Angst vor mir oder meinen Freunden oder vor dem, was wir tun. Du denkst vielleicht, dass du immer die negative Seite des Lebens siehst, aber glaub mir, das tust du wirklich nicht. Du hast dich viel besser gehalten, als es neun von zehn Leuten getan hätten. All das ist verdammt attraktiv ... und ich würde gern sehen, wohin sich die Dinge zwischen uns entwickeln könnten. Ich weiß, das ist vermessen von mir, denn vielleicht willst du ja gar nichts mit mir zu tun haben, aber selbst wenn das der Fall ist, möchte ich dich in Sicherheit wissen.

Und wir dürfen nicht vergessen, dass jemand deine Großeltern getötet hat. Vielleicht war es ein gewöhnlicher Einbruch, der außer Kontrolle geraten ist, oder vielleicht war es dein Ex, wie du angedeutet hast. Auf jeden Fall bist du hier sicher vor allen, die dir etwas antun wollen, solange du willst.«

Tränen traten in ihre Augen, und Molly schloss sie und versuchte, die Tränen zurückzudrängen. Sie war keine Heulsuse und hasste es, vor Mark schwach zu werden.

»Lass dich ruhig gehen«, erklärte er leise. »Wenn du weinen willst, weine. Ich werde nicht wegen ein paar Tränen ausrasten.«

»Ich hasse es zu weinen«, entgegnete sie mit einem Schniefen.

»Ich bin sogar erleichtert, dass du weinst und tatsächlich Tränen kommen. Du hast mich im Dschungel ziemlich erschreckt, als du geweint hast, ohne eine einzige Träne zu vergießen.«

Molly lächelte leicht und sah zu ihm auf. Er war ein bisschen verschwommen, weil ihre Augen noch immer voller Tränen waren, aber sie sah ihn direkt an. »Habe ich mich schon bei dir bedankt?«

»Ja.«

»Dann danke ich dir noch einmal.«

»Gern geschehen. Und jetzt komm, ich zeige dir das Haus, damit du dich hinlegen kannst.«

Molly war sich bewusst, dass Mark ihre Hand nicht losgelassen hatte, aber sie riss sie auch nicht aus seinem Griff.

Auch die riesige Garage mit dem Motorrad in der Ecke und einem schnittigen roten Alfa Romeo Cabrio war ihr nicht entgangen. In der Garage befand sich auch ein Fitnessstudio. Mark hatte ein Laufband, ein Spinning-Rad und jede Menge Freihanteln.

Sein Reichtum schüchterte sie ein wenig ein, aber er war so bodenständig, dass sie das oft vergaß.

Sie ließ sich von ihm ins Haus führen und sah zu, wie er einen Code in die Alarmanlage an der Wand eingab. Es sah gar nicht so kompliziert aus, aber sie war auch müde, deshalb passte sie wahrscheinlich nicht gut genug auf. Dann schaltete er die Alarmanlage wieder ein.

Sie gingen einen kurzen Flur entlang und sie konnte einen Blick auf eine Waschmaschine und einen Trockner in einem Zimmer am Ende des Flurs und ein Gästebad erhaschen. Der Flur mündete in ein Esszimmer mit einem riesigen Tisch, an dem mindestens zwölf Personen Platz hatten. Der Holztisch sah alt aus und hatte große, klobige Beine, und die Tischplatte war abgenutzt, als hätte sie schon Tausende von Mahlzeiten gesehen.

»Die meisten Sachen im Haus haben meinem Onkel gehört. Er war kein Freund des modernen Looks«, erklärte Mark und grinste.

Er ging weiter und sie betraten ein großes Familienzimmer. Der Raum sah viel gemütlicher und entspannter aus als das stickige Esszimmer. Es gab ein großes braunes Ledersofa, ein paar Sessel, einen gläsernen Wohnzimmertisch und einen großen Fernseher an der Wand.

»Wie oft hast du dir schon die Schienbeine an dem Wohnzimmertisch gestoßen?«, fragte Molly.

»Öfter, als ich zählen kann. Ich habe keine Ahnung, warum ich ihn nicht schon längst auf den Sperrmüll gegeben habe«, entgegnete Mark.

»Weil er deinem Onkel gehört hat?«, vermutete Molly.

»Ja. Er hat das Ding geliebt. Er hat mich sogar dazu gezwungen, einen Untersetzer zu benutzen, als ich noch klein war. Er hat das Ding jeden Sonntag poliert.«

»Er fehlt dir«, stellte sie leise fest.

»Das tut er. Er konnte ein Idiot sein. Wir haben den Kontakt verloren, nachdem ich die Highschool abgeschlossen hatte und zum Militär gegangen war, was ich bedauere. Aber er hat mich aufgenommen, als meine Eltern gestorben sind. Er hätte sich weigern können; er war schon älter, und ich weiß, dass er keinen großmäuligen Teenager großziehen wollte. Aber er hat es getan, und dafür habe ich ihn geliebt.«

»So ging es mir auch mit meinen Großeltern. Ich meine, ich stand ihnen ohnehin sehr nahe, also war es wirklich keine Frage, ob sie mich aufnehmen würden oder nicht. Aber es ist schwer, sich in der Rolle eines Elternteils wiederzufinden, wenn man dachte, man hätte das alles längst hinter sich gelassen.«

Mark drückte sanft ihre Hand. Es war fast seltsam, wie viel sie gemeinsam hatten. Sie hatten beide ihre Eltern verloren und waren von einem Familienmitglied aufgezogen worden. Das war die Art von Dingen, die eine sofortige Verbindung schuf.

Er führte sie an den Rand der Küche und Molly konnte sie nur überrascht anstarren. »Wow, das ist ja wie ein ganz anderes Haus«, erklärte sie nach einem Moment.

»Ja, ich habe einige Teile des Hauses renovieren lassen. Ich konnte es nicht ertragen, das Esszimmer anzurühren – es erinnert mich so wahnsinnig an meinen Onkel, wenn ich es ansehe. Aber ich wollte eine moderne Küche, nicht das Desaster, das sie vorher war.«

»Was hast du noch erneuert?«, fragte sie.

»Im Laufe der Jahre eine ganze Menge. Das große Schlafzimmer. Vieles an der Elektrik und natürlich die ganze Sicherheitstechnik. Das Haus ist groß – fünf Schlafzimmer und sechseinhalb Bäder. Es ist viel zu groß für mich allein und ich habe darüber nachgedacht, es zu verkaufen, mich dann aber doch dagegen entschieden. Ich glaube, mein Onkel wollte früher einmal eine große Familie haben, aber es hat nicht geklappt. Das Haus war für uns beide eigentlich viel zu groß, aber ich habe festgestellt, dass es mir gefällt, viel Platz zu haben. Zurück zum Umbau ... es hat eine Weile gedauert, weil ich vieles selbst gemacht habe, aber ich glaube, die Badezimmer werden dir gefallen.«

Ihre Augen leuchteten auf. »Ooooh, das klingt gut.« Molly konnte sich nicht vorstellen, dass es fünf Schlafzimmer und so viele Bäder geben sollte. Das Haus ihrer Großeltern war klein und schon etwas älter. Es war gemütlich, und sie hatte es geliebt. Aber irgendetwas sagte ihr, dass es nicht schwer sein würde, sich an so viel Platz zu gewöhnen, nachdem sie wochenlang in einem Loch festgesessen hatte.

Mark lächelte und führte sie die Treppe hinauf. Oben angekommen, gab es einen kleinen Treppenabsatz.

»Ich habe ein Arbeitszimmer und im Keller gibt es einen großen Medienraum. Hier oben sind fast alle Schlafzimmer. Die Gästezimmer sind in dieser Richtung«, erklärte Mark und zeigte nach rechts. »Ich zeige sie dir gleich und du kannst dir aussuchen, welches du haben willst. Darf ich dir das Zimmer mit dem großen Doppelbett vorschlagen? Ich habe gesehen, wie breit du dich im Bett machst.«

»Hey!«, beschwerte Molly sich spöttisch und genoss insgeheim das Gefühl, von ihm geneckt zu werden.

»Ich meine es ernst. Ich habe noch nie erlebt, dass jemand, der so klein ist wie du, so viel Platz einnimmt. Es ist, als ob du dich erst wohlfühlst, wenn du jeden Rand der Matratze berührst.«

»Schon klar«, erklärte Molly, aber sie wusste, dass er recht hatte. Sie war noch nie eine sonderlich ruhige Schläferin gewesen. Wenn sie aufwachte, lag die Decke meist schief und sie wachte nie an der gleichen Stelle im Bett oder in der gleichen Position auf wie vor dem Einschlafen. »Das Gute an meiner Größe ist, dass mir kein Bett zu klein ist«, bemerkte sie.

»Ähm ... ich denke, dass das für fast jeden, der so klein ist wie du, zutreffen würde, aber nicht für dich.«

»Ach, halt die Klappe«, protestierte Molly, aber sie lächelte, während sie es sagte.

Mark grinste und ging mit ihr den Flur entlang in Richtung des großen Schlafzimmers. Er stieß eine Tür auf ... und Molly konnte es kaum fassen.

Er schaltete das Deckenlicht nicht ein, aber sie konnte alles durch das Licht, das aus dem Badezimmer hereinkam, sehen. Das Zimmer war nicht nur riesig, sondern sah auch gemütlich und behaglich aus, ohne dabei übermäßig männlich zu wirken.

Aber es waren die riesigen Fenster, die bis zum Boden reichten, von denen sie den Blick nicht abwenden konnte. Mark ließ ihre Hand los und Molly ging wie gebannt auf die Fenster zu.

»Das war einer der Räume, die ich umgestaltet habe«, erklärte Mark leise. »Vorher fühlte ich mich hier drin eingesperrt. Es gab nur ein kleines Fenster. Und nachdem ich die Dinge erlebt habe, die ich beim Militär gemacht habe, und mit den Einsätzen, die wir seitdem gemacht haben, habe ich gemerkt, dass ich mehr Freiraum brauche.«

»Hast du keine Angst, dass die Leute dich von da draußen sehen?«, fragte sie, ohne den Blick von den Millionen von Sternen abzuwenden, die über ihr leuchteten.

»Nein. Das sind Einwegfenster. Wir können hinaussehen, aber niemand kann hineinsehen.« Mark ging zu einem Pad an der Wand und drückte einen Knopf. Sofort wurde das Glas vor ihr grau. »Wie du siehst, haben sie auch einen Verdunklungsmodus. So kann ich tagsüber schlafen, wenn ich es brauche.« Er drückte erneut auf den Knopf und die Sterne waren wieder sichtbar. Dann ging er ins Badezimmer und schaltete auch dort das Licht aus, sodass der Raum in Dunkelheit getaucht wurde.

Molly legte eine Hand auf das Glas und lehnte sich nahe heran. Sie starrte einen Moment lang zu den Sternen hinauf. Ohne den Blick abzuwenden, sagte sie: »Als ich in dem Loch war, habe ich in den Himmel gestarrt und mich damit getröstet, dass Nana und Papa sich dieselben Sterne ansehen könnten. Oh, ich wusste, dass unsere Zeitzonen völlig unterschiedlich waren, aber das war egal. Die Sterne gaben mir Hoffnung. Nacht für Nacht funkelten und leuchteten sie über meinem Kopf, ohne Ausnahme.«

Sie spürte, wie Mark hinter ihr auftauchte und seine Hände sanft auf ihre Schultern legte. Als sie die Wärme seines Körpers spürte, hätte sie sich am liebsten an ihn gelehnt und seine Wärme genossen, aber sie straffte die Schultern und blieb aufrecht.

»So fühle ich mich auch, wenn ich sie ansehe«, entgegnete er leise. »Egal was hier unten auf der Erde passiert, sie kommen immer wieder, Nacht für Nacht. Es klingt dumm, aber es gibt mir Hoffnung für die Zukunft.«

»Es ist nicht dumm«, erklärte Molly leise.

Sie standen lange Zeit da und schauten in die Sterne. Sie sprachen nicht, sondern genossen einfach die Gegenwart des anderen und ließen sich vom Nachthimmel trösten.

Erst als Molly zusammenzuckte und merkte, dass sie im Stehen eingeschlafen war, bewegte sich Mark. »Zeit, ins Bett zu gehen«, bemerkte er.

Molly protestierte nicht einmal, als er sich hinunterbeugte und sie hochhob. Er legte einen Arm unter ihre Knie, den anderen unter ihren Rücken. Sie vergrub ihre Nase an seiner Brust und schloss die Augen, als er losging.

Er blieb stehen und fragte: »Musst du auf die Toilette? Dir die Zähne putzen?«

Molly hatte für beides keine Kraft. »Nein.« Sie hatte sich monatelang nicht die Zähne geputzt – ein weiterer Abend würde auch keinen Unterschied machen.

Sie spürte, wie sie auf eine Matratze gelegt wurde, und streckte sich sofort aus. Sie warf die Arme über den Kopf und spreizte die Beine leicht.

Mark lachte leise, aber sie öffnete die Augen nicht. Sie spürte, wie er ihr die Turnschuhe und Socken auszog und dann die Decke über sie legte. »Schlaf gut«, flüsterte er.

Molly spürte einen Druck auf ihrer Stirn und verstand, dass er sie geküsst hatte.

Sie lächelte und seufzte. Dann war alles vergessen, als sie in einen tiefen Schlaf fiel.

Smoke hielt an der Tür zum Gästezimmer inne und beobachtete Molly beim Schlafen. Sie hatte so viel Platz im Bett eingenommen, wie sie konnte ... und er fragte sich, was sie wohl tun würde, wenn er zu ihr unter die Decke käme. Würde sie sich an ihn kuscheln oder ihn wegstoßen, damit sie ihren Freiraum hatte?

Er hätte sie gern in *sein* Bett gesteckt, damit sie mit dem Blick auf sein Grundstück aufwachen konnte. Aber er glaubte nicht, dass sie sich freuen würde, wenn er sein Zimmer ihr zuliebe aufgab.

Es freute ihn zu wissen, dass sie die Sterne genauso sehr liebte wie er. Das war nur ein weiterer Punkt, der ihn vermuten ließ, dass sie gut zueinanderpassen könnten. Keiner von beiden war bereit für eine richtige Beziehung, aber er hoffte, dass sich ihre Verbindung mit der Zeit zu mehr entwickeln würde.

Er zwang sich, sich von ihrem Zimmer abzuwenden, und ging die Treppe zur Garage hinunter. Er schaltete die Alarmanlage aus, ging hinaus, um ihre Taschen zu holen, und ging dann wieder hinein. Er schaltete die Alarmanlage wieder ein, überprüfte die Kameras in seiner App, um sicherzugehen, dass alles richtig funktionierte, und ging dann wieder nach oben.

Er stellte Mollys Tasche in ihr Zimmer, wo sie sie sehen konnte, wenn sie aufwachte, und schloss dann ihre Zimmertür. Es dauerte länger, als er gedacht hätte, bis er einschlief. Es war ein tolles Gefühl, wieder in seinem eigenen Bett zu liegen. Normalerweise wäre er nach einer einmonatigen Mission sofort eingeschlafen, sobald er sich hingelegt hätte. Aber heute Nacht starrte er für eine gefühlte Ewigkeit zu den Sternen hinaus.

Er konnte nicht aufhören, an die Frau am Ende des Flurs zu denken. Sie hatte fast nichts, und er hatte mehr Geld, als er jemals im Leben ausgeben konnte. Aber trotzdem hatte es zwischen ihnen gefunkt.

Er hatte Bulls und Eagles Beziehung zu ihren Frauen nie ganz verstanden. Er *mochte* Frauen und war einer Beziehung nicht abgeneigt. Aber was er nach so kurzer Zeit für Molly empfand, schien viel größer zu sein, als er es sich je hätte vorstellen können. Er wollte alles für sie tun. Aber in Wirklichkeit konnte er nur hoffen, dass er ihr zur Seite stehen konnte, während sie ihr neues Leben meisterte.

Mit dem Versprechen, genau das zu tun und ihr dabei das Leben so einfach wie möglich zu machen, schloss Smoke schließlich die Augen. Er hatte keine Ahnung, wie lange er geschlafen hatte, bevor er zu träumen begann.

Molly trug ein weißes Kleid und kam im großen Aufenthaltsraum von *Silverstone Towing* auf ihn zu. Sie waren umgeben von seinen Teamkameraden und ihrer *Silverstone-Towing*-Familie. Eagle hielt ein Baby im Arm, und Bull stand neben Skylar und grinste wie ein Honigkuchenpferd. Gramps hielt Händchen mit einer lateinamerikanischen Frau, die Smoke nicht kannte, und sein Freund wirkte so entspannt und glücklich, wie er ihn noch nie zuvor gesehen hatte.

Gerade als Molly bei ihm ankam, stürmte ein Mann mit einer Maske in den Raum und zog eine Waffe.

Er hörte, wie Molly »Preston!« rief, bevor eine Kugel sie ins Herz traf und das rote Blut sich schnell ausbreitete und ihr schönes weißes Kleid bedeckte.

Smoke schreckte auf, seine Haut war schweißnass. Sofort warf er die Bettdecke zurück und schaute nach Molly. Sie schlief tief und fest, ihre Arme und Beine waren zu den vier Ecken des Bettes ausgestreckt. Smoke ging zurück in sein Zimmer und nahm eine lange, heiße Dusche, bevor er nach unten ging und sich seinen

Laptop schnappte. Er ließ sich auf dem Sofa im Wohnzimmer nieder und öffnete seinen Computer.

Er musste so viel wie möglich über diesen Mistkerl Preston herausfinden. Er würde alles in seiner Macht Stehende tun und so viele Beziehungen wie nötig spielen lassen, damit Molly sich keine Sorgen mehr machen musste und ihr neues Leben in Sicherheit beginnen konnte.

KAPITEL SIEBEN

Molly drehte sich um und stöhnte. Es fühlte sich an, als hätte sie tagelang geschlafen. Als sie sich umsah, erkannte sie den Raum nicht, in dem sie sich befand, aber nachdem sie tief eingeatmet hatte, erinnerte sie sich sofort, dass sie in Marks Haus war. Die Bettwäsche roch wie das Hemd, das er ihr zum Anziehen gegeben hatte. Sie erkannte das Waschmittel.

Sie lag auf einem großen Doppelbett, und wie immer war die Decke völlig zerwühlt. Als sie feststellte, dass sie immer noch die Kleidung trug, in der sie gekommen war, rümpfte Molly die Nase. Als sie ihre Tasche an der Tür sah, tapste sie dorthin und schleppte sie zum Bett hinüber. Nachdem sie das Bett gemacht hatte, kramte sie in ihrer Tasche und holte neue Kleidung und die Toilettenartikel heraus, die Bull für sie gekauft hatte.

Als sie die Badezimmertür öffnete, blieb sie stehen und staunte mit offenem Mund.

Es war absolut fantastisch.

Zwei Waschbecken, Granitwaschablagen, ein begehbarer Kleiderschrank durch eine offene Tür auf der einen Seite, ein kleiner Raum mit einer Toilette, eine übergroße Dusche mit einer Whirlpool-Badewanne daneben. Das Zimmer sah aus, als käme es direkt aus einem millionenteuren Haus.

»Du meine Güte«, murmelte sie, als sie hineinging und ihre Sachen auf der breiten Ablage abstellte. »Der Raum ist groß genug, um hier zu leben.«

Nachdem sie sich zweimal die Zähne geputzt und sich geschworen hatte, so etwas Einfaches wie eine Zahnbürste nie wieder als selbstverständlich zu betrachten, stellte sie das Wasser in der Dusche an und lächelte zufrieden, als es fast sofort warm wurde.

Einige Minuten lang stand sie in der heißen Dusche und genoss einfach das heiße Wasser, das auf sie niederprasselte. Schließlich seufzte sie und machte sich daran, sich zu waschen.

Zehn Minuten später stieg sie aus der Dusche und fühlte sich wie ein völlig anderer Mensch. Es war erstaunlich, was heißes Wasser und eine durchgeschlafene Nacht bewirken konnten.

Doch dann machte sie den Fehler, in den Spiegel zu schauen.

Die Frau, die sie anstarrte, war eine Fremde.

Molly wusste, dass sie während ihrer Gefangenschaft abgenommen hatte, aber sich nackt zu sehen war ein ziemlicher Schock. Ihre Hüftknochen stachen deutlich hervor, ebenso wie ihre Rippen. Ihre Brüste waren sogar noch kleiner als zuvor, was etwas traurig war, besonders in Anbetracht der Tatsache, dass sie schon vorher nur ein A-Körbchen gehabt hatte. An den Armen hatte sie absolut keine Muskelkontur.

Die hagere Frau, die sie ansah, war fast erschreckend.

Molly drehte ihrem Spiegelbild den Rücken zu und zog sich schnell an. Sie war schon immer schlank gewesen, aber zu sehen, wie viel sie abgenommen hatte, war trotzdem alarmierend.

Sie verließ ihr Zimmer und war sofort verwirrt von der Stille im Haus. Sie ging die Treppe hinunter und sah oder hörte Mark nirgends. Sie fing an, sich ein wenig Sorgen zu machen, bis sie den Zettel auf dem Küchentisch sah. Er war an die Kaffeemaschine gelehnt.

Sie öffnete den Zettel und sah, dass ihre Vermutung, sie sei allein im Haus, goldrichtig war.

Molly,

es tut mir leid, dass du allein aufwachen musstest, aber ich bin früh aufgewacht und habe beschlossen, bei Silverstone Towing vorbeizuschauen und nach dem Rechten zu sehen. Wir waren lange weg, und obwohl ich unseren Mitarbeitern voll und ganz vertraue, wollte ich trotzdem nachsehen, ob alles in Ordnung ist.

Ich entschuldige mich, wenn ich zu weit gegangen bin, aber ich habe heute Morgen nach dir gesehen und du warst völlig außer Gefecht ... und hast die Matratze dabei komplett in Beschlag genommen ;)

Der Kaffee ist vorbereitet, drück einfach auf den Startknopf. Zucker und Süßstoff stehen auf dem Tresen. Ich habe weder Sahne noch Milch, aber die kann ich später besorgen.

Fühl dich wie zu Hause. Schnüffle in meinen Schubladen, begutachte meine DVD-Sammlung und wenn du meinen Computer benutzen willst, kannst du das gern tun. Das Passwort lautet H4sdqkq830BnM@7.

Ich würde dir jedoch vorerst empfehlen, keine umfangreichen Nachforschungen über dich oder Preston anzustellen. Im Moment weiß niemand, dass du wieder in den Staaten bist. Ich habe keine Ahnung, ob dein Ex sich mit Computern auskennt oder nicht, aber vielleicht ist es besser, es noch nicht zu riskieren.

Du bist in Sicherheit, Mol. Ich hätte dich nicht allein in meinem Haus gelassen, wenn ich nicht davon überzeugt wäre. Aber die Alarmanlage ist eingeschaltet. Wenn du also rausgehen musst oder willst, ruf mich auf dem Festnetz an (in der Küche hinter dir, neben dem Waschbecken, ist ein Telefon) und ich erkläre dir, wie du die Alarmanlage ausschalten kannst.

Auf dem Heimweg fahre ich in den Supermarkt und kaufe ein paar Lebensmittel ein. Ich weiß, dass es im Moment nicht viel zur Auswahl gibt.

Atme tief durch und entspanne dich, Molly. Genieße deinen ersten Tag zurück. In den nächsten Tagen und Wochen wirst du Zeit haben, alles zu klären. Du musst nicht alles an einem Tag erledigen. Und ich werde dir helfen, wo ich nur kann. Genieße also erst einmal die Tatsache, dass du lebst, gesund und in Sicherheit bist.

Smoke

Molly las die Nachricht dreimal, bevor sie sie wieder zusammenfaltete und an ihre Brust drückte. Sie schloss die Augen und versuchte, sich an eine Zeit zu erinnern, in der sie sich so gefühlt hatte wie in diesem Moment ... und es gelang ihr nicht. Ihre Eltern hatten sie geliebt, aber als sie gestorben waren, war sie noch ein Kind gewesen. Nana und Papa hatten sie bei sich aufgenommen und ihr geholfen, den Schmerz über den Verlust ihrer Eltern zu lindern. Im Laufe der Jahre war sie mit einigen Männern ausgegangen, aber niemand und nichts hatte ihr jemals das Gefühl gegeben, wie Mark es mit dieser einfachen Nachricht getan hatte.

Sie fühlte sich sicher.

Zufrieden.

Geborgen.

Als sei sie in diesem Moment das Wichtigste auf der Welt.

Er hatte nach ihr gesehen und sie nicht geweckt, als er festgestellt hatte, dass sie noch schlief. Er hatte ihr Kaffee gekocht. Er hatte ihr das Passwort für seinen Computer gegeben. Sie musste lächeln, als sie an Letzteres dachte. Es war völlig willkürlich ... und genau das, was sie von dem sicherheitsbewussten Mark erwartet hätte.

Nach allem, was ihr in letzter Zeit widerfahren war, fühlte Molly sich gar nicht so unwohl, allein in Marks großem Haus zu sein, wie sie erwartet hätte. Vor allem wenn sie sich klarmachte, wie viele Sicherheitsvorkehrungen er getroffen hatte. Sie war in einem fremden Haus, in einer fremden Stadt, in einem Staat, in dem sie noch nie gelebt hatte ... aber erstaunlicherweise fühlte sie sich wohl.

Sie mochte Mark und seine Freunde. Sie hatte mit eigenen Augen gesehen, wie sehr sie sich umeinander kümmerten und wie sehr Bull und Eagle ihre Frauen liebten und sich um sie sorgten.

All das und die süße Nachricht, die Mark für sie hinterlassen hatte, sorgten dafür, dass Molly nicht annähernd so viel Angst hatte, wie es sonst vielleicht der Fall gewesen wäre.

Offensichtlich hatte sie bisher noch nicht die richtigen Männer kennengelernt, denn kein einziger hatte ihr das Gefühl gegeben, so gut aufgehoben zu sein, wie Mark es mit einer einzigen Nachricht getan hatte. Und sie wusste, dass er nicht versuchte, ihr etwas vorzumachen. Diese Nachricht spiegelte genau seine Persönlichkeit wider.

Molly drückte auf den Knopf der Kaffeemaschine, um den Brühvorgang zu starten, und ging dann wieder die Treppe hinauf. Sie hatte keine Ahnung, was sie in Zukunft erwarten würde. Sie hatte kein Zuhause. Kein Hab und Gut. Und sie war noch nicht bereit, über ihren Job nachzudenken. Aber im Moment musste sie über gar nichts nachdenken, denn Mark hatte ihr einen sicheren Ort gegeben, an dem sie sich verstecken konnte, bis sie bereit war.

Molly öffnete ihre Tasche und legte den Zettel ganz unten hinein in der Hoffnung, dass er nicht zu sehr zerknittert würde. Sie deckte ihn mit ihren Kleidern zu und ging dann wieder nach unten. Es war schon nach zwölf; sie hatte fast zwölf Stunden geschlafen. Sie konnte sich nicht erinnern, wann sie zuletzt so lange geschlafen hatte. Aber es war offensichtlich, dass ihr Unterbewusstsein wusste, dass sie in Sicherheit war und sie ihre Deckung fallen lassen konnte, um die dringend benötigte Erholung zu bekommen.

Mit knurrendem Magen ging Molly in die Küche, um zu sehen, was sie sich zum Mittagessen machen konnte. Wenn sie sich an den Zustand ihres Körpers erinnerte, wusste sie, dass sie sich mehr anstrengen musste, um wieder etwas mehr auf die Rippen zu bekommen. Sie schnappte sich ein Glas Erdnussbutter und ein paar Dosen Thunfisch. Es war zwar keine sehr nahrhafte Mahlzeit, aber für den Moment musste es reichen.

Mark hatte offensichtlich seinen Kühlschrank ausgeräumt, bevor er zu seiner Mission aufgebrochen war, und es war nicht viel drin, was gut zu dem Thunfisch gepasst hätte, aber Molly zwang sich, ihn trotzdem zu essen. Dann nahm sie einen Becher Kaffee, das Glas Erdnussbutter und einen Löffel mit ins Wohnzimmer. Es dauerte eine Weile, bis sie die Fernbedienungen verstanden und den Fernseher zum Laufen gebracht hatte, aber dann lehnte sie sich zurück und genoss eine Wiederholung von *The Big Bang Theory*. Sie wollte genau das tun, was Mark vorgeschlagen hatte – versuchen, sich zu entspannen und alles zu vergessen, was sie noch zu erledigen hatte. Zumindest vorläufig.

»Schön, dass du wieder da bist«, erklärte Archer, als Smoke gegen zwei Uhr nachmittags die Treppe hinaufkam. Die Angestellten waren es gewohnt, dass sie für längere Zeit auf »Konferenzen« und andere Dienstreisen gingen. Und wenn sie den Verdacht hatten, dass hinter den Besitzern von *Silverstone Towing* mehr steckte, als man auf den ersten Blick vermuten konnte, sprachen sie es nicht an.

Smoke hatte den Vormittag damit verbracht, die Aufträge seiner Mitarbeiter durchzugehen, während er und sein Team weg waren. Es hatte keine Probleme gegeben und es sah so aus, als sei alles reibungslos verlaufen.

Shawn Archer einzustellen war eine der besten Entscheidungen gewesen, die sie je getroffen hatten. Der Mann war der Vater einer von Skylars Schülerinnen und er passte zu allen, als sei er schon immer dabei gewesen. Er wurde zum Kochen, Putzen und für die Gartenarbeit eingestellt, aber es zeigte sich schnell, dass sein größtes Talent in der Küche lag.

»Danke«, bemerkte Smoke. »Hier riecht es aber lecker.«

»Ich habe zum Mittagessen Thai-Hühnchen-Salat-Wraps gemacht«, entgegnete Archer. »Die kann man unterwegs essen, wenn man keine Zeit hat, eine richtige Mahlzeit zu sich zu nehmen, und gesund sind sie auch.«

Smoke hatte ein schlechtes Gewissen, weil er Molly nicht mitgenommen hatte. Er wusste, dass es in seinem Haus nicht viele Lebensmittel gab, und nach allem, was sie durchgemacht hatte, konnte sie es wahrscheinlich kaum erwarten, eine leckere, hausgemachte Mahlzeit zu sich zu nehmen.

Aber nachdem er am Morgen nach ihr geschaut und gesehen hatte, wie entspannt sie gewesen war, hatte er es einfach nicht übers Herz gebracht, sie zu wecken. *Er* hatte wahnsinnig schlecht geschlafen. Der Traum, den er gehabt hatte, ging ihm nicht mehr aus dem Kopf. Er kannte Molly noch nicht so lange, aber sie verbluten zu sehen, auch wenn es nur ein Traum war – ein Albtraum –, hatte ihn erschüttert.

Smoke wusste, es war seltsam, dass er bereits so an der Frau hing, aber da er wusste, dass seine Kameraden genauso schnell von ihren Frauen besessen gewesen waren, fühlte er sich etwas besser. Er durfte Molly nur nicht verschrecken. Er musste ihr Zeit geben, ihn kennenzulernen und sich bei ihm sicher zu fühlen. Nach ihrem Ex, der sie schlecht behandelt hatte, würde es eine Weile dauern, bis sie ihm voll und ganz vertrauen konnte, vermutete er.

Das war ein weiterer Grund, warum er sie heute Morgen in seinem Haus zurückgelassen hatte. Er wollte sie zu nichts drängen und ihr klarmachen, dass er nichts zu verbergen hatte. Er hoffte, dass sie in seinen Sachen herumschnüffeln würde. In seinem Haus gab es nichts, wofür er sich schämte.

Okay, er hatte ein paar *Penthouse*-Magazine in einer Schublade neben seinem Bett versteckt und er hatte auch jede Menge Gleitmittel, aber er war Ende dreißig. Und er war kein Mönch.

Er fragte sich, was sie in diesem Moment tat. Entspannte sie sich oder machte sie sich Sorgen darum, wie sie all ihre Sachen ersetzen sollte. Vielleicht dachte sie an ihre Großeltern und weinte. Oder vielleicht machte sie sich Sorgen um ihren Job.

Und genau in diesem Moment wünschte sich Mark, er könnte nach Hause zurückkehren und für sie da sein. Er überlegte, ob er die Nachbesprechung sausen lassen sollte, aber in diesem Moment ging die Tür auf und seine Freunde kamen herein.

»Ich mache euch einen Teller mit Snacks«, erklärte Archer und wandte sich dem Kühlschrank zu.

Obwohl er noch nicht lange dabei war, wusste der Mann, wie gern die Besitzer von *Silverstone Towing* aßen – und zwar eine Menge. Sie trainierten auch intensiv. Archer schaffte es immer wieder, schick aussehende Mahlzeiten zuzubereiten, die auch gut schmeckten und gut für ihren Körper waren. Er war ein Geschenk des Himmels, und das wussten alle.

»Hey«, grüßte Smoke und drehte sich zu seinen Freunden um.

»Hey«, erwiderten Bull, Eagle und Gramps wie aus einem Mund.

»Wie geht's Molly?«, fragte Gramps.

»Ihr geht es gut. Ich bin vor ein paar Stunden reingekommen – ich konnte nicht schlafen – und anstatt sie zu wecken, um sie mitzunehmen, habe ich sie schlafen lassen«, erklärte Smoke.

»Kommt sie einigermaßen klar?«, fragte Bull.

»Wie könnte sie nicht?«, antwortete Eagle, bevor Smoke antworten konnte. »Du hast doch Smokes Haus gesehen.«

Alle lachten.

»Für jemanden, der so klein ist, füllt sie das Bett ziemlich gut aus«, bemerkte Smoke mit einem Lächeln.

Nachdem er das gesagt hatte, sahen sie ihn alle drei mit hochgezogenen Augenbrauen an, und Smoke erklärte schnell: »Ich meine, weil sie sich so breitmacht.«

Als seine Freunde ihn nur weiter angrinsten, verdrehte er die Augen. »Ich habe heute Morgen bei ihr reingeschaut«, erklärte er weiter. »Sie war in einem der Gästezimmer und ich war im großen Schlafzimmer. Ich habe sie gerade erst kennengelernt und gebe ihr eine Bleibe, während sie ihr Leben in den Griff bekommt.«

»Ja, genau«, bemerkte Bull. »So fängt es an.«

»Dann geht sie dir unter die Haut und du willst nicht, dass sie geht«, fügte Eagle hinzu.

»So war es auch bei meiner Sasha«, fügte Archer hinzu, während er ein großes Tablett mit Salat-Wraps, Gebäck und drei große Schalen mit Obstsalat vorbereitete.

Smoke wollte erklären, dass es mit Molly nicht ganz so war. Aber tief in seinem Inneren wünschte er es sich, also ignorierte er seine Freunde und schenkte stattdessen Archer seine Aufmerksamkeit.

»Als ich sie kennengelernt habe, wusste ich, dass ich sie haben wollte«, fuhr der Koch fort. »Es war mir egal, dass sie schwarz war und ich weiß. Es spielte keine Rolle, dass ich auf der falschen Seite der Gleise aufgewachsen bin und ihre Eltern Geld hatten. Es spielte auch keine Rolle, dass unserer *beider* Eltern von Anfang an gegen unsere Beziehung waren. Wir verstanden uns auf eine Art und Weise, wie ich es noch nie mit einer Frau getan hatte. Wir heirateten innerhalb von eineinhalb Monaten und jeder Tag, den ich mit ihr verbracht habe, war ein Segen. Es war nicht immer einfach, und ich habe am eigenen Leib erfahren, wie schlimm die Diskriminierung in diesem Land immer noch ist. Aber gemeinsam haben wir alles gemeistert. Dann bekamen wir Sandra … und das Leben war perfekt.«

»Wie ist Sasha gestorben?«, fragte Eagle.

Smoke war auf jeden Fall an Archers Antwort interessiert. Bisher hatten sie ihn nicht nach seinem Privatleben gefragt, weil sie nicht neugierig sein wollten. Ihr neuester Mitarbeiter war noch so jung – sein dreißigster Geburtstag stand vor der Tür –, sodass sie wissen wollten, wie seine Frau ums Leben gekommen war.

»Eines Abends brachten wir Sandra ins Bett und sahen dann fern. Vor dem Einschlafen haben wir noch einmal miteinander geschlafen und es war wunderschön. Als ich am Morgen aufwachte, war sie einfach … tot. In der Sekunde, in der ich sie berührte, wusste ich es. Der Gerichtsmediziner sagte, sie hätte mitten in der Nacht einen schweren Herzinfarkt erlitten. Er sagte, sie habe nicht gelitten, wofür ich sehr dankbar bin. Ich vermisse sie jeden Tag, aber Sandra hilft mir durchzuhalten. Sie sieht ihrer

Mutter so ähnlich. Ich möchte sie zu einer starken Frau erziehen, die stolz auf ihre Kultur ist, so wie Sasha es war.«

»Ich habe keinen Zweifel, dass sie das sein wird«, entgegnete Bull.

»Mein herzliches Beileid«, sagte Smoke, der das Gefühl hatte, dass diese Worte zu schwach waren, um das auszudrücken, was er empfand.

»Danke. Ich wollte die Stimmung nicht verderben. Ich will damit nur sagen, dass man es manchmal einfach weiß. Mein Rat ist, sich einfach damit abzufinden und nicht dagegen anzukämpfen.«

Smoke schürzte die Lippen. »Ich werde daran denken.«

»Gut. Und jetzt solltet ihr besser anfangen. Je schneller ihr eure Arbeit erledigt, desto schneller könnt ihr nach Hause zu euren Frauen. Außer du, Gramps. Zum Abendessen gibt es dein Lieblingsessen. Enchiladas.«

»Lecker«, entgegnete Gramps und grinste.

Die vier Männer gingen die Treppe hinunter in den Schutzraum, den sie im Keller gebaut hatten. Dort konnten sie über die Geschäfte von *Silverstone* sprechen, ohne Angst haben zu müssen, belauscht zu werden.

»Wie geht es Taylor?«, fragte Smoke Eagle, als sie alle Platz genommen hatten und sich auf das Mittagessen stürzten, das Archer zubereitet hatte.

»Es geht ihr gut. Ich bin erstaunt, wie sehr sich ihr Körper in dem Monat, in dem wir weg waren, verändert hat. Eine Schwangerschaft ist verdammt geheimnisvoll und erstaunlich und wunderbar ... und ich bin froh, dass es Frauen sind, die gebären, und nicht Männer.«

Sie alle lachten.

»Ihre Essenswünsche sind urkomisch und ekelhaft zugleich. Aber ich finde sie trotzdem verdammt liebenswert. Gestern Abend habe ich sie dabei erwischt, wie sie Joghurt mit Cheetos gegessen hat.«

»*Igitt*«, bemerkte Gramps und rümpfte angewidert die Nase.

»Ja. Ich habe kurz gezögert, aber als sie bei meiner Reaktion in Tränen ausbrach, wurde mir klar, dass es mir verdammt egal ist, *was* sie isst, solange sie nur glücklich ist. Ich würde alles, wirklich *alles*, für sie tun«, erklärte Eagle.

»Das Gefühl kenne ich«, erwiderte Bull. »Gestern Abend, als Skylar und ich zusammen im Bett lagen, nachdem ... na ja, ihr wisst schon, sagte sie zufällig, dass sie sich wünschte, ihr Schulbezirk hätte das Budget, um mehr digitale Tablets zu kaufen. Die bekommen die älteren Kinder, aber nicht die Kindergartenkinder. Ich schwöre bei Gott, ich bin nackt wie am ersten Tag aufgestanden, um meinen Laptop zu holen. Ich habe gleich drei bestellt, weil ich es nicht ertragen konnte, sie traurig zu sehen.«

»Wenn sie mehr braucht, sag mir Bescheid«, bemerkte Smoke. »Ich spende sie ihr gern.«

»Danke. Ich glaube, sie will erst einmal mit ein paar anfangen, um zu sehen, wie es läuft«, sagte Bull.

»Ich glaube, Taylor und Skylar haben während unserer Abwesenheit ziemlich viel Zeit zusammen verbracht«, bemerkte Eagle. »Und als ich Taylor von Molly erzählt habe, dass ihre Großeltern getötet wurden und all ihre Sachen bei dem Feuer verloren gegangen sind, wollte sie gestern Abend sofort losziehen, um für sie einzukaufen.«

»Skylar ging es genauso«, fügte Bull hinzu. »Ich bin sicher, dass sie gern ein paar Sachen für sie aussuchen würden.«

»Ich glaube, sie würde es vorziehen, ihre Kleidung selbst auszusuchen. Ich meine, sie ist mehr als dankbar für das, was wir ihr in Nigeria besorgt haben, aber ich habe das Gefühl, sie ist ziemlich unabhängig. Sie hat auch etwas dagegen, wenn andere Leute Geld für sie ausgeben.«

Die Jungs starrten ihn einen Moment lang an und fingen dann an zu lachen.

»Was?«, fragte Smoke irritiert.

»Das wird dich hart treffen«, entgegnete Gramps noch immer

lachend. »Du bist der König, wenn es darum geht, anderen Leuten etwas zu kaufen.«

»Bin ich nicht!«, protestierte Smoke.

»Vor nicht einmal zwei Sekunden hast du angeboten, Skylars ganze Klasse mit Tablets zu versorgen«, bemerkte Bull.

»Das ist etwas anderes ...«

»Und bevor wir nach Nigeria geflogen sind, hast du beschlossen, dass wir noch einen Flipper brauchen, damit Taylor und Eagle gleichzeitig spielen können«, fügte Gramps hinzu.

»Und glaub nur nicht, dass wir nicht mitbekommen haben, dass du der Polizei neue Kindersitze gespendet hast, als du bemerkt hast, dass sie nicht mehr viele haben«, warf Eagle ein.

»Schon gut. Aber ich habe das Geld, und ich brauche neunundneunzig Prozent davon nicht. Warum sollte ich also nicht anderen damit helfen«, verteidigte sich Smoke.

»Ich sage ja nicht, dass das schlecht ist, aber du musst dafür sorgen, dass Molly sich nicht wie eine Almosenempfängerin fühlt«, gab Bull zu bedenken.

»Das ist sie nicht«, entgegnete Smoke nachdrücklich.

»*Wir* wissen das, aber wenn du ihr ständig Geld hinterherwirfst oder ihr Dinge kaufst, wird sie sich verpflichtet fühlen ... und das *willst* du sicher nicht, wenn sie an dich denkt«, erklärte Eagle mit viel zu viel Einsicht.

»Das will ich wirklich nicht«, erwiderte Smoke leise. Es war das erste Mal, dass er seinen Freunden gegenüber andeutete, was er für die Frau empfand, die sie gerettet hatten, aber keiner von ihnen scherte sich darum.

»Vielleicht könnte sie dieses Wochenende mit Taylor und Skylar ins Einkaufszentrum gehen«, schlug Bull vor.

»Ich werde mit ihr reden. Sie muss aufgrund des Todes ihrer Großeltern noch vieles regeln.«

»Genau. Wirst du sie daran erinnern, dass Taylor schwanger ist?«, fragte Eagle.

»Natürlich. Ich bin mir sicher, sie wird nicht zulassen, dass sie es übertreibt«, sagte Smoke zu seinem Freund.

»Ich habe nicht gesagt, dass sie es tun wird, aber ich hätte nichts dagegen, wenn eine weitere Person auf Taylor aufpasst, nur für den Fall.«

»Leidet sie unter Morgenübelkeit?«, wollte Gramps wissen.

»Zum Glück nicht«, sagte Eagle und seufzte erleichtert.

»Gut.«

»Gut. Lasst uns mit dem Bericht weitermachen, damit ich zu Hause sein kann, wenn Skylar von der Arbeit kommt«, schlug Bull vor.

Als das Gespräch am Tisch auf Nigeria und die Suche nach Shekau kam, musste Smoke immer wieder an Molly denken. Er fragte sich, was sie in diesem Moment wohl gerade tat. Er konnte es kaum erwarten, mit der Arbeit fertig zu werden, um in den Laden zu gehen und ein paar Dinge zu besorgen, von denen er hoffte, dass sie ihr schmeckten. Später konnten sie zusammen gehen und sie konnte sich selbst aussuchen, was sie essen wollte, aber im Moment wollte er ihr klarmachen, dass sie nirgendwo hingehen oder irgendetwas tun musste, bis sie bereit war. Sie würde Zeit brauchen, um mit dem Tod ihrer Großeltern und der Tortur, die sie in Nigeria durchgemacht hatte, fertigzuwerden ... und er war entschlossen, ihr bei diesem Heilungsprozess zu helfen.

KAPITEL ACHT

Smoke konnte nicht fassen, wie sehr er sich darauf freute, nach Hause zu kommen. Er konnte sich nicht erinnern, dass er sich nach einem harten Einsatz jemals so gefühlt hatte – diese Vorfreude. Natürlich lag das alles daran, dass Molly bei ihm zu Hause war. Nachdem er *Silverstone Towing* verlassen hatte, legte er noch ein paar Zwischenstopps ein und war später dran, als er eigentlich wollte, als er endlich in seine Garage fuhr.

Er stieg aus seinem Wagen und schnappte sich ein paar der Tüten. Er ging ins Haus, schaltete die Alarmanlage aus und ging in die Küche.

Er stellte die Tüten auf dem Tresen ab und machte sich auf die Suche nach Molly. Er brauchte ein oder zwei Minuten, aber schließlich fand er sie in seinem Schlafzimmer. Sie hatte den Sessel von der Ecke in die Mitte des Raumes gestellt, sodass er auf die großen Fenster gerichtet war. Sie sah in dem übergroßen Sessel winzig aus und er konnte nicht anders, als sich darüber zu freuen, dass sie die Aussicht aus seinem Zimmer so sehr genoss, dass sie beschlossen hatte, ihre Zeit dort zu verbringen.

»Hey«, begrüßte er sie.

Sie zuckte überrascht zusammen und in dem Moment, in dem sie ihn ansah, sprang sie schreiend aus dem Sessel.

»Ich bin's!«, sagte Smoke, hob die Hände und machte einen Schritt zurück.

»Du meine Güte ... *Mark*?«, fragte sie.

»Ja. Wer sollte es sonst sein?«, entgegnete er verwirrt.

»Mein Gott, du siehst ganz anders aus als das letzte Mal, als ich dich gesehen habe!«

Smoke verstand endlich, warum sie so verängstigt war. An diesem Morgen, bevor er das Haus verlassen hatte, hatte er sich seinen Bart abrasiert, den er länger als einen Monat lang gehabt hatte. Er fuhr sich mit der Hand über sein glatt rasiertes Kinn. »Tut mir leid, ich hätte merken müssen, wie *anders* ich ohne Bart aussehe und dass ich dich damit erschrecken könnte.«

»Ich habe dich nicht kommen hören«, erklärte Molly und legte eine Hand auf ihre Brust, um ihren Herzschlag zu verlangsamen.

Er fühlte sich schrecklich, weil er sie so sehr erschreckt hatte. »Es tut mir wirklich leid.«

»Nein, schon gut«, wehrte sie ab und schüttelte den Kopf. »Du siehst wirklich anders aus. Einen Moment lang dachte ich, du wärst ein Einbrecher. Ich war unaufmerksam und habe nur deine Aussicht genossen.«

Smoke drehte sich um und blickte aus seinem Fenster. Er konnte sie verstehen. Jedes Mal wenn er seine Aussicht sah, beruhigte sie ihn. Sein Grundstück grenzte an ein Naturschutzgebiet, und im Moment sah er nur Bäume und gelegentlich einen Vogel, der über ihm flog. Das entspannte ihn immer, wenn sonst nichts mehr ging. Er hoffte, dass das Land die gleiche Wirkung auf Molly hatte.

»Willst du mir helfen, den Wagen auszuladen?«, fragte er lächelnd.

Sie starrte ihn einen Moment lang an, bevor sie den Kopf schüttelte. »Natürlich hat er ein Grübchen«, murmelte sie vor sich hin.

Smokes Lächeln wurde daraufhin noch breiter. »Wenn du dich dadurch besser fühlst: Als ich klein war, fand ich das schrecklich. Alle Freunde meiner Eltern fanden es ›so süß‹ und konnten nicht aufhören, Bemerkungen darüber zu machen. Ich glaube, ich habe zwei Jahre lang überhaupt nicht gelächelt.«

»Aber du bist darüber hinweggekommen?«, fragte Molly.

Smoke nickte. »Ja. Als ich herausfand, dass die Mädels darauf stehen, habe ich das Lächeln perfektioniert, damit sie meine Nähe suchen und versuchen, mich zu beeindrucken.«

Molly lachte, wie er es beabsichtigt hatte. »Überhaupt nicht eitel, wie ich sehe.«

Er lachte. »Hey, ich war fünfzehn«, verteidigte Smoke sich. »Irgendwann habe ich gemerkt, dass die Mädchen, die wegen meines Aussehens mit mir zusammen sein wollten, nicht die waren, zu denen ich mich hingezogen fühlte, also habe ich aufgehört, mein Grübchen zu benutzen, um sie zu verführen.«

»Und wer waren die Mädchen, zu denen du dich hingezogen gefühlt hast?«, fragte Molly.

»Die ruhigen. Die klugen. Die Mädchen, die sich zurückhielten und alles beobachteten, was um sie herum geschah. Ich wollte jemanden, der mich um meiner selbst willen mochte, nicht wegen eines verdammten Grübchens in meiner Wange.«

Sie starrten sich einen Moment lang an, bevor Molly leise sagte: »Ich glaube, du weißt, dass ich dich mochte, bevor ich dein Grübchen gesehen habe.«

Smoke wäre am liebsten aufgesprungen und hätte seine Fäuste in Siegerpose erhoben, als sei er wieder fünfzehn, aber er hielt sich zurück und sagte: »Und ich mag dich auch. Komm mit, ich habe Tiefkühlkost im Wagen. Die Eiscreme wird schmelzen, wenn wir sie nicht retten.«

»Eiscreme?«, fragte Molly. »Warum hast du das nicht gleich gesagt? Komm schon!« Sie lief an ihm vorbei, schnappte sich seine Hand und zog ihn aus dem Zimmer und den Flur entlang.

Smoke konnte über die kleine, aber mächtige Frau nur grinsen. Er machte sich eine geistige Notiz, dass er in Zukunft immer Eis im Haus haben würde.

Sie holten die restlichen Tüten aus seinem Wagen in der Garage und sie half ihm, alles einzuräumen. Die Tatsache, dass sie, ohne zu zögern, die Sachen an ihren Platz stellte, machte ihm klar, dass sie sich in seiner Küche umgesehen hatte.

»Ich wusste nicht, was du gern isst, also habe ich von allem etwas besorgt«, erklärte Smoke etwas verlegen, als er sah, wie voll sein Kühlschrank und sein Gefrierschrank waren, als er alle Lebensmittel eingeräumt hatte.

»Ehrlich gesagt bin ich nicht so wählerisch. Das war ich noch nie«, erwiderte Molly achselzuckend. »Ich habe eine Schwäche für Süßes, und bei dem Gewicht, das ich wieder zulegen muss, ist das wahrscheinlich auch gut so.«

Smoke hasste diesen selbstironischen Ton in ihrer Stimme. Er legte seine Hände auf ihre Schultern und drehte sie so, dass sie ihm zugewandt war. »Sei nicht so streng mit dir selbst«, befahl er. »Du bist noch nicht einmal eine Woche aus dem Dschungel heraus.«

»Ich weiß, ich wollte nur ...« Sie seufzte. »Ich habe heute Morgen nach dem Duschen aus Versehen in den Spiegel geschaut. Oh, und du hattest recht – deine Badezimmer sind fantastisch.«

Er zog eine Augenbraue hoch und ließ nicht zu, dass sie das Thema wechselte.

»Also, jedenfalls habe ich bemerkt, wie viel ich abgenommen habe. Ich war noch nie dick, aber als ich sah, was diese Mistkerle mit mir gemacht haben, wurde mir erst klar, wie abgemagert ich bin.«

»Du wirst es wieder zunehmen«, versicherte Smoke ihr.

»Ich weiß. Aber die Leute haben sich immer über mich lustig gemacht, weil ich nicht so groß bin. Nicht nur übergewichtige Menschen bekommen in der Öffentlichkeit Kommentare über ihren Körper zu hören. Du glaubst gar nicht, wie viele Leute mir schon gesagt haben, dass ich mehr essen muss. Mir wurde sogar schon gesagt, dass ich attraktiver wäre, wenn ich nicht so dünn wäre. Es ist nicht so, dass ich nicht versucht hätte zu essen, um meine Kurven zu verbessern. Ich habe einfach einen extrem aktiven Stoffwechsel, glaube ich. Und ich habe nie richtig Hunger. Ich vergesse zu essen, wenn ich arbeite, und wenn ich von der Arbeit nach Hause komme, bin ich oft zu müde, um mehr als ein Sandwich oder etwas vom Lieferservice zu essen. Preston hat auch immer gesagt ... verdammt ... egal.«

»Nein. Was hat der Mistkerl gesagt? Lass alles raus«, drängte Smoke. Er wusste, dass übergewichtige Menschen sich häufig Kommentare über ihr Gewicht anhören mussten und die Hölle durchmachten, aber er hatte nicht an die andere Seite der Medaille gedacht. Darüber, dass schlanke Menschen die gleiche Art von harschen Worten zu hören bekamen.

»Er hat mir einmal gesagt, dass ich viel attraktiver sei, wenn ich nicht wie ein vorpubertärer Teenager aussehen würde.«

»Das ist so ein Quatsch«, knurrte Smoke. »Du bist perfekt, so wie du bist. Die Probleme, die dein Ex hatte, sind *seine* Probleme, nicht deine. Es ist nicht dein Aussehen, das ihn zu einem Idioten gemacht hat. Es ist nicht dein Aussehen, das ihn dazu gebracht hat, gemeine Dinge zu sagen. Es klingt, als sei er ein kontrollsüchtiger Dreckskerl, und *das* hat ihn dazu gebracht, dich unhöflich zu behandeln. Du bist vielleicht dünn, aber glaub mir, wenn ich sage, dass das *nicht* abtörnend ist.« Er wollte noch mehr sagen, aber es war noch zu früh. Er wollte nichts tun oder sagen, wodurch sie sich in seiner Nähe oder in seinem Haus unwohl fühlen könnte.

»Was deine Gewichtszunahme angeht, kann ich dir helfen. Ich habe im Laufe der Jahre viel über Ernährung gelernt ... welche Art von Lebensmitteln am besten für den Erhalt der Muskelkraft ist und was man essen sollte, wenn man selbst zunehmen muss. Ich habe viel Zeit an abgelegenen Orten verbracht, um Kriminelle zu verfolgen, und es ist nicht ungewöhnlich, dass ich dadurch in kurzer Zeit zehn Kilo oder mehr abgenommen habe. Ich kann dir helfen, daran zu denken, etwas zu essen ... und daran zu denken, wie viel Spaß es machen wird, so viel Eis zu essen, wie du vertragen kannst, ohne dass dir schlecht wird.«

Sie schluckte schwer, bevor sie sagte: »Danke.«

»Du brauchst mir nicht zu danken. Du hast etwas durchgemacht, was nicht viele Menschen erlebt haben. Es wird einige Zeit dauern, bis du dich wieder an dein normales Leben gewöhnt hast und dich wieder wie du selbst fühlst. Sei nicht so streng mit dir, okay?«

»Ich werde es versuchen«, erwiderte sie.

»Gut. Warum öffnest du nicht die letzte Tüte da drüben, während ich uns eine Mahlzeit zubereite?«

»Was ist da drin?«, fragte sie.

»Sieh selbst nach«, entgegnete Smoke mit einem kleinen Lächeln.

Molly runzelte die Stirn, aber er konnte das Funkeln in ihren Augen sehen. Sie freute sich über das Geschenk, auch wenn sie versuchte, es zu verbergen.

Er lehnte sich gegen die Küchentheke und beobachtete, wie sie die Tüte öffnete.

»Ein Handy!«, rief sie aus und drehte sich mit der Schachtel in der Hand zu ihm um.

»Ja. Es ist noch nicht aktiviert, also musst du es online bei deinem Anbieter einrichten, aber ich wollte nicht, dass noch ein Tag vergeht, an dem du nicht mit anderen in Kontakt treten kannst. E-Mail ist ja schön und gut, aber manchmal muss man auch mit anderen reden.«

»Du hättest mir nicht unbedingt das neueste und tollste Modell kaufen müssen«, schimpfte sie sanft.

Smoke zuckte mit den Schultern. »Ich wollte kein gebrauchtes kaufen«, erwiderte er.

»Aber es wäre genauso nützlich gewesen«, betonte Molly.

Smoke wusste, dass er die Sache aus der Welt schaffen musste, und sagte: »Ich habe Geld, Mol. Sehr viel. Das weißt du bereits. Vierhundert Dollar mehr für das neueste Handy auszugeben ist kein Problem, vor allem wenn es länger hält. Und selbst wenn ich nicht Millionen von Dollar auf der Bank hätte, hätte ich dir das gleiche Telefon besorgt. Ich mag es nicht, wenn ich ausgenutzt werde, aber ich gebe *gern* Dinge an Menschen, die es verdienen. Ich spende für wohltätige Zwecke. Ich verwöhne meine Freunde. Frag einfach Bull, Eagle oder Gramps. Sie haben gelernt, in meiner Gegenwart nicht über alles zu reden, was sie sich wünschen, weil sie wissen, dass es in ihrer Tasche landet, zu ihrem Haus geschickt wird oder in ihrem Wagen liegt. Du musst dich damit abfinden, dass ich dir Dinge schenke, die du magst, und für dich koche, denn so bin ich nun mal.«

»Ich weiß wirklich nicht, wie es sein kann, dass du Single bist.«

Ihre Antwort war überraschend, aber Smoke wollte jetzt nicht aufhören, ehrlich zu sein. »Weil ich dazu neige, sehr schwarz und weiß zu denken. Ich bin auch nicht gerade ein nachsichtiger Mensch. Ich bin anstrengend und übermäßig besorgt. Ich bin ein bisschen jähzornig und handle manchmal, bevor ich wirklich darüber nachdenke, was ich tue. Ich arbeite zu viel und stelle die Beziehung zu meinen Freunden über fast alles andere. Wenn Bull, Eagle oder Gramps mich um Hilfe bitten, lasse ich alles für sie stehen und liegen.

Ich bin auch gern allein. Es gibt Zeiten, in denen ich lieber allein in meinem Schlafzimmer sitze, durchs Fenster starre und nachdenke, als zu reden oder andere Leute zu unterhalten. Ich mag es nicht, auswärts zu essen – weil ich nicht weiß, wer meine Mahlzeit zubereitet hat oder ob derjenige sich vorher die Hände gewaschen hat –, und ich habe selten die Aufmerksamkeitsspanne, um mir einen ganzen Film anzusehen. Wegen dieser Dinge und noch viel mehr bin ich keine besonders gute Gesellschaft. Wenn ich krank bin, bin ich außerdem das größte Baby weit und breit.«

Als er damit fertig war, all seine Fehler aufzuzählen – sowohl die, die ihm spontan einfielen, als auch die, die andere Frauen ihm vorgeworfen hatten, als sie mit ihm Schluss gemacht hatten –, war

Smoke nicht sicher, wie Molly reagieren würde. Er mochte es nicht, sich selbst in ein schlechtes Licht zu rücken, aber er war kein Heiliger und er wollte auch nicht, dass sie ihn dafür hielt.

Molly stellte das nagelneue Handy auf den Tresen und ging um die Kücheninsel herum.

Zu seiner großen Überraschung lief sie direkt auf ihn zu, legte ihre Arme um ihn und umarmte ihn. Fest.

Sie legte ihre Wange an seine Brust und sagte: »Ich bin ein introvertierter Mensch. Ich vertraue nicht so leicht. Ich habe meinen Master gemacht, weil ich nicht wusste, was ich mit meinem Leben nach dem Abschluss an der Northwestern machen wollte. Es war einfach einfacher, weiter zur Uni zu gehen, als einen richtigen Job zu finden. Und das habe ich so lange durchgezogen, wie ich konnte. Ich habe vier Jahre gebraucht, um einen Abschluss zu machen, den die meisten Leute in zwei Jahren schaffen. Ich hasse Konfrontationen, deshalb habe ich den Job in Nigeria angenommen. Es war besser, als sich mit Preston auseinanderzusetzen und ständig Angst zu haben. Ich esse zu viel Junkfood, das habe ich dir ja schon gesagt, und ich hatte noch nie eine langfristige Beziehung mit jemandem. Ich bin ein Pechvogel – das weißt du, aber du weigerst dich, es zu akzeptieren – und es fällt mir wirklich schwer, das Positive in Situationen zu sehen.«

Smoke lächelte und drückte sie fester an sich.

»Aber ich habe noch nie jemanden betrogen und ich habe auch noch nie etwas geklaut. Ich halte mich an die Regeln, und wenn du mein Freund bist, würde ich alles für dich tun. Ich versuche, positiver zu sein, aber ich weiß nicht, ob es klappt. Ich vermisse meine Großeltern und ich hasse es, dass ich mich nicht von ihnen verabschieden konnte. Ich kann nicht anders, als mich zu fragen, was sie durchgemacht und was sie gedacht haben ... ob sie mir die Schuld gegeben haben.«

»Das haben sie nicht«, entgegnete Smoke sofort.

»Das weißt du doch gar nicht«, protestierte Molly.

»Doch, das weiß ich. Nach dem zu urteilen, was du mir über

sie erzählt hast, haben sie dich geliebt. So sehr. Sie hätten alles getan, was nötig war, um dich zu beschützen. Und wenn dein Ex sie getötet hätte, hätten sie garantiert nur daran gedacht, wie froh sie sind, dass du nicht in den Staaten bist.«

Molly nickte und schniefte, aber sie löste sich nicht aus seinen Armen.

Ein oder zwei Minuten vergingen, und Smoke war damit mehr als zufrieden. Er wollte sich nicht bewegen. Er wollte in der Mitte seiner Küche stehen und sie für immer festhalten.

»Mir ist noch etwas Gutes daran eingefallen, klein zu sein«, erklärte sie leise.

»Und das wäre?«, fragte Smoke.

»Ich kann deinen Herzschlag hören, wenn ich dich umarme«, bemerkte sie.

Smoke lachte. »Das stimmt.«

Molly hob den Kopf und sah zu ihm auf. »Ich bin nicht gut darin, Geschenke anzunehmen, aber wenn du es nicht übertreibst, werde ich versuchen, besser darin zu werden.«

»Abgemacht«, erklärte Smoke. »Und ich schreibe dir eine Nachricht, wenn ich auf dem Heimweg bin, damit ich dich nicht wieder erschrecke.«

»Das würde ich zu schätzen wissen.«

»Und ich sorge dafür, dass du auch die Telefonnummern von Bull, Eagle und Gramps hast.«

»Haben Skylar und Taylor etwas dagegen?«

Smoke runzelte verwirrt die Stirn. »Warum sollten sie?«

»Weil eine andere Frau ihre Männer anruft oder ihnen eine Nachricht schreibt?«

»Äh, nein. Bull und Smoke sind bis über beide Ohren in ihre Frauen verliebt. Wir alle wissen, dass sie nur Augen für sie haben. Außerdem haben Taylor und Skylar *meine* Nummer. Stört dich das?«

Molly schüttelte den Kopf.

»Eben. Denn jetzt, da sie mit meinen Freunden zusammen

sind, sind sie mir genauso wichtig wie meine Teamkameraden. Ich glaube nicht, dass Bull und Eagle es verkraften würden, sollte ihnen etwas zustoßen. Eagle hat sich immer noch nicht verziehen, dass er vor ein paar Monaten niedergeschlagen wurde, als Taylors Stalker ihren Wagen gerammt und versucht hat, sie zu entführen.«

Molly machte große Augen. »*Was?*«

»Lange Geschichte. Und ich weiß, dass die beiden Frauen dich sowieso so schnell wie möglich kennenlernen wollen, also werden sie dir alles erzählen. Sie wollen mit dir einkaufen gehen, damit du anfangen kannst, deine Sachen zu ersetzen. Ich habe ihnen gesagt, dass sie es nicht übertreiben sollen, aber du musst darauf gefasst sein, dass sie ein bisschen übereifrig sein werden.«

»Ich weiß noch nicht, wie lange ich hierbleiben werde«, antwortete Molly etwas zögerlich.

»Du hast es doch nicht eilig, zurück nach Chicago zu kommen, oder?«, fragte Smoke, der auf die Antwort etwas gespannt war.

»Eigentlich nicht.«

»Hast du dich mit deinem Chef in Verbindung gesetzt?«

»Nein.«

Er hätte sie gern gefragt warum, beschloss aber, dieses Gespräch ein anderes Mal zu führen. »Wir wissen immer noch nicht, was mit deinem Ex los ist, also ist es wahrscheinlich besser, wenn du dich im Moment fernhältst.«

Molly seufzte. »Ich will keine Schnorrerin sein.«

»Du bist keine Schnorrerin. Du hast mir doch vorhin zugehört, als ich sagte, dass ich meinen Freunden gern helfe, oder?«

»Aber wir haben uns doch gerade erst kennengelernt, Mark.«

»Das stimmt«, stimmte Smoke zu, »aber ... du kannst mir nicht erzählen, dass du diese Verbindung, die wir zu haben scheinen, nicht auch spürst.«

Einen Moment lang dachte er, sie würde es abstreiten, aber dann schüttelte sie den Kopf.

»Also, warum bleibst du dann nicht eine Weile? Du bist mir

nichts schuldig, wenn du hierbleibst«, versicherte Smoke ihr. »Versprochen.«

»Wenn du es satthast, dass ich in deinem Leben bin, musst du mir auch versprechen, es mir zu sagen«, erwiderte Molly.

»Ich glaube nicht, dass das passieren wird, aber ja, ich werde es dir sagen, falls das der Fall sein sollte«, antwortete Smoke.

»Okay. Ich bleibe. Ich mag dein Haus, Mark.«

»Danke. Hast du herumgeschnüffelt?« Er lächelte, als er fragte, damit sie nicht dachte, er sei sauer auf sie.

»Ja«, entgegnete sie, ohne zu zögern.

»Und?«

»Nun, ich habe noch nicht alle deine Verstecke und Geheimräume gefunden, aber soweit ich sehen kann, hast du keine Leichen im Keller versteckt.«

»Die bringe ich alle nach draußen in die Scheune«, erklärte er scherzhaft.

Als Molly den Kopf zurückwarf und ohne jegliche Zurückhaltung lachte, grinste Smoke.

»Im Ernst, dieses Haus ist fantastisch. Der Medienraum unten hat mich eingeschüchtert, aber ich war froh zu sehen, dass du eine Rumpelkammer hast, wie die meisten normalen Leute.«

»Rumpelkammer?«

»Ja, die Abstellkammer im Keller. Die mit den ganzen Kartons und so. So ordentlich, wie das Haus war, dachte ich schon, du wärst ein Freak oder so.«

Smoke lächelte. »Hey, ich brauche einen Platz für die ganze Weihnachtsdekoration.«

»Du schmückst für die Feiertage?«, fragte sie.

»Ja, natürlich. Mein Onkel hatte einen riesigen Weihnachtsbaum, den ich jedes Jahr am Tag nach Thanksgiving nach oben schleppen musste. Dann zwang er mich, ihn mit ihm zu schmücken. Das war eine Qual für mich.«

»Und du hast ihn geliebt.«

Smoke nickte. »Ja, das habe ich. Und wenn ich den Baum jetzt aufstelle, erinnert er mich an ihn und die guten Zeiten.«

»Das finde ich schön für dich. Und ... wie auch immer, ja, ich habe geschnüffelt. Und ich liebe dein Haus. Es ist fantastisch. Und groß. Hier könnte man seine Kinder beim Verstecken spielen verlieren.«

»Daran habe ich auch schon gedacht«, entgegnete Smoke ehrlich. Und das hatte er. Sogar ziemlich oft. Er wollte immer noch Kinder. Ganz viele. Aber er hatte das Gefühl, dass die Gelegenheit an ihm vorbeigegangen war. »Wie wäre es mit einem Abendessen?«, fragte er, um das Thema zu wechseln.

»Okay. Ich kann dir helfen.«

»Ich mach das schon. Du kannst aber das Eis probieren, das ich gekauft habe«, sagte Smoke zu ihr, ließ widerwillig die Arme sinken und trat einen Schritt zurück.

»Eiscreme vor dem Abendessen? Hast du keine Angst, dass ich mir den Appetit verderbe?«

»Nein. Denn ich werde das beste Brathähnchen zubereiten, das du je probiert hast.«

»Brathähnchen sind langweilig«, stichelte Molly.

»Nicht so, wie ich sie zubereite. Es kommt nur auf die Gewürze an, in denen du die Hühnchenbrust kochst. Und es dauert mindestens eine Stunde, bis es fertig ist. Du kannst ruhig Eiscreme essen. Ich schätze, dass du in fünfzehn Minuten satt sein wirst. Dann hat dein Magen Zeit, sich zu beruhigen, und du kannst wieder essen, wenn das Hähnchen fertig ist.«

Molly nickte. »Ja, da hast du wahrscheinlich recht. Welche Sorte hast du denn geholt?«

»Plätzchenteig mit Schokoladenstückchen, Minz-Schokoladenstückchen und Rocky Road.«

»Plätzchenteig ist meine Lieblingseiscreme«, erklärte sie.

»Warum überrascht mich das nicht?«, bemerkte Smoke, als er sich umdrehte, um die Packung aus dem Gefrierschrank zu holen. Er reichte sie ihr mit einem Löffel. »Dann leg mal los.«

»Mark?«, fragte sie auf dem Weg aus der Küche.

»Ja?«

»Nur damit du es weißt: Dein Grübchen ist immer noch süß.«

Er sah das Grinsen auf ihrem Gesicht, als sie sich umdrehte und auf das Sofa zuging.

Smoke gefiel es, dass sie sich wohl dabei fühlte, ihn zu necken. Er wusste, dass er wie ein Idiot grinste, als er sich umdrehte, um die Hühnerbrüste aus dem Kühlschrank zu holen, aber das war ihm egal. Es machte Spaß, Molly in seinem Haus zu haben.

Er hoffte nur, dass er sich nicht so sehr daran gewöhnte, dass er daran zerbrach, wenn sie wieder in ihr eigenes Leben zurückkehrte.

Mollys Herz schlug doppelt so schnell, als sie auf dem Sofa saß und ihr Eis aß. Sie war noch nie so ... *aufgeregt* gewesen ... in der Nähe eines Mannes. Schon gar nicht, nachdem sie ihn gerade erst kennengelernt hatte. Sie war immer vorsichtig und übervorsichtig bei allem, was sie sagte und tat, besonders nach Preston.

Sie hatte die Erfahrung gemacht, dass Männer es nicht mögen, wenn man sie neckt. Sie wollten auf keinen Fall, dass sie von ihren Fehlern erfährt, also taten sie so, als seien sie perfekt. Dann bröckelte die Fassade irgendwann ab – manchmal eher früher als später – und der wahre Mensch dahinter kam zum Vorschein.

Aber Mark hatte seine Fehler, ohne zu zögern, zugegeben. Sie hatte bereits die überfürsorgliche Seite von ihm kennengelernt. Aber für jemanden, der eine Entführung und einen gewalttätigen Ex überlebt hatte, der nicht darüber hinwegkam, dass sie mit ihm Schluss gemacht hatte, war Überfürsorglichkeit nicht gerade ein Abtörner.

Wie Mark war auch sie nicht sehr nachsichtig. Früher hatte sie ihren Freunden in der Schule im Zweifelsfall verziehen, wenn sie gemein waren, aber damit war es vorbei. Also konnte sie Mark das nicht vorwerfen. Und sie war froh, dass er seine Freunde an die erste Stelle setzte. Sie hatte es nicht nötig, der Mittelpunkt im Leben eines Menschen zu sein. Seine solide Beziehung zu Bull, Eagle und Gramps bestätigte, dass er die Art von Mann war, die es wert war, denn er hielt zu denen, die ihm wichtig waren, egal was das Leben für sie bereithielt.

Während die Mischung aus Schokolade, Vanille und Plätzchenteig in ihrem Mund explodierte, übte Molly ihr positives Denken. Sie hatte einen Großteil des Tages damit verbracht, um ihre Großeltern zu trauern – unter anderem in Marks Schlafzimmer, kurz bevor er zurückgekommen war –, was sie nicht zurückbringen würde. Deshalb war sie erschöpft.

Ich wurde entführt, aber ich bin nicht gestorben. Ich wurde von einem der großzügigsten Männer gerettet, die ich je kennengelernt habe. Er hat eine feste Gruppe von Freunden, was bedeutet, dass er loyal ist. Ich habe einen sicheren Ort zum Leben. Niemand weiß, wo ich im Moment bin. Ich habe ein Telefon, also kann ich Nanas und Papas Anwältin anrufen und anfangen, alles zu klären. Ich kann mich mit der Polizei in Verbindung setzen, um mehr über Preston und die Geschehnisse in dem Haus in Oak Park herauszufinden. Und ... Schokoladen-Plätzchenteig-Eiscreme.

Sie nahm einen Löffel von dem Eis und lächelte. Vor einer Woche hätte sie nie gedacht, dass sie einmal an diesem Ort sein würde. Sie saß in einem riesigen Haus mit einem wahnsinnigen Maß an Sicherheit und aß löffelweise die eiskalte Köstlichkeit.

Dann erinnerte sie sich an etwas anderes, das Mark gesagt hatte.

Du bist vielleicht ein bisschen klein, aber glaub mir, wenn ich sage, dass das nicht abtörnend ist.

Ihr Lächeln wurde breiter. Als sie nach Nigeria gegangen war, hatte sie beschlossen, dass es besser sei, Single zu sein, und dass sie sich für eine lange Zeit mit niemandem treffen würde. Aber seit sie Mark Chamberlin begegnet war, hatte sie ihre Meinung bereits geändert. Wenn es jemals jemanden gab, für den sie ihr Dating-Gelübde brechen wollte, dann war er es.

Aber sie wollte die Dinge nicht überstürzen. Einen Tag nach dem anderen. Sie hatte im Moment viel um die Ohren, und sie musste ihr Leben in den Griff bekommen, bevor sie sich auf eine Beziehung einlassen konnte. Sie war dankbar, dass Mark sie in seinem Haus übernachten ließ, und sie wollte seine Großzügigkeit nicht ausnutzen ... oder eine bequeme Affäre für ihn sein.

Aber irgendwie wusste sie, dass er ihr das nicht antun würde.

Molly atmete tief durch und merkte, dass sie bereits satt war. Mark hatte recht gehabt, sie hatte nicht annähernd so viel von dem Eis gegessen, wie sie gedacht hatte. Sie stellte den Behälter vor sich auf den Wohnzimmertisch, benutzte einen Untersetzer, um keine Spuren auf dem glänzenden Glas zu hinterlassen, lehnte sich zurück und schloss die Augen. Sie hörte, wie Mark in der Küche herumhantierte, und das erinnerte sie einmal mehr daran, dass sie in Sicherheit war.

Mit einem Ruck wachte sie auf. Sie lag auf dem Sofa, und Mark kniete vor ihr.

»Das Essen ist fertig«, erklärte er leise.

»Oh, wie lange habe ich denn geschlafen?«

»Ungefähr eine Stunde. Ich bin rübergekommen, um zu sehen, wie weit du mit dem Eis bist, und du warst bereits eingeschlafen. Ich habe die Packung für später weggestellt und dich schlafen lassen.«

»Danke. Ich wollte nicht einschlafen.«

»Ich weiß. Es wird eine Weile dauern, bis du den Jetlag überwunden hast und dein Körper sich von den Strapazen der letzten Monate erholt hat.«

Molly setzte sich abrupt auf – und schloss die Augen, als der Raum sich für einen Moment drehte.

»Immer mit der Ruhe, ich habe dich«, erklärte Mark.

Molly spürte, wie sie hochgehoben wurde, und schlang ihre Arme um Marks Hals. »Noch ein Vorteil, wenn man klein ist ...

man kann mich überallhin tragen«, stichelte sie. Eigentlich hätte sie sich darüber ärgern sollen, dass er das Bedürfnis hatte, sie herumzutragen, aber das wäre heuchlerisch gewesen, denn es machte ihr überhaupt nichts aus, wenn er sie auf dem Arm hielt.

Sie bewunderte sein Grübchen, wenn er lächelte. Es war fast schwer zu glauben, dass er derselbe Mann war, den sie im Dschungel kennengelernt hatte. Sie bevorzugte jedoch nicht das eine Aussehen gegenüber dem anderen. Er sah sowohl mit als auch ohne Bart gut aus.

»Hey, haben die anderen Jungs sich auch rasiert?«, fragte sie.

Mark lachte. »Ja.«

»Verdammt. Jetzt muss ich erst mal rauskriegen, wer wer ist«, scherzte sie.

»Gramps ist der Große«, erklärte Mark. »Bull hat schwarze Haare. Aber du wirst nichts herausfinden müssen, wenn du sie im Büro siehst, denn sie tragen Namensschilder.«

»Wirklich?«

»Ja. Skylar dachte, es sei einfacher für Taylor, wenn jeder eines tragen würde, damit sie sich nicht ständig fragen muss, wer wer ist.«

Mark hatte ihr von Taylors Zustand erzählt. Dass sie nicht in der Lage war, Gesichter zu erkennen, selbst die von Menschen, die sie kannte und liebte. »Oh, darüber habe ich noch nicht nachgedacht. Es ist sicher schwer, oder?«

Mark beugte sich vor und setzte sie auf einen Stuhl an dem kleinen Tisch, der direkt neben der Küche stand. Er hatte die Mahlzeit bereits aufgetischt und Molly atmete tief ein, weil alles so gut roch.

»Ja. Aber jetzt kann sie sich in der Firma entspannen, das war ja die Absicht.«

Molly nickte, ihre Aufmerksamkeit war bereits auf das Gericht konzentriert. Das Huhn sah köstlich aus. Es war mit einer Art Soße überzogen, und die grünen Bohnen und die frischen Brötchen sahen genauso gut aus. »Wow«, bemerkte sie. »Das sieht fantastisch aus.«

»Die Bohnen sind aus der Dose und die Brötchen sind Aufbackbrötchen«, entgegnete Mark achselzuckend. »Ich will nur nicht, dass du denkst, ich sei ein Koch aus einer dieser Backshows. Wenn das ein Gericht von Archer wäre, wäre alles hausgemacht.«

Molly nahm eine Gabel in die Hand und biss in die Bohnen. Der buttrige Knoblauchgeschmack ließ sie anerkennend aufstöhnen. »Er ist der Koch von *Silverstone Towing*, richtig?«, fragte sie, nachdem sie geschluckt hatte.

»Richtig.«

Die nächsten dreißig Minuten vergingen wie im Flug, während sie aßen und über die Mitarbeiter von *Silverstone Towing* sprachen. Als sie mit dem Essen fertig war und erstaunlicherweise ihren Teller komplett leer gegessen hatte, kannte sie schon jeden, der für Mark arbeitete.

Sie half, das Geschirr zur Spüle zu tragen. »Du magst sie wirklich, nicht wahr?«

»Unsere Mitarbeiter? Ja. Sie arbeiten hart und sind *Silverstone Towing* gegenüber loyal. Wir haben das Unternehmen auf gut Glück gegründet, und ohne sie wären wir immer noch vier Jungs, die sich im Kreis drehen, so wie am Anfang. Lass das Geschirr stehen, ich mache das später.«

Molly erstarrte mitten im Griff nach dem Schwamm in der Spüle. Sie schaute Mark an. »Ähm ... es wird eklig, wenn wir es stehen lassen. Wir können die Sachen auch gleich in die Spülmaschine stellen.«

»Du bist eine von denen, nicht wahr?«

»Eine von welchen?«, fragte Molly.

»Eine, die den Geschirrspüler neu einräumen muss, nachdem ihr Mann ihn eingeräumt hat, weil er es nicht ›richtig‹ gemacht hat.«

Molly lächelte. »Das wurde mir noch nie vorgeworfen, aber das liegt wahrscheinlich daran, dass ich noch nie mit einem Mann zusammengelebt habe, und wenn ich mit jemandem zu Abend gegessen habe, war ich immer diejenige, die den Abwasch erledigt hat.«

»Ich bin nicht so ein Typ«, entgegnete Mark. »Ich gebe zu, dass ich mich manchmal an die traditionellen Rollen von Mann und Frau halte, aber ich bin durchaus in der Lage, einen Teller abzuwaschen und den Boden zu fegen, und ich mache meine Wäsche schon seit Jahren selbst.«

»Gut zu wissen«, sagte Molly zu ihm. »Aber mir gefällt der Gedanke nicht, dass das Geschirr in der Spüle steht und die Essensreste daran eintrocknen.«

Mark lachte. »Dann lass uns das Geschirr in den Geschirrspüler räumen, damit wir uns auf dem Sofa entspannen können.«

Sie arbeiteten gemeinsam und innerhalb von eineinhalb Minuten war das Geschirr fein säuberlich angeordnet und bereit zum Spülen, wenn der Geschirrspüler voll war.

»Ich freue mich schon darauf, sie kennenzulernen. Deine Mitarbeiter«, sagte sie zu Mark und bezog sich dabei auf ihr vorheriges Gespräch.

»Gut. Denn ich dachte, du könntest morgen mit mir in die Firma kommen«, bemerkte Mark. »Taylor und Skylar wollen dich kennenlernen und ich dachte, dort sei es am einfachsten. Wenn du dich dann wohlfühlst, kannst du mit ihnen gehen, um ein paar Klamotten und so zu kaufen. Sie bringen dich irgendwann zurück zu *Silverstone Towing* und dann können wir den Heimweg antreten.«

Molly war nervös, die anderen Frauen kennenzulernen, aber sie wollte es lieber hinter sich bringen, als es aufzuschieben. Wenn es zwischen ihnen klappte, war das toll, aber wenn nicht, würde sie es wenigstens früher als später erfahren.

Sie setzten sich auf das Sofa. Molly nahm eine Ecke ein und Mark saß auf der anderen Seite. »Ich muss die Anwältin meiner Großeltern anrufen.«

Mark nickte. »Ich weiß. Das können wir morgen Nachmittag machen.«

»Ich kann einfach nicht glauben, dass sie nicht mehr da sind«, entgegnete Molly leise und fragte sich, ob sie zu viel über ihre Großeltern sprach.

»Ich wünschte, ich hätte sie kennengelernt«, erklärte Mark. »Nach dem zu urteilen, was du bisher erzählt hast, klingen sie wunderbar.«

»Das waren sie auch.« Und schon spürte Molly, wie ihr wieder die Tränen kamen. »Verdammt, es tut mir leid«, erklärte sie und wandte den Kopf ab.

»Was tut dir leid? Dass du sie geliebt hast? Dass du traurig bist, dass sie tot sind? Es gibt *nichts*, was dir leidtun müsste«, erwiderte Mark. »Mein Gott, es ist erst ein paar Tage her, dass du von ihrem Tod erfahren hast. Gönn dir eine Pause, Molly. Erzähl mir mehr von ihnen.«

»Bist du sicher?«, fragte sie.

»Ja. Deine Liebsten sollten nicht in den Hintergrund gedrängt werden. Sie wurden geliebt und waren liebevoll, sie verdienen es, dass man sich an sie erinnert.«

»Wirst du mir von deinen Eltern und deinem Onkel erzählen?«

»Ja.«

In den nächsten Stunden sprachen sie über die Menschen, die sie geliebt und verloren hatten. Und überraschenderweise fühlte Molly sich danach viel besser. Es fühlte sich gut an, Mark von den Zeiten zu erzählen, in denen ihre Großeltern sie zum Lachen gebracht hatten, und sogar, wenn sie sie wütend gemacht hatten. Sie genoss es, Geschichten über Mark als Kind zu hören und von den Schwierigkeiten, in die er geraten war. Als sie so müde war, dass sie die Augen nicht mehr offen halten konnte, war der extreme Schmerz über den Verlust von Nana und Papa ein wenig verblasst. Zumindest vorläufig. Doch die Wut erfüllte sie immer noch. Wut darüber, dass jemand sie nicht nur umgebracht, sondern auch ihr Haus niedergebrannt und alle materiellen Andenken an sie zerstört hatte.

»Es wird alles wieder gut«, erklärte Mark leise.

Erst jetzt bemerkte Molly, dass sie den letzten Teil laut ausgesprochen hatte. »Ich hoffe es.«

»Da bin ich mir ganz sicher. Du bist nicht allein, Molly Smith. Du hast mich und das *Silverstone-Team* hinter dir. Wenn sich herausstellt, dass dein Ex *tatsächlich* etwas mit der Sache zu tun hat, werden wir es herausfinden. Und wenn er glaubt, dass er dich weiter verfolgen kann, wird er sehr überrascht sein, wie viel Verstärkung du bekommen hast, seit er dich das letzte Mal gesehen hat.«

»Du kennst ihn nicht«, protestierte Molly.

»Doch, ich kenne ihn. Du vergisst, dass mein Team und ich mit dem Schlimmsten der Menschheit zu tun haben. Wir müssen uns ständig mit der verkorksten Psyche von Terroristen und Mördern auseinandersetzen.«

»Er ist wütend, weil ich mit ihm Schluss gemacht habe«, gab Molly zu bedenken. »Ich glaube, es war vor allem ein Schlag für sein Ego. Er hat mich nicht geliebt und ich habe ihn ganz sicher nicht geliebt.«

»Manche Männer sind so. Sie behandeln Menschen wie Objekte und werden wütend, wenn ihnen jemand ihr Spielzeug wegnimmt, bevor sie bereit sind. Ich werde dafür sorgen, dass er weiß, dass du tabu bist und dass er dich vergessen muss.«

»Wirst du ihn umbringen?«, fragte Molly unverblümt.

Mark schien aufgebracht über ihre Frage zu sein. »Nicht wenn er den Wink mit dem Zaunpfahl versteht und aufhört, dich zu belästigen.«

»Und wenn er das nicht tut?«, drängte sie.

»Dann werde ich alles in meiner Macht Stehende tun, um dafür zu sorgen, dass er dir nicht noch einmal wehtut.«

Molly wusste, sie hätte entsetzt sein sollen, dass Mark gerade angedeutet hatte, dass er Preston umbringen würde, sollte er ihr wehtun ... aber tief im Inneren hatte sie gewusst, dass er das sagen würde.

Sie war keine Närrin; sie wusste genau, was Mark und seine Freunde taten, denn sie hatte es aus erster Hand miterlebt. Früher wäre sie vielleicht darüber entsetzt gewesen, aber nachdem sie erlebt hatte, wie es war, von einem Verrückten wie Shekau gefangen gehalten zu werden, und nachdem sie wusste, dass ihre Großeltern vielleicht nur deshalb getötet wurden, weil sie mit jemandem Schluss gemacht hatte ... war sie froh, dass es Menschen wie die Mitglieder des *Silverstone-Teams* gab. Scheiß auf die Superhelden in den Filmen; was Molly betraf, saß sie in diesem Moment neben einem echten Superhelden.

Das hieß aber nicht, dass sie keine Angst um ihn hatte. Mark konnte schließlich trotzdem getötet werden, und sie wusste, dass es Preston nicht gefallen würde, dass sich jemand auf ihre Seite gestellt hatte. Er würde noch entschlossener sein, sie zu finden, sobald er erfuhr, wo sie war, egal wer sie beschützte. Aber sie musste darauf vertrauen, dass Mark wusste, was er tat. Dass sie wirklich in Sicherheit war. Die Alternative, nämlich sich ständig Sorgen wegen Preston zu machen, war erschreckend. »Danke«, sagte sie leise.

»Nichts zu danken. Ich glaube, es ist Zeit, dass du ins Bett gehst.«

»Wann fahren wir morgen zu *Silverstone Towing*?«

»Es ist Samstag, also muss Skylar nicht arbeiten. Und es ist nicht nötig, in aller Herrgottsfrühe dort zu sein. Du kannst ausschlafen. Wenn du um neun noch nicht wach bist, werde ich dich wecken, wenn das okay ist.«

»Kaum zu glauben, dass ich vor meiner Abreise nach Nigeria ein Morgenmensch war«, bemerkte Molly mit einem reumütigen Grinsen. »Jetzt fällt es mir schwer, mich überhaupt aus dem Bett zu quälen.«

»Wie ich schon sagte, es braucht Zeit. Aber im Moment gibt es für dich keinen Grund, in aller Herrgottsfrühe aufzustehen.«

»Du bist ein Morgenmensch, nicht wahr?«, fragte Molly, als sie sich erhob.

Mark stand ebenfalls auf und nickte. »Schuldig im Sinne der Anklage. Das kommt davon, wenn man beim Militär ist. Ich trainiere immer noch fast jeden Morgen. Manchmal laufe ich, manchmal trainiere ich mit Gewichten in der Garage.«

Molly ließ den Blick über seinen Körper gleiten und bewunderte, wie gut er in Form war.

»Hör auf, mich anzustarren, Frau«, beschwerte Mark sich spöttisch.

Molly lachte. »Hey, man kann es einem Mädchen nicht verübeln, wenn es guckt. Außerdem hast du meine Blicke geradezu herausgefordert. Du hast davon gesprochen, dass du Gewichte stemmst und trainierst und so.«

Mark schüttelte nur den Kopf. »Brauchst du noch etwas, bevor du hochgehst?«

»Nein, ich brauche nichts. Danke für alles, was du für mich getan hast, Mark.«

»Gern geschehen.«

»Im Ernst. Ich habe das Gespräch heute Abend gebraucht.«

Mark streckte die Hand aus und überraschte Molly, indem er sie in seine Arme zog. Sie hielt sich an ihm fest und genoss es, dass sie perfekt an ihn geschmiegt war.

Sie spürte seine Lippen auf ihrem Kopf, dann wich er zurück. »Dann sehen wir uns morgen früh.«

Molly nickte und ging auf die Treppe zu. Als sie auf halbem Weg nach oben war, schaute sie einmal zurück und sah, dass Mark sie immer noch beobachtete. Sie winkte ihm unbeholfen zu und bemerkte, wie seine Lippen amüsiert zuckten. Er strich sich über das Kinn und setzte sich auf das Sofa. Er griff nach der Fernbedienung, während Molly weiter die Treppe hinaufging.

Als sie wieder in ihrem großen Doppelbett lag, schloss Molly die Augen und lächelte. Man konnte mit Sicherheit sagen, dass sie Mark Chamberlin mochte. Wahrscheinlich mehr als sie sollte, in

Anbetracht der Umstände. Aber sie konnte sich nicht dazu durchringen, sich darüber Gedanken zu machen. Mit einem vollen Bauch, einem bequemen Platz zum Schlafen und dem Wissen, dass sie hinter den Mauern von Marks Haus sicher war, war sie so zufrieden wie schon lange nicht mehr.

KAPITEL NEUN

Molly überlegte es sich zweimal, ob sie an diesem Morgen zu *Silverstone Towing* gehen sollte. In den letzten Monaten hatte sie sich sehr daran gewöhnt, allein zu sein, und das Zusammensein mit anderen Menschen war für sie schon immer anstrengend und unangenehm gewesen. Warum sie es für eine gute Idee gehalten hatte, Taylor und Skylar kennenzulernen, war ihr ein Rätsel. Sie hätte einfach online Kleidung kaufen und sie sich liefern lassen können. Einkaufen war noch nie eine ihrer Lieblingsbeschäftigungen gewesen, und jetzt hatte sie sich dazu verpflichtet, mit anderen Leuten einzukaufen. Und dann auch noch mit Fremden.

»Alles wird gut«, erklärte Mark und schaute vom Fahrersitz seines Wagens aus zu ihr hinüber.

Woher er immer zu wissen schien, was sie dachte, wusste Molly nicht. »Ich weiß«, log sie.

»Sie sind wirklich nett«, fügte er hinzu.

Molly war es peinlich, dass er das Bedürfnis hatte, sie auf das bevorstehende Treffen vorzubereiten. »Da bin ich mir sicher. Nur weil sie mit deinen Freunden zusammen sind, heißt das aber nicht, dass wir uns gut verstehen werden. Ich meine, Frauen sind komisch. Manchmal verstehen wir uns einfach nicht mit anderen

Menschen. Ich will ja nicht unhöflich sein, aber wenn wir keine BFFs werden, sollst du nicht denken, dass es etwas mit dir oder deinen Freunden zu tun hat.«

»BFFs?«, fragte er.

»Beste Freundinnen für immer«, erklärte Molly. »Hast du das noch nie gehört?«

»Ich bin achtunddreißig. Ich hatte schon ewig keine Verabredung mehr. Und vergiss nicht, dass ich beim Militär war und jetzt nur noch mit den *Silverstone*-Jungs rumhänge. Also nein, ich habe diesen Begriff noch nie gehört.«

Molly lachte. »Stimmt. Wie auch immer, ich sage nur, dass du es nicht persönlich nehmen sollst, wenn wir uns nicht verstehen.«

»Du wirst schon klarkommen«, wiederholte Mark voller Zuversicht.

Molly wollte ihm nicht noch einmal widersprechen. Sie hatte ihn gewarnt, und das war alles, was sie tun konnte. Ihr ganzes Leben lang hatte sie es schwer gehabt, Freunde zu finden. Sie war sich nicht sicher warum. Meistens dachte sie nur, dass sie sich mit jemandem gut verstand, und wenn dann etwas Schlimmes passierte, stellte sie fest, dass der Großteil der Freundschaft von ihr ausging. Das war einer der Gründe, warum sie bei ihren Gefühlen für Mark so zurückhaltend war. Sie hatte in ihrem Leben schon genügend Menschen verloren, von denen sie dachte, dass sie zu ihr stehen würden, wenn es hart auf hart kam. Sie hatte gelernt, vorsichtig zu sein.

»Ganz sicher«, beharrte Mark. »Ich habe dir von Skylars Erfahrung mit der Entführung durch einen Kinderschänder erzählt, aber ich glaube nicht, dass ich dir von Taylor erzählt habe.«

»Du hast gesagt, dass Eagle sehr aufgebracht war, als sie nach einem Autounfall direkt vor seiner Nase entführt wurde«, entgegnete Molly.

»Ja, nun, sie hatte einen Stalker. Er hatte sich schon in sie verliebt, als er herausfand, dass sie Prosopagnosie hat.«

»Pro-so-was?«, unterbrach Molly ihn.

»Prosopagnosie. Gesichtsblindheit. Die Krankheit, von der ich dir erzählt habe? So nennt man das. Dieser Typ fand das heraus und dachte, es sei lustig, sie auf den Arm zu nehmen. Er arrangierte Treffen mit ihr, um zu sehen, ob sie ihn wiedererkannte, und als sie es nicht tat, gelang es ihm, in ihre Wohnung zu kommen, indem er sich als Handwerker ausgab. Er hat sogar eine Pizza in Eagles Wohnung geliefert, als sie dort wohnte. Es stellte sich heraus, dass er ein Serienmörder war. Er hatte vor ihr schon elf andere Frauen entführt und gefoltert, und als sie und Eagle auf dem Weg nach Bloomington zu einem Preisverleihungsessen für eine ihrer Kundinnen waren, hat er ihren Wagen demoliert und versucht, Taylor zu entführen.«

»Heiliger Mist, was ist passiert?«, fragte Molly. »Wurde sie verletzt? Wie konnte sie ihm entkommen? Warum gibt Eagle sich selbst die Schuld? Das ist doch verrückt!«

Mark lächelte.

»Was? Das ist nicht lustig!«, schimpfte Molly.

»Ist es auch nicht, aber du bist es. Wenn du mir einen Moment Zeit gibst, kann ich die Geschichte zu Ende erzählen.«

»Du brauchst zu lange«, beschwerte sie sich. »Beeil dich!«

»Tut mir leid. Taylor hat den Mann zwar nicht wiedererkannt, weil sie ihn schon so oft getroffen hatte, aber sie *hat* ihn an seinem Geruch erkannt. Und seinen Wagen. Also versteckte sie sich zwischen den Bäumen am Straßenrand, bis Eagle wieder zu sich kam und sie fand.«

Molly biss sich auf die Lippe. »Was ist mit dem Kerl passiert?«

»Eagle hat ihn getötet.«

»Hat er Schwierigkeiten bekommen?«

»Mol, der Mann war ein Serienmörder. Nein, er hat keinen Ärger bekommen.«

»Und Taylor geht es gut?«

»Ja. Ich will dir damit sagen, dass Taylor und Skylar nicht wie viele andere Frauen sind. Sie sind mitfühlend und selbst ein wenig introvertiert. Sie sind durch die Hölle gegangen, genau wie du. Ich sage nicht, dass du mit ihnen befreundet sein sollst, aber ich denke, wenn du ihnen eine Chance gibst, wirst du überrascht sein, wie viel ihr gemeinsam habt.«

Molly dachte einen Moment lang darüber nach und stellte fest, dass Mark wahrscheinlich recht hatte. Ihr ging es nach ihrer Befreiung erstaunlich gut, aber das bedeutete nicht, dass sie keine Flashbacks hatte oder mit jemandem darüber reden wollte, was ihr passiert war. Auch wenn Taylor und Skylar nicht in einem fremden Land entführt und in ein Loch geworfen worden waren, hatten sie genauso schreckliche Situationen erlebt wie sie.

»Gab es zwischen euch jemals irgendwelche ... merkwürdigen Situationen wegen Frauen?«

Mark warf ihr einen Blick zu, dann wandte er sich wieder der Straße zu. »Ich weiß nicht genau, was du fragst, aber ich sage dir eins: Weder Gramps noch ich waren jemals darüber aufgebracht, dass Eagle und Bull in einer Beziehung sind. Und zu keiner Zeit hat einer von uns je heimlich Gefühle für die Frau eines anderen gehegt. *Wenn* ein *Silverstone*-Mann sich verliebt, dann ziemlich heftig.«

Ihr war der trockene Ton in Marks Stimme nicht entgangen ... oder der Blick, den er ihr zuwarf.

Mach langsam, ermahnte sie sich selbst. *Erinnere dich an all die anderen Freunde, von denen du dachtest, dass sie dein ganzes Leben lang mit dir befreundet sein würden, und wie schnell sie sich von dir abgewandt haben, als du sie am meisten gebraucht hast.*

Aber hatte Mark nicht schon bewiesen, dass er nicht so war? Es wäre viel einfacher gewesen, sie mit den anderen Mädchen gehen zu lassen, nachdem sie alle gerettet worden waren. Sie war nicht sein Problem, aber er und seine Freunde hatten ihr geholfen, einen Pass zu bekommen, und sie zurück in die Staaten gebracht. Und Mark hatte ihr eine Unterkunft gegeben, sie versorgt, ihr ein Handy besorgt und sie den wichtigsten Menschen in seinem Leben vorgestellt ... nämlich den Mitarbeitern von *Silverstone Towing* und Taylor und Skylar.

Sie hatte das Gefühl, dass sie sich auf ihn verlassen konnte, aber das würde sich erst mit der Zeit zeigen.

»Wir sind da«, verkündete Mark.

Molly schaute überrascht. »*Das* ist *Silverstone Towing*?« Sie konnte den Ton des Unglaubens in ihrer Stimme nicht vermeiden.

Aber Mark nahm es ihr nicht übel. Er lachte nur. »Ich weiß, es sieht schlimm aus, aber der Schein kann trügen.« Er lehnte sich aus dem Fenster und tippte einen sehr langen Sicherheitscode ein, bevor das Tor vor ihnen sich zu öffnen begann.

»Lass mich raten, du hast bei den Sicherheitsvorkehrungen dieses Gebäudes geholfen«, bemerkte Molly trocken.

»Jup.«

Ja, das hatte sie gewusst. Er hatte ihr erzählt, dass er maßgeblich an der Einrichtung des Gebäudes beteiligt gewesen war. Aber selbst wenn das nicht der Fall gewesen wäre, war es nicht schwer zu erraten, dass er auch sein Unternehmen gesichert hatte. Er hatte ihr ganz offen gesagt, dass er sie beschützen wollte, und sie begann zu verstehen, wie weit dieser Schutz reichte. Nicht nur für sich selbst, sondern auch für die, die ihm lieb und teuer waren.

Er fuhr um die Rückseite eines heruntergekommen aussehenden Gebäudes und parkte seinen Wagen am Ende einer Reihe von Fahrzeugen. Sie hatte wieder Schmetterlinge im Bauch aufgrund von Nervosität, aber Mark zögerte nicht. Er stellte den Motor ab und öffnete seine Tür. Molly atmete tief durch und tat es ihm gleich. Sie stieg aus dem Wagen und ging zu ihm auf die andere Seite.

Mark ergriff ihre Hand und drückte sie. Dann führte er sie zu der Tür auf der Rückseite des Gebäudes. Er tippte einen weiteren langen Sicherheitscode ein und sie hörte das Schloss klicken, als es sich öffnete. Dann war sie drinnen – und sofort wehte ihnen der Geruch von etwas Leckerem entgegen.

»Oh wow, das riecht wie frisches Brot«, bemerkte sie.

»Das ist es wahrscheinlich auch. Archer hat einen Brotbackautomaten gekauft und probiert ihn wie verrückt aus. Er hat so ziemlich alle Brotsorten gemacht, die man sich vorstellen kann, einschließlich eines glutenfreien Brotes, das genauso gut war wie das normale.« Mark ließ ihre Hand los und griff nach einem Namensschild, das an einem Metallbrett in der Tür hing. Er befestigte eines an seiner Brust, auf dem in großen, gut lesbaren Buchstaben das Wort SMOKE stand ... dann lächelte er, als er nach einem anderen griff und es hochhielt.

Molly war überrascht, ihren Namen auf dem Schild zu sehen.

»Darf ich?«, fragte Mark und wies mit einer Geste auf ihre Brust.

Molly nickte und fragte sich, wie und warum es ein Schild mit ihrem Namen gab.

»Skylar hat es für dich gemacht. Sie wollte nicht, dass du dich ausgeschlossen fühlst, weil du die Einzige bist, die keins trägt. Und natürlich hilft es Taylor.«

Ah, das machte Sinn ... und plötzlich war es egal, denn Molly konnte an nichts anderes denken als daran, wie nahe Mark ihr war. Obwohl er sie überragte, fühlte sie sich überhaupt nicht eingeengt. Er griff mit einer Hand ein kleines bisschen in den Ausschnitt ihres T-Shirts und sie spürte, wie seine Fingerrücken über die nackte Haut ihrer oberen Brust strichen. Er wollte sie nicht begrapschen – er befestigte nur das Namensschild an ihrem T-Shirt –, aber es fühlte sich trotzdem sehr intim an.

Sie erbebte, als er seine Hand wegzog.

Dann errötete sie und war völlig verwirrt. Eine so einfache Berührung hätte sie nicht so sehr erregen dürfen. Sie wusste nicht genau, was an diesem Mann so anders war als an allen anderen. Warum sie sich fühlte, als würde sie in Flammen aufgehen, obwohl er sie so unschuldig berührt hatte.

Mark strich ihr eine Haarsträhne hinters Ohr, sagte aber nichts. Dann legte er seine Hand auf ihren Rücken und schob sie sanft den Flur entlang.

Molly konnte Leute reden hören und brauchte einen Moment, um sich wieder zu sammeln. Es war fast beängstigend, wie sehr es ihr gefiel, dass Mark sie berührte. Fünfunddreißig Jahre lang hatte sie die Berührung eines Mannes nicht *gebraucht*, aber jetzt schien sie lebendig zu werden, wenn seine Haut mit der ihren in Berührung kam.

»Smoke!«, rief jemand, als sie einen großen Raum betraten. Auf der einen Seite befand sich eine Küche, und alles an diesem Raum wirkte trotz seiner Größe gemütlich. Der Raum war nicht im Geringsten schäbig, wie das Äußere des Gebäudes vermuten ließ. Aber er war auch nicht übertrieben schick. Die Sofas und Stühle sahen bequem und einladend aus, und auch der Duft des frisch gebackenen Brotes unterstrich die einladende Atmosphäre noch.

Mark führte sie zu einer Gruppe von Leuten, die an einer Granittheke standen, die die Küche vom Rest des Raumes trennte. Es war offensichtlich, dass die Küche die Domäne des Mannes war, der auf der anderen Seite der Theke stand. Molly nahm an, dass es sich um den berühmten Archer handelte, von dem sie schon so viel gehört hatte. Er hatte schwarzes Haar, das ein bisschen zu lang war, und er war sehr dünn, besonders für einen Koch. Es war überraschend, wie jung er aussah. Sie hatte ein Bild von einem älteren Mann im Kopf, vielleicht in den Fünfzigern, aber Archer sah jünger aus als sie, vielleicht sogar Ende zwanzig. Eine mit Mehl bestäubte Schürze war um seine Brust und Taille gewickelt, und er lächelte, als er sie sah, und nickte Mark zum Gruß zu.

Alle trugen ein Namensschild, und irgendwie beruhigte das Molly ein wenig. So musste sie nicht versuchen, sich die Namen aller zu merken.

Mark stellte sich vor. »Molly, das sind Leigh, Jose und Bart. Sie haben gerade Schicht und decken sich wahrscheinlich mit frischem Brot ein, bevor sie zu ihren ersten Einsätzen des Tages aufbrechen, stimmt's?«

Leigh lachte. »Wenn du denkst, dass ich gehe, ohne etwas von Shawns leckerem Brot im Bauch zu haben, bist du verrückt. Es war schön, dich kennenzulernen, Molly. Es tut mir leid, was dir passiert ist, aber du hättest keine besseren Leute finden können, die dir helfen, wieder auf die Beine zu kommen.«

Überrascht sah sie zu Mark auf.

»Sie wissen von deinen Großeltern und dem abgebrannten Haus«, erklärte Mark sanft.

Molly nickte. Für einen Moment hatte sie gedacht, dass Leigh von ihrer Entführung in Nigeria gesprochen hatte. Sie und Mark hatten ein wenig darüber geredet, dass seine Angestellten nicht wussten, was er und seine Freunde taten und dass sie nach Übersee reisten, um Verbrecher zu eliminieren. Er musste es ihr erklären, damit sie nicht versehentlich etwas ausplauderte, was sie verraten hätte.

»Danke«, sagte sie zu der anderen Frau.

»Willkommen bei *Silverstone Towing*«, begrüßte Jose sie. »Es ist ein toller Arbeitsplatz und die Leute, die hier beschäftigt sind, sind noch toller.«

»Sieh dich vor, Shawns Gerichte machen süchtig. Wenn du nicht aufpasst, wirst du nie wieder nach Chicago zurückkehren wollen«, warf Bart ein.

Molly konnte ihm nicht widersprechen, aber wenn sie nicht mehr nach Chicago zurück wollte, dann nicht wegen des Essens. Sie schaute zu Mark hinüber und sah, dass er sie aufmerksam musterte. Sie schenkte ihm ein kleines Lächeln, um ihm zu versichern, dass es ihr gut ging, und er nickte ihr zu.

»Ich bin Taylor«, erklärte eine Frau mit wunderschönen lockigen braunen Haaren und hielt ihr die Hand hin. »Ich weiß, dass Smoke dir von meinem Zustand erzählt hat, und ich hoffe, es ist dir nicht unangenehm. Und wenn du Fragen hast, beantworte ich sie gern. Heutzutage bin ich mir dessen viel weniger bewusst, und jeder hier bei *Silverstone* ist ein wichtiger Grund dafür.«

»Hi«, entgegnete Molly und fand es sehr mutig von der anderen Frau, so offen mit ihrer Prosopagnosie umzugehen, wie sie es tat.

»Und ich bin Skylar«, fügte eine Frau hinzu, die nicht viel größer war als Molly. Sie hatte schöne kastanienbraune Haare und grüne Augen, die zu funkeln schienen. »Ich bin Kindergärtnerin. Ich weiß, dass ich damit für viele wahrscheinlich fast ein wenig zu Masochismus neige, aber ich liebe es, Zeit mit meinen Kindern zu verbringen. Sie sind wissbegierig und energiegeladen, was toll ist ... obwohl ich nicht leugnen kann, dass ich froh bin, wenn ich sie abends nach Hause schicken kann.«

Molly konnte sich ein Lächeln nicht verkneifen. »Ich bin Molly«, sagte sie etwas unbeholfen.

»Es ist schön, dich wiederzusehen, Molly. Hast du dich in Smokes Riesenhaus gut eingelebt?«, fragte Bull, bevor er einen Schritt auf sie zuging und sie kurz umarmte.

»Oh ja, es ist wirklich eine Strafe«, scherzte Molly.

Alle lachten, und Eagle beugte sich zu ihr hinunter und gab ihr einen Kuss auf die Wange. »Willkommen bei *Silverstone Towing*«, erklärte er.

»Ich finde, du solltest bei *mir* wohnen«, erklärte Gramps und umarmte Molly, nachdem Eagle zurückgetreten war.

»Es reicht«, erklärte Mark seinen Freunden, verdrehte die Augen und zog Molly an der Hand zu sich heran.

Alle um sie herum lachten und Molly war erleichtert, als sie sah, wie locker alle miteinander umgingen.

Nach weiterem Small Talk verabschiedeten sich Jose, Bart und Leigh und machten sich auf den Weg zur Tür, offensichtlich um zu arbeiten.

»Wir gehen nach unten«, sagte Bull. »Smoke, komm runter, wenn du bereit bist.« Dann küsste er Skylar. Eagle tat das Gleiche mit Taylor und folgte dann seinem Freund in einen Flur, der seitlich vom Raum wegführte.

Gramps lächelte immer noch, aber er nickte Smoke und Molly zu und folgte seinen Freunden.

»Lasst ihr uns einen Moment allein?«, fragte Mark die anderen

Frauen. Sie bejahten und gingen zu einem der Sofas hinter ihnen hinüber.

»Versuche, dich heute mit Taylor und Skylar zu entspannen. Sie werden sich gut um dich kümmern und ich denke, du wirst viel Spaß haben. Hast du dein Handy dabei?«

Molly nickte.

»Gut. Es sollte gut funktionieren, nachdem du es heute Morgen aktiviert hast, aber wenn du irgendwelche Probleme hast, sag Skylar, sie soll im Laden vorbeischauen, damit du mit jemandem persönlich darüber reden kannst. Das ist immer einfacher, als mit jemandem über das Telefon zu sprechen. Und wenn du zu müde wirst, scheue dich nicht, etwas zu sagen. Beide Frauen wissen darüber Bescheid, was mit dir passiert ist. Bitte Archer, dir einen Snack für später einzupacken, wenn du willst. Du musst deine Kalorienzufuhr aufrechterhalten. Und zu guter Letzt, knausere nicht beim Einkaufen. Irgendwann bekommst du einen Scheck von der Versicherung, der den Schaden deckt, den du bei dem Brand erlitten hast, und wenn du Geld brauchst, um die Zeit bis zur Auszahlung zu überbrücken, bin ich für dich da.«

Molly starrte Mark einfach nur an. Sie wusste nicht, was sie sagen sollte. Es fühlte sich gut an, dass jemand sich so sehr um sie sorgte, aber es war auch ein bisschen seltsam. Sie war kein Kind, aber sie hatte das Gefühl, dass Mark sie wie eines behandelte. Aber bevor sie ihm sagen konnte, dass sie nicht hilflos war und auf sich selbst aufpassen konnte, sprach er wieder ... als hätte er ihre Gedanken gelesen.

»Ich weiß, dass du eine erwachsene Frau bist und schon lange auf dich selbst aufpassen kannst, aber ich kann nicht anders, Molly. Ich habe dir gesagt, dass einer meiner Fehler darin besteht, dass ich zu fürsorglich bin – mein jetziges Verhalten gehört dazu. Hab Spaß, aber pass auch auf dich auf, okay? Und versuche nicht, zu sparsam zu sein, wenn es um dein Budget geht. Du brauchst Kleidung, Schuhe und viele andere Dinge.«

Er hatte ihr tatsächlich gesagt, dass er sie beschützen wolle.

Und nach kurzem Zögern beschloss Molly, dass sie mit dieser Art von Beschützerinstinkt leben konnte. Es war nichts im Vergleich zu Prestons Besessenheit. »Okay«, antwortete sie etwas unbeholfen.

»Und noch einmal: Wenn du dich überfordert fühlst, sag es einfach. Taylor und Skylar werden es verstehen.«

»Das werde ich.«

Mark starrte sie einen Moment lang an. Dann beugte er sich vor und küsste sie auf die Stirn.

Seine Lippen fühlten sich warm auf ihrer Haut an und Molly wollte nicht, dass er wegging.

Er lächelte und sagte: »Noch etwas Gutes daran, dass du so klein bist ... du hast die perfekte Größe, damit ich dich auf die Stirn küssen kann.« Dann nahm er noch einmal ihre Hand in seine und führte sie zu den anderen beiden Frauen, die so taten, als hätten sie sie nicht angestarrt.

»Hier ist sie, meine Damen«, erklärte Mark. »Versucht, sie heute ein bisschen zu schonen. Es ist lange her, dass sie einen Einkaufsmarathon hinter sich gebracht hat. Und vergesst nicht, eine Mittagspause einzulegen. Und Mol ist eine Naschkatze, also achtet darauf, dass sie vor dem Nachtisch etwas Gesundes isst.«

Beide Frauen lächelten und nickten.

»Und ... viel Spaß«, endete er. Dann drückte er Mollys Hand, drehte sich um und ging den Flur entlang, in dem seine Freunde vorhin verschwunden waren.

Molly ließ sich auf einen Stuhl neben dem Sofa sinken.

»Du meine Güte«, bemerkte Skylar und fächelte sich mit der Hand Luft ins Gesicht.

»Ich fand Smoke ja schon immer ziemlich heftig, aber das war ... puh!«, fügte Taylor mit einem Lächeln hinzu.

»Ich kenne ihn erst seit einer Woche«, erklärte Molly, ohne zu wissen, was sie damit bezwecken wollte.

»Manchmal reicht das aus«, erwiderte Skylar lächelnd. »Bull war auch so.«

»Eagle auch«, mischte Taylor sich ein.

»Aber egal ... wir müssen einkaufen gehen«, bemerkte Skylar und rieb ihre Handflächen aneinander. »Wo gehst du normalerweise hin? Was für Sachen ziehst du gern an? Jeans? Leggings? Röcke? Und was brauchst du noch? Schuhe natürlich. Im Moment brauchst du weder Küchenutensilien noch Bettwäsche noch Handtücher, aber ich bin sicher, du könntest einen Koffer gebrauchen und Handtaschen und ...«

»Ich will es nicht übertreiben«, sagte Molly leise und unterbrach die andere Frau.

Skylar errötete und Molly fühlte sich schlecht, weil sie etwas gesagt hatte. Sie war so aufgeregt gewesen, und jetzt sah sie verlegen aus. »Aber ich bin so dankbar, dass ihr mit mir geht. Ich meine, wenn es nach mir ginge, würde ich einfach zu Target gehen und mich mit allem Nötigen eindecken.«

»Ich liebe Target«, erwiderte Taylor.

»Ich auch. Obwohl ich immer viel zu viel ausgebe, wenn ich dort hingehe. Ich weiß nicht, ob sie irgendeine Kauf-mich-Droge durch die Luftfilter pumpen, die einen dazu bringt, mehr zu kaufen, oder so«, bemerkte Skylar.

»Eine Kauf-mich-Droge?«, fragte Taylor und brach dann in Gelächter aus.

Molly stimmte mit ein. Vielleicht würde dieser Einkaufsbummel doch nicht so schlimm werden.

***

Fünf Stunden später fuhr Skylar wieder auf den Parkplatz von *Silverstone Towing* und Molly konnte sich nicht erinnern, wann sie jemals mehr Spaß gehabt hatte. Ihre neuen Freundinnen hatten sie dazu überredet, viel mehr zu kaufen, als sie jemals brauchen würde. Sie waren durch das Einkaufszentrum gelaufen, als wären sie ein Trio von Schülerinnen mit der Kreditkarte ihrer Eltern. Molly hatte Hemden, Hosen, Schuhe, Jeans, Schlafanzüge, Unterwäsche, Socken, Handtaschen und Taschen gekauft ... sogar einen Wintermantel, den sie frühestens in ein paar Monaten brauchen würde.

Sie waren in einen Haushaltswarenladen gegangen und Molly hatte auf Skylars Drängen hin einen Kaffeeautomaten gekauft. Jetzt konnte sie eine Tasse Milchkaffee trinken, während Mark seinen männlichen schwarzen Kaffee trank.

Taylor hatte ihr versichert, dass sie das Bild von der Schildkröte, die vor Hawaii im Meer schwamm, brauchte. Molly hoffte, dass sie es im Gästezimmer in Marks Haus aufhängen durfte, bis sie eine eigene Wohnung gefunden hatte.

Nachdem sie das Einkaufszentrum verlassen hatten, hielten sie bei Target und Molly kaufte Geschenkpapier, einen süßen kleinen Esel-Pflanztopf, Briefumschläge, Stifte, ein paar Ohrringe und ausgerechnet ein Stofftier. Es war nichts, was sie brauchte, aber alles brachte sie zum Lächeln, und das war es wert.

Nachdem sie Target verlassen hatten, hatte Skylar sie überredet, an einem Secondhandladen anzuhalten, und Molly hatte dort einen Einkaufswagen mit noch mehr Sachen gefüllt. Sie hatte ein Dutzend Bücher für einen Dollar gekauft, noch mehr Kleidung gefunden und sogar ein Geschenk für Mark mitgenommen. Sie hatte keine Ahnung, ob es ihm gefallen würde, aber Molly hatte es gesehen und fand, es sei ein perfektes Dankeschön-Geschenk.

Sie hatten eine Pause eingelegt, um zu Mittag zu essen, und Skylar und Taylor hatten nicht zugelassen, dass Molly ihren Erdnussbutter-Schokokuchen aß, bevor sie nicht ihre Fettuccine Alfredo aufgegessen hatte. Sie war immer noch so satt, dass sie das Gefühl hatte zu platzen, aber sie konnte sich nicht erinnern, jemals glücklicher gewesen zu sein.

Danach waren sie in den Lebensmittelladen gegangen und Taylor hatte ihr die Geschichte erzählt, wie sie Eagle in genau diesem Laden kennengelernt hatte – dem Laden, in dem der Serienmörder, der von ihr besessen war, sie zum ersten Mal gesehen hatte. Sie gab zu, dass sie immer noch nicht gern dort einkaufte, aber jetzt, da sie Skylar und Molly dabeihatte, sei es nicht mehr ganz so schwer.

Molly hatte auch viel zu viele überflüssige Dinge im Supermarkt gekauft, aber um ehrlich zu sein, hatten Skylar und Taylor sie dazu ermutigt. Als Molly erwähnte, dass sie ihr verlorenes Gewicht wieder auf die Rippen bekommen musste, waren sie ein bisschen verrückt geworden und hatten ihr alle möglichen zuckerhaltigen Lebensmittel in den Einkaufswagen gelegt.

Mark hatte im Laufe des Tages mehrmals angerufen, und jedes Mal hatten ihre neuen Freundinnen ihr »Ich hab's ja gesagt«-Blicke zugeworfen. Als sie versuchte zu betonen, dass Mark nur um ihre Sicherheit besorgt war, lachten sie nur und sagten: »Wenn du meinst.«

»Ich habe keine Ahnung, wie wir das alles hier untergebracht haben«, bemerkte Molly, drehte sich um und schaute auf den Rücksitz des Jeep Wranglers, den Taylor von Eagle geliehen hatte.

»Ich bin nur froh, dass Smoke einen Explorer hat«, erklärte Skylar vom Beifahrersitz aus.

Als sie hinter *Silverstone Towing* anhielten, öffnete sich die Tür und Bull, Eagle, Mark und Gramps erschienen.

Sie grinsten alle darüber, wie voll der Wrangler war.

Mark stand schon an Mollys Tür, sobald Skylar eingeparkt hatte. Er öffnete die Tür und hielt ihr die Hand hin. Molly nahm sie und er half ihr beim Aussteigen. »Hattest du Spaß?«, fragte er.

Molly lächelte und nickte.

»Sie sehen alle aus, als hätten sie überlebt«, neckte Gramps sie.

»Das haben wir«, erklärte Skylar fröhlich.

»Habt ihr noch für andere Leute Donuts im Laden gelassen?«, fragte Eagle, als er einen Blick in die Einkaufstüten auf dem Rücksitz des Wranglers warf.

»Nein«, antwortete Taylor mit einem breiten Grinsen. »Aber ich war so nett und habe Molly die letzte Tüte der Gewürzkuchen-Donuts überlassen.«

»Du siehst glücklich aus«, sagte Mark leise, nur für Mollys Ohren bestimmt.

»Ich hatte Spaß«, versicherte sie ihm.

»Gut.« Es sah so aus, als wolle er noch mehr sagen, aber nach einem Moment drehte er sich um und begann, seinen Freunden zu helfen, die Pakete zu sortieren und alles, was Molly gekauft hatte, in seinen Explorer zu bringen.

»Ich habe mich fantastisch amüsiert«, erklärte Skylar, als sie auf Molly zuging.

»Ich auch«, entgegnete sie.

»Das müssen wir unbedingt wiederholen«, fügte Taylor hinzu. »Na ja, vielleicht nicht unbedingt mit so einem extremen Einkaufsbummel, aber auf jeden Fall sollten wir uns wieder treffen.«

»Ja!«, erwiderte Skylar enthusiastisch. Dann runzelte sie die Stirn. »Aber ich muss natürlich unter der Woche arbeiten.«

»Wir können ja mal essen gehen oder so«, sagte Taylor. »Ich meine, Smoke hat ein großes Haus. Wir könnten uns dort treffen.«

»Das würde gehen«, meinte Skylar und nickte. »Er hat eine riesige, tolle Küche und bestimmt genügend Stühle für uns alle.«

»Ähm ... Ich weiß nicht, wie lange ich hier in Indianapolis bleiben werde«, gab Molly fast entschuldigend zu bedenken.

Taylor und Skylar drehten sich um und sahen sie an.

»Wirklich nicht? Ich dachte, du bleibst hier«, erklärte Taylor.

»Ich meine, mein Leben ist in Oak Park«, erwiderte Molly ohne großen Enthusiasmus.

»Das war es«, stimmte Skylar zu. »Ich bin sicher, deine Freunde und so sind alle dort, oder? Und dein Job.«

»Nun, ich hatte eigentlich keine engen Freunde. Nur meine Nana und meinen Papa. Und die sind jetzt nicht mehr da. Und ich weiß nicht, was ich mit meinem Job machen soll ...«

Molly konnte nicht glauben, dass sie das gerade zugegeben hatte. Sie hatte nicht viel Zeit gehabt, um über ihren Job nachzudenken, aber nachdem sie gehört hatte, dass die Firma alle Mitarbeiter aus Nigeria abgezogen und sie im Wesentlichen sich selbst überlassen hatte ... war sie immer noch verletzt. Schon bevor sie aufgebrochen war, hatte sie darüber nachgedacht, etwas anderes zu machen. Sie war ihr ganzes Berufsleben lang Umweltingenieurin gewesen, aber schon vor Monaten hatte sie gemerkt, dass ihr das nicht wirklich *gefiel*.

»Dann kannst du hier in Indianapolis bleiben, bis du herausgefunden hast, was du machen willst«, sagte Skylar. »Smoke wird dich nicht rausschmeißen und wir sind deine Freundinnen, solange du hier bist. Und wenn du willst, kannst du dir mein Klassenzimmer ansehen, um herauszufinden, ob Unterrichten etwas für dich ist. Du hast deinen Masterabschluss, also brauchst du wahrscheinlich nur ein paar Kurse zu belegen, und ich bin sicher, dass du sofort genommen wirst. Der Lehrerberuf braucht so viele tolle Lehrerinnen und Lehrer, wie er kriegen kann.«

»Ich weiß nicht so recht, ob ich eine gute Lehrerin abgeben würde, aber ich würde gern dein Klassenzimmer sehen«, erwiderte Molly ganz ehrlich.

»Ich liebe es, von zu Hause zu arbeiten«, bemerkte Taylor. »Ich bin gern allein ... es ist einfach bequemer für mich. Aber seit ich Skylar kennengelernt und Eagle geheiratet habe, gehe ich gern mehr aus, solange ich jemanden dabeihabe. Allerdings ist es immer noch unangenehm, jemandem gegenüberzustehen, den ich eigentlich kennen sollte, den ich aber nicht erkenne.«

»Ich würde gern von zu Hause arbeiten, aber ich habe keine Ahnung, was ich dann machen kann«, gab Molly zu. Im Hinterkopf wusste sie schon, was sie tun *wollte*. Aber dies war weder der richtige Zeitpunkt noch der richtige Ort, um darüber nachzudenken ... und es war auch nicht etwas, das sie einfach so entscheiden konnte ... vielleicht.

»Du hast Zeit, es herauszufinden«, entgegnete Skylar.

Molly wusste, dass sie das eigentlich nicht hatte. Sie schwamm nicht im Geld und konnte sich ihre Miete nicht leisten, wenn sie ihr Leben nicht schnell in den Griff bekam.

»Und ich halte es sowieso erst mal für das Beste, wenn du jetzt nicht nach Oak Park zurückkehrst«, bemerkte Taylor. »Ich meine, ich hatte auch schon mal einen Stalker, und das ist verdammt beängstigend. Wenn dieser Preston wirklich so schlimm ist, wie du uns erzählt hast, ist es wahrscheinlich besser, wenn ihr viele Kilometer Abstand voneinander haltet.«

Dem konnte Molly nicht widersprechen. »Stimmt.«

»Gut, dann ist das ja geklärt. Wir essen bei Smoke zu Hause zu Abend und wir werden sehen, wann wir auch an den Wochenenden Zeit miteinander verbringen können«, erklärte Skylar.

»Was ist bei mir zu Hause?«, fragte Mark, der hinter ihnen auftauchte.

Molly drehte sich um und überlegte, wie sie ihm erklären sollte, dass sein Haus als Treffpunkt auserwählt worden war.

»Abendessen. Wir wollen mit Molly Zeit verbringen, und da du das größte Haus hast, haben wir beschlossen, dass es perfekt ist«, erklärte Skylar.

»Hört sich gut an«, antwortete Mark, der davon nicht im Geringsten irritiert zu sein schien.

»Nicht ständig, nur ab und zu«, stellte Molly klar.

Mark sah erst zu ihr und dann zu den anderen Frauen hinunter. »Ihr seid alle bei mir willkommen, wann immer ihr wollt. Ihr müsst Molly oder mir nur vorher Bescheid sagen, damit wir das Sicherheitssystem ausschalten können.«

»Stimmt, ohne Smokes Erlaubnis kommt keiner rein«, bemerkte Skylar lachend.

»Verdammt richtig«, murmelte Mark.

»Bist du fertig damit, dich selbst in die Häuser anderer Leute einzuladen?«, fragte Bull Skylar, während er einen Arm um ihre Schultern legte.

»Fürs Erste«, antwortete sie lässig.

»Danke, dass du meine Mädchen heute so gut unterhalten hast«, sagte Eagle und zog Taylor an seine Seite.

»Deine Mädchen? Gibt es etwas, das wir verpasst haben?«, fragte Gramps mit einer hochgezogenen Augenbraue.

Taylor verdrehte die Augen. »Er ist davon überzeugt, dass das Baby ein Mädchen ist. Ich sage ihm immer wieder, dass er das auf keinen Fall wissen kann, aber er lässt sich nicht beirren.« Sie legte eine Hand auf ihren immer noch flachen Bauch, und Molly gefiel es, dass Eagle sofort seine eigene auf ihre legte.

»Wirst du enttäuscht sein, wenn es ein Junge ist?«, fragte Bull.

»Auf keinen Fall«, entgegnete Eagle sofort. »Es ist mir egal, ob es ein dreiköpfiger Affe ist. Es wird unser Kind sein, das ist alles, was zählt.«

»So romantisch«, sagte Taylor und verdrehte wieder einmal die Augen.

Alle lachten.

»Danke, Jungs, dass ihr Molly davon überzeugt habt, die Läden leer zu kaufen. Das weiß ich zu schätzen«, sagte Mark.

Molly drehte sich zu ihm um und wollte ihm spielerisch auf die Schulter hauen, aber als sie ihm ins Gesicht blickte, sah sie, dass er es völlig ernst meinte.

»Das sagst du jetzt, aber warte nur, bis der ganze Mist, den ich gekauft habe, in deinem Haus herumliegt und ein Chaos verursacht«, sagte Molly lachend.

Aber er lächelte wieder nicht einmal. Er schaute sie nur an und sagte: »Dann fühlt es sich wahrscheinlich mehr wie ein Zuhause an.«

Einen Moment lang sagte niemand etwas, bis Gramps das Schweigen brach. »In diesem Sinne, ich bin dann mal weg. Vergesst nicht, dass Willis gesagt hat, er schickt uns bald etwas, das wir uns ansehen sollen. Er recherchiert immer noch, was es ist, und sagte, er schickt es, sobald er genauere Informationen hat.«

Die Männer nickten alle und verabschiedeten sich von Gramps.

Skylar kam ihnen entgegen und umarmte Molly. »Danke, dass du heute mit uns unterwegs warst. Es hat mir Spaß gemacht.«

»Mir auch«, stimmte Molly zu.

Taylor umarmte sie als Nächstes. »Ich bin die ganze Zeit zu Hause, also zögere nicht, mich anzurufen oder mir eine Nachricht zu schreiben, wenn du etwas brauchst. Zum Reden, um zu jammern, dass du keine Donuts mehr im Haus hast, wenn du Angst hast, allein zu sein ... egal was, okay?«

Molly schluckte schwer. Der Tag war größtenteils unbeschwert und sorglos gewesen, aber Skylar und Taylor hatten darüber gesprochen, was ihnen passiert war. Wie verängstigt sie gewesen waren. Und Molly und Taylor hatten sich darüber beklagt, einen Stalker zu haben. Bevor sie nach Nigeria gegangen war, war Preston buchstäblich überall aufgetaucht, wo sie hingegangen war, und das hatte Molly Angst gemacht. Sie fühlte sich mit Taylor verbunden und war dankbar, dass sie ihr anbot, für sie da zu sein, wenn sie reden wollte.

»Danke.«

Dann legte Mark seine Hand auf ihren Rücken und führte sie zur Beifahrerseite seines Ford Explorer. Er half ihr beim Einsteigen und verweilte an der offenen Tür, während sie sich anschnallte. »Mark? Ist alles in Ordnung?«

»Ja. Ich bin nur erleichtert, dass es heute so gut gelaufen ist.«

»Hättest du das nicht gedacht?«

»Ich schon, aber ... Taylor ist ziemlich introvertiert. Und du bist auch nicht gerade jemand, der auf andere zugeht. Skylar ist freundlich, aber sie neigt dazu, die Welt in Schwarz und Weiß zu sehen, in Gut und Böse. Ich hatte keinen Zweifel daran, dass ihr euch alle gut verstehen würdet, aber es bestand die Möglichkeit, dass keine von euch in der Lage sein würde, sich genug zu öffnen, um eine echte Verbindung aufzubauen.«

Molly schluckte schwer. Mark war sehr scharfsinnig, und das war manchmal fast erschreckend. »Ich mag sie wirklich.«

»Gut. Hast du Hunger? Willst du auf dem Heimweg noch anhalten?«

Molly stöhnte auf. »Gott, nein. Ich schwöre, ich habe heute den ganzen Tag nur gegessen.«

»Okay, Mol. Ich kann es kaum erwarten zu sehen, was du gekauft hast.«

Sie rümpfte die Nase. »Ehrlich gesagt habe ich selbst ein bisschen Angst davor, es mir anzusehen. Nach den ersten paar Läden ist alles verschwommen. Wahrscheinlich kann ich den meisten Mist, den ich gekauft habe, zurückgeben.«

Mark schüttelte den Kopf. »Nein. Wenn du es gekauft hast, hattest du sicher einen Grund dafür. Wahrscheinlich weil es dich zum Lächeln gebracht hat. Ich habe das Schildkrötenbild gesehen; es ist wunderschön.«

»Ich brauche es eigentlich nicht ...«, wehrte Molly ab.

»Es macht dich glücklich, also brauchst du es in meinen Augen«, sagte Mark zu ihr. »Pass auf deine Füße auf.« Er machte ihre Tür zu und ging auf die Fahrerseite. Er stieg ein, schnallte sich an, fuhr geschickt rückwärts und steuerte dann auf den Ausgang zu.

»Ich mag euer Unternehmen«, bemerkte Molly. »Du und deine Freunde habt einen tollen Job gemacht.«

»Danke.«

»Ich beneide dich«, erklärte Molly leise. »Es ist selten, dass man solche Freunde und Angestellten hat, die einem helfen, wenn man sie braucht.«

»Das ist es allerdings«, stimmte Mark zu. »Ich will dich nicht unter Druck setzen, aber ich habe ein wenig von deinem Gespräch mit Taylor und Skylar mitbekommen. Sie könnten auch für dich solche Freundinnen sein, wenn du bleibst.«

Molly antwortete nicht, aber sie wusste, dass Mark das auch nicht wirklich von ihr erwartete. Er streckte seine Hand aus und nahm ihre. Und für den Rest des Heimwegs hielten sie sich an den Händen.

Molly war noch nicht einmal drei Tage in Indianapolis, und irgendwie fühlte sie sich hier schon mehr zu Hause als in Oak Park. Sie hatte auch das Gefühl, dass sie sich mit den Männern und Frauen von *Silverstone Towing* gut verstand.

Sie wusste, dass sie irgendwann nach Chicago zurückkehren musste. Aber sie war ganz zufrieden damit, es noch eine Weile aufzuschieben. Sie hatte das ungute Gefühl, dass die Zufriedenheit und Sicherheit, die sie in diesem Moment empfand, zunichtegemacht werden würde, wenn sie zurückkehrte. Nicht nur, dass sie sich der Tatsache stellen müsste, dass Nana und Papa wirklich nicht mehr da waren, auch Preston könnte sie dann wieder belästigen.

Vorläufig wollte sie bei Mark bleiben und versuchen, das Gewicht, das sie verloren hatte, wieder zu erreichen. Je länger sie in dieser Traumblase leben konnte, desto besser.

KAPITEL ZEHN

Irgendetwas bedrückte Molly, aber sie wollte nicht mit ihm darüber reden ... und das machte Smoke verrückt. Vor einer Woche waren sie zu *Silverstone Towing* gefahren und sie hatte Taylor und Skylar getroffen. Die drei Frauen schrieben sich ständig Nachrichten und er freute sich, dass sie sich gut verstanden. Sie hatten sogar schon ein Treffen mit allen bei ihm zu Hause veranstaltet. Gramps, Bull, Eagle, Taylor und Skylar. Sie hatten großen Spaß miteinander gehabt, viel gelacht und sich generell gut verstanden.

Aber jetzt war irgendetwas nicht in Ordnung, und Molly war nicht ehrlich zu ihm und sprach nicht mit ihm. Und obwohl er wusste, dass er kein Recht hatte, von ihr zu verlangen, ihm zu sagen, was sie bedrückte, wollte Smoke es trotzdem wissen.

Sie kannten sich zwar noch nicht sehr lange, aber ihre gemeinsame Zeit war intensiv gewesen und Smoke hatte das Gefühl, Molly besser zu verstehen als die meisten Menschen. Sie hatten beide in jungen Jahren ihre Eltern verloren und waren von einem Verwandten aufgezogen worden. Sie waren sich im Dschungel nähergekommen und er wusste genau, dass sie sich bei ihm sicher fühlte. Ganz zu schweigen von den Nächten, in denen sie in seinem Schlafzimmer saßen, die Sterne beobachteten und über alles und nichts redeten.

Die Tatsache, dass er wusste, dass etwas nicht stimmte, sie aber nicht mit ihm darüber sprechen wollte, beunruhigte ihn sehr.

Ein paarmal hatte er sie zu Hause gelassen, während er zu einem Treffen mit seinem Team zu *Silverstone Towing* gefahren war; an anderen Tagen war sie mit ihm gekommen. Sie verbrachte ihre Zeit entweder vor dem Fernseher, spielte Flipper oder leistete demjenigen, der gerade Dienst hatte, Gesellschaft.

Molly hatte gesagt, dass sie das Abschleppgeschäft faszinierend fand, auch weil sie sich vorher nicht viel damit beschäftigt hatte. Sie hatte ihn auch schon ab und zu bei einem Auftrag begleitet.

Heute jedoch war sie bei ihm zu Hause geblieben und hatte behauptet, dass sie noch etwas zu erledigen habe.

Smoke schickte ihr eine Nachricht, um sie wissen zu lassen, dass er auf dem Heimweg war. Er wollte sie nicht so erschrecken wie beim ersten Mal, als er nach Hause gekommen war und sie ihn mit seinem glatt rasierten Gesicht nicht erkannt hatte.

Er betrat das Haus und war froh, dass die Alarmanlage eingeschaltet war. Anfangs war sie von den Sicherheitsvorkehrungen eingeschüchtert gewesen, aber letztendlich hatte sie sich problemlos daran gewöhnt. Es roch nicht so, als hätte sie etwas zum Abendessen zubereitet, was auch in Ordnung war. Er hatte *Silverstone Towing* früher als sonst verlassen, und es gefiel ihm, wenn sie zusammen kochten. Er hatte so viel Zeit allein in seinem Haus verbracht, dass es sich ... *richtig* anfühlte, wenn sie mit ihm in der Küche herumhantierte. Sie lachten, wenn sie sich über den Weg liefen, und unterhielten sich darüber, wie ihre Tage verlaufen waren.

Als er den großen Raum betrat, entdeckte Smoke Molly, die am Tisch neben der Küche saß und auf ihr Handy starrte. Sie hatte die Hände unter den Hintern gelegt und starrte zusammengekauert auf das Gerät, als hätte es sie irgendwie beleidigt.

»Mol«, rief er, während er auf sie zuging.

Sie drehte sofort den Kopf und sah ihn an, als er sich ihr näherte.

»Was ist los?«, fragte er.

»Nichts«, entgegnete sie ein wenig zu schnell.

Smoke hockte sich neben sie und legte eine Hand auf ihren Oberschenkel und die andere auf die Stuhllehne, sodass sie festsaß. »Du hast so intensiv auf dein Handy gestarrt, dass ein Mensch sicher angefangen hätte zu weinen, so eingeschüchtert wäre er gewesen.«

Sie lächelte nicht einmal, sondern drehte sich einfach wieder zu ihrem Handy um. »Ich habe den ganzen Tag versucht, mich darauf vorzubereiten, meinen Chef anzurufen. Nachdem du heute Morgen gegangen warst, bin ich absichtlich wieder eingeschlafen. Dann habe ich meine Wäsche gewaschen und den ganzen Kram organisiert, den ich letzte Woche mit Taylor und Skylar gekauft habe. *Dann* habe ich beschlossen, einen Kuchen zu backen. Von Grund auf. Dann habe ich Staub gesaugt. Im ganzen Haus. Jetzt habe ich nichts mehr zu tun ... und ich kann mich trotzdem nicht dazu durchringen anzurufen.«

»Warum nicht?«, fragte Smoke leise.

»Ich weiß es nicht«, erklärte sie einfach.

Smoke gab keinen Kommentar ab, sondern wartete einfach ab.

Molly seufzte. Es war ein zutiefst frustrierter Laut. »Ich habe *alles* vor mir hergeschoben. Du warst so geduldig mit mir, und ich weiß, dass ich zurück nach Chicago muss, aber ... es gefällt mir hier *besser* als in meinem vorherigen Leben.«

Smoke bewegte sich, stand auf und hob Molly hoch. Sie kreischte auf, protestierte aber sonst nicht. »Nimm dein Handy«, befahl er und beugte sich so, dass sie es erreichen konnte. Nachdem sie es aufgenommen hatte, ging er zum Sofa und setzte sich mit Molly auf seinem Schoß hin.

Sie passte dort perfekt hin.

»Was hält dich davon ab, deinen Chef anzurufen?«, fragte er.

»Was genau?«

Molly schaute das Telefon in ihrer Hand an und nicht ihn, während sie sprach. »Nana und Papa waren so stolz auf mich, als ich meinen Masterabschluss gemacht habe. Sie erzählten all ihren Freunden, dass ihre Enkelin Umweltingenieurin ist, und sprachen die ganze Zeit über mich. Als ich meinen ersten Job bekam, um die Wasserqualität in Chicago zu verbessern, haben sie eine große Party für mich geschmissen. Aber ich habe meinen Beruf nie wirklich *geliebt*. Es war nur ein Job für mich. Ich habe ihn nicht aus Leidenschaft gemacht. Ich habe den Job in Nigeria nur angenommen, um von Preston wegzukommen. Aber sie konnten nicht aufhören, davon zu schwärmen, wie ich die Welt rette und so weiter.« Sie hielt inne.

»Sprich weiter«, ermutigte Smoke sie.

»Sie haben mich im Stich gelassen«, flüsterte Molly. »*Apex*. Mein Arbeitgeber. Ein Teil von mir weiß warum und versteht es. Aber ein anderer Teil ist verärgert. Ich meine, es wäre nicht klug gewesen, den Rest der Angestellten dortzubehalten, aufgrund des Risikos, dass sie angegriffen werden. Aber ... es tat weh zu erfahren, dass sie mich einfach zurückgelassen haben. Dass sie nichts unternommen haben, um mich zu finden. Sie haben niemanden beauftragt, nach mir zu suchen oder so. Als sei ich ihnen vielleicht nicht so wichtig oder so.«

»Willst du dort weiterarbeiten?«, fragte Smoke.

Molly zuckte mit den Schultern.

Das war keine Antwort, aber Smoke drängte sie auch nicht. »Du musst sie wenigstens anrufen und ihnen sagen, dass du wieder in den Staaten und in Sicherheit bist.«

»Ich weiß.«

Smoke schaute auf die Uhr. Fünfzehn Uhr dreißig. Die Mitarbeiter sollten noch im Büro sein. Molly sollte jemanden erreichen können. »Wäre es einfacher, wenn ich dich allein lasse, wenn du den Anruf erledigst, oder möchtest du, dass ich bleibe?«, fragte er.

»Würdest du es mir übel nehmen, wenn ich dich bitten würde zu bleiben?«, fragte Molly leise.

»Natürlich nicht«, versicherte Smoke ihr.

»Machst du heute Abend die selbst gemachten Käsemakkaroni zum Abendessen?«, fragte sie weiter.

Smoke lächelte. »Natürlich.«

»Und einen von den Milchshakes, die du mir neulich gemacht hast? Du weißt schon, der mit der Schokolade und den Erdbeeren drin?«

»Ja.« Er hatte ihr den Eiweißshake gemacht, um ihr bei der Gewichtszunahme zu helfen, und war erfreut, wie gut er ihr geschmeckt hatte. Zugegeben, er hatte ein paar zusätzliche Zutaten hinzugefügt, um ihn süßer zu machen, aber er konnte nicht leugnen, dass es ihm Freude bereitete, sie zu verwöhnen.

»Okay«, sagte Molly, atmete tief ein und entsperrte ihr Handy.

Smoke hatte nicht gedacht, dass sie gleich anrufen würde, aber er hielt es für eine gute Idee, es hinter sich zu bringen, vor allem wenn sie sich schon den ganzen Tag davor gefürchtet hatte.

Sie wählte eine Nummer und stellte das Telefon auf Lautsprecher. Es klingelte dreimal, bevor eine Frau abnahm.

»Hallo, *Apex Environmental*. Wohin kann ich Sie verbinden?«

»Kann ich bitte mit Walter Morris sprechen?«

»Einen Moment.«

Smoke spürte, wie Molly zitterte, und legte seine Arme um sie.

»Morris.«

»Walter, hier ist Molly. Molly Smith.«

Es gab eine kurze Pause, bevor ihr Chef sprach.

»Molly? Ist alles in Ordnung mit dir? Wo steckst du?«

»Mir geht es gut. Ich bin in Indianapolis.«

»Wow! Ich habe gehört, dass die Schulmädchen gerettet wurden, aber ich wusste nicht, ob du noch bei ihnen bist oder nicht.«

Smoke konnte seine Verwirrung verstehen. Soweit er wusste war Molly immer noch irgendwo im Dschungel. Das *Silverstone-Team* hatte bisher keine Ahnung, ob die nigerianischen Sicherheitskräfte irgendjemanden von *Apex* über ihre Rettung informiert hatten. Offensichtlich hatten sie das nicht.

»Ja, das war ich. Ich bin noch nicht lange zurück, aber ich wollte mich melden«, entgegnete Molly.

»Ich bin sehr froh, dass es dir gut geht. Wann kommst du zurück?«

»Ähm, darüber wollte ich mit dir sprechen. Ich weiß nicht, ob du es schon gehört hast, aber meine Großeltern wurden getötet, während ich im Ausland war.«

»Oh. Mein herzliches Beileid.«

Smoke knirschte mit den Zähnen angesichts des fehlenden Mitgefühls des Mannes. Es war offensichtlich, dass er sagte, was er für angebracht hielt, aber es lag kein echtes Mitgefühl in seiner Stimme.

»Danke. Die Sache ist die, dass ich nach allem, was passiert ist, eine Auszeit brauche.«

»Wir mussten jemanden einstellen, der deinen Platz einnimmt, nachdem ... na ja, du weißt schon. Wir waren uns nicht sicher, ob du zurückkehren würdest oder nicht. Wenn du also bereit bist wiederzukommen, sag mir Bescheid, dann finde ich einen Platz für dich.«

Molly war so angespannt auf seinem Schoß, dass Smoke ihrem Chef gern ernsthaft wehgetan hätte. Mit jedem Wort, das er sagte, verletzte er Molly noch mehr.

»Okay«, entgegnete Molly leise.

»Ich werde mich mit der Personalabteilung in Verbindung setzen«, fuhr Walter fort. »Wir haben dein Gehalt während deiner Abwesenheit weitergezahlt, aber jetzt, da du wieder da bist, können wir es natürlich nicht weiterzahlen, wenn du nicht arbeitest. Wir brauchen einen Nachweis darüber, wann du wieder in den USA eingetroffen bist, damit wir das als Kündigungsdatum verwenden können.«

»Also ... bin ich gefeuert?«, fragte Molly.

»Nein, nein, natürlich nicht. Schlechte Wortwahl«, sagte Walter zu ihr. »Ich meinte nur, dass wir aus rechtlichen Gründen einen Termin brauchen. Ich bin sicher, du verstehst das.«

Sie hörten, wie jemand im Hintergrund Walters Namen sagte und ihn daran erinnerte, dass er in fünf Minuten eine Besprechung hatte.

»Ich muss Schluss machen, ich habe gleich eine Besprechung«, erklärte Walter ohne eine Spur von Reue in seinem Ton. »Schön, dass es dir gut geht, Molly. Ruf mich an, wenn du bereit bist zurückzukommen.«

»Das werde ich«, erwiderte Molly leise.

»Tschüss«, sagte Walter und legte auf.

Molly atmete tief ein und schmiegte sich dann an Smoke.

»Was für ein Vollidiot«, knurrte Smoke, während er Molly an seine Brust drückte.

»Ich schätze, ich wusste, dass es so kommen würde«, erklärte Molly leise. »Und deshalb wollte ich eigentlich nicht anrufen. Aber weißt du was?«

»Was?«, fragte Smoke, der in Gedanken schon Pläne schmiedete, nach Chicago zu fahren und Walter Morris in den Hintern zu treten.

»Ich bin erleichtert.«

Bei ihren Worten entspannte Smoke sich ein wenig.

»Ich meine, *Apex* ist ein riesiges Unternehmen. Sie konnten meinen Job nicht ewig für mich frei halten. Sie wussten nicht, wie lange ich als Geisel festgehalten oder ob ich jemals freigelassen werden würde. Und es war ziemlich großzügig von ihnen, mich weiter zu bezahlen, während ich verschwunden war.«

Smoke schloss die Augen und hätte gern widersprochen. Aber er wusste genauso gut wie Molly, wie große Unternehmen arbeiten.

»Ich habe keine Ahnung, was ich jetzt machen werde, aber ich bin irgendwie froh, dass ich diesen Job nicht mehr habe«, fuhr sie fort. »Mark?«

»Ja, Mol?«

»Danke, dass du mir da durchgeholfen hast.« Sie seufzte. »Jetzt muss ich nach Chicago fahren und mit der Anwältin von Nana und Papa sprechen. Außerdem möchte ich das Haus mit eigenen Augen sehen. Meinst du, ich könnte mir deinen Wagen leihen? Ich verspreche, sicher zu fahren und ihn nicht kaputt zu machen.«

»Sieh mich an, Molly.«

Sie hob den Kopf und sah ihn an.

»Ich habe darauf gewartet, dass du bereit bist, nach Chicago zu fahren. Wenn du glaubst, dass ich dich allein gehen lasse, tickst du nicht ganz richtig.«

»Aber du musst arbeiten«, protestierte sie.

»Die Arbeit ist allerdings nicht wichtiger als du«, konterte er.

Sie starrte ihn einen Moment lang an und leckte sich dann über die Lippen. Smoke zwang sich, sie nicht näher an sich heranzuziehen. Er wünschte sich nichts sehnlicher, als sie auf den Mund zu küssen, aber er wollte ihre verletzliche Lage nicht ausnutzen.

»Sag Bescheid, und wir fahren hin. Du wirst auch mit der Polizei sprechen müssen, um herauszufinden, was die Beamten über den Brand und den Tod deiner Großeltern wissen. Wenn sie noch nichts über ihn wissen, musst du ihnen deinen Verdacht über Preston mitteilen«, sagte er zu ihr. »Und wir müssen herausfinden, wo die Leichen deiner Nana und deines Papas sind, und Vorkehrungen für sie treffen.«

Molly nickte. »Wenn ich das Haus sehe, wird alles plötzlich viel realer«, gab sie zu. »Im Moment kann ich so tun, als seien sie am Leben und würden auf meinen Besuch warten. Ich habe es immer wieder aufgeschoben, weil das bedeutet, dass sie *wirklich* tot sind und ich sie nie wiedersehen werde.«

»Ich weiß«, entgegnete Smoke leise. »Es tut mir leid.«

»Und ... obwohl Oak Park ein großer Ort ist, denke ich, dass Preston herausfinden wird, dass ich in der Stadt bin, und dass er wieder mit seinen Schikanen anfangen wird. Ich bin abgehauen, weil er mir Angst gemacht hat. Ich habe mich hier sicher gefühlt, weil ich weiß, dass er keine Ahnung hat, wo ich bin, und nicht an mich herankommen kann. Ich habe Angst, dass er einen Weg findet, *dich* oder *Silverstone Towing* oder Skylar und Taylor zu verletzen, wenn ich dorthin zurückkehre und er mich sieht.«

»Es wird Zeit, dass du mir alles über deinen Ex erzählst, Mol.«

Sie legte ihren Kopf wieder an seine Brust. »Ich will nicht.«

»Ich weiß, aber du weißt, was ich beruflich mache. Wer ich bin. Glaubst du, ich lasse ihn an dich heran?«

»Nein. Aber du kennst ihn nicht so gut wie ich. Er ist verrückt, Mark. Er wird alles tun, was er kann, um *Silverstone Towing* zu ruinieren.«

Smoke schnaubte. »Dazu wird er keine Gelegenheit haben, das verspreche ich dir. Schließ jetzt die Augen und erzähl mir von ihm. Fang damit an, wie du ihn kennengelernt hast, und erzähl mir dann den Rest.«

»Versprichst du mir, dass du keine schlechte Meinung von mir bekommst?«, fragte sie.

»Natürlich«, schwor Smoke.

Fünf Minuten lang sagte sie kein Wort, und Smoke brach das Schweigen nicht. Er ließ ihr so lange Zeit, ihre Gedanken zu sammeln, wie sie es brauchte.

»Sein voller Name ist Preston Weldon. Ich habe ihn eines Tages bei der Arbeit kennengelernt«, begann Molly, ohne sich von ihrem Platz auf seinem Schoß zu bewegen. »Na ja, nicht *bei* der Arbeit, sondern im Café nebenan. Er ist Wachmann und hatte gerade Pause von seinem Job in dem Gebäude neben meinem. Er war lustig und charmant. Er war ganz auf mich fixiert, was ich damals sehr schmeichelhaft fand. Er hat mich auf der Stelle gefragt, ob ich mit ihm ausgehen wolle, aber ich habe Nein gesagt.

Wir liefen uns immer wieder im Café über den Weg. Er bat

mich immer wieder um eine Verabredung und versprach, sich von seiner besten Seite zu zeigen. Er sagte, wir könnten mit einem Mittagessen beginnen, etwas Leichtes und Unkompliziertes. Ich habe schließlich zugestimmt, mehr weil es mir unangenehm war, immer wieder Nein zu sagen, als weil ich wirklich Lust dazu hatte, mit ihm auszugehen. Ich dachte mir, es könne nicht schaden. Wir gingen zum Mittagessen, und er war sehr nett. Er hielt mir den Stuhl hin, brachte mir eine Rose mit und bezahlte, ohne dass es komisch wirkte. Ich gab ihm meine Nummer und er fing an, mich anzurufen und mir Nachrichten zu schreiben.

Wir waren etwa einen Monat lang zusammen. Wir gingen zusammen zum Mittagessen oder zum Abendessen, und einmal nahm er mich sogar zu einer Show in der Innenstadt von Chicago mit. Er wollte in einem Hotel übernachten, aber dazu war ich nicht bereit. Ich glaube, ich wusste ziemlich schnell, dass mit ihm etwas nicht stimmte. Ich hatte Alkohol in seinem Atem gerochen, aber nur einmal. Dann wollten Nana und Papa ihn kennenlernen, also lud ich ihn eines Tages zum Brunch ein. Nachdem er gegangen war, sagte Nana, dass sie ihn nicht leiden könne, aber ich versicherte ihr, dass es mir nicht zu ernst mit ihm war, und sagte, sie solle sich keine Sorgen machen.

Aber anscheinend dachte *er*, dass es zwischen uns ernst war. Er fing an, mich jeden Abend anzurufen. Und wenn ich nicht antwortete, rief er so lange an, bis ich mein Handy ausschalten musste. Er hinterließ mehrere Nachrichten und wollte wissen, wo ich war und was los sei. Dann fing ich an, ab und zu seinen Wagen zu sehen. Vor meiner Wohnung, im Parkhaus auf der Arbeit, wenn ich wusste, dass er nicht arbeitete. Das wurde mir einfach zu viel. Eines Abends sagte ich ihm beim Abendessen, dass ich nicht glaubte, dass wir eine Zukunft hätten, und dass es besser sei, wenn wir nur Freunde blieben.

Er wurde *richtig* wütend und sagte während des gesamten Essens kein Wort mehr. Als wir fertig waren, zerrte er mich am Arm aus dem Restaurant. Ich sagte ihm, er würde mir wehtun, und er erwiderte: ›Du hast mir zuerst wehgetan.‹ Er hielt meinen Arm so fest, dass ich wusste, ich würde Abdrücke davon haben. Als wir zu seinem Wagen kamen, drückte er mich dagegen und küsste mich so fest, dass seine Zähne in meine Lippe schnitten. Er schob seine Hand unter mein Hemd und murmelte etwas davon, dass es an der Zeit sei, mich in die Schranken zu weisen.

Es gelang mir, ihm in die Eier zu treten und wegzulaufen. Aber das war nicht das Ende der Geschichte, wie ich gehofft hatte. Sein Stalking wurde noch viel schlimmer. Ich musste meine Telefonnummer dreimal ändern, aber er fand sie immer wieder heraus. Er sagte, er würde nicht akzeptieren, dass ich mit ihm Schluss gemacht habe, und wir seien immer noch ein Paar. Der Tag, an dem ich von der Arbeit nach Hause kam und ihn *in* meiner Wohnung fand, wo er auf mich gewartet hatte, war der Tag, an dem ich wieder bei meinen Großeltern einzog.«

»Hat er dir noch einmal wehgetan?«, fragte Smoke mit zusammengebissenen Zähnen. Er wollte diesen Mistkerl umbringen, weil er Molly bedroht und ihr Angst gemacht hatte.

»Ja«, entgegnete Molly leise. »Er hat mich geschlagen und wollte mich vergewaltigen, aber ich habe so laut geschrien, dass er Angst bekommen hat, jemand könnte nachsehen, was los ist. Er ist abgehauen, aber ich wusste, dass er jetzt jederzeit in meine Wohnung kommen konnte. Es war wahrscheinlich nur eine Frage der Zeit, bis er es wieder tun würde, mich dann überwältigen und sich nehmen würde, was er wollte.«

Sie zitterte auf seinem Schoß und er hasste es. Er hasste es *wirklich*. »Ganz ruhig, du bist in Sicherheit«, sagte Smoke und strich ihr mit der Hand übers Haar. »Hier kann dir nichts passieren.«

»Ich zog also zu Nana und Papa und sie taten alles in ihrer Macht Stehende, um mich zu beschützen. Aber ich wusste, dass ich sie damit wahrscheinlich nur in Gefahr brachte. Als die Stelle in Nigeria frei wurde, habe ich sie angenommen. Ich hoffte, dass Preston mich durch die Auszeit vergessen würde.«

»Du sagtest, er sei ein Wachmann?«

»Hm-hm. Ich glaube, er hat auf dem College Strafjustiz studiert. Er hat einen zweijährigen Abschluss vom *Ivy Tech Community College* in Indiana. Soweit ich weiß hat er im Willis Tower in der Innenstadt gearbeitet.«

Smoke nickte und machte sich eine geistige Notiz. Er musste so viel wie möglich über diesen Mistkerl Weldon herausfinden. Er hatte keine Ahnung, ob er immer noch in Molly verliebt war, aber wenn ja, musste er verstehen, dass sie für ihn tabu war, jetzt und für alle Zeiten.

»Es tut mir so leid, dass dir das passiert ist. Du weißt, dass es sein Problem ist und nicht deins, oder? Dass er besessen ist, hat nichts mit dir zu tun, sondern nur mit der Tatsache, dass er ein Dreckskerl ist. Du hast *nichts* falsch gemacht.«

»Ich hätte zu der ersten Verabredung nicht Ja sagen sollen, obwohl ich es nicht wirklich wollte«, bemerkte Molly.

»Nein«, entgegnete Smoke. »Ich meine, vielleicht, aber dass er zum Stalker wird, ist keine angemessene Reaktion auf das, was du vielleicht getan oder gesagt hast, als du mit ihm zusammen warst. Er hätte einfach mit seinem Leben weitermachen sollen.«

»Ich verstehe Typen nicht, die ein Nein nicht akzeptieren. Ich meine, wenn ich nicht mit ihm zusammen sein will, warum um alles in der Welt will er mich dann noch? Das macht keinen Sinn.«

»Da gebe ich dir recht«, erklärte Smoke. »Aber das ist *sein* Problem und nicht deines.«

»Er hat es aber zu meinem Problem gemacht«, erwiderte Molly trocken.

»Ich wollte damit nur sagen, dass du dir nichts vorzuwerfen hast. Das musst du mir glauben.«

Molly sah zu ihm auf. »Die alte Molly wäre da anderer Meinung. Sie würde dir ins Gesicht nicken und dann immer wieder alles aufwärmen und sich fragen, was sie hätte anders machen können. Aber weißt du was? Du hast ja recht. Ich hatte ein paar Verabredungen mit ihm. Ich habe ihn mit guter Absicht meiner Familie vorgestellt und dann Schluss gemacht, anstatt ihn weiter hinzuhalten, als ich wusste, dass ich nicht mehr mit ihm zusammen sein wollte. Ich habe seine Verrücktheit nicht verdient, und falls er Nana und Papa *wirklich* wehgetan hat, dann haben sie es auch nicht verdient.«

»Richtig so«, lobte Smoke.

»Aber das ändert nichts an der Tatsache, dass ich Angst habe, dorthin zurückzukehren. Ich will ihn nicht sehen«, gab Molly zu.

»Würdest du dich besser fühlen, wenn ich Gramps bitten würde, mit uns nach Chicago zu kommen?«, fragte Smoke.

»Ja«, entgegnete Molly, ohne zu zögern.

»Betrachte es als erledigt. Wie wäre es mit nächster Woche? Dann hast du Zeit, die Anwältin und den Gerichtsmediziner anzurufen, und ich werde sehen, ob ich meine Verbindungen nutzen kann, um herauszufinden, was bei den Ermittlungen zu dem Feuer und dem Tod deiner Großeltern vor sich geht.«

Molly atmete tief ein. »Okay.«

»Okay«, stimmte Smoke zu. Ihm gingen eine Million Dinge durch den Kopf, die er tun musste, um ihr zu helfen, aber im Moment brauchte sie seine volle Aufmerksamkeit. »Willst du mir helfen, die Makkaroni mit Käse zu machen?«, fragte er.

Molly dachte einen Moment darüber nach und schüttelte dann den Kopf. »Wenn es dir nichts ausmacht, nehme ich ein Bad in der tollen Wanne in meinem Zimmer. Skylar hat mich neulich überredet, ein Schaumbad zu kaufen, und ich hatte noch keine Gelegenheit, es auszuprobieren.«

»Das ist völlig in Ordnung«, erwiderte Smoke und zwang seinen Körper, bei dem Gedanken an sie, wie sie nackt in der Wanne saß, nicht zu reagieren.

»Mark?«

»Ja, Mol?«

»Danke noch mal. Für alles. Und wenn wir Preston sehen und du zur Zielscheibe seines Wahnsinns wirst ... tut es mir leid.«

»Ich hoffe, dass das der Fall ist«, erwiderte Smoke mit Nachdruck. »Er wird herausfinden, dass das *Silverstone-Team* keine Tyrannen duldet.«

Zum ersten Mal, seit er nach Hause gekommen war, lächelte Molly. »Ja, ihr Jungs lasst euch das nicht gefallen, oder?«

»Nein.«

Sie beugte sich vor und berührte mit ihren Lippen seinen Mundwinkel. »Danke«, sagte sie wieder, ein bisschen schüchtern. »Wer hätte gedacht, dass etwas so Schreckliches wie verfolgt, fast vergewaltigt, von Rebellen entführt zu werden und meine Großeltern zu verlieren, mich zu dir führen würde? Und bevor du irgendetwas sagst ... das ist tatsächlich meine positive Einstellung.«

Dann stieg sie von seinem Schoß und ging die Treppe hinauf.

Smoke saß noch eine ganze Minute auf dem Sofa, nachdem sie verschwunden war. Er hatte den Kopf drehen wollen, damit sie ihn auf die Lippen küsste, aber er nahm jede Geste der Zuneigung an, die sie ihm geben wollte.

Schließlich erhob er sich und ging in die Küche. Molly wollte selbst gemachte Käsemakkaroni und einen Milchshake, und das sollte sie auch bekommen. Später würde er Zeit haben, mit den anderen über diesen Mistkerl Preston zu reden, aber zuerst musste er seiner Frau etwas zu essen machen.

Es fühlte sich nicht einmal komisch an, über Molly als seine Frau zu denken. Sie gehörte ihm. Er würde alles in seiner Macht Stehende tun, damit sie in ihm hoffentlich mehr als nur einen sicheren Hafen sah. Er wollte alles für sie sein, und er musste nur geduldig sein.

KAPITEL ELF

»Woher hast du den Spitznamen Smoke?«, wollte Molly wissen, als sie nach Norden nach Oak Park fuhren. Sie hatte noch nie Angst davor gehabt, in den Vorort von Chicago zu fahren, aber jetzt, da sie das ausgebrannte Haus ihrer Großeltern sehen würde, fürchtete sie sich vor der Fahrt. Ihr Leben schien durch die Ereignisse der letzten Zeit außer Kontrolle geraten zu sein, aber sie versuchte, so positiv wie möglich zu bleiben.

Es war eine Erleichterung gewesen, Mark von Preston zu erzählen und was er ihr angetan hatte. Sie hatte Angst vor ihm, aber Mark schien sie deswegen nicht weniger zu mögen. Er hatte ihr immer wieder gesagt, wie mutig er sie fand, als sie sich kennengelernt hatten, und sie wollte nicht, dass ihre vergangenen Taten diese Meinung änderten.

Er hatte sie gefragt, ob er ihre Geschichte seinen Freunden erzählen dürfe, und sie hatte zugestimmt, obwohl sie sich Sorgen gemacht hatte, dass Bull, Eagle und Gramps sie danach anders sehen würden. Aber sie waren genauso verständnisvoll gewesen wie Mark. Sie waren wirklich gute Männer.

Wenig später riefen sowohl Skylar als auch Taylor an und waren wirklich sauer in ihrem Namen. Sie hatten ihr sogar angeboten, heute mit ihr nach Oak Park zu fahren, aber Molly hatte abgelehnt. Sie wollte sie nicht in Prestons Nähe haben, und auch wenn die Wahrscheinlichkeit, ihn zu sehen, gering war, wollte sie es nicht riskieren.

Sie fühlte sich viel sicherer, wenn Mark und Gramps bei ihr waren, und beide hatten sie bisher sehr unterstützt. Sie hatte ein Treffen mit den Ermittlern im Fall ihrer Großeltern, einen Termin mit Maggie Melton, der Anwältin, und ein Treffen mit einem Bestattungsunternehmen, um die Vorbereitungen für Nanas und Papas Beerdigung zu besprechen.

Die beiden Männer an ihrer Seite zu haben gab ihr ein Gefühl der Sicherheit und machte den Tag, von dem sie wusste, dass er sehr schlimm werden würde, irgendwie erträglicher.

»Wie ich zu meinem Spitznamen gekommen bin, ist keine sehr interessante Geschichte«, erwiderte Mark.

»Willst du mich hinhalten?«, stichelte Molly. »Ist es so schlimm?«

»Nein und nein«, entgegnete er. »Also gut. Das war in der Grundausbildung. Dort bekommen die meisten Leute ihre Spitznamen, außer Gramps; den haben wir ihm gegeben, als er unserem Team beigetreten ist. Davor nannten die Leute ihn Giant, aber das war einfach dumm.«

»Und Gramps ist es nicht?«, fragte Gramps vom Rücksitz aus.

Molly lachte.

»Wie auch immer, ich war in der Grundausbildung und wir waren mit unserer letzten großen Sache beschäftigt, die wir vor dem Abschluss machen mussten. Die dreitägige Feldübung. Wir marschierten auf der Straße in den Wald um den Stützpunkt und schliefen dann ein paar Nächte in der Wildnis. Eines Nachmittags machten wir eine Übung, bei der die eine Hälfte von uns die ›Bösen‹ und die andere Hälfte die ›Guten‹ waren, und spielten Krieg im Wald. Ich konnte mich zurückziehen und die Verteidigungsanlagen der anderen Seite infiltrieren, ohne dass mich jemand sah. Nicht einmal die Ausbilder. Ich weiß nicht einmal, wie ich es geschafft habe, ich habe es einfach getan. Einige der Jungs warfen mir vor, dass ich geschummelt hätte, aber in der Nachbesprechung sagte einer der Ausbilder zu allen, sie sollten sich eine Scheibe von mir abschneiden, wie ein Magier sein und in einer Rauchwolke – also Cloud of Smoke – verschwinden, so wie ich es getan hatte. Der Name blieb hängen.«

»Er erzählt dir allerdings nicht«, bemerkte Gramps und beugte sich über die Rückenlehne ihres Sitzes, »dass er wie kein anderer herumschleichen kann. Er ist *buchstäblich* wie Rauch. Im einen Moment ist er da, und im nächsten ist er verschwunden. Ich kann dir gar nicht sagen, wie oft wir ihn auf Missionen verloren haben. Wir stehen alle da und reden, und im nächsten Moment schauen wir uns um, und er ist einfach nicht da. Er ist verdammt raffiniert und ich weiß nicht, was wir ohne seine einzigartigen Fähigkeiten tun würden.«

»Bis auf das eine Mal, als er im Dschungel in ein Loch gefallen ist«, stichelte Molly.

Sowohl Mark als auch Gramps lachten.

»Ja, außer da«, stimmte Gramps zu.

Sie lachten und scherzten den Rest der Fahrt nach Chicago, aber sobald sie die Ringstraße erreichten, verkrampfte sich Mollys Magen und ihr wurde ein wenig übel. Plötzlich wollte sie Mark sagen, er solle umdrehen, sie sei noch nicht bereit dafür.

Als könnte er ihre Gedanken hören, griff er nach ihrer Hand und nahm sie in seine. Schon diese kleine Verbindung sorgte dafür, dass sie sich besser fühlte.

Ihr erster Halt war das Haus von Papa und Nana. Molly wusste, dass sie es mit eigenen Augen sehen musste. Es würde sie auf den Rest ihrer schwierigen Termine vorbereiten.

Im Wagen war es jetzt ruhig, bis auf Molly, die Mark sagte, wo er abbiegen solle. Bevor sie fertig war, bog er in die vertraute Straße ein. Alles sah noch genauso aus wie bei ihrem letzten Besuch, was irgendwie noch mehr wehtat.

Molly starrte auf den rechten Straßenrand, als sie das Haus

sah, und keuchte vor Schmerz.

Das gelbe Polizeiband um den Garten war noch immer da. Das verkohlte, halb stehende Gebäude war offensichtlich komplett abgebrannt.

»Oh mein Gott«, flüsterte Molly.

Mark hielt zwei Häuser weiter an und parkte am Straßenrand.

Molly konnte den Blick nicht von dem Haus abwenden. Ihre Brust war wie zugeschnürt und es fiel ihr schwer zu atmen. Sie bewegte sich nicht, als Mark und Gramps aus dem Wagen stiegen. Sie rührte sich nicht, als Mark ihre Tür öffnete.

»Halt dich an mir fest, Molly«, bat er, als er ihre Hand in seine nahm.

Sie hielt sich an ihm fest, als sei er ihre Rettungsleine, das Einzige, was sie davor bewahrte, in tausend Stücke zu zerspringen, wie ihr Herz. Er zog sie fast aus dem Fahrzeug und sie gingen langsam den Bürgersteig entlang, Gramps direkt auf den Fersen.

Vor dem Haus blieb sie stehen, starrte auf die Zerstörung, die vor ihr lag, und fühlte sich genauso entkernt wie das Haus selbst. Alle möglichen Erinnerungen schossen ihr durch den Kopf.

Bilder im Garten mit Freunden vor dem Abschlussball, Weihnachtsmorgen im Wohnzimmer, wo die Lichter des Baumes hell leuchteten, *Jeopardy* mit Papa und Lachen, wenn keiner von beiden die richtige Antwort wusste, und Nana beim Kochen in der Küche.

Jetzt gab es nur noch Trümmer. Schwarze, verkohlte, geschmolzene Stücke ihres Lebens. Ausgelöscht.

Molly machte einen Schritt nach vorn, um näher zu kommen. Mark hielt sie nicht zurück; er hielt das gelbe Polizeiband hoch und blieb an ihrer Seite. Als sie an der Haustür ankam, sah sie, dass sie aufgebrochen worden war, wahrscheinlich von den Feuerwehrleuten. Das Verrückte war, dass die Fußmatte von dem, was hier passiert war, fast unberührt zu sein schien. Die große gelbe Sonnenblume zwischen den Worten WILLKOMMEN, FREUNDE schien inmitten der Zerstörung fast obszön zu leuchten.

Molly wollte schon hineingehen, aber Mark hielt sie diesmal am Arm fest. »Es ist nicht sicher«, erklärte er leise.

Sie hätte sich am liebsten umgedreht und ihn angeschrien, ihm gesagt, er solle sie loslassen und dass es ihr egal sei, ob es sicher ist oder nicht. Ihre Nana und ihr Papa waren drinnen gewesen, als das Feuer ausgebrochen war, und sie waren auch nicht sicher gewesen.

Aber tief im Inneren wusste sie, dass Mark recht hatte. Der Boden vor ihr hatte Löcher, wo die Stiefel der Inspektoren oder Feuerwehrleute durch die Bretter gebrochen waren. Der gesamte erste Stock war aufs Erdgeschoss gestürzt.

Von dort, wo sie stand, konnte Molly bereits sehen, dass es in dem Haus nichts mehr zu retten gab. Sie hatte die leise Hoffnung, ein paar Erinnerungsstücke zu finden, aber alles, was sie sah, war vom Löschwasser ruiniert oder bis zur Unkenntlichkeit verbrannt.

»Gott, ich hasse es, dich weinen zu sehen«, murmelte Mark und Molly spürte seine Finger auf ihrer Wange, mit denen er ihr die Tränen wegwischte, die sie unbewusst geweint hatte.

Sie sah zu ihm auf und sagte: »Es ist weg. Es ist wirklich weg.«

Mark antwortete nicht mit Worten, sondern nickte nur.

Wie lange sie an der Haustür stand und auf die Überreste des Hauses ihrer Großeltern starrte, wusste Molly nicht. Eine ganze Weile. Sie wurde von Erinnerungen überwältigt, und der enorme Verlust, den sie erlitten hatte, wurde ihr langsam bewusst. Sie hatte gewusst, dass das passieren würde, und deshalb hatte sie den Besuch aufgeschoben. Es war einfacher, so zu tun, als sei alles in Ordnung. Dass sie nur Mark und seine Freunde besuchen würde.

Aber das war ihre neue Realität, ein Leben ohne ihre Großeltern, und es war so schwer, sich damit abzufinden.

Als sie bereit war, führten Mark und Gramps sie um das Haus herum, und Molly stellte erfreut fest, dass einige der Rosenstöcke, die Nana so sehr geliebt hatte, irgendwie überlebt hatten. »Papa hat diese Rosenstöcke gehasst«, bemerkte Molly leise. »Er hat immer behauptet, die Dinger hätten es auf ihn abgesehen. Jedes

Mal wenn er vom Gärtnern ins Haus kam, hatte er Kratzer an den Armen. Ich habe ihn einmal gefragt, warum er sie nicht entfernen ließe, und er sagte nur: ›Weil Pauline diese Blumen liebt.‹ Er hätte alles für Nana getan. Sie waren immer füreinander da. Er brachte sie zu jedem ihrer Arzttermine und sie machte sich die Mühe, seine Lieblingsspeisen zu kochen. Sie zankten sich ständig, aber sie stritten nie. Nicht wirklich.«

»Das klingt, als seien sie Seelenverwandte«, kommentierte Mark.

»Das waren sie«, stimmte Molly zu.

»Willst du ein paar von diesen Rosen mitnehmen?«, fragte Mark.

Molly starrte ihn überrascht an. »Wirklich?«

»Ich habe gehört, dass Rosenstöcke sich ziemlich leicht verpflanzen lassen. Ich habe zwar keine Ahnung von Gartenarbeit, aber wir können ja mal sehen, ob wir einen Teil ausgraben und in meinem Garten einpflanzen können.«

Molly atmete tief ein, gerührt von dieser netten Geste.

Und in diesem Moment wurde ihr klar, dass sie sich bis über beide Ohren in Mark Chamberlin verliebt hatte.

Es war verrückt. Wahnsinnig, wirklich. Aber sie erinnerte sich an ein Gespräch, das sie einmal mit ihrer Nana geführt hatte. Sie hatte Molly erzählt, wie sie Papa kennengelernt hatte und dass sie sofort gewusst hatte, dass sie ihn heiraten wollte. Sie hatte gesagt: »Wenn du den einen Menschen auf der Welt triffst, der für dich bestimmt ist, der die andere Hälfte deiner Seele ist, wirst du es einfach wissen.«

Molly hatte ihrer Großmutter damals nicht geglaubt. Sie hatte ihre Worte abgetan und sich eingeredet, dass die Liebe nicht immer so funktioniert, nur weil Nana eine gute Ehe führte, die lange gehalten hatte.

Aber als sie im Garten stand, wusste Molly, dass Nana nicht gelogen hatte.

Die Erkenntnis, dass Mark der richtige Mann für sie war, war nicht sofort gekommen, aber es hätte genauso gut der Fall sein können. Sie hatte sich fast von Anfang an zu ihm hingezogen gefühlt, obwohl sich normale Menschen nicht in zwei Wochen verliebten. Das war lächerlich. Aber sie wusste, dass das, was sie für ihn empfand, Liebe war. Jemand, der ihr anbot, einen Rosenstrauch auszugraben und in seinem Garten zu pflanzen, obwohl er nicht wusste, wo sie in einer Woche sein würde, war jemand, den sie in ihrem Leben behalten wollte.

»Mol?«, fragte Mark und lenkte ihre Aufmerksamkeit wieder auf ihn. »Was denkst du?«

»Ja«, erklärte sie leise. »Ich würde gern Nanas Rosen mitnehmen.«

»Gut. Ich bin sicher, ich kann mir von einem Nachbarn eine Schaufel leihen«, bemerkte Gramps. »Ich bin gleich wieder da.«

Dann waren Molly und Mark allein im Garten.

»Wie kommst du klar?«, fragte Mark sanft und strich ihr mit dem Fingerrücken über die Wange.

»Nicht gut«, entgegnete sie ehrlich.

»Ich finde, du machst das toll«, befand er. »Ich weiß, dass es nicht einfach ist.«

»Ist es auch nicht ... aber ... ich musste das heute als Erstes tun. Es ist ein großer Schock. Und auch wenn ich intellektuell schon wusste, dass das Haus weg ist, ist es schrecklich, es mit eigenen Augen zu sehen. Aber es macht mich auch noch entschlossener, mit der Polizei zu reden. Um herauszufinden, was passiert ist. Und wenn es kein Unfall war, muss jemand dafür bezahlen.« Je mehr sie redete, desto stärker wurde ihre Stimme.

»Ich bewundere deine Stärke, Molly«, sagte Mark.

Sie schüttelte den Kopf. »Ich bin nicht stark. Ich will nur unbedingt Antworten bekommen, damit Nana und Papa in Frieden ruhen können.«

Gramps tauchte mit zwei Schaufeln in der Hand an der Seite des Hauses auf. »Ich hab sie«, erklärte er. »Ich habe nur kurz mit den Nachbarn zwei Häuser weiter gesprochen. Sie sagten, sie würden dich gern sehen, wenn du einen Moment Zeit hast«, sagte er zu Molly.

»Oh, die Byrds?«

Gramps grinste. »Keine Ahnung, wie sie heißen. Ein älteres Paar, wahrscheinlich Anfang sechzig. Die Frau hatte wunderschöne blaue Rastalocken und der Mann war schwarz und kahl.«

»Das sind sie«, sagte Molly und lachte. »Während ihr euch um die Rosen kümmert, würde ich gern mit ihnen reden, wenn es euch nichts ausmacht.«

Mark starrte sie einen Moment lang an, als ob er überlegte.

»Ich werde vorsichtig sein. Ich werde nicht weit weg sein und ich verspreche, nicht zu lange zu bleiben.«

»Ich habe hier niemanden gesehen«, versicherte Gramps seinem Freund.

Mark holte tief Luft und nickte schließlich.

Molly wusste nicht, warum sie überhaupt um seine Erlaubnis bat. Sie war eine erwachsene Frau, die ihre eigenen Entscheidungen treffen konnte. Aber sie vertraute ihm, und wenn er es nicht für sicher gehalten hätte, wäre sie wahrscheinlich nicht gegangen.

»Ich werde mich beeilen«, erklärte sie ihm. »Die Byrds und meine Großeltern waren gute Freunde. Ich will ihnen nur versichern, dass es mir gut geht.«

»Sei vorsichtig. Sei wachsam. Wenn du irgendetwas siehst, das dich nervös macht, schrei wie am Spieß, und Gramps und ich kommen sofort zu dir.«

»Das werde ich«, versicherte Molly ihm.

Mark zog sie näher zu sich, beugte sich zu ihr hinunter und küsste sie leicht auf die Stirn.

Sie lehnte sich einen Moment lang an ihn und nahm so viel Kraft von ihm auf, wie sie konnte. Sie war ein bisschen nervös. Sie war sich nicht sicher, ob sie die innere Stärke hatte, sich das Beileid der Byrds für Nana und Papa anzuhören. Aber sie war nicht die Einzige, die litt. Auch andere Menschen hatten ihre Großeltern geliebt.

Sie zog sich zurück und gab ihr Bestes, Mark anzulächeln.

Er merkte offensichtlich, dass sie sich dazu zwingen musste, denn er strich ihr eine Haarsträhne hinters Ohr und sagte: »Du schaffst das, Mol.«

Sie holte tief Luft und nickte beiden Männern zu. »Danke, dass ihr euch um die Rosen kümmert.«

»Kein Problem«, erklärte Gramps und krempelte die Ärmel seines langärmeligen Hemdes hoch.

Molly drehte sich um und ging durch den Garten und um das Haus herum. Sie hatte die Byrds schon ewig nicht mehr gesehen und sie hatte das etwas exzentrische Paar immer gemocht. Die beiden hatten schon in der Straße gewohnt, bevor sie als Kind zu ihren Großeltern gezogen war, und hatten zu Halloween immer die besten Süßigkeiten verteilt und zu Weihnachten die meisten Lichterketten aufgehängt.

Als sie um das Haus herumging, war sie völlig unvorbereitet, als jemand sie an den Schultern packte und sie gegen die geschwärzte Fassade des Hauses ihrer Großeltern drückte.

Der Mann legte seine Hand auf ihren Mund und drückte fest zu. Sie versuchte noch, zu schreien, wie Mark es ihr eingebläut hatte, aber alles, was herauskam, war eine Art gedämpftes Grunzen.

Blinzelnd blickte Molly auf – direkt in die haselnussbraunen Augen ihres Ex.

»Wo zum Teufel hast du gesteckt?«, knurrte Preston. »Deine verdammten Großeltern sind *gestorben*, und du warst nicht da! Wie konntest du sie nur so im Stich lassen?«

Mollys Herz begann zu rasen, während der Rest von ihr erstarrte.

Ihr schlimmster Albtraum wurde wahr. Und Mark und Gramps waren gleich um die Ecke, aber sie konnte nicht einmal schreien.

Verspätet krallte sie sich an Prestons Hand fest, aber bevor sie ein Geräusch machen konnte – gegen die Hauswand schlagen, *irgendetwas* –, beugte er sich vor und sagte: »Wenn dein Bettgefährte dir zu Hilfe kommt, bringe ich ihn um. Ich puste ihm seinen verdammten Kopf weg. Seinen *und* den seines Freundes. Halt den Mund, Molly, sonst sind sie tot.«

Molly war ziemlich zuversichtlich, dass Mark und Gramps es mit Preston aufnehmen konnten, aber es war der kleine Zweifel, der sie dazu brachte, ruhig zu bleiben. Was, wenn er sie überraschte? Was, wenn er einen Glückstreffer landete?

Sie konnte den Alkohol in seinem Atem riechen. Die gelegentlich undeutlichen Worte verrieten Molly auch, dass er wahrscheinlich betrunken war, was ihn noch gefährlicher machte. Sie hatte nicht gewusst, dass er ein Trinker war, als sie anfingen, sich zu treffen, aber ihr war ziemlich schnell klar geworden, dass er ein Problem hatte.

»Ich habe dich gesucht, Süße«, zischte Preston. »Ich habe mir große Sorgen gemacht. Du bist ohne ein Wort verschwunden. Ich habe überall nach dir gesucht, aber niemand, mit dem ich gesprochen habe, wollte mir auch nur *irgendetwas* sagen. Du kannst nicht einfach so verschwinden, wenn du einen Freund hast. Ich war kurz davor, eine Vermisstenanzeige aufzugeben.«

Molly starrte ihn bei dem Wort *Freund* ungläubig an. In den letzten Monaten hatte er sich in ihrem Kopf zu einem furchterregenden Wesen verwandelt. Es war fast beunruhigend, dass er sich überhaupt nicht verändert hatte. Er sah wie immer aus, als könne er kein Wässerchen trüben, seine Kleidung war makellos. Er war größer als sie, aber das waren die meisten Menschen. Er war nicht übermäßig muskulös und Nana hatte nach dem Kennenlernen gesagt, dass er ein »schwaches Kinn« hatte, was auch immer das heißen mochte.

Sein braunes Haar war im Militärstil kurz geschnitten und seine Wangen und seine Nase waren gerötet, wahrscheinlich wegen des Alkohols. Er trug die Sicherheitsuniform seines Jobs und an dem Gürtel, den er um die Taille trug, befanden sich ein Taser, eine Taschenlampe und Handschellen. Das alles spürte sie an ihrem Bauch, so sehr bedrängte er sie.

Sie versuchte, seinen Namen zu sagen, brachte aber nur ein gedämpftes Krächzen hervor.

Er drückte ihr die Hand noch fester auf den Mund, um zu verhindern, dass auch nur ein Laut herauskam, während ihre Zähne schmerzhaft gegen ihre Lippen pressten.

»Hast du mich vermisst, mein Schatz?«, fragte er und kraulte ihren Nacken.

Molly neigte sich von ihm weg und versuchte, den Kopf zu schütteln.

»Sei nicht so«, mahnte Preston mit leiser Stimme, die offensichtlich nicht bis in den Garten zu hören war, wo Mark und Gramps immer noch beschäftigt waren. »Ich habe *dich* vermisst. Und es ist offensichtlich, dass ich besser auf dich aufpassen muss. Ich warte schon seit Monaten darauf, dass du zu mir zurückkommst. Ich habe sogar eine Kamera am Zaun nebenan angebracht. Du weißt schon, eine dieser Kameras mit Bewegungsmelder und einer App, die Alarm schlägt, wenn sie ausgelöst wird. Die blöden Idioten, die dort wohnen, haben es nicht einmal bemerkt. Ich wusste, dass du zurückkommen würdest, um den dummen Alten nachzutrauern, an denen du so hängst. Sie haben dich nie wirklich geliebt, weißt du«, murmelte er.

Molly schloss die Augen und betete, dass jemand sie sehen würde. Aber sie nahm an, dass die Bäume am Straßenrand sie für alle Vorbeifahrenden verdeckten.

»Das haben sie nicht«, betonte Preston, als könne er spüren, dass sie seinen Worten nicht glaubte. »Ich habe sie nach deinem Verschwinden aufgesucht, aber sie wollten mir nichts sagen. Sie schienen nicht einmal besorgt darüber zu sein, dass du verschwunden warst. *Du* bist schuld an ihrem Tod«, fuhr er fort.

Seine Worte brachen ihr das Herz, aber sie wusste, dass es ihm egal war.

»Wenn du nicht gegangen wärst, wärst du vielleicht dabei gewesen, als die Heizung in ihrem Schlafzimmer überhitzte. Was für eine Tragödie. Du hättest den Rauch gerochen und hättest sie aus dem Haus bringen können. Aber wegen *deines* Egoismus wurden sie von den Dämpfen überwältigt und sind ums Leben gekommen. Sie sind ums Leben gekommen in dem Wissen, dass du eine egoistische Hure bist, die sich nicht um ihre eigenen Großeltern kümmert. Sie haben alles aufgegeben, um dich aufzuziehen, ein verwaistes Balg, und so hast du es ihnen zurückgezahlt.«

Er log. Molly wusste das. Der Detective, mit dem Mark gesprochen hatte, hatte nichts von einem Heizgerät gesagt, und sie wusste, dass Papa diese Dinger nicht benutzen wollte. Er hatte immer behauptet, dass sie eine Brandgefahr darstellten, und gesagt, dass er seine Frau habe, die ihn warm halte.

Jetzt wehrte Molly sich gegen Preston und wollte seine Hand von ihrem Mund nehmen. Sie versuchte, ihr Bein zu heben, um ihm in die Eier zu treten, aber er lachte nur leise und packte ihren Arm und ihr Gesicht fester. Er drückte sie grausam gegen die verkohlte Wand und biss ihr ins Ohrläppchen, so fest, dass sie sich vor Schmerz krümmte.

»Du gehörst *mir*, Molly. Du kannst dich nicht vor mir verstecken. Egal wo du hingehst, ich werde dich finden. Niemand wird dich von mir fernhalten. Ich werde jeden töten, der es versucht. Verstehst du das? Ich glaube, das hast du aus erster Hand gelernt, nicht wahr? Ich habe dich so sehr vermisst. Jetzt, da du kein Zuhause mehr hast, kannst du bei mir leben. Ich werde dir alles geben, was du brauchst, und noch mehr.«

Molly zuckte bei dem Hass, den sie in seinen Augen sah, zusammen. Das verstand sie überhaupt nicht. Wenn er sie so sehr hasste, warum war er dann so versessen darauf, sie zu verfolgen? Sie hatten sich doch nur einmal geküsst, und sie hatte bestimmt nicht mit ihm geschlafen. Das ergab keinen Sinn.

»*Niemand* macht mit mir Schluss«, erklärte er in einem tiefen, bedrohlichen Ton, bei dem sich Molly die Nackenhaare aufstellten. »*Ich* entscheide, wann eine Beziehung endet. Und wir sind noch nicht fertig – noch lange nicht. Du hast in dieser Beziehung nicht das Sagen und du musst dafür bestraft werden, dass du gegangen bist, ohne mir zu sagen, wohin du gehst.«

Noch bevor sie verstand, was er vorhatte, ließ Preston ihren Mund los und riss einen Arm nach hinten.

Er schlug ihr ins Gesicht, woraufhin Mollys Kopf nach hinten schleuderte und gegen das Haus prallte. Der Geruch von verbranntem Holz wehte um sie herum, als sie aufschlug. Sie wäre durch die Luft geflogen, aber das Haus hielt sie aufrecht.

Benommen hoffte sie, dass Mark oder Gramps den Aufprall ihres Kopfes gegen die Wand gehört haben könnten.

Ihre Beine gaben nach, aber Preston konnte noch ein paar Schläge austeilen, bevor sie zu Boden sank.

Sie sah, wie er sein Bein zurückschwang, als wollte er sie treten, also rollte sie sich zu einem Ball zusammen, öffnete den Mund und stieß den lautesten und markerschütterndsten Schrei aus, den sie zustande brachte.

»Verdammt!«, fluchte Preston. Dann beugte er sich hinunter und sprach so schnell, dass seine Stimme sich überschlug. »Ich habe mir das Kennzeichen des Wagens aus Indiana aufgeschrieben. Du kannst dich *nirgendwo* vor mir verstecken – vergiss das nicht.«

Dann drehte er sich um und eilte davon.

Molly versuchte aufzustehen, um Mark und Gramps zu holen, aber es gelang ihr nicht, sich aufzurichten. Sie zitterte zu sehr.

Sie hatte gewusst, dass Preston herausfinden könnte, dass sie wieder in Oak Park war, aber sie hatte nicht erwartet, dass er sie so schnell finden würde. Jedes seiner Worte hatte die Angst in ihr aufsteigen lassen. Sie war nicht sicher, und die Menschen in ihrer Umgebung auch nicht. Er hatte so gut wie zugegeben, dass er Nana und Papa getötet hatte. Er würde nicht zögern, Mark oder irgendjemand anderen zu töten, um an sie heranzukommen.

Ein Schrei zu ihrer Linken erregte ihre Aufmerksamkeit, dann hörte sie die stampfenden Schritte von jemandem, der auf sie zulief.

»Verdammter Mist! Molly! Was zum Teufel ist passiert?«, rief Mark.

Molly öffnete die Augen – zumindest das eine Auge, das noch nicht zugeschwollen war – und starrte ihn an. Er kniete sich auf den Boden und hielt ihre Schultern sanft fest.

»Preston«, flüsterte sie.

»Verdammt!«, rief er.

»Ich kümmere mich darum«, erklärte Gramps, während er zur Straße joggte, um zu sehen, wohin Preston verschwunden war.

Molly zuckte leicht zusammen, als Mark sie hochnahm. Sie schmiegte sich an seine Brust und schlang ihre Arme um seinen Hals, um sich festzuhalten. Sie wusste, dass sie ihn zu seinem eigenen Besten hätte wegstoßen sollen, aber sie war nicht stark genug.

»Woher wusste er, dass du hier bist?«, fragte Mark, als er vom Haus weg zu seinem Wagen ging.

»Er hat gesagt, er hätte eine Kamera am Zaun des Nachbarn angebracht«, erklärte Molly leise.

Mark blieb stehen und sie sah, wie er den Kopf herumdrehte, um die Kamera zu finden.

»Es tut mir leid, dass ich nicht früher geschrien habe. Ich habe es versucht, aber er hat mir so fest den Mund zugehalten. Und er hat gesagt, dass er euch beide umbringt, wenn ich einen Ton von mir gebe«, schluchzte Molly ihre Entschuldigung.

Mark presste die Lippen aufeinander und sagte: »Ist schon gut, Mol.«

Gramps joggte auf sie zu, als sie zu Marks Wagen gingen. »Ich kann ihn nirgendwo finden.«

»Mist«, fluchte Mark. »Mol hat gesagt, er habe eine Überwachungskamera am Zaun nebenan angebracht.«

»Ich sehe nach, du kümmerst dich um sie«, entgegnete

Gramps. »Ich nehme auch gleich den Rosenstrauch mit. Gib mir ein paar Minuten, dann können wir ins Krankenhaus fahren.«

Molly hätte am liebsten laut aufgelacht. Ihm gesagt, er solle sich keine Sorgen um die verdammten Rosen machen und dass sie nicht ins Krankenhaus fahren wolle, aber er war schon verschwunden, bevor sie etwas sagen konnte. Mark ging im Eiltempo zu seinem Wagen. Zu ihrer Überraschung öffnete er eine Hintertür und setzte sie sanft auf den Rücksitz. »Kannst du rüberrutschen? Oder tut es zu sehr weh?«

»Mir geht es gut«, erklärte Molly. Es tat ihr weh, aber es war nichts gebrochen, soweit sie das beurteilen konnte. Preston war es mehr darum gegangen, sie zu erschrecken, als sie wirklich zu verletzen, Gott sei Dank. Sie rutschte über den Sitz und Mark stieg neben ihr ein. Sobald er die Tür geschlossen hatte, drehte er sich zu ihr um. Er hob ihr Kinn sanft mit einem Finger an und betrachtete stirnrunzelnd ihr Gesicht. »Verdammt, Mol.«

»Mir geht es gut«, wiederholte sie und wollte ihn trösten.

»Dir geht es nicht gut«, erwiderte er und schüttelte den Kopf. »Dein Auge ist zugeschwollen und du hast blaue Flecke um deinen Mund. Erzähl mir alles, was er getan und gesagt hat.«

Molly tat genau das und hielt sich nicht im Geringsten zurück. Als sie fertig war, flüsterte sie: »Er hat praktisch zugegeben, dass er Nana und Papa umgebracht hat, um zu erfahren, wo ich bin. Und mit einer Sache hatte er recht: Es war meine Schuld. Wenn ich nicht wie ein Feigling geflohen wäre, wären sie noch am Leben.«

»Nein«, entgegnete Mark barsch. »Tu das *nicht*. Wir haben doch schon darüber gesprochen. Wenn du nicht nach Nigeria gegangen wärst, wärst *du* wahrscheinlich tot. Weldon ist aus dem Gleichgewicht geraten, und er wird niemals einfach so aufgeben.«

Molly schluckte schwer und holte tief Luft, um ihre Gefühle unter Kontrolle zu bringen. Dann nahm Mark sie noch einmal sanft in die Arme und sie brach zusammen.

Sie weinte um ihre Großeltern. Sie weinte, weil sie körperliche Schmerzen hatte. Und sie weinte, weil sie wusste, dass sie Mark niemals so lieben konnte, wie sie es wollte. Preston würde immer zwischen ihnen stehen. Eine Bedrohung, die sie weder übersehen noch abtun konnte.

»Es tut mir leid, dass ich nicht da war. Ich hätte dich nicht allein losziehen lassen sollen«, bemerkte Mark leise.

Molly schluckte schwer und sah zu ihm auf. »Was?«

»Er hätte dich nie erwischt, wenn ich getan hätte, was ich versprochen habe – dich zu beschützen.«

»Er hätte mich ein anderes Mal erwischt.«

Mark schüttelte leicht den Kopf. »Nicht wenn ich das getan hätte, was ich hätte tun müssen.«

Oh Gott. Sie liebte diesen Mann wirklich. Er war so anders als alle anderen, die sie je kennengelernt hatte. Wenn ihr jemand gesagt hätte, dass der verwegen aussehende Soldat, der auf sie gefallen war, als sie in dem Loch im Dschungel festgesessen hatte, ihr in so kurzer Zeit so viel bedeuten würde, hätte sie gespottet und gesagt, dass derjenige verrückt sei.

Aber jetzt fürchtete sie sich vor dem Tag, an dem sie ihn verlassen musste. Und dieser Tag sollte bald kommen. Preston hatte sie nicht finden können, als sie in Übersee war, also musste sie einfach woanders hingehen, irgendwohin, wo sie genauso weit weg war.

»Ich werde ihn aufhalten«, erklärte Mark, als könnte er ihre Gedanken lesen. »Du wirst dein Leben ohne Angst leben können.«

Molly antwortete nicht, sondern starrte ihn nur an und versuchte, sich seine schönen Gesichtszüge einzuprägen. Seine leicht krumme Nase, als sei sie irgendwann einmal gebrochen gewesen. Die Falten in seinem Gesicht, die sowohl von der Sonne als auch vom harten Leben herrührten. Das bezaubernde Grübchen auf seiner Wange.

Die Heckklappe öffnete sich und erschreckte sie so sehr, dass Molly einen kleinen Schrei ausstieß und sich auf dem Rücksitz duckte.

»Tut mir leid, Molly«, erklärte Gramps, während er ein großes

Stück des Rosenstocks ins Heck des Wagens legte. Dann schlug er die Heckklappe zu und stieg auf den Fahrersitz. Mark reichte ihm den Schlüssel. »Hast du die Kamera gefunden?«

»Ja«, entgegnete Gramps, hielt eine billige Überwachungskamera hoch und warf sie dann auf den Sitz neben sich. »Ich nehme an, er hat sich in das WLAN der Bewohner gehackt, um sie anzuschließen.«

»Wir können sie der Polizei geben, dann können die Beamten sehen, was sie damit anfangen können«, bemerkte Mark, während Gramps den Motor startete.

»Der Polizei?«, fragte Molly und setzte sich wieder aufrecht hin. Mark hatte sie nicht losgelassen, und sie wollte nicht vorschlagen, dass sie sich anschnallen sollten. Es war nicht sicher, das wusste sie, aber im Moment war es ihr auch egal.

»Ja. Du wirst eine einstweilige Verfügung gegen diesen Mistkerl erwirken«, erwiderte Mark sachlich.

»Ich bin mir ziemlich sicher, dass eine einstweilige Verfügung ihn nicht sonderlich interessiert«, gab sie zögernd zu bedenken.

»Damit rechne ich auch nicht«, erklärte Mark, »aber das ist nicht der Punkt. Wir brauchen Beweise, die zeigen, dass er dich stalkt und dass er ein Mistkerl ist. Wenn wir ihn wiedersehen, werden wir ihn anzeigen. Sie werden mehr als genügend Beweise haben, um ihn in den Knast zu stecken, sollte er es noch einmal wagen, dich anzufassen.«

Molly stellte fest, dass Mark, wenn er wütend war, viel mehr fluchte. Selbst als sie in Afrika waren, hatte sie ihn nie so viele Schimpfwörter benutzen hören wie in den letzten zwanzig Minuten.

»Wir wollten sowieso mit der Polizei reden«, fuhr er fort. »Wir schlagen zwei Fliegen mit einer Klappe. Ich weiß, wir wollten die Nacht hier verbringen und du hast morgen ein Treffen mit der Anwältin, aber ich denke, es wäre besser, so schnell wie möglich nach Indianapolis zurückzukehren.«

»Ich kann Maggie anrufen«, erklärte Molly sofort. Sie wollte keinen Moment länger in Oak Park oder in der Gegend von Chicago bleiben. Der Gedanke, dass Preston wusste, dass sie hier war, bereitete ihr eine Gänsehaut. Und sie wusste, dass Mark in seinem eigenen Revier sicherer sein würde. Zumindest hoffte sie das.

»Muss ich erst im Krankenhaus vorbeifahren?«, fragte Gramps und schaute sie durch den Rückspiegel an.

»Nein«, versicherte Molly ihm, bevor Mark antworten konnte, »mir geht's gut. Es tut zwar weh und ich leugne nicht, dass ich Schmerzen habe, aber es ist nichts gebrochen.«

»Halt an einer Apotheke an«, sagte Mark zu seinem Freund. »Wir holen einen Eisbeutel oder so etwas, das hilft gegen die Schwellung in ihrem Gesicht.«

Folly Molly – Molly, der Pechvogel.

Der alte Spitzname hallte in Mollys Kopf wider, aber sie versuchte, ihn zu verdrängen. Das war nicht ihre Schuld. Es war die von Preston.

Es war viel einfacher, die negativen Gedanken in Schach zu halten, wenn sie in Marks Armen lag.

Sie hielten nur kurz an der Apotheke. Mark bestand darauf, dass sie bei ihm im Wagen blieb, während Gramps reinging. Er kam mit einer großen Tüte voller Sachen zurück. Er hatte Schmerztabletten, Eisbeutel, Salbe und eine Packung Skittles gekauft. Es waren die Süßigkeiten, die ihr die Tränen in die Augen trieben. Der Mann wusste, dass sie eine Naschkatze war, und versuchte, sie aufzumuntern.

Gramps hielt vor der Tür der Polizeistation, anstatt auf dem Parkplatz zu parken. Mark öffnete seine Tür und reichte ihr die Hand, um ihr beim Aussteigen zu helfen. Sie bewegte sich langsam, denn das Adrenalin, das sie gespürt hatte, als Preston sie angegriffen hatte, war verschwunden und sie fühlte sich wund und wackelig, aber Molly war dankbar für seine Hilfe.

Er legte einen Arm um ihre Taille und sie gingen langsam ins Revier.

Offensichtlich erregten die blauen Flecke in ihrem Gesicht und ihre leicht gebückte Haltung schnell die Aufmerksamkeit des Beamten, und sie wurden in Sekundenschnelle hinter die verschlossene Sicherheitstür geführt.

Sie versuchte zu erklären, warum sie dort waren – um einen Überfall zu melden und den Beamten zu finden, der für die Ermittlungen zum Tod ihrer Großeltern zuständig war –, aber eine Beamtin winkte ab.

»Komm schon, Liebes, lass uns erst die blauen Flecke versorgen, dann können wir darüber reden, was passiert ist.« Sie sah zu Mark auf. »Ich kümmere mich um sie, Sir. Wenn Sie mit meinem Partner mitgehen, werden wir der Sache auf den Grund gehen.«

Molly war überrascht, wie schnell die Polizistin reagierte, aber sie hatte keine Lust, sich zu streiten. Sie war auf einmal erschöpft und spürte jeden blauen Fleck. Sie schaute Mark an, der ihre Taille nicht losließ. »Es ist okay«, erklärte sie ihm. »Wenn Gramps reinkommt, könnt ihr zu mir kommen.«

Er nickte und ließ zögernd den Arm sinken.

Die Beamtin führte sie einen Gang entlang und in einen kleinen Raum. Es gab einen Schreibtisch und einen Stuhl, und es war offensichtlich ein Verhörraum. Seufzend und mit dem Wunsch, es gäbe wenigstens ein Sofa mit bequemen Kissen, ließ Molly sich auf einen Stuhl sinken. Als sie aufblickte, sah sie in der Ecke der Decke eine Überwachungskamera mit einem blinkenden Licht. Ja, definitiv ein Verhörraum.

Die Polizistin setzte sich neben sie auf die Tischkante. »Du bist jetzt in Sicherheit, Liebes, hier kann er dir nichts tun.«

Molly nickte.

»Hattet ihr einen Streit?«

Molly nickte wieder.

»Hat er dir ins Gesicht geschlagen?«

»Nein. Ich meine, ja, er hat mich geschlagen. Ein paarmal. Er hat mir auch mit der Hand den Mund zugehalten, damit ich nicht schreien konnte.«

Die Beamtin tätschelte ihre Hand. »Häusliche Gewalt wird bei uns nicht gern gesehen. Er wird gerade zu seiner Version der Geschichte befragt, aber da er keinen Kratzer hat, du aber schon, wird er wahrscheinlich ein paar Nächte im Gefängnis verbringen. Du wirst eine einstweilige Verfügung gegen ihn erwirken, richtig?«

»Ja, deshalb sind wir hier.«

»Gut. Es ist nicht narrensicher, es ist nur ein Stück Papier, aber es hilft als Beweis, wenn er sich erneut an dir vergreift.«

»Ja, ich ... Moment mal ... woher wissen Sie, dass Preston nicht verletzt wurde?«

»Sein Name ist Preston?«, fragte die Beamtin.

»Ja. Haben Sie ihn schon in Gewahrsam? Woher wussten Sie, dass er mich verletzt hat?« In Mollys Kopf drehte sich alles.

Auch die Beamtin schaute verwirrt. »Schatz, ich habe Augen im Kopf. Der Mann, mit dem du gekommen bist, hatte nicht mal einen Kratzer.«

Molly machte große Augen. »Nicht mal einen Kratzer? Er war nicht derjenige, der mich verletzt hat. Er würde mir nie wehtun.«

Das Mitleid in den Augen der Polizistin war unübersehbar. »Das sagen doch alle.«

Und einfach so machte alles klick.

Molly stand abrupt auf und der Stuhl, auf dem sie gesessen hatte, flog herum. Sie wich zurück, bis sie gegen die Wand hinter ihr stieß. »Sie denken, *Mark* hat mir das angetan?« Sie schüttelte den Kopf und ein stechender Schmerz schoss durch ihren Schädel, aber sie ignorierte ihn. »Das hat er nicht! Er würde es *niemals* tun! Wo ist er? Er wird doch nicht verhört, oder? Nein – einfach nur *nein*! Bringen Sie mich zu ihm. Auf der Stelle!«

Die Beamtin stand auf und hob die Hände, als würde sie versuchen, sich einem wilden Pferd zu nähern. »Ganz ruhig. Es wird alles wieder gut.«

»Nein! Nicht, wenn Sie denken, dass Mark mich verletzt hat. Es war *Preston*. Preston Weldon. *Er* ist derjenige, der mich geschlagen hat. Er ist derjenige, von dem ich glaube, er hat meine Großeltern umgebracht! Mein Gott, das ist alles so verkorkst!« Sie machte ein paar Schritte auf die Tür zu, um aus diesem Raum zu verschwinden und Mark zu suchen, aber die Polizistin hielt sie am Arm fest.

Molly schrie auf.

»Beruhige dich«, forderte die Polizistin sie auf.

Aber Molly war fertig. Sie war zu Tode verängstigt. Sie hatte Angst, dass Preston sie wieder finden würde. Sie hatte Angst, dass Mark für etwas, das er nicht getan hatte, ins Gefängnis kommen würde. Und sie hatte Angst, dass diese Frau ihn von ihr fernhalten würde.

»Mark!«, schrie sie aus Leibeskräften.

»Molly ...«, sagte die Beamtin, aber Molly ignorierte sie.

»Mark!«, schrie sie.

Die Tür ging auf und ein weiterer Polizist steckte seinen Kopf in den Raum. »Was ist hier los?«

Molly gab ihm keine Gelegenheit, seinen Satz zu beenden. Sie drängte sich an ihm vorbei und rief erneut Marks Namen.

Sie befand sich in einem Gang mit nichts als Türen. Sie hatte keine Ahnung, wo sie ihn hingebracht hatten, aber sie wollte nicht zulassen, dass sie ihn für etwas beschuldigten, das er nicht getan hatte. »Mark? Wo bist du? Mark!«

Drei Türen öffneten sich im Gang, aber es war die am weitesten entfernte, die ihre Aufmerksamkeit erregte. Mark stürmte aus der Tür und schritt auf sie zu. Zwei Polizisten waren ihm dicht auf den Fersen, aber er hatte nur Augen für Molly.

Sie warf sich ihm an den Hals, und er zog sie an sich. Einen Moment lang klammerten sie sich in der Mitte des Ganges aneinander, bevor er ihren Kopf in seine Hände nahm und eindringlich fragte: »Bist du verletzt? Was ist denn los?«

»Sie ... sie denken, dass *du* mir das angetan hast. Sie wollten dich verhaften«, erklärte sie ihm und packte seine Handgelenke so fest sie konnte.

»Ja, das habe ich schon zwei Sekunden, nachdem sie mich in

ein Zimmer gebracht hatten, herausgefunden«, erklärte er trocken.

»Du würdest mir nicht wehtun. Niemals«, sagte sie mit voller Überzeugung.

»Niemals«, schwor er.

»Nun, ich glaube, wir haben uns geirrt«, sagte einer der Beamten.

»Das kommt öfter vor, als Sie denken«, fügte die Beamtin hinzu. »Frauen kommen mit den Männern, die sie misshandelt haben, her und werden von ihnen gezwungen, eine Falschaussage gegen jemand anderen zu machen. Es ist Vorschrift, die Parteien zu trennen, um dafür zu sorgen, dass die Frau in Sicherheit ist.«

»Bei Mark bin ich sicher«, erklärte Molly und schlang noch einmal die Arme um ihn.

»Hier liegt offensichtlich ein großes Missverständnis vor«, bemerkte Mark und Molly konnte die Spannung in seinem Körper spüren. »Wir sind hier, um einen Übergriff durch ihren *Ex* zu melden«, betonte er. »Wir glauben auch, dass er etwas mit dem Mord an Pauline und John Smith, ihren Großeltern, zu tun hatte. Vor etwa einem Monat gab es ein Feuer und ihre Leichen wurden in den Trümmern gefunden. Auch darüber wollen wir mehr Informationen bekommen. Uns nach den Ermittlungen erkundigen.«

Sein Ton war ruhig, aber auch streng und fordernd, und Molly konnte nicht umhin zu bemerken, wie die Beamten darauf reagierten.

»Oh, und mein Freund Leo Zanardi ist hier irgendwo. Etwas über einen Meter neunzig groß, muskulös, Latino, schwer zu übersehen. Er sollte auch bei diesem Gespräch dabei sein«, betonte Mark.

»Ich erinnere mich an das Feuer und den Fund der Leichen darin. Waren das Ihre Großeltern?«, fragte einer der Polizisten.

Molly nickte.

»Mein herzliches Beileid.«

Sie nickte erneut und legte ihre Wange an Marks Brust. Das Geräusch seines schlagenden Herzens an ihrem Ohr beruhigte sie. Es gab ihr Halt.

»Wir werden Ihren Freund suchen«, sagte jemand.

»Wenn Sie uns bitte folgen würden, dann können wir das Chaos aufklären«, erklärte ein Mann in Bundfaltenhose und weißem Hemd.

Molly hatte ihn vorher noch nicht gesehen, aber es war offensichtlich, dass er eine Art Vorgesetzter oder Ermittler oder so etwas war. Er führte sie in einen viel bequemeren Raum, eine Art Büro.

Anstatt einen der Stühle vor dem großen Schreibtisch zu nehmen, setzte Mark sich auf das Sofa unter einem Fenster und zog Molly mit sich.

Nach einer Minute oder so erschien Gramps in der Tür. Er runzelte die Stirn. »Was zum Teufel ist hier los?«, knurrte er.

»Erzähl ich dir später. Ist das Mollys Eisbeutel?«, fragte Mark.

Gramps nickte und reichte ihn ihm.

Molly zuckte zusammen, als Mark ihn sanft auf ihr Auge drückte, bevor sie sich wieder an ihn lehnte.

Die nächste Stunde verging für Molly wie im Flug. Zwei weitere Beamte hatten sich zu ihnen gesellt, sodass es im Raum ziemlich voll war. Sie hörte kaum zu, als Mark und Gramps den Beamten alles erzählten, was sie wussten. Hier und da fügte sie Details hinzu. Der Tod ihrer Großeltern war als Mord eingestuft worden, und die Polizisten waren sehr daran interessiert, was sie über Preston zu sagen hatte, denn sie hatten nicht viele Hinweise darauf, wer sie getötet haben könnte. Sie machten viele Notizen und sie konnte nur hoffen, dass sie irgendwelche Beweise gegen ihren Ex finden würden.

Sie sprachen darüber, was vorhin passiert war und wie Preston sie angegriffen hatte. Gramps übergab ihnen die Kamera und die Polizisten versprachen, sie über alles, was sie fanden, auf dem Laufenden zu halten.

»Wir raten Ihnen, sich bedeckt zu halten«, sagte einer der Männer zu ihr. »Wenn dieser Preston so besessen von Ihnen ist, wie es sich anhört, wird eine einstweilige Verfügung nicht viel ausrichten, um ihn fernzuhalten.«

»Ich weiß«, entgegnete Molly.

»Sie wird bei uns in Indianapolis sein«, erklärte Mark den Männern. »Dort ist sie in Sicherheit.«

»Bleiben Sie trotzdem auf der Hut«, warnte einer von ihnen. »Stalker wie Weldon werden den kleinsten Fehler ausnutzen.«

»Das weiß ich«, erwiderte Mark in einem tiefen, rauen Ton, den sie seit Nigeria nicht mehr gehört hatte.

Molly erinnerte sich plötzlich daran, dass sie mit Smoke zusammensaß, dem knallharten ehemaligen Delta-Force-Soldaten, der Terroristen und andere Kriminelle gejagt und getötet hatte.

Diese Seite von ihm hatte sie tatsächlich vergessen. Nachdem sie so viel Zeit mit ihm verbracht hatte, nachdem sie seine Freundlichkeit und Geduld, seine Loyalität gegenüber seinen Freunden und Mitarbeitern erlebt hatte, hatte sie den wahren Grund, warum er und sein Team nach Nigeria gekommen waren, verdrängt. Sie waren nicht auf einer Rettungsmission gewesen. Sie waren gekommen, um Shekau zu töten.

Aber sie hatte keine Angst. Nicht im Geringsten. Smoke ... Mark ... würde alles in seiner Macht Stehende tun, um sie zu beschützen.

Er würde sich nicht von Molly Smith abservieren lassen. Auf keinen Fall.

Preston Weldon ging in seiner Wohnung auf und ab. Sein Computerbildschirm verhöhnte ihn, während er sich aufgeregt mit einer Hand durch die Haare fuhr.

Sie hatte sich mit einem verdammten *Mechaniker* eingelassen.

Vielleicht war er nicht wirklich ein Mechaniker, aber er hätte es genauso gut sein können. Der beschissene Besitzer des Wagens, mit dem sie angekommen war, arbeitete bei einer Abschleppfirma. Was für ein beschissener Verlierer!

Preston war ein angesehener Polizist. Ein Sicherheitsbeamter war nicht *wirklich* ein Polizist, aber er kam dem schon sehr nahe, dank des beschissenen Psychologen, der ihn abgelehnt hatte, als er sich in Chicago um eine Stelle als Polizist beworben hatte. Er war *nicht* so labil, wie der Idiot behauptet hatte, nicht im Geringsten. Er hatte kein Recht, so über ihn zu urteilen. Er kannte ihn ja nicht einmal!

Er war besser als jeder einzelne Polizist auf der Straße. Er hatte keine Angst, seine Waffe zu benutzen, wie die meisten von ihnen. Er würde einem Verbrecher, ohne zu zögern, zwischen die Augen schießen, wenn er die Chance dazu bekäme.

Preston schnappte sich die Flasche Bourbon, die auf dem Tisch stand, als er daran vorbeiging, und nahm einen großen Schluck, während er weiter hin und her ging. Sein Handy klingelte, und als er sah, dass es sein Chef war, warf er das Gerät auf den Tisch, weil er nicht mit dem Mann sprechen wollte.

Eigentlich sollte er heute bei der Arbeit sein, aber als er eine Benachrichtigung auf der Überwachungskamera-App erhielt und sah, dass Molly *endlich* bei ihren verdammten Großeltern aufgetaucht war, hatte er sich die Gelegenheit nicht entgehen lassen können, sie zur Rede zu stellen, um ihr zu *zeigen*, dass sie sich nicht vor ihm verstecken konnte. Er würde sich später mit seinem verdammten Chef auseinandersetzen und sich eine andere Ausrede einfallen lassen, warum er wieder nicht zu seiner Schicht erschienen war.

Er war verdammt beschäftigt gewesen. Monatelang hatte er nach der blöden Schlampe gesucht – nur um dann zu erfahren, dass sie mit jemandem zusammen war, der es nicht einmal wert war, seine Stiefel zu putzen!

Der Gedanke an Molly im Bett eines anderen Mannes ließ

Preston vor Wut ganz rot werden, und er schlug gegen die Wohnzimmerwand und stöhnte über die befriedigende Delle in der billigen Trockenbauwand. Molly gehörte ihm. Er war nicht einmal dazu gekommen, es ihr zu besorgen, bevor sie versucht hatte, ihn abzuservieren.

So funktionierten die Dinge nicht. Er war Preston Weldon. Die Frauen bettelten darum, mit ihm auszugehen. Sie respektierten seine Autorität und versuchten *nie*, sich vor ihm zu verstecken.

Molly würde dafür bezahlen, dass sie ihn lächerlich gemacht hatte. Er hatte auf der Arbeit vor allen mit seiner Freundin geprahlt, und als immer mehr Zeit verging und niemand sie zusammen gesehen hatte, dachten sie, er würde lügen. Je mehr er protestiert hatte, desto mehr hatten sie ihn ausgelacht. Molly hatte ihn *gedemütigt*.

Wenn es sein musste, würde er sie schreiend und um sich schlagend nach Chicago zurückbringen. Sie würde genau das tun, was er von ihr verlangte ... oder sie würde leiden.

Preston nahm einen weiteren tiefen Schluck Bourbon und setzte sich an seinen Computer, dann knallte er die Flasche auf den Tisch neben der Tastatur. Der Alkohol spritzte heraus, aber das war ihm egal. Er war bereits darauf konzentriert, alles über Mark Chamberlin zu erfahren.

Er wollte seine Schwächen entdecken und sie ausnutzen.

Das war es, was Preston gut konnte.

In der Highschool hatte man ihn einen Streber genannt und sich über ihn lustig gemacht, aber jetzt war er ein angesehener Sicherheitsbeamter, praktisch ein Polizist. Die Leute taten, was er sagte, weil er so viel Autorität ausstrahlte.

Auch Molly würde tun, was man ihr sagte – sonst müsste sie sterben. Genau wie ihre widerlichen, alten Großeltern.

KAPITEL ZWÖLF

Nach weiteren dreißig Minuten mit Papierkram und anderen administrativen Details waren sie wieder im Explorer. Smoke war stinksauer auf sich selbst. Nach dem, was Molly gesagt hatte, wusste er, dass dieser Weldon ein übler Kerl war, aber er hatte nicht erwartet, dass er so durchgeknallt war, wie es offensichtlich der Fall war. Und weil er den Kerl unterschätzt hatte, war Molly verletzt worden.

Das würde nie wieder vorkommen.

Er und Molly saßen wieder auf dem Rücksitz, aber diesmal waren sie beide angeschnallt, denn sie fuhren zurück nach Indianapolis.

Molly war sichtlich müde, und Smoke merkte, dass ihr der Kopf wehtat, weil sie bei jedem Stoß zusammenzuckte, aber sie versuchte auch alles, um nicht einzuschlafen. Sie hatte etwas auf dem Herzen, und er wartete geduldig darauf, dass sie es ihm sagte.

»Er hat gesagt, er habe sich dein Kennzeichen aufgeschrieben«, erklärte Molly leise.

»Gut«, entgegnete Smoke. »Ich hoffe, er kommt zu *Silverstone*, um mich zur Rede zu stellen.«

»Das wird er nicht«, sagte Gramps vom Fahrersitz aus.

»Ich weiß«, knurrte Smoke.

»Warum nicht?«, fragte Molly.

Smoke drückte ihre Schulter. Er hatte den Arm um sie gelegt. Es war ein bisschen unangenehm mit dem Sicherheitsgurt, aber das war ihm egal. Er konnte nicht aufhören, sie zu berühren. Der Klang ihres Schreckens, als sie auf der Polizeiwache seinen Namen gerufen hatte, hallte immer noch in seinem Kopf nach. Sie war völlig verängstigt gewesen ... *seinetwegen*.

Er wusste, was die beiden Polizisten gedacht hatten, als sie ihn in den Verhörraum brachten. Er hatte sich keine Sorgen gemacht, weil er wusste, dass die Wahrheit ans Licht kommen würde, aber als er Molly seinen Namen schreien hörte, hatte er sich an den Polizisten vorbeigedrängt, um zu ihr zu gelangen. Er hatte Glück, dass sie keine Anzeige gegen ihn erstattet hatten. Er hatte gehört, wie der eine Kerl mit voller Wucht gegen die Wand geschlagen war, nachdem Smoke ihn aus dem Weg geschleudert hatte.

»Weil dein Ex ein Feigling ist«, antwortete Smoke auf ihre Frage. »Er will mich nicht zur Rede stellen, weil er weiß, dass ich ihn fertigmachen kann. Er hatte kein Problem damit, deine Groß-eltern zu belästigen und wahrscheinlich sogar zu töten, weil sie für ihn keine Bedrohung darstellten. Ich aber schon. Also wird er alles tun, um *dich* zu schikanieren und zu versuchen, dass du aus Angst zu ihm zurückkriechst. Aber er rechnet nicht damit, dass das *Silverstone-Team* hinter dir steht«, erwiderte Gramps entschieden.

Der Gedanke, dass Molly ihrem Ex ausgeliefert war, machte Smoke verrückt. Er fühlte sich schlecht, weil sie unter seinem Schutz verletzt worden war.

»Ich wollte gegen ihn kämpfen, aber er war wirklich stark«, sagte Molly leise.

Smoke atmete tief ein und riss sich zusammen, bevor er antwortete: »Ich wünschte, ich könnte dir genau sagen, was du tun sollst, wenn so etwas noch einmal passiert«, erklärte er nach einem Moment. »Aber das kann ich nicht. Jede Situation ist anders. Manche Frauen sind einem Angreifer entkommen, indem sie sich fügsam und willfährig gezeigt haben. Manche haben ihre Angreifer dazu gebracht, sie als Menschen zu sehen. Sie erwähnten vielleicht ihre Kinder oder erzählten, dass ihre Mutter sie vermisst. Aber in anderen Fällen ist es eine Frau, die sich so sehr wehrt, wie sie kann, was sie rettet. Sie schreit, schlägt um sich und lässt dem Angreifer keine einzige ruhige Minute. Manchmal geben sie auf, um jemanden zu finden, den sie leichter überwältigen können.«

Smoke fühlte sich schlecht, wenn er darüber sprach, denn innerlich dachte er an Molly, die in einer solchen Situation gewesen war. Aber sie zweifelte offensichtlich an ihrer Entscheidung, und das hasste er.

»Ich bin mir nicht sicher, ob ich mich hätte wehren können.«

»Dann hättest du gefügig sein sollen«, erklärte Smoke ihr. »Du hast nichts getan, um ihn noch wütender zu machen, als er ohnehin schon war.«

»Ich wollte gegen das Haus hämmern, um deine Aufmerksamkeit zu erregen, aber da hat er gedroht, dich und Gramps zu töten.«

Smoke verspannte sich, dann machte er sich bewusst, sich zu entspannen. »Richtig, du hast ihn also reden lassen, und das hat sich zu deinen Gunsten ausgewirkt. Falls – und das ist ein verdammt großes Falls«, sagte Smoke, »so etwas in der Zukunft passiert, musst du die Situation einschätzen. Wenn du kannst, solltest du fliehen; das ist immer die beste Lösung. Gibt es Leute in der Nähe, die dich hören, wenn du schreist und kämpfst? Wenn ja, könnte das die beste Möglichkeit sein. Wenn du aber nicht fliehen kannst und es niemanden gibt, der dir zu Hilfe kommen kann, solltest du versuchen, dich ruhig zu verhalten. Sag alles, was du tun musst, um ihn zu beruhigen. Lüg ihm die Ohren voll, sag ihm, dass du ihn vermisst hast und dass du wieder seine Freundin sein willst. Dann warte auf deine Chance zu fliehen.«

Molly sah zu ihm auf. Er hasste die Verletzlichkeit, die er in ihrem Blick sah. »Warum sind manche Männer so durchgeknallt? Ich meine, wir haben uns nicht einmal gut verstanden. Warum sollte er mich wollen? Warum ist er nicht einfach zufrieden damit, mich los zu sein?«

»Ich weiß es nicht«, gab Smoke zu. »Für mich hat es auch nie einen Sinn ergeben.«

»Meine Großmutter kam aus Mexiko in die Staaten«, erklärte Gramps. »Sie und mein Großvater sind durch die Wüste gelaufen, haben den Rio Grande durchschwommen und hatten buchstäblich nichts. Sie waren alles füreinander. Sie liebten sich so sehr, dass ich den einen nie ohne den anderen gesehen habe. Man sollte meinen, dass ihre Kinder bei einem solchen Vorbild auch so sein würden. Aber mein Onkel sitzt wegen häuslicher Gewalt im Gefängnis. Er hat seine erste Frau geschlagen und dafür gesessen. Als er rauskam, hat er ihr nachgestellt und auch dafür eine Zeit lang im Gefängnis gesessen. Schließlich ist sie umgezogen, und er hat wieder geheiratet. Und der Kreislauf ging weiter.«

Smoke wusste, dass Gramps sich nicht mit seinem Onkel verstand, aber er hatte nicht gewusst, wie schlimm es war.

»Meine Tante hat einen ausgesprochen schlechten Geschmack, was Männer angeht. Sie sucht sich die Männer aus, die sie wie den letzten Dreck behandeln«, fuhr Gramps fort. »Sie beschwert sich darüber, weigert sich aber, sich zu ändern und die Idioten zu verlassen. Ich habe das nie verstanden. Meine eigenen Eltern sind schon sehr lange verheiratet, aber ich glaube, sie mögen sich nicht einmal. Sie leben im selben Haus und reden nicht viel miteinander. Früher hat mich das verrückt gemacht, aber jetzt macht es mich nur noch traurig. Ich will das, was meine Großeltern hatten. Ich erinnere mich noch daran, wie ich zu ihnen nach Hause ging und sie Spanisch miteinander sprachen. Sie waren so liebevoll. Damals fand ich das ziemlich eklig ... aber jetzt kann ich zurückblicken und ein bisschen neidisch auf das sein, was sie hatten. Selbst als sie nichts hatten, buchstäblich nichts, hatten sie einander.«

Molly beugte sich vor und legte ihre Hand auf Gramps' Schulter. Er hob seine eigene Hand und drückte ihre. Sie wich zurück und Smoke schloss sie erneut in seine Arme.

»Ich will damit nur sagen, dass die Menschen unterschiedlich veranlagt sind. Warum finden manche Kinder Spaß daran, Tiere zu quälen? Woher kommt das? Und ja, oft sind das dieselben Menschen, die als Erwachsene Freude daran haben, andere Menschen zu verletzen oder sogar zu töten. Warum nehmen manche Menschen eine Trennung einfach so hin und andere werden buchstäblich wahnsinnig? Ich weiß es nicht. Du kannst nichts weiter tun, als positiv zu bleiben, für deine Sicherheit zu sorgen und dein Leben zu leben.«

»Ich versuche es ja«, erklärte Molly, »aber was ist, wenn andere nicht *wollen*, dass du dein Leben lebst?«

»Dann lässt du dir von uns helfen. Und das Karma soll den Rest erledigen«, entgegnete Smoke mit Nachdruck.

Da lächelte Molly. »Und ihr helft dem Karma manchmal ein bisschen nach, oder?«

»Wenn es nötig ist, ja«, sagte Smoke zu ihr. »Und das macht dir keine Angst?«

»Nein«, erklärte Molly entschieden, »aber ich muss zugeben, dass Preston hinter dir her ist, macht mir Angst.«

»Hast du mir eben nicht zugehört?«, fragte Smoke. »Er ist ein Feigling und ein Tyrann. Und Tyrannen schikanieren die, die schwächer sind als sie. Er wird mir nicht wehtun.«

»Aber was ist mit *Silverstone Towing*? Oder den anderen Angestellten? Oder Taylor und Skylar? Ich würde es mir nie verzeihen, wenn einem von ihnen etwas zustößt.«

Smoke holte tief Luft. Sie hatte nicht ganz unrecht, aber er hatte das Gefühl, dass ihr Ex Molly zu seinem einzigen Ziel machen würde. »Sieh mich an«, befahl er sanft.

Molly sah zu ihm auf.

»Vertrau dem *Silverstone-Team*. Vertrau *mir*«, bat er sie. »Ich bin kein Mann, der normalerweise an Omen oder Seelenverwandtschaft oder so etwas glaubt. Aber du bist mir aus einem bestimmten Grund über den Weg gelaufen. Ich bin Smoke. Der Mann, der überall rein- und rausgelangen kann, ohne gesehen zu werden. Aber irgendwie habe ich das Loch, in dem du steckst, erst gesehen, als es schon zu spät war. Das passt nicht zu mir. Du bist aus einem bestimmten Grund in mein Leben getreten, Molly, und ich bin mir hundertprozentig sicher, dass ich nicht mit ansehen muss, wie du von deinem Ex verletzt oder getötet wirst. Ich habe die Situation im Griff, okay?«

Sie zögerte und Smoke hätte gern noch weitere Argumente vorgetragen, aber er schwieg und ließ sie nachdenken. Sie belohnte ihn mit einem kurzen Nicken.

»Warum machst du nicht die Augen zu und ruhst dich aus?«, schlug er vor.

»Passt du auf, dass wir nicht verfolgt werden?«, fragte sie nervös.

»Wir werden nicht verfolgt«, erklärte Gramps aus dem vorderen Teil des Wagens.

Molly seufzte und entspannte sich.

Smoke hielt sie fest und begegnete Gramps' Blick im Rückspiegel, als sie an ihn gelehnt damit anfing, leicht zu schnarchen.

»Er wird sie nicht in die Finger bekommen«, erklärte Gramps mit leiser Stimme.

Smoke nickte seinem Freund zu und drückte Molly fester an sich. Alle mussten in höchster Alarmbereitschaft sein, bis die Beamten in Chicago die Beweise fanden, die sie brauchten, um Weldon für den Mord an Mollys Großeltern dingfest zu machen. Er war nicht so eingebildet zu glauben, dass der Mann nicht an Molly herankommen könnte. Er hatte es schon einmal geschafft – es war möglich, dass er ein zweites Mal Glück haben würde. Smoke würde alles in seiner Macht Stehende tun, um das zu verhindern, aber nachdem er erlebt hatte, was Skylar und Taylor durchgemacht hatten, wusste er, dass kein Sicherheitssystem unfehlbar war. Kein Plan war perfekt.

Er musste hoffen, dass Weldon ein zu großer Feigling war, um nach Indianapolis zu kommen und etwas zu versuchen. Aber wenn er das nicht war, würde er sich wünschen, er hätte es nicht getan.

Wenn Preston Weldon es wagte, Molly zu verfolgen, war er ein toter Mann. Punkt. Das *Silverstone-Team* würde ihn töten und seine Leiche verschwinden lassen. Niemand würde ihn finden und auch seinen Mörder nicht.

Er liebte Molly. Es war unglaublich, wie schnell es passiert war, aber so war es eben. Er hatte keine Ahnung, was sie fühlte, aber so wie sie sich an ihn klammerte, wusste er, dass da mehr war als Freundschaft und Dankbarkeit.

Er musste geduldig sein. Wenn es so sein sollte – und er glaubte wirklich, dass es so war; er war nicht zufällig in dieses Loch gefallen –, dann würde es geschehen, wenn die Zeit reif war.

KAPITEL DREIZEHN

Eineinhalb Wochen waren vergangen, seit sie aus Chicago zurückgekehrt waren, und alles schien ganz ... *normal* zu sein. Molly war anfangs wie auf Eiern gelaufen, aber jeder Tag war ruhig verlaufen, fast so wie der Tag davor. Entweder arbeitete Mark bei *Silverstone Towing* und sie begleitete ihn, oder sie blieben bei ihm zu Hause. Sie lachten, sahen fern und kochten zusammen.

Mark hatte den Ableger von Nanas Rosenstrauch in seinem Garten gepflanzt, und er schien gut zu gedeihen.

Molly hatte mit der Anwältin Maggie Melton gesprochen und sie hatte ihr per Express Papiere zum Unterschreiben geschickt. Nana und Papa hatten keinen großen Nachlass gehabt, aber das, was da war, würde alles an sie gehen. Die Versicherungsleute hatten ihr versichert, dass sie an ihrem Fall arbeiteten, aber normalerweise dauerte das Verfahren für eine Versicherungsauszahlung seine Zeit, vor allem bei etwas so Teurem wie einem Haus.

Es war alles sehr ... normal.

Trotzdem liebte sie es, mit Mark zusammen zu sein. Sie lernte ihn immer besser kennen und es wurde immer schwieriger, ihre Gefühle für ihn zu verbergen. Er war nicht perfekt, wie er sie gewarnt hatte. Es gab Dinge, die er tat, die sie ärgerten, aber alles in allem waren sie keine große Sache. An manchen Tagen hatte sie das Gefühl, dass er mehr von ihr wollte als nur eine Mitbewohnerin oder Freundin, und an anderen Tagen wirkte er sehr distanziert. Es war verwirrend ... aber andererseits hatte keiner der beiden jemals mit jemandem des anderen Geschlechts zusammengelebt.

Und obwohl Mark bei ihrer Ankunft in Indianapolis direkt gesagt hatte, dass er an ihr interessiert war, fasste er sie in letzter Zeit mit Samthandschuhen an. Vielleicht lag es an Prestons Angriff ... oder, noch schlimmer, er hatte einfach seine Meinung geändert und wollte nun lieber doch nur Freunde bleiben.

Er hielt ihre Hand, umarmte sie, küsste sie keusch auf die Stirn, aber mehr war nicht drin. Molly befürchtete, dass er ihr nur helfen wollte, wieder auf die Beine zu kommen, bevor er sie ziehen ließ, und sie in der Zwischenzeit fast schwesterlich behandelte, um ihr sanft mitzuteilen, dass er seine Meinung über eine romantische Beziehung geändert hatte.

Der Gedanke war zu deprimierend, um sich damit zu befassen.

Molly hatte vor, sich morgen mit Taylor bei *Silverstone Towing* zu treffen, und sie freute sich darauf, sie zu sehen und für eine Weile ihren deprimierenden Gedanken zu entkommen. Da sie Taylor und Skylar hatte, fühlte Molly sich selten einsam. Sie schrieben sich pausenlos Nachrichten, und solche Freundinnen zu haben hatte Molly noch nie erlebt. Sie freute sich darauf, mit Taylor abzuhängen, während die Jungs im Abschleppdienst unterwegs waren.

Preston hatte sich nicht mehr blicken lassen, aber Molly wusste, dass sie sicher nicht das letzte Mal von ihm gehört hatte, so viel Glück hatte sie einfach nicht. Er würde nicht so schnell aufgeben. Er formierte sich neu, plante ... das wusste sie so sicher wie das Amen in der Kirche. Und wenn er schließlich zuschlug, dann würde es schlimm werden.

Aber sie weigerte sich, ihr Leben in Angst zu verbringen. Mark hatte ihr das beigebracht. Er war sich sicher, dass sie in Sicherheit war. Also musste sie es ebenfalls glauben.

Ein Blick auf die Uhr zeigte Molly, dass es fast halb neun war. Sie wusste, dass sie faul war, aber sie konnte sich nicht dazu durchringen aufzustehen. Sie hatte gehört, wie Mark vor drei Stunden aufgestanden war, um zu trainieren, und sie hatte sich einfach noch mal umgedreht. Jetzt lugte die Sonne durch die Fenster und sie fühlte sich gleich besser. Es fühlte sich wunderbar an, sich zu strecken. Es war noch gar nicht so lange her, dass sie in einem winzigen Loch mit wenig Bewegungsfreiheit eingesperrt gewesen war.

Die Tür zu ihrem Schlafzimmer öffnete sich und erschreckte Molly zu Tode. Sie sprang auf und warf sich sofort von der Seite ihres Bettes, die am weitesten von der Tür entfernt war.

»Molly? Verdammt! Es tut mir leid! Ich bin's!«, sagte Mark in einem reumütigen Ton.

Molly spähte über den Rand der Matratze und holte tief Luft. »Verdammt, Mark, du hast mich erschreckt!«

»Es tut mir so leid. Ich wollte eigentlich nur leise die Tür öffnen, um zu sehen, ob du wach bist, aber ich bin mit dem Fuß am Teppich hängengeblieben und irgendwie gegen die Tür gestolpert.«

Molly konnte einfach nicht anders. Sie brach in Gelächter aus. Als sie sich wieder unter Kontrolle hatte, sagte sie: »Der legendäre Smoke, der Mann, der sich rühmt, das leichtfüßige Mitglied seines Teams zu sein, ist über den *Teppich* gestolpert?«

Er verzog das Gesicht, aber da er lächelte, wusste Molly, dass er es ihr nicht übel genommen hatte. Das war eines der Dutzend Dinge, die sie seit ihrem Einzug gelernt hatte und die sie an ihm liebte. Seine überraschende Ungeschicklichkeit ... und seine Fähigkeit, über sich selbst zu lachen.

»Ja, nun, da du schon mal wach bist, willst du heute etwas Lustiges unternehmen?«

Molly wusste, dass die Zeit kommen würde, in der sie sich überlegen musste, was sie mit ihrem Leben anfangen wollte. Wenn sie nicht bei *Apex* als Umweltingenieurin arbeiten würde, musste sie sich entscheiden, was sie tun wollte. Das Problem war nur, dass die eine Sache, die sie wollte, im Moment nicht wirklich infrage kam.

Sie schob diesen Gedanken beiseite, stand auf und kletterte auf das Bett. Sie setzte sich in den Schneidersitz und nickte Mark zu. »Natürlich. Was schwebt dir vor?«

»Ist das mein T-Shirt?«, fragte Mark, anstatt auf ihre Frage zu antworten.

Molly errötete. Sie hatte angefangen, sein schwarzes T-Shirt, mit dem sie aus dem Dschungel gekommen war, im Bett zu tragen. Sie wusste nicht warum, aber vielleicht fand sie es tröstlich, weil es so vertraut war. Dank Mark, der sie ständig mit nahrhaften Mahlzeiten, Shakes und Süßigkeiten fütterte, hatte sie viel von dem Gewicht, das sie verloren hatte, wieder zugenommen, aber sein T-Shirt war zu groß.

Sie zog ihre Knie an und zog das Hemd darüber. »Ja«, erklärte sie und reckte ihr Kinn in gespielter Selbstsicherheit in die Höhe.

Er starrte sie einen Moment lang an, bevor er sagte: »Ich will es nicht wieder zurückhaben, Mol. Es gefällt mir besser an *dir*.«

Molly leckte sich die Lippen und sah, wie sein Blick auf ihren Mund gerichtet war. Für einen Moment dachte sie, er würde sich zu ihr aufs Bett setzen und sie endlich so küssen, wie sie es sich erträumt hatte. Er machte tatsächlich einen Schritt nach vorn, schien sich aber im letzten Moment zu beherrschen.

»Ich sage dir nicht, wohin ich dich mitnehme. Es ist eine Überraschung.«

»Ich bin kein großer Fan von Überraschungen«, gab Molly zu. »Wenn es etwas ist, von dem ich nicht begeistert bin, muss ich so tun, als fände ich es wahnsinnig toll, und dann wird es unangenehm.«

»Ich will nie, dass du mich anlügst. Wenn ich dich in ein

Restaurant einlade, das du nicht magst, erwarte ich, dass du es mir sagst, bevor wir durch die Tür gehen. Wenn ich dir ein Geschenk kaufe, von dem du weißt, dass du es nie benutzen wirst oder dass es dir nicht gefällt, kannst du es zurückgeben und ich werde mich deswegen nicht schlecht fühlen. Das Leben ist zu kurz, um so zu tun, als ob du etwas magst, was du nicht magst.«

Mollys Herz schlug schneller bei dem Gedanken, dass er ihr in Zukunft Geschenke machen würde. Es *hörte* sich so *an*, als wollte er sie für eine lange Zeit bei sich haben, aber ein Geschenk konnte etwas so Einfaches wie ein Geburtstagsgeschenk oder ein Schokoriegel sein, den er irgendwo mitgenommen hatte. »Ich will deine Gefühle nicht verletzen«, erklärte sie ihm.

»Du wirst meine Gefühle noch mehr verletzen, wenn ich herausfinde, dass du etwas hasst, was ich für dich getan oder dir geschenkt habe«, war seine ehrliche Antwort.

Da hatte er nicht ganz unrecht. »Okay, aber du musst dasselbe tun. Ich weiß, dass ich eine Menge Mist gekauft habe, und irgendwie ist es mir nicht gelungen, alles nur in meinem Zimmer zu behalten. Wenn dir die Decke nicht gefällt, die ich auf dein Sofa gelegt habe, oder wenn du das Bild der schwimmenden Schildkröte nicht magst, das ich ins Esszimmer hängen durfte, musst du mir das sagen.«

»Mein Haus fühlt sich mehr wie ein Zuhause an, seit du hier eingezogen bist«, versicherte Mark ihr, und man konnte die Aufrichtigkeit in seinem Tonfall deutlich hören.

Sie starrten sich einen Moment lang an, dann sagte er: »Zieh dir eine Jeans und ein bequemes T-Shirt an. Und irgendwelche Schuhe.«

»Okay«, entgegnete sie.

»Du musst dich nicht beeilen, fertig zu werden. Es ist noch früh. Ich mache uns Frühstück ... ein Western-Omelett für dich?«

»Klingt gut«, erwiderte sie, und das tat es tatsächlich. Eier enthielten viel Eiweiß, deshalb aß sie sie oft, aber Mark machte sich die Mühe, jedes Gericht anders zuzubereiten, damit sie es nicht leid wurde, all die Nahrungsmittel zu sich zu nehmen, die ihr Körper brauchte.

»Danke, Mark. Ganz ehrlich. Ohne dein großzügiges Angebot hierzubleiben würde ich mich wahrscheinlich in einem Hotelzimmer in Oak Park verkriechen und mich fragen, wann Preston mich findet. Bei dir fühle ich mich nicht nur absolut sicher, du hast mir auch geholfen, wieder zu Kräften zu kommen, mir den Übergang zurück in die reale Welt erleichtert und mich mit Taylor und Skylar bekannt gemacht. Das kann ich niemals wiedergutmachen.«

»Ich will keine Wiedergutmachung«, erklärte er ihr. »Ich will nur, dass du glücklich, gesund und in Sicherheit bist und das Leben leben kannst, das du dir wünschst.« Und damit drehte er sich um und verließ das Gästezimmer. Er schloss die Tür leise hinter sich.

Molly hörte dabei zu, wie er durch den Flur zurück und dann die Treppe hinunterging. Sie zog ihre Knie aus dem Hemd und ließ sich nach hinten fallen. Sie lag mit gespreizten Beinen auf dem Bett und starrte an die Decke.

Das Leben leben, das sie sich wünschte. Mark wäre wahrscheinlich schockiert gewesen, wenn er gewusst hätte, was sie sich *wirklich* wünschte.

Und mit fünfunddreißig Jahren lief ihr die Zeit davon.

Früher war sie immer davon ausgegangen, sie hätte noch viel Zeit, aber als ein Jahr auf das nächste folgte, wurde ihr klar, dass ihr Traum wahrscheinlich nie wahr werden würde.

Als sie merkte, dass sie anfing, sich selbst zu bemitleiden, zwang sie sich, aufzustehen und ins Bad zu gehen. Mark hatte an dem Tag, an dem er sie zum ersten Mal nach Hause gebracht hatte, keinen Scherz gemacht, als er sagte, dass er keine Kosten gescheut habe, um die Bäder umzugestalten. Das einzige Zimmer, das Molly noch lieber mochte als das Bad, das an ihr Zimmer angeschlossen war, war das große Badezimmer.

Eines Tages hatte sie ein Bad in der riesigen Wanne in seinem

Badezimmer genommen. Sie konnte praktisch darin schwimmen, aber die Sitze am Rand machten es ihr leicht, den Kopf über Wasser zu halten. Sie füllte die Wanne mit einer Extraportion Schaumbad und blieb fast eine Stunde lang im heißen Wasser, um sich zu entspannen und ein Buch zu lesen, das Taylor ihr geliehen hatte. Die beheizten Fußböden und Handtuchhalter, die Marmorarbeitsflächen und die ausgefallenen Armaturen sahen so gar nicht nach Mark aus, aber sie beschwerte sich nicht.

Molly ließ sich mit dem Duschen und Fertigmachen Zeit, und es dauerte eine Stunde, bis sie die Treppe hinunter in Richtung Küche ging. Am Rande des großen Raumes blieb sie stehen und beobachtete Mark einen Augenblick lang. Er war sich ihrer Anwesenheit nicht bewusst und sie konnte ihn nach Herzenslust bestaunen, ohne dass er es merkte.

Er hatte eine schwarze Jeans an, die seinen Hintern betonte. Sein Hemd war hellgrau und Molly konnte ein wenig Brusthaar am Ausschnitt sehen. Seine Armmuskeln wölbten sich, wenn er sich bewegte, und als er nach dem Salzstreuer auf der Theke griff, spannte sich sein Unterarm an, sodass Molly ganz schwindelig wurde. Sein braunes Haar war kurz geschnitten und er hatte Bartstoppeln. Allerdings waren sie nicht lang genug, um das niedliche Grübchen auf seiner Wange zu verdecken.

Sie musste ein Geräusch gemacht haben, oder Mark hatte gemerkt, dass sie ihn anstarrte, denn er sah auf und erwischte sie auf frischer Tat. Aber er sprach sie nicht darauf an.

»Hey«, begrüßte er sie leise.

»Hi«, erwiderte Molly, stieß sich von der Wand ab und ging auf ihn zu. Er streckte einen Arm aus und es fühlte sich ganz natürlich an, direkt in seine Umarmung zu gehen. Als sie ihre Wange an seine Brust legte, merkte Molly wieder einmal, dass sie perfekt zueinanderpassten. Sie hatte sich immer gefühlt, als sei sie zu klein. Zu dünn. Aber in der Nähe von Mark fühlte sie sich trotz seiner Größe überhaupt nicht so.

»Ich wollte deine Eier erst anbraten, wenn du hier bist, damit dein Omelett nicht kalt wird. Aber alles andere habe ich schon vorbereitet. Nimm dir eine Tasse Kaffee und setz dich hin – in fünf Minuten ist dein Omelett fertig.«

Er ließ sie los und Molly ging zum Kaffeeautomaten hinüber. Sie bewegten sich in der Küche, als würden sie schon seit Jahren zusammenleben und wären nicht erst vor ein paar Wochen durch einen Zufall zusammengewürfelt worden.

Sie zog sich auf einen der Barhocker an der Kücheninsel aus Granit und nahm einen Schluck Kaffee, während Mark kochte.

»Daran könnte ein Mädchen sich gewöhnen«, scherzte sie nach einem Moment.

»Ein Mann auch«, erwiderte Mark.

Dieser Morgen fühlte sich ... anders an. Mark wirkte ruhig und nachdenklich. Außerdem hatte er sie viel mehr angefasst als sonst. Molly gefiel das, aber es machte sie auch nervös. Las sie zu viel in sein Verhalten hinein? Fühlte sie sich in seinem Haus so wohl, dass sie sich Dinge einbildete, die nicht der Realität entsprachen? Dinge, die sie glauben wollte?

»Du denkst schon wieder zu viel nach«, bemerkte Mark, als er die Pfanne schwenkte und ein perfektes Omelett auf den Teller gleiten ließ. Er stellte den Teller zusammen mit einem Becher Sauerrahm und einem Glas Salsa vor sie hin. Er hatte schnell gelernt, dass sie ihre Eier gern mit beidem bestrich.

Molly schnitt einen Bissen von ihrem Omelett ab, nachdem sie die Soße aufgetragen hatte, und seufzte zufrieden, während sie kaute. Er schien immer das perfekte Verhältnis von Füllung und Ei hinzubekommen.

»Hast du gut geschlafen?«, fragte Mark, während er einen Schluck von seinem Kaffee nahm.

Molly wusste, dass er bereits gegessen hatte, denn sie hatte seinen leeren Teller in der Spüle gesehen. Sie schluckte, dann nickte sie. »Ja.«

»Keine Albträume?«

»Nein. Ich hatte nur ein paar, als ich hier ankam, aber jetzt scheine ich, wenn ich einmal eingeschlafen bin, nicht mehr aufzuwachen.«

»Gut. Ich habe letzte Nacht gegen zwei Uhr nach dir geschaut und du hast tief und fest geschlafen«, erklärte Mark ruhig.

Molly, die ihre Gabel mit dem Omelett gerade zu ihrem Mund führen wollte, hielt auf halbem Weg inne. »Du hast nach mir geschaut?«, fragte sie.

Sie war überrascht davon, dass Marks Wangen sich röteten. Sie hatte nicht beabsichtigt, ihn in Verlegenheit zu bringen.

»Ja. Wenn ich nachts aufwache, mache ich normalerweise einen Rundgang, um mich davon zu überzeugen, dass alle Türen verschlossen sind, der Alarm eingeschaltet ist und alles normal aussieht. Deine Tür war einen Spaltbreit geöffnet und ich habe hineingeschaut. Du hast auf dem Rücken geschlafen, mit ausgebreiteten Armen und Beinen, wie immer«, erklärte er grinsend.

»Hast du diesen Rundgang auch schon gemacht, bevor ich hier aufgetaucht bin?«, fragte sie.

Mark zuckte mit den Schultern. »Ja. Ich bin ein bisschen paranoid. Aber ich habe es nicht jede Nacht gemacht. Jetzt schon.«

»Es gefällt mir nicht, dass du das meinetwegen machen musst«, gab Molly zu.

»Es ist nicht *deinetwegen*«, entgegnete Mark. »Ich habe es auch schon getan, bevor du hierherkamst. Aber weil wir nicht wissen, was dein Ex plant, fühle ich mich einfach besser, wenn ich weiß, dass er nicht an dich herankommt, ohne meine Alarmanlage auszulösen.«

»Ich auch«, gab Molly zu. »Ich weiß, dass kein Haus oder Sicherheitssystem narrensicher ist, aber nachdem ich es letzte Woche aus Versehen ausgelöst habe, weiß ich jetzt, wie schnell du reagierst.« Es war ihr peinlich, dass sie den Alarm ganz vergessen hatte, als sie am Zaun hinter seinem Grundstück eine kleine Herde Rehe gesehen hatte. Sie hatte die Hintertür geöffnet, um nach draußen zu gehen, während Mark unter der Dusche stand, in der Hoffnung, für ein Foto näher heranzukommen – und hatte vergessen, den Alarm auszuschalten.

Es hatte nicht den Lärm einer höllischen Sirene oder so was gegeben, aber als sie nach dem Foto zurück ins Haus gekommen war, war Mark mit einem knappen Handtuch um die Hüfte ins Zimmer gestürmt, tropfnass und vollkommen verstört.

Die ganze Situation war beschämend, vor allem weil sie zugeben musste, dass sie den Alarm einfach vergessen hatte. Aber trotz einer kurzen Belehrung darüber, wie wichtig es ist, für die eigene Sicherheit zu sorgen, war Smoke alles in allem ziemlich verständnisvoll gewesen.

»Du weißt, was das *Silverstone-Team* macht, und ich spreche nicht vom Abschleppdienst. Wir sind sehr vorsichtig. Wir achten *extrem* darauf, dass uns unser Job nicht nach Hause verfolgt, aber ich bin ein paranoider Mistkerl. Deshalb habe ich das Sicherheitssystem überhaupt erst installiert. Aber ich muss zugeben, ich bin auch froh, dass du dich dadurch beschützt und sicher fühlst. Jetzt iss dein Frühstück auf, damit wir losfahren können«, befahl er.

Molly hatte die Gabel mit dem Bissen Omelett schon längst weggelegt, aber auf sein Drängen hin nahm sie sie wieder auf. Es gefiel ihr immer besser, in Marks Haus zu sein. Es würde schlimm werden, wenn sie ausziehen müsste.

Nachdem sie ihr Omelett aufgegessen hatte, räumte Mark ihren Teller und ihre Gabel in die Spüle und stellte den Sauerrahm und die Salsa zurück in den Kühlschrank. Dass er das schmutzige Geschirr nicht einweichte, war eine der Kleinigkeiten, die sie an ihm störten, aber sie ließ es auf sich beruhen, weil sie neugierig war, wohin er sie bringen würde.

Sie zog sich Turnschuhe an und traf sich mit ihm an der Tür zur Garage. Er stellte die Alarmanlage ein und schloss die Tür zum Haus. Während er ihr die Beifahrertür aufhielt, dachte Molly wieder daran, wie höflich und kultiviert er war. Und das nicht nur in der Öffentlichkeit, wo es erwartet wurde oder wo ihn jemand sehen konnte. Er verhielt sich *die ganze Zeit über* so. Er kochte, hielt ihr die Tür auf, stand auf, nachdem er es sich schon auf dem Sofa bequem gemacht hatte, um ihr einen Snack zu holen ... die kleinen Dinge, die so viel wichtiger waren als große Gesten wie Blumen.

Er fuhr aus der Garage und wartete, bis das Tor sich hinter ihnen schloss, bevor er die lange Auffahrt entlangfuhr. Als er sich dem elektronischen Tor näherte, öffnete es sich automatisch, als er über den Sensor im Asphalt fuhr. Es schloss sich sofort, nachdem seine Stoßstange das Tor passiert hatte.

Molly holte ihr Handy heraus, denn sie hatte sich an diesem Morgen nicht die Mühe gemacht, ihre Nachrichten abzurufen. Sie war zu sehr damit beschäftigt gewesen, Mark anzustarren, was sie nicht im Geringsten bereute.

Immer noch lächelnd entsperrte sie ihr Handy und starrte verwirrt auf das Display.

Es war nicht ungewöhnlich, dass sie über Nacht zehn oder zwanzig E-Mails bekam. Die meisten waren Junk-Mails, die sie einfach löschte, ohne sie zu öffnen. Bevor sie nach Nigeria geflogen war, hatte es Tage gegeben, an denen sie ihre E-Mails nicht einmal überprüft hatte. Aber in letzter Zeit schaute sie jeden Tag nach, falls die Versicherung oder die Anwältin eine E-Mail geschickt hatte und eine Unterschrift oder ein Dokument brauchte.

Aber neben ihrer E-Mail-App stand die Zahl eintausendfünfhundertdreiundzwanzig.

Sie hatte *über Nacht* mehr als fünfzehnhundert E-Mails erhalten?

»Was ist los?«, fragte Mark, der wie immer wusste, was mit ihr vorging.

»Ich weiß es nicht«, entgegnete Molly.

Sie hatte ein paar Benachrichtigungen erhalten, und sie vermutete, dass diese von Skylar und Taylor stammten. Im Moment wollte sie nur wissen, warum sie so viele E-Mails bekommen hatte.

Als sie die App öffnete, zuckte sie zusammen, als sie einige der Betreffzeilen der E-Mails in ihrem Posteingang sah.

Blöde Schlampe!

Ich bringe dich um!

Was glaubst du eigentlich, wer du bist?

Stirb!

So ging es weiter und weiter. Molly schnappte verwirrt und schockiert nach Luft.

»Molly, was?«, fragte Mark, der sich jetzt Sorgen machte.

Molly ignorierte ihn und klickte auf die erste E-Mail.

Du bist eine dumme Schlampe! Ich hoffe, du bekommst keine Kinder, die wären nämlich mit Sicherheit genau so dumm wie du.

Die Worte waren verletzend – und Molly hatte keine Ahnung, was sie zur Zielscheibe solcher Beleidigungen gemacht hatte. Sie klickte auf eine weitere E-Mail.

OMG! Leute wie du verdienen es nicht, auf dieser Erde herumzulaufen! Wieso bringst du dich nicht einfach um? Es wäre für uns alle das Beste, wenn du tot wärst.

Tränen stiegen ihr in die Augen. So viel Hass – und das nur in den ersten beiden E-Mails – war fast unerträglich zu lesen.

Sie war ein guter Mensch. Sie tat ihr Bestes, um zu jedem, dem sie begegnete, nett zu sein. Aber nachdem sie so lange unter Prestons Feindseligkeit gelitten hatte, fühlte sie sich durch diese Art von Gemeinheit noch verletzlicher, als sie es ohnehin schon war. Und die Tatsache, dass es *Hunderte* von E-Mails gab, die wahrscheinlich alle mit der gleichen Art von Abscheu und Verachtung gefüllt waren ...

Das reichte aus, um sie aus der Fassung zu bringen.

Plötzlich nahm ihr jemand das Handy ab und Molly schaute überrascht auf. Sie hatte nicht einmal bemerkt, dass Mark an den Straßenrand gefahren war. Er blickte auf ihr Handy und schaute finster drein.

»Was zum Teufel?«, murmelte er, während er durch ihren Posteingang scrollte.

»Ich weiß es nicht«, entgegnete Molly. »Ich habe keine Ahnung, was hier los ist.« Sie beobachtete, wie ein Muskel in Marks Kiefer zu zucken begann, als er einige der E-Mails las, die sie erhalten hatte. Bei einer schien er länger innezuhalten, dann griff er nach seinem eigenen Handy.

»Mark?«

Er hielt einen Finger hoch, als wollte er sie bitten, kurz zu warten. Sie presste die Lippen zusammen und wischte sich über die Augen.

»Eagle? Hier ist Smoke. Bist du bei *Silverstone Towing*? Ja, gut. Ich brauche deine Hilfe. Jemand hat in einer Tierschutzgruppe auf Facebook eine böse, unwahre Geschichte über Molly gepostet. Und wer auch immer es war, er forderte die Leute auf, ihr per E-Mail mitzuteilen, wie sie über ihre Taten denken. Bis heute Morgen hat sie über fünfzehnhundert Nachrichten erhalten ... Nein, aber du kannst dich in ihr Konto einloggen und sie selbst lesen. In mindestens einer von ihnen wird der Beitrag erwähnt. Ich glaube nicht, dass es ein großes Geheimnis ist, wer das getan hat. Du musst diesen verdammten Artikel finden und dafür sorgen, dass er entfernt wird. Dann melde dich bei der Polizei von Oak Park und informiere sie über den Vorfall.

Das ist Weldons Werk. Ich würde alles, was ich habe, darauf verwetten, aber er wird nicht so dumm sein, unter seinem eigenen Namen zu posten. Ich bin heute nicht da, ich mache mit Molly einen Ausflug. Ja, sie ist immer noch morgen mit Taylor bei *Silverstone Towing* verabredet. Wir müssen diesen Mistkerl festnageln. Genau. Danke. Ich schicke dir ihr Passwort per E-Mail, damit du dich in ihr Konto einloggen kannst. Bis später.«

Mark beendete das Gespräch mit Eagle und tippte auf seiner Tastatur herum, bevor er zu ihr hinübersah. »Wie lauten dein E-Mail-Benutzername und dein Passwort?«

Molly dachte gar nicht daran, sich zu weigern, es ihm zu sagen. Er half ihr ja. Sie sagte es ihm, und er schickte die Informationen per E-Mail an Eagle. Dann steckte er sowohl sein als auch ihr

Handy in das Fach in seiner Tür und umklammerte das Lenkrad so fest, dass seine Knöchel weiß hervortraten.

»Mark?«, fragte sie zögerlich. Es fiel ihr schwer, das zu verarbeiten, was Mark gerade zu Eagle gesagt hatte.

»Ich *hasse* diesen Mistkerl«, presste er zwischen zusammengebissenen Zähnen hervor.

»Ich auch«, stimmte Molly sofort zu. »Preston hat etwas über mich auf Facebook gepostet?«

»Ich nehme an, dass er es war, ja.«

»Was hat er behauptet?«

»Das spielt keine Rolle.«

»Für mich schon«, erwiderte Molly hartnäckig. Als Mark nichts sagte, flehte sie: »Bitte?«

Seufzend sagte Mark schließlich: »Eine der E-Mails enthielt einen Screenshot des Posts. Soweit ich das beurteilen kann, hat er ein Bild von einem Sack toter Welpen gepostet und gesagt, dass er dich dabei erwischt hat, wie du sie in einen Grill gelegt hast, um sie zu verbrennen und die Tatsache zu verbergen, dass du sie getötet hast. Er hat deine E-Mail-Adresse veröffentlicht und die Leute aufgefordert, dir zu sagen, was sie von deinen Taten halten.«

Molly atmete scharf ein. Allein der Gedanke an das Bild, das Mark beschrieben hatte, reichte aus, um sie zum Weinen zu bringen. Aber zu wissen, dass Tausende von Menschen da draußen dachten, sie würde etwas so Abscheuliches tun, war überwältigend. Es spielte keine Rolle, dass sie sie eigentlich gar nicht kannten. Das war immer noch eine Menge Hass, der auf sie gerichtet war. Das tat weh. So verdammt weh.

Molly würde genauso wenig einem wehrlosen Welpen wehtun, wie etwas Schlechtes über jemanden in den sozialen Medien verbreiten. Als sie zu Mark hinüberschaute, sah sie, dass er kurz davor war durchzudrehen. Sein Gesicht war knallrot und er spannte immer wieder seinen Bizeps an, als sei das Lenkrad Prestons Hals.

Und je länger sie ihn beobachtete und je mehr sie darüber nachdachte, desto wütender wurde auch Molly.

Preston war ein Tyrann. Eine armselige, erbärmliche Schande von einem Mann. Er konnte nicht damit umgehen, dass sie ihn absorviert hatte, weil er ein Mistkerl und ein Kontrollfreak war. Die Leute, die ihr E-Mails schickten, waren zu Recht wütend über diese Geschichte; sie wäre es auch gewesen, wenn sie in den sozialen Medien darauf gestoßen wäre. Aber sie kannten *sie* nicht. Sie wussten nicht, dass Preston ein verdammter Lügner war.

Im Moment trat ihre Wut in den Hintergrund. Sie musste Mark beruhigen.

Sie griff nach ihm und legte ihm eine Hand auf den Unterarm. »Mark.«

»Was?«, knurrte er.

»Sieh mich an«, bat sie ihn.

Er drehte den Kopf und Molly hatte noch nie zuvor eine solche Wut in den Augen eines Menschen gesehen. »Es ist alles in Ordnung mit mir«, erklärte sie ihm.

Aber er schüttelte den Kopf. »Weldon ist ein verdammter Dreckskerl. Ein feiges, rückgratloses, kleinmütiges Schwein.«

Molly konnte nicht anders – sie musste lachen.

»Worüber lachst du, verdammt?«, fragte Mark.

»Kleinmütig?«, fragte sie.

»Ja!«

»Alles klar. Aber Eagle ist an der Sache dran. Und ich bin sicher, dass er Gramps und Bull anrufen wird, wenn es nötig ist. Ich bin hier bei dir und in Sicherheit. Preston ist ein Feigling und ein Tyrann, und wenn er glaubt, ich würde zu ihm zurückkehren, wenn er Geschichten über mich erfindet und Fremde dazu bringt, mir Hass-E-Mails zu schreiben, dann ist er noch dümmer, als wir dachten.«

Die Wut in Marks Augen ließ ein wenig nach. »Du wirst keine dieser E-Mails mehr lesen«, erklärte er ihr.

»Okay«, stimmte Molly zu. Sie wollte sie sowieso nicht lesen.

»Wir müssen dir eine neue E-Mail-Adresse besorgen. Du kannst sie später deiner Versicherung und Maggie mitteilen.«

»Okay«, sagte sie erneut.

Mark ergriff die Hand, die auf seinem Unterarm lag, und führte sie an seine Lippen heran. Er küsste ihre Handfläche und seufzte dann.

Eine Gänsehaut breitete sich auf Mollys Armen aus. Mark hatte sie schon ein paarmal geküsst. Auf den Scheitel. Auf die Stirn. Und sie hatte ihn auch schon einmal geküsst, genau auf den Rand seines Mundes. Aber seine Lippen auf der zarten Haut ihrer Handfläche zu spüren ließ einen Stromschlag zwischen ihre Beine schießen.

»Ich weiß nicht, was meine Überraschung für heute ist, aber du kannst einem Mädchen nicht sagen, dass du etwas mit ihr unternimmst, und dann dein Wort brechen«, neckte sie ihn.

Sie sah, wie Marks Lippen amüsiert zuckten. Er schüttelte den Kopf. »So verdammt stark«, murmelte er. Dann, lauter: »Okay, Mol. Ich werde unsere Pläne nicht ändern. Aber wir wissen nicht, ob dieser Mistkerl irgendwo in der Nähe ist oder nicht. Ich werde kein Risiko in Bezug auf dein Leben oder dein Wohlergehen eingehen.«

»Damit habe ich kein Problem«, erklärte sie ihm.

»Du wirst tun, was ich dir sage, und zwar sofort, wenn ich es dir sage«, befahl Mark streng. »Wenn ich sage *Runter*, legst du dich sofort auf den Bauch. Egal ob wir auf einem Parkplatz oder in einem Gebäude sind. Hast du verstanden?«

»Ja.«

»Wenn ich dir sage, du sollst so schnell laufen wie du kannst, dann läufst du. Wenn ich dir sage, du sollst stehen bleiben, dann bleibst du stehen.«

»Okay, Mark. Ich habe kein Problem damit.« Sie drückte seine Finger. Er hatte ihre Hand nicht mehr losgelassen, nachdem er sie geküsst hatte. »Aber ich möchte trotzdem, dass wir uns amüsieren. Wenn du dich dafür nicht genügend entspannen kannst, können wir genauso gut nach Hause fahren. Ich bin lieber hinter den Mauern deines Hauses eingesperrt, wo wir uns beide sicher fühlen, als dass du gestresst und übervorsichtig bist. Preston Weldon ist ein Idiot. Und er hat versucht, mich psychisch fertigzumachen. Ich gebe zu, dass es ihm einen Augenblick lang gelungen ist, aber ich bin stärker als er. Er wird mich nicht brechen.«

Mark starrte sie einen Moment an, bevor er die Augen schloss. Aber er öffnete sie fast augenblicklich wieder und sagte: »Von wegen *Folly Molly* – du hast Nerven aus Stahl.«

»Eigentlich nicht. Ich will mir von diesem Idioten nur nicht die Überraschung verderben lassen. Ich bin mir sicher, dass ich mich später verrückt mache und du mich daran erinnern musst, dass ich versuche, ein positiverer Mensch zu sein. Aber jetzt will ich erst einmal normal sein. Ich will rausgehen und Molly Smith sein, kein Opfer.«

»Du bist Molly Smith und du lässt dich wirklich niemals in eine Opferrolle zwingen, soweit ich das beurteilen kann«, erklärte Mark.

»Gut, können wir dann weiterfahren? Wir stehen hier am Straßenrand und ich will auf keinen Fall, dass wir in einer Fernsehsendung über Polizisten, die ihren Job machen, landen, wie zum Beispiel *Live PD*, wenn die Polizei anhält, um zu überprüfen, was wir hier machen.«

Mark lachte. »Diese Sendung wird nicht hier gedreht, Molly, sondern nordöstlich von Indianapolis, nicht in unserer Nähe. Genau auf der anderen Seite, im südwestlichen Teil der Stadt.«

»Man weiß nie, vielleicht gibt es eine umherstreifende Bande von Polizisten aus Lawrence, die für die Sendung etwas Action suchen«, scherzte Molly.

»Also, wir machen uns dann mal besser auf den Weg. Dein Handy bekommst du heute aber nicht mehr zurück.«

»Okay. Aber kannst du Bull und Eagle bitten, Skylar und Taylor zu sagen, was los ist? Ich will nicht, dass sie denken, ich würde ihre Nachrichten ignorieren.«

»Ich werde es ihnen ausrichten«, beruhigte Mark sie. Er schaute über seine Schulter und fuhr zurück auf die Straße, ließ ihre Hand aber nicht los. Molly hatte kein Problem damit.

Es sah so aus, als sei ihre kleine Pause von Preston und seinen Belästigungen zu Ende. Er hatte dasselbe getan, bevor sie gegangen war. Er fing mit Kleinigkeiten an, gab ihr Zeit, sich zu beruhigen, und dann eskalierte es wieder. Sie hatte keinen Zweifel daran, dass er jetzt das Gleiche tun würde. Sie war zwar in Indianapolis, aber nirgendwo war sie weit genug weg, um ihn aufzuhalten, das war ihr klar. Molly hoffte nur, dass das *Silverstone-Team* oder die Polizei ihn aufhalten konnte, bevor er zu weit ging.

KAPITEL VIERZEHN

Smoke versuchte sein Möglichstes, um seine Wut zu überwinden, aber es fiel ihm sehr schwer. Er hatte den Schock und das Entsetzen in Mollys Augen gesehen, als sie den Mist gelesen hatte, den die Leute ihr geschickt hatten. Er wusste genau, dass Weldon sich einen Dreck um eine einstweilige Verfügung scherte. Wahrscheinlich sah er sie als Herausforderung an. Und mit dieser Aktion hatte er ihm den Fehdehandschuh hingeworfen. Smoke hatte ihm die Chance gegeben, sich mit eingezogenem Schwanz davonzuschleichen, aber jetzt ging es zur Sache.

»Kegeln?«, fragte Molly aufgeregt, als er auf den Parkplatz ihres Zielortes fuhr.

Als er mitten in der Nacht nach ihr gesehen hatte, hatte er den starken Drang verspürt, mit ihr auszugehen. Sie war so tapfer gewesen und hatte sich nie darüber beschwert, dass sie nirgendwo anders hin durfte als zu *Silverstone Towing* und zu seinem Haus. Er wollte sie aus dem Haus bringen, damit sie ein paar tolle Sachen erleben konnte, die Indianapolis zu bieten hatte. Die *er* zu bieten hatte.

Smoke wollte, dass Molly blieb. Jeden Tag wartete er darauf, dass sie ihm sagte, sie sei bereit, auszuziehen und allein zu ihrem eigenen Leben zurückzukehren. Und jeden Tag sagte er ihr Gute Nacht und sah ihr zu, wie sie die Treppe hinaufging, und wünschte sich, sie würde in *sein* Schlafzimmer und *sein* Bett gehen.

Er versuchte, es langsam angehen zu lassen. Ihr Zeit zu geben, sich an ihn zu gewöhnen. Er wollte ihr zeigen, dass er nicht wie Weldon oder einer ihrer anderen Ex-Freunde war, die ebenfalls Idioten waren.

Er fand es toll, dass ihre Sachen sich mit seinen im Haus vermischten. Ihre Decke, das Bild der Schildkröte, die süße Tasse, die Taylor für sie gekauft hatte. In seiner Speisekammer gab es mehr Junkfood als je zuvor, und auch das fand er toll.

Molly Smith war die richtige Frau für ihn ... er musste sie nur dazu bringen, dass sie ihn nie wieder verlassen wollte. Und der nächste Schritt dazu war, sie zu einer Verabredung einzuladen. Als er noch beim Militär war, hatte er ständig gekegelt, aber es war schon fast fünf Jahre her, dass er eine Kegelbahn betreten hatte. Smoke hatte keine Ahnung, ob Molly jemals gekegelt hatte, aber es gab für alles ein erstes Mal.

Er parkte seinen Explorer und sah sich auf dem Parkplatz um. Er entdeckte niemanden, der ihn nervös machte. Gramps hatte herausgefunden, dass Weldon einen Crown Victoria älteren Baujahrs fuhr. Er hatte ihn bei einer Polizeiauktion gekauft. Es war ein ehemaliger Streifenwagen, dem die Markierungen abgenommen worden waren.

Eagle hatte herausgefunden, dass Mollys Ex sich bei der Polizeiakademie beworben hatte und abgelehnt worden war. Der Mann hatte definitiv einen Minderwertigkeitskomplex, wenn es um Polizisten ging. Sein Job im Sicherheitsdienst war wahrscheinlich ein Versuch, sein Ego zu stärken, und jetzt hatte sich sein Machtbedürfnis in der Unfähigkeit manifestiert, Molly loszulassen.

Aber auf dem Parkplatz der Kegelbahn schien alles ruhig zu sein. Smoke war nervös, aber er war auch fest entschlossen, dieses

Treffen zu einem guten zu machen. Er versuchte, seine Schultern zu entspannen, und streckte seine Hand aus. »Klettere über die Konsole und komm auf dieser Seite raus«, sagte er zu ihr. Einfach auszusteigen und um den Geländewagen herumzugehen, um ihre Tür zu öffnen, könnte jemandem die Chance geben, sie zuerst zu erwischen – oder ihr ein paar Kugeln zu verpassen.

Molly zog eine Augenbraue hoch, protestierte aber nicht, sehr zu Smokes Erleichterung. Weil sie so schlank war, konnte sie problemlos über den Sitz klettern. Er ergriff ihre Hand und half ihr, sich am Lenkrad vorbei aus dem Fahrzeug zu begeben.

»Ich war schon ewig nicht mehr kegeln«, erklärte sie fröhlich. »Ich muss dich warnen, ich war mal ziemlich gut«, bemerkte sie mit einem Funkeln in den Augen.

»Ich auch«, stimmte Smoke zu.

»Wollen wir eine Wette abschließen?«, fragte sie ein wenig übermütig.

»So gut bist du?« Smoke legte einen Arm um Mollys Schultern und drückte sie an seine Seite, während er mit ihr zur Tür eilte. Wenn nötig, konnte er sie hochheben und weglaufen oder sich fallen lassen und sie mit seinem Körper bedecken.

»So gut bin ich«, prahlte Molly.

Sie betraten die Kegelbahn ohne Zwischenfälle, aber Smoke wusste, dass er sich nicht entspannen konnte, solange er sich nicht vergewissert hatte, dass Weldon nicht auf dem Gelände war. Er ging ein Risiko ein, indem er Molly an der Rezeption zurückließ, um ihre Schuhe zu holen, aber er musste einen Rundgang durch das Gebäude machen.

»Bleib hier. Geh nirgendwo anders hin. Ich muss das Gebäude überprüfen. Ich will dich nicht hierlassen, aber ich will dich auch nicht mitnehmen. Wenn du irgendetwas hörst, das dich nervös macht, nimm meinen Schlüssel, verschwinde von hier und fahr zu *Silverstone Towing*. Hast du verstanden?«

Sie nickte mit großen Augen, während sie den Schlüssel nahm, den er ihr hinhielt.

Smoke holte tief Luft und drehte sich um, um zu tun, was er tun musste.

Innerhalb von viereinhalb Minuten war er wieder bei ihr. Er hatte weder Weldon noch etwas anderes Ungewöhnliches gesehen. Er konnte auf keinen Fall wissen, wohin sie heute fahren würden, und Smoke wäre es lieber gewesen, den Ausflug abzubrechen und entweder in die Garage oder zu seinem Haus zurückzukehren, aber ehrlich gesagt freute er sich schon eine ganze Weile auf so etwas wie eine Verabredung, und er wollte sich den Tag nicht verderben lassen.

Molly hatte sich für die Bahn an der gegenüberliegenden Wand entschieden, was ihn freute.

»Alles in Ordnung?«, fragte sie, wobei ein leichtes Runzeln ihrer Stirn das einzige Anzeichen dafür war, dass sie sich Sorgen machte.

»Alles in Ordnung«, entgegnete er, beugte sich vor und küsste sie auf den Kopf, bevor er sich neben sie setzte und nach den Schuhen griff, die sie für ihn besorgt hatte.

»Wenn du meinst, dass es besser ist, wenn wir gehen, ist das für mich in Ordnung«, versicherte sie ihm leise.

»Für mich aber nicht«, erwiderte Smoke und konzentrierte sich darauf, seinen Schuh zuzubinden.

»Er wird nicht aufhören«, bemerkte Molly.

Smoke sah daraufhin auf. »Doch, das wird er«, sagte er beharrlich.

Molly presste die Lippen zusammen.

Er legte ihr eine Hand auf die Schulter und lehnte sich an sie. »Die Jungs sind an der Sache dran. Sie werden die Informationen bekommen, die sie brauchen, und sie an die Polizei weitergeben. In der Zwischenzeit werden wir unser Ding durchziehen und er wird sich entweder langweilen oder so sauer sein, dass er zuschlägt. Und wenn Letzteres der Fall ist, werden wir ihn erwischen und er wird ins Gefängnis gehen. In der Zwischenzeit will ich dich auf keinen Fall in Gefahr bringen. Du wirst niemals ein

Köder für ihn sein. Niemals. So funktioniert *Silverstone* nicht. Verstehst du das?«

Molly nickte und Smoke konnte den Ausdruck der Erleichterung nicht übersehen, der über ihr Gesicht huschte. Er wünschte, er hätte sie in diesem Punkt schon früher beruhigt.

»Ich muss mir einen neuen Job suchen. Was ist, wenn es Zeit für mich ist, wieder zu arbeiten, und er immer noch so ein Mistkerl ist?«, fragte Molly.

Smoke wollte über ihre Wortwahl lächeln, aber er tat es nicht. »Du musst dir nicht sofort einen Job suchen, Mol. Und bevor du dich beschwerst, dass du eine Schnorrerin bist: Das bist du nicht. Das haben wir doch schon besprochen. Ich mag es, dich in meinem Haus zu haben. Du trägst mehr als deinen Teil zum Haushalt bei und Geld ist kein Thema.«

Sie antwortete nicht, sondern starrte ihn nur an. Er konnte praktisch hören, wie ihr Gehirn arbeitete.

»Für heute musst du nicht darüber nachdenken. Du musst nur versuchen, mich beim Kegeln zu schlagen.«

Seine Worte bewirkten, was er sich erhofft hatte. Sie zog eine Augenbraue hoch. »Versuchen?«, erwiderte sie spöttisch.

»Jawohl.«

»Diese Worte werden dir noch leidtun«, drohte sie.

Smoke grinste, als sie aufstand und zum Stand ging, um ihre Kugel auszuwählen. Als er sich noch einmal umsah, wurde sein Lächeln schwächer. Der Gedanke daran, was Weldon getan hatte, brachte sein Blut in Wallung, aber jetzt war weder die Zeit noch der Ort, um sich damit zu befassen. Er wollte mit Molly ausgehen und hoffentlich dafür sorgen, dass sie eine Zeit lang ihren Ex vergaß, und genau das würde er jetzt tun.

Molly seufzte vor Glück, als sie sich im Explorer niederließ. Sie und Mark hatten fünf Spiele gespielt. Am meisten hatte sie genossen, dass Mark sie nicht hatte gewinnen lassen. Er versuchte genauso hartnäckig zu gewinnen wie sie. Er hatte vier der fünf Spiele gewonnen, aber jedes Mal nur um ein paar Punkte. Sie waren gut aufeinander eingespielt, und der Vormittag und der Nachmittag hatten richtig Spaß gemacht.

Nach drei Spielen hatten sie eine Pause eingelegt, um eine fettige Kegelbahn-Mahlzeit zu essen, und zum ersten Mal seit Langem fühlte sie sich nicht schon nach ein paar Bissen wie eine gefüllte Weihnachtsgans. Seit Stunden hatte sie nicht mehr an Preston gedacht – stattdessen hatte sie sich entspannt und mit Mark eine schöne Zeit verbracht.

Ihnen war der Gesprächsstoff nicht ausgegangen und sie liebte es, ihn zu necken und sich von ihm necken zu lassen, ohne Angst zu haben, seine Gefühle zu verletzen.

»Wir müssen bei einem Turnier mitmachen«, erklärte Mark und lächelte zu ihr rüber, während er hinter dem Steuer saß. »Zusammen wären wir sicher unschlagbar.«

»Das würde mir gefallen. Glaubst du, es gibt hier Kegelturniere?«

»Wenn diese Kegelbahn keine veranstaltet, gibt es sicher woanders welche.«

Molly legte den Kopf zurück auf die Kopfstütze und drehte sich so, dass sie ihn ansehen konnte. »Danke für den tollen Tag«, erklärte sie.

»War mir ein Vergnügen«, erwiderte Mark. »Es ist lange her, dass ich etwas so ... Normales gemacht habe. Willst du zum Abendessen ausgehen oder zu Hause essen?«

»Zu Hause«, entgegnete Molly sofort. »Seit du gesagt hast, dass du nicht gern auswärts isst und warum, geht mir das nicht mehr aus dem Kopf. Und nachdem ich mittags so viel Blödsinn gegessen habe, brauche ich etwas Gesundes.«

Mark lachte. »Ja, ich werde dafür bezahlen, dass ich all die Nachos und die drei Hotdogs gegessen habe, aber es hat sich gut angefühlt, etwas zu übertreiben.«

»Also ... Salat zum Abendessen?«, fragte Molly.

»Klingt gut.«

Auf dem Nachhauseweg fragte er: »Willst du morgen immer noch zu *Silverstone Towing* mitkommen?«

»Ja. Taylor hat gesagt, dass sie dort sein wird, und ich würde gern etwas Zeit mit ihr verbringen ... wenn du immer noch denkst, dass es okay ist.«

»Es ist mehr als in Ordnung«, erklärte Mark schnell. »Aber ich würde es auch verstehen, wenn du dich im Haus verkriechen willst.«

»Ich will mich von ihm nicht so sehr einschüchtern lassen, dass er mich von meinen normalen Aktivitäten abhält«, erklärte Molly ihm. »Ich meine, ich weiß, dass ich keine langen Spaziergänge im Wald machen kann oder so etwas, aber ich fühle mich sowohl bei dir als auch bei *Silverstone Towing* sicher. Wenn er so dumm ist, irgendetwas zu versuchen, während ich bei dir bin, ist er erledigt und die Sache ist vorbei.«

»Ich bin stolz auf dich.«

Molly zuckte mit den Schultern. »Ich tue das, was jeder andere in meiner Situation auch tun würde«, protestierte sie.

»Vielleicht, vielleicht auch nicht, aber deine Einstellung dazu ist bemerkenswert. Du hast dich von der negativen Person, die du in Nigeria zu sein behauptet hast, weit entfernt. Diese Molly würde sich beklagen, dass alles, was Weldon getan hat, ihre Schuld war und dass sie es verdient hat.«

Molly war fassungslos, als sie merkte, dass Mark recht hatte. Irgendwie hatte sie sich in den letzten Wochen schon stark verändert. Und sie hatte das Gefühl, das lag daran, dass sie mit Mark und seinen Freunden zusammen war. Sie waren alle so ... zufrieden mit ihrem Leben. Ihre Eltern und Großeltern waren nicht so gewesen. Sie hatte sie sehr geliebt und sie hatten sie geliebt, aber sie neigten dazu, sich mit den schlechten Dingen im Leben zu beschäftigen anstatt mit den guten. Obwohl Mark und die anderen auf ihren Einsätzen Menschen *töteten*, die anderen schreckliche Dinge antaten, waren sie im Allgemeinen immer noch positiv eingestellt.

»Ich glaube, du färbst auf mich ab«, entgegnete sie ehrlich.

Als Antwort bekam sie ein breites Lächeln. Und dieses Grübchen. Verdammt, Molly hätte alles dafür getan, es für den Rest ihres Lebens jeden Tag zu sehen.

Mark bog auf die Schotterstraße ein, die zu seinem Grundstück führte. Sie lag abseits einer Hauptstraße und führte etwa einen Kilometer vor dem Sicherheitstor vorbei.

Schon nach der Hälfte der Strecke hielt er seinen Explorer an und starrte auf die Straße vor sich.

Molly blinzelte und versuchte herauszufinden, was sie da sah.

Als sie es bemerkte, schnappte sie nach Luft.

Jemand hatte Nägel in die Einfahrt geworfen. Und nicht nur ein paar. Es sah aus wie Hunderte.

Und sie kannte nur einen Menschen, der so etwas tun würde. Etwas so Dämliches und Kindisches.

Preston.

Ohne ein Wort zu sagen, drehte Mark sein Lenkrad scharf nach rechts und fuhr von der Straße ab. Der Wagen holperte und rüttelte, als er ein paar Meter vom Schotter entfernt ins Gras fuhr.

»Das war Preston«, erklärte Molly leise.

»Wahrscheinlich«, antwortete Mark.

»Ist dein Kameradingsbums losgegangen?«, fragte sie und kannte die Antwort schon. Es war nicht angesprungen. Wenn doch, hätte Mark schon längst etwas unternommen. Aber er hatte den ganzen Tag über keine Benachrichtigung auf seiner Uhr erhalten.

»Nein. Er war schlau genug, sich vom Tor und den Kameras fernzuhalten.« Er schaute zu ihr hinüber. »Er kann sich weder dem Zaun noch dem Haus nähern, ohne dass ich es weiß«, erklärte er. »Solange mein Alarm eingestellt ist, ist er fast narrensicher. Ich garantiere, dass er nicht am Tor vorbeikommt, ohne dass ich benachrichtigt werde.«

Molly nickte.

Wie Mark es vermutet hatte, wurden die Nägel auf der Straße nur für eine kurze Strecke niedergelegt, bevor die Straße wieder frei war.

»Ich werde Gramps oder einen der anderen bitten, vorbeizukommen und die Straße zu räumen, damit uns morgen kein Reifen platzt«, sagte Mark.

Molly nickte.

Er fuhr vor das Tor und gab schnell den unfassbar langen Code ein. Das Tor öffnete sich und Molly wusste, dass sie nicht normal atmen konnte, bis es sich hinter ihnen geschlossen hatte. Mark drehte den Kopf ständig hin und her, um nach etwas Ungewöhnlichem Ausschau zu halten, während sie zum Haus und in die Garage einfuhren. Als die Tür geschlossen war, drehte er sich zu ihr um und nahm ihre Hand in seine.

»Ich habe es schon einmal gesagt und ich sage es noch einmal – du bist hier sicher, Mol.«

»Ich weiß.«

»Ich hoffe, du weißt es. Würde ich nicht denken, dass wir hier sicher sind, würde ich dich zu *Silverstone Towing* bringen und dich in unserem Sicherheitsraum einsperren, bis Weldon hinter Gittern ist.«

Die selbstbewusste Art, wie er sprach, sorgte dafür, dass Molly nickte. »Okay.«

»Okay. Komm schon, ich weiß nicht, wie es dir geht, aber mein Körper schreit nach etwas Grünzeug.«

Sie lächelte ihn an, weil sie es zu schätzen wusste, dass er versuchte, das, was Preston getan hatte, als unbedeutend abzutun – und die Tatsache, dass er sie in diesem Moment da draußen beobachten könnte.

Sie gingen hinein und Mark zwang sie, die Alarmanlage zu entschärfen, damit sie sich den Code merken konnte. Jedes Mal wenn sie das komplizierte System ein- oder ausschaltete, wurde sie damit vertrauter. Es war einfacher, die Alarmanlage vom Haus

aus zu aktivieren, als sie zu deaktivieren. Sie musste dazu nicht mehr tun, als den Scharfschaltknopf zu drücken. Nachdem sie das getan hatte, drehte sie sich um und sah, wie Mark ihr zustimmend zunickte.

»Willst du vor dem Abendessen noch duschen?«, fragte er.

Sie hatte eigentlich nicht das Gefühl, dass sie beim Kegeln zu sehr ins Schwitzen geraten war, aber Molly war klar, dass Mark seine Freunde anrufen musste. Und sie war klug genug, um zu verstehen, dass er wahrscheinlich nicht wollte, dass sie sein Gespräch belauschte. Sie beschloss, ihm das zuzugestehen.

»Klar.«

»Okay, geh schon mal hoch. Ich bereite die Sachen vor, damit wir mit dem Schnippeln beginnen können, sobald du fertig bist.«

Molly nickte und drehte sich um, um die Treppe hinaufzugehen, aber Mark nahm ihre Hand in seine. Er zog sie wieder zu sich und schlang seine Arme um sie.

Molly genoss seine Umarmungen. Nirgendwo fühlte sie sich sicherer als in seinen Armen. Sein Herzschlag war stark und gleichmäßig an ihrer Wange und sie fragte sich, wie es sich anfühlen würde, so gehalten zu werden, wenn nichts zwischen ihnen war.

»Das alles wird bald vorbei sein. Das verspreche ich dir. Dann kannst du so viele lange Spaziergänge im Wald machen, wie du willst«, schwor er.

Mollys Kehle war wie zugeschnürt, und sie wollte nicht, dass er hörte, wie ihre Stimme schwankte, also nickte sie einfach, noch immer an ihn gedrückt.

Er hielt sie noch eine Weile fest, küsste sie dann auf die Stirn und trat zurück. Ohne ein Wort zu sagen, ging Molly die Treppe hinauf zu dem Zimmer, in dem sie schlief. Sie schloss die Tür, lehnte sich dagegen und ließ sich auf den dicken, weichen Teppich unter ihr sinken.

Manchmal kam es ihr so vor, als sei sie erst gestern aus Nigeria zurückgekehrt. Zum Beispiel, wenn sie mitten in der Nacht aufwachte und für den Bruchteil einer Sekunde vergaß, wo sie war. Aber die meiste Zeit fühlte es sich an, als sei jemand anderes entführt und in ein Loch geworfen worden, als sei sie nichts weiter als Abfall.

Mark und seine Freunde hatten es ihr möglich gemacht, mit ihrem Leben weiterzumachen. Sich stark zu fühlen.

Sie wollte, dass Preston sie in Ruhe ließ. Dass er sie vergaß. Eine Zeit lang hatte sie geglaubt, dass er das während ihrer monatelangen Abwesenheit getan hatte. Aber nachdem sie ihn in Oak Park gesehen hatte, verstand sie, dass er *niemals* aufgeben würde. In seinem Kopf gehörte sie ihm. Es ergab keinen Sinn.

Sie hoffte und betete, dass er bei seinem Versuch, sie zurückzubekommen – notfalls mit Gewalt –, niemanden verletzte, der ihr am Herzen lag.

Aber er hatte bereits Nana und Papa getötet. Molly wusste instinktiv, dass er nicht zulassen würde, dass irgendjemand anderes sich seinem Wunsch in den Weg stellte.

Sie atmete tief durch, stand langsam auf und ging ins Bad, um zu duschen. Wenigstens für heute Abend war sie in Sicherheit. Eingeschlossen hinter den Mauern von Marks Haus. Sie würde einen Tag nach dem anderen nehmen und hoffen, dass das *Silverstone-Team* und die Polizei die Beweise finden würden, die sie brauchten, um Preston dazu zu bringen, sie für immer in Ruhe zu lassen.

Preston beobachtete das Haus durch sein Fernglas von seinem Versteck aus, das weniger als einen halben Kilometer von dem Zaun entfernt war, der das Haus des Idioten umgab. Er war im Haus. Mit *seiner* Freundin.

Und Molly gehörte eindeutig ihm. Er hatte sie zuerst gefunden.

Die Kameras und die Sicherheitsvorkehrungen um das

gesamte Grundstück herum wären ein Problem. Er wusste genügend über beide Sicherheitsvorkehrungen, um zu wissen, dass die Anlage vom Feinsten war, was eine böse Überraschung war, die er nicht erwartet hatte, vor allem nicht von einem dummen Automechaniker. Er war nicht dazu in der Lage, sie zu knacken und Molly zu entführen, bevor die Polizei oder der Mistkerl selbst ihn verfolgten. Er würde einfach Geduld haben und auf seine Gelegenheit warten müssen.

Das blinkende Licht der Kamera, die sich in der Nähe seines Verstecks befand, machte ihn wütend. Es ließ ihn wissen, dass er auf dem Video zu sehen sein würde, wenn er noch näher kam.

Molly würde dafür büßen, dass sie ihn betrogen hatte. Er wusste einfach, dass sie da drin war und mit diesem Mistkerl schlief. Er hatte seine Beziehungen spielen lassen, um über das Kennzeichen alles über den Mann zu erfahren, mit dem sie zusammen war.

Mark Chamberlin. Achtunddreißig Jahre alt, ein Meter fünfundachtzig groß, braunes Haar, braune Augen.

Fast *vierzig*. Zu alt. Allerdings war er in Topform, was Preston noch mehr verärgerte.

Er beugte seinen Arm und freute sich darüber, wie durchtrainiert er war. »*Ich* könnte es locker mit ihm aufnehmen«, sagte er laut. »Der Dreckskerl hält sich für so verdammt großartig. Er wäre kein verdammter Gegner für mich.« Er griff nach einem weiteren Bier in der Tüte zu seinen Füßen und trank es aus. Er zerquetschte die leere Dose in seiner Faust, wobei er wieder seinen Bizeps anspannte, und stopfte sie zurück in die Tüte. Er wusste es besser, als seine DNA herumliegen zu lassen, damit jemand sie finden konnte.

Bis er sie sich schnappen konnte, würde Preston es genießen, mit Molly und ihrem neuen Liebhaber zu spielen. Er hatte die ganze Zeit gelacht, als er die Nägel auf der Auffahrt verteilt hatte. Er hatte vorgehabt, sie weiter zu verteilen, aber er war gestolpert und hatte die ganze Tüte in einem Haufen fallen lassen. Dann hatte er versucht, sie mit dem Fuß zu zerstreuen, aber das hatte zu lange gedauert und er war nervös geworden, dass ihn jemand sehen könnte.

Er hatte gehofft, dass der Idiot, mit dem Molly unterwegs war, nicht aufpassen würde. Als Preston gesehen hatte, wie er um die Nägel auf der Einfahrt herummanövriert war, hatte ihm das den Spaß verdorben.

Aber das spielte keine Rolle. Er würde sie zurückbekommen. Er war noch nicht fertig mit ihr. Keine blöde Schlampe hatte jemals Nein zu ihm gesagt. *Er* war derjenige, der entschied, wann es vorbei war. Und mit Molly Smith war er noch lange nicht fertig.

Sie hatte jetzt niemanden mehr. Sie war ganz allein auf der Welt. Der Typ, mit dem sie vögelte, zählte nicht. Er würde schon bald genug von ihr haben, daran hatte Preston keinen Zweifel. Molly war eine nervige Schlampe, aber das bedeutete nicht, dass sie das Sagen haben sollte. Frauen wie Molly mussten in ihre Schranken verwiesen werden.

Preston hatte eigentlich nicht vorgehabt, ihre verdammten Großeltern zu töten, aber sie wollten ihm nicht sagen, wo sie steckte, und er *wusste*, dass sie die Information hatten. Selbst nachdem er der alten Frau eine Ohrfeige verpasst hatte, um ihren Mann zum Einlenken zu bewegen, hatten sie sich weiter gewehrt. Als die Frau anfing zu schreien, hatte er etwas tun müssen, um sie zum Schweigen zu bringen, also hatte er sie so fest geschlagen, wie er konnte, und sie bewusstlos geschlagen.

Dann hatte der alte Mann *seinen* Mund aufgemacht.

Es war ihre eigene Schuld, dass sie tot waren.

Er hatte seine Hände um die Kehle des alten Mannes gelegt, und das Gefühl der *Macht*, das ihn erfüllt hatte, während er zusah, wie der Mann nach Luft rang ... so etwas hatte Preston noch nie gefühlt. Als der Mann tot war, drehte er sich zu der Frau um. Sie kam langsam wieder zu sich, also hatte er auch sie erwürgt. Dann hatte er das Haus angezündet, weil er wusste, dass seine DNA wahrscheinlich überall am Tatort zu finden war.

Preston war sich *sicher*, dass Molly nach Hause kommen würde, wenn sie vom Tod ihrer geliebten Großeltern hörte.

Aber das hatte sie nicht getan. Schon seit über einem Monat nicht mehr. Das war frustrierend und ärgerlich gewesen. Aber schließlich war sie aufgetaucht, genau wie er es erwartet hatte.

Er hatte sich gefreut, sie wiederzusehen – bis auf die Tatsache, dass sie nicht mit einem, sondern mit *zwei* Männern erschienen war. Es hätte ihn nicht gewundert, wenn sie mit beiden ins Bett gegangen wäre!

Preston schnappte sich ein weiteres Bier, leerte es ebenso schnell und trank einen Schluck von dem Bourbon, den er in seiner Tasche hatte. Mollys Strafe dafür, dass sie es gewagt hatte, sich einem anderen hinzugeben, würde hart sein.

Obwohl er wütend darüber war, dass sie sich mit einem anderen Mann – oder Männern – eingelassen hatte, war er erleichtert, sie zu sehen, nachdem er sie so lange nicht hatte ausfindig machen können. Sie hatte etwas abgenommen, aber es war egal, wie sie aussah. Er würde es ihr besorgen, egal wie sie aussah.

Er richtete die Aufmerksamkeit wieder auf das Fernglas und auf das Haus in der Ferne. Die Vorhänge oder Jalousien waren alle geschlossen, sodass er nicht sehen konnte, was drinnen vor sich ging. Während er beobachtete und dabei trank, erfüllten ihn Abscheu und Wut. Er *hasste* es, dass seine Schlampe von Freundin ihn betrog – aber er würde sie dafür bestrafen.

Dann würde er sie davon überzeugen, dass er ihr vergeben hatte. Dass zwischen ihnen wieder alles gut war …

Es machte Spaß, Psychospielchen mit ihr zu spielen. Er wusste, dass sie ausgeflippt sein musste, nachdem sie am Morgen ihre E-Mails gesehen hatte. Er hatte keine Ahnung, wie viele Leute sie kontaktiert hatten, aber nach den Antworten auf seinen Post zu urteilen mussten es sehr viele gewesen sein. Allein der Gedanke an ihre Panik und Verwirrung ließ ihn lächeln.

Auch wenn es eine gute Zeit war, sie zu verwirren, musste er wegen der verdammten einstweiligen Verfügung, die sie ihm auferlegt hatte, vorsichtig sein. Er durfte sich nicht dabei erwischen lassen, wie er mit ihr kommunizierte oder vor der Kamera in ihrer Nähe auftauchte. Aber irgendwann würde entweder sie oder der Idiot, mit dem sie zusammenlebte, Mist bauen, und dann würde er da sein.

Lächelnd flüsterte Preston: »Bald.«

Er machte sich auf den Weg zu seinem Wagen, den er etwa einen halben Kilometer entfernt geparkt hatte, und war nicht mehr ganz so sicher auf den Beinen. Als er dort ankam, nahm er einen großen Schluck aus der Whiskyflasche, die er unter dem Beifahrersitz gelassen hatte, bevor er den Motor startete und auf die Straße fuhr. Er musste zurück nach Chicago. Aber er würde zurückkommen, bereit, seine Molly dorthin zu bringen, wo sie hingehörte.

KAPITEL FÜNFZEHN

Molly war am nächsten Tag früh aufgewacht und hatte erleichtert geseufzt, als sie auf ihr Handy geschaut hatte und nicht Tausende von schrecklichen E-Mails oder Nachrichten auf sie gewartet hatten. Sie hatte am Abend zuvor eine neue E-Mail-Adresse eingerichtet und sie nur an die wenigen Leute geschickt, die sie brauchten.

Die einzige Nachricht an diesem Morgen kam von Taylor, die fragte, ob sie immer noch bei *Silverstone Towing* verabredet seien.

Molly versicherte ihr, dass dies der Fall sei, und ging duschen. Sie ging nach unten, bevor Mark sein Training in der Garage beendet hatte, und stellte ihm seinen Proteinshake bereit, als er ins Haus zurückkam.

Sie musste zugeben, dass sie seinen erfreuten Gesichtsausdruck genoss, wenn er sie sah. Er ging nach oben, um zu duschen, und Molly konnte nicht anders, als sich vorzustellen, wie er nackt aussehen würde, während das Wasser an seinem Körper herunterlief.

Nachdem er wieder nach unten gekommen war, unterhielten sie sich über den bevorstehenden Tag. Als sie losfuhren, war die Einfahrt bereits von Nägeln befreit worden und Molly hatte bemerkt, wie Mark sich vorsichtig umsah, als er auf die Straße fuhr. Als seine Muskeln entspannt blieben, ging sie davon aus, dass Preston ihnen nicht gefolgt war.

Sie waren gerade ohne Zwischenfälle bei *Silverstone* angekommen, und Mark drehte sich zu ihr um, bevor sie aus dem Wagen stiegen. »Sag mir Bescheid, wenn du bereit bist loszufahren.«

»Ich will dich nicht drängen, wenn du noch arbeiten musst«, erklärte sie. »Ich kann so lange bleiben, wie du brauchst. Ich will dich auf keinen Fall bei der Arbeit mit deinem Team stören. Ich weiß aus erster Hand, wie wichtig das ist.«

Sie konnte Marks Gesichtsausdruck nicht lesen.

»Was?«, fragte sie.

»Viele Frauen wären nicht so verständnisvoll oder geduldig«, entgegnete er.

»Viele Frauen sind nicht in einem Loch mitten im Dschungel gefangen gehalten worden, und das Ganze in dem vollen Bewusstsein, dass niemand nach ihnen sucht«, scherzte Molly.

»Stimmt auch wieder«, erklärte Mark leise.

»Wenn ihr die ganze Nacht hier sein müsst, um Pläne zu besprechen und Karten zu studieren, kann ich in einem der Zimmer oben schlafen. Ich will dich nicht drängen, denn deine Sicherheit steht auf dem Spiel. Ich weiß, dass das, was du tust, gefährlich ist. Nimm dir so viel Zeit, wie du brauchst – ich werde mich nie beschweren, dass deine Treffen mit den anderen zu lange dauern.«

Dann griff Mark nach ihr. Er legte ihr eine Hand in den Nacken und zog sie zu sich heran. Molly stützte sich auf der Konsole zwischen ihnen ab. Er legte seine Stirn an ihre und hielt sie einfach einen Moment lang fest. Molly spürte seinen warmen Atem an ihren Lippen und sie wollte nichts lieber, als ihren Mund auf seinen zu pressen, aber die Angst hielt sie zurück. Sie hatte Angst, dass sie die Dinge falsch interpretierte, obwohl er sie so oft berührte, und dass er nur ein unterstützender Freund war.

In Marks Nähe zu sein und so zu tun, als würde sie ihn nicht lieben, brachte sie um, aber nicht in seiner Nähe zu sein würde noch mehr schmerzen.

»Du bist einmalig«, erklärte Mark nach einer Minute. Dann zog er sich zurück. »Komm, Taylor wartet sicher schon auf dich.«

Molly brauchte einen Moment, um ihr Gleichgewicht wiederzufinden, aber dann stieg sie auf ihrer Seite des Wagens aus und ging zu Mark, der vorn an seinem Fahrzeug auf sie wartete. Sie gingen Seite an Seite hinein und schnappten sich unterwegs ihre Namensschilder von der Metalltafel neben der Tür.

Sobald sie den großen Raum betraten, rief Shawn einen Gruß aus der Küche. Der Geruch von Zimtschnecken lag in der Luft und machte Molly wieder hungrig, obwohl sie erst vor Kurzem gefrühstückt hatte.

Taylor kam auf sie zu und Molly sah, wie ihr Blick auf ihre Namensschilder fiel. Zuerst war es eine große Umstellung gewesen zu wissen, dass Taylor nicht jedes Mal, wenn sie sie sah, wusste, wer sie war, aber jetzt fiel es ihr kaum noch auf. Taylor war, wer sie war, und Molly genoss es, mit ihr zusammen zu sein.

»Hey«, grüßte Taylor und umarmte Molly. Dann umarmte Mark Taylor und grinste, als er sich zurückzog. »Ich glaube, du wirst jedes Mal schwangerer, wenn ich dich sehe«, bemerkte er.

Taylor legte eine Hand auf ihren kleinen Bauch. »Wie auch immer. Ich glaube, der kleine Kerl wächst besonders schnell.«

Molly spürte einen Anflug von Eifersucht, aber sie verdrängte ihn. Das war Taylor, ihre Freundin, und sie freute sich für sie. »Ein Junge?«, fragte sie und zog eine Augenbraue hoch.

Taylor zuckte mit den Schultern. »Wir haben beschlossen, uns das Geschlecht des Babys nicht verraten zu lassen. An manchen Tagen bin ich überzeugt, dass es ein Junge ist, vor allem wenn er mich tritt, und an anderen Tagen bin ich mir sicher, dass es ein Mädchen ist. Heute ist ein Tag für einen Jungen.«

»Ich glaube, ich würde die Anspannung nicht aushalten. Ich müsste wissen, was ich bekomme«, entgegnete Molly.

»Das habe ich bisher ganz gut hinbekommen ... bis jetzt.

Komm schon«, sagte Taylor und nahm Mollys Hand. »Shawn hat extrazimtige Brötchen für dich gebacken.«

»Ist das ein Wort?«, fragte Molly.

Taylor zuckte mit den Schultern.

»Ich bin schockiert, dass ein bekennender Grammatikfan wie du es wagt, ein falsches Wort zu benutzen«, stichelte Molly.

»Hey, wenn Shawn sagt, dass er die doppelte Menge Zimtzucker in das Gebäck getan hat, weil er weiß, wie sehr du auf Süßes stehst, darf ich auch Wörter erfinden, um die Leckerei zu beschreiben«, erklärte Taylor ihr. »Außerdem habe ich diese Woche Lust auf Zucker, also profitiere ich auch davon.«

Molly hörte Mark hinter sich lachen. Er folgte ihnen bis zur Küche und ergriff dann ihre Hand. »Ich werde mit den Jungs nach unten gehen. Wenn du mich brauchst, schreib mir was oder klopf an die Tür, okay?«

»Okay.«

Es sah so aus, als wollte er noch etwas sagen, aber Shawn unterbrach ihn und brachte ein rundes Tablett mit den köstlichsten Zimtrollen, die Molly je gesehen hatte.

»Du meine Güte«, hauchte sie aufgeregt.

»Wenn du in ein Zuckerkoma fällst, versuche, ein Bett zu erreichen, bevor du zusammenbrichst.«

Sie lachte und blickte zu Mark auf.

Er sah sie mit einem Ausdruck der Belustigung und – wagte sie es, das überhaupt zu denken? – der Zuneigung an.

»Ich wünsche dir viel Spaß mit Taylor.« Dann beugte er sich hinunter, küsste sie auf den Kopf und ging in den Flur, der zur Treppe in den Keller führte.

»Oh mein Gott«, rief Taylor, nachdem er gegangen war.

Molly drehte sich um und sah, dass sowohl Shawn als auch Taylor sie anlächelten.

»Sieht so aus, als würde unsere gemeinsame Zeit heute besonders unterhaltsam werden«, erklärte Taylor.

Molly wusste, dass sie ausgefragt werden würde, was zwischen ihr und Mark vor sich ging, und zog die Nase kraus. Wenn sie wüsste, was los war, würde sie es gern verraten, aber sie wusste ja selbst nicht recht, was passierte.

»Hier, Zucker macht alles besser«, erklärte Shawn und hielt ihr einen Teller mit einer leckeren, klebrigen Köstlichkeit aus Zuckerguss und Gebäck hin.

»Danke«, sagte Molly zu ihm.

»Und hier ist ein großer Becher Wasser, den wirst du brauchen«, fügte Taylor grinsend hinzu und reichte ihn ihr. Molly nahm den angebotenen Becher, während Taylor sich ihren eigenen Teller und ihr Getränk schnappte. Nach ein paar Minuten saßen sie auf den bequemen Stühlen im Keller und genossen ihre süßen Leckereien.

Die beiden Frauen begannen ihr Gespräch über die E-Mails, die Molly erhalten hatte. Taylor hatte offensichtlich von Eagle davon gehört und war dementsprechend empört. Dann sprachen sie über Taylors Schwangerschaft und ihren Gesundheitszustand.

»Ich habe Angst«, gab Taylor zu.

»Wovor? Vor der Geburt selbst?«, fragte Molly.

»Nein.«

»Du darfst nicht nervös sein, weil Eagle Vater wird. Er liebt dich über alles. Er wird das Baby mehr als alles andere lieben. Er wird euch so sehr beschützen, dass das Kind *nichts* tun kann, ohne dass er über es wacht.«

»Ich weiß, ist das nicht fantastisch?«, fragte Taylor. »Er hat schon gesagt, dass er kein Problem damit hat, mitten in der Nacht aufzustehen. Ich meine, ich werde das Baby füttern müssen, aber Eagle wird es einfach zu mir bringen, anstatt dass ich immer aufstehen muss.«

Molly legte eine Hand auf ihre Brust und schloss die Augen. »Das ist wirklich der Wahnsinn«, erklärte sie.

Taylor lachte. »Das finde ich auch.«

»Also, warum bist du dann nervös?«, fragte Molly.

»Du weißt doch von meinem Zustand. Ich habe Angst, dass

mein Kind das Gleiche haben wird. Es liegt in der Familie. Und selbst wenn es nicht so ist ... werde ich mein eigenes Baby nicht wiedererkennen.«

Molly beugte sich vor. »Ich habe keinen Zweifel daran, dass du einen Weg finden wirst, damit es funktioniert. Du bist ein toller Mensch, Taylor. Du und Eagle liebt das Baby bereits mehr als alles andere. Ich weiß nicht alles, was es über Prosopagnosie zu wissen gibt, aber ich weiß, dass die Liebe, die du und Eagle füreinander empfindet, alles zum Guten wenden wird.«

»Danke«, entgegnete Taylor leise.

»Gern geschehen.«

»Genug von mir. Lass uns über *dich* reden«, bemerkte Taylor mit einem Lächeln.

»Muss das sein?«, fragte Molly mit einem Stöhnen.

»Erzähl mir von deinem Job. Du bist Umweltingenieurin, richtig?«

»Das war ich, ja.«

»War?«, fragte Taylor.

»Ich meine, ich bin es«, wich Molly aus.

»Ich glaube, deine erste Antwort war ehrlicher. Wurdest du gefeuert?«

»Nicht direkt. Aber ich kann mich einfach nicht mehr für den Job begeistern. Ich habe bereits meinen Chef angerufen und ihm gesagt, dass ich nicht zurückkommen werde. Die Erleichterung, die ich nach dem Anruf verspürte, war fast beängstigend.«

»Hast du darüber nachgedacht, ein Buch über das zu schreiben, was dir passiert ist?«, fragte Taylor.

Molly schaute ihre Freundin mit großen Augen an. »Was?«

»Ein Buch. So eine Art Autobiografie.«

»Ich glaube nicht, dass es jemanden interessiert.«

»Das stimmt nicht«, widersprach Taylor. »*Mich* interessiert es.« Sie holte tief Luft, bevor sie fortfuhr: »Du hast nicht viel darüber geredet und dafür habe ich Verständnis. Ich mochte den Gedanken auch nicht, dass dieser Serienmörder hinter mir her war. Aber ich glaube wirklich, dass die Leute sich dafür interessieren würden, was mit dir passiert ist. Die Sender, die all diese Krimiserien im Fernsehen zeigen, sind superbeliebt. Die Leute sind von solchen Dingen ausgesprochen fasziniert. Sie wollen alle Details wissen. Erinnerst du dich an Elizabeth Smart? Die Leute wollten unbedingt wissen, was mit ihr passiert ist, als sie all die Jahre von diesem Psycho festgehalten wurde. *Sie* hat ein Buch geschrieben. Und Jaycee Dugard hat ein Buch geschrieben. Die Mädchen, die von Ariel Castro festgehalten wurden, haben Bücher geschrieben.

Es gibt sogar eine Menge Bücher von ehemaligen Kriegsgefangenen. Erinnerst du dich an die Soldatin, die in der Türkei gefangen genommen wurde? Die, die von der Presse als ›Amerikanische Prinzessin‹ bezeichnet wurde? Manchmal nannten die Leute sie auch die Armeeprinzessin. Ich habe ihr Buch Korrektur gelesen, und es stand wochenlang auf den Bestsellerlisten.«

»Ich will nicht zum Objekt der morbiden Faszination irgendwelcher Leute werden«, entgegnete Molly.

Taylor beugte sich auf ihrem Stuhl nach vorn und legte eine Hand auf Mollys Knie. »Ich glaube nicht, dass es das wirklich ist. Ich glaube, wir sind fasziniert davon, wie manche Menschen die schrecklichen Situationen überleben, in denen sie sich befinden. Ich vermute auch, dass die Menschen stolz auf die Stärke der Männer und Frauen sind, die so etwas Schreckliches durchgestanden haben. Wir können uns nicht vorstellen, dass uns das passiert, aber wir hoffen, dass wir so stark sein können wie die Menschen, über die wir lesen, sollten wir jemals in eine ähnliche Situation geraten.

Was dir in Nigeria passiert ist, war schrecklich und eine verrückte Sache. Ich habe mit der Autorin des Buches über die ›Amerikanische Prinzessin‹ gesprochen und sie hat mir erklärt, dass es ihr sehr geholfen hat, darüber zu schreiben. Und ich kenne eine Menge Leute in der Branche. Wenn du es nicht selbst schreiben willst, können wir einen Ghostwriter für dich finden.

Aber ich denke, es ist wichtig, dass du deine Geschichte veröffentlichst.«

Molly konnte nicht glauben, dass sie überhaupt darüber nachdachte, über ihre Erfahrungen zu schreiben. Einerseits wollte sie vergessen, dass es je passiert war, aber andererseits wollte sie anderen helfen, stark zu sein. Vor allem weil sie sich selbst nie für besonders mutig oder stark gehalten hatte. Aber sie hatte die Geschichte lebend überstanden. »Ich werde darüber nachdenken«, sagte sie schließlich zu Taylor.

»Gut. Und natürlich werde ich es für dich Korrektur lesen.«

Molly verdrehte die Augen und lächelte. »Natürlich.«

Taylor öffnete den Mund, um noch etwas zu sagen, wurde aber durch das Öffnen der Tür zum Sicherheitsraum unterbrochen. Bull, Eagle, Mark und Gramps stürmten heraus und liefen zum Treppenhaus.

»Was ist los?«, fragte Molly, aber die Männer waren schon weg.

»Hilf mir auf«, bat Taylor und hielt ihr eine Hand hin.

Molly hievte sie aus dem Stuhl und sie folgten den Männern die Treppe hinauf. Sie standen alle in dem kleinen Raum, in denen die Aufträge für ihren Abschleppdienst eingingen, und unterhielten sich mit Jose, der an diesem Morgen Dienst hatte.

»Wann hast du das letzte Mal mit ihm gesprochen?«, fragte Bull.

»Vor etwa einer Stunde. Er sagte, er wolle etwas essen und mir dann Bescheid geben, wenn er wieder im Dienst ist. Ehrlich gesagt hatte ich das vergessen, bis wir einen Notruf bekamen und ich ihn ihm zuweisen wollte. Er ging nicht ans Funkgerät. Ich habe ihn auf dem Handy angerufen, aber auch da geht er nicht ran«, erklärte Jose schnell.

»Hast du seinen Abschleppwagen geortet?«, fragte Eagle.

»Ja, er steht auf einem Parkplatz an der Ecke Fifth und Main.«

»Ruf die Polizei an. Sag den Beamten, dass jemand dort mal nachsehen soll«, erklärte Gramps Jose.

Jose nickte und griff nach dem Telefon.

Die Männer des *Silverstone-Teams* drehten sich alle gemeinsam um und hielten kurz inne, als sie Taylor und Molly im Flur sahen.

»Was ist los?«, fragte Taylor.

»Wir können Bart nicht erreichen«, erklärte Eagle ihr. »Wir werden mal nach ihm sehen.«

»Ihr alle?«, fragte sie.

»Ich bleibe hier«, entgegnete Mark. »Die anderen werden gehen. Eagle kann fahren. Wenn er verletzt ist, kann Bull den Abschleppwagen hierher zurückbringen und Gramps kann mit Eagle und Bart ins Krankenhaus fahren. Ich bleibe hier und beobachte die Situation und kann seine Familie anrufen, falls es sein muss.«

Die Männer nickten alle, stimmten Marks Plan zu und gingen an Molly und Taylor vorbei.

Molly folgte ihnen und sah, wie Eagle Taylor küsste und dann mit den anderen zur Tür ging. Sie wandte sich an Mark. »Wenn du mit ihnen gehen musst, dann geh. Ich komme hier schon zurecht.«

»Das weiß ich, aber ehrlich gesagt fühle ich mich besser, wenn ich hier bei dir bleibe. Wir haben keine Ahnung, ob das Weldons Werk ist oder etwas ganz anderes. Ich möchte lieber kein Risiko eingehen.«

Molly schluckte schwer. Damit wurde ihre schlimmste Befürchtung wahr. Dass Preston ihretwegen andere verletzen würde.

Dann fiel ihr noch etwas anderes ein. Keiner hatte gezögert zu handeln, als sie festgestellt hatten, dass Bart vermisst wurde. Sie waren, ohne nachzudenken, in Aktion getreten. Schließlich war Bart einer von ihnen, und das *Silverstone-Team* kümmerte sich offensichtlich um seine Angestellten.

Im Gegensatz zu dem, was ihr passiert war.

Vielleicht war sie nicht fair, aber es schien, als hätte *Apex* nach ihrer Entführung nichts anderes getan, als Angst zu haben. Sie hatten niemanden zurückgelassen, der einen Suchtrupp anführte oder versuchte, mit der nigerianischen Regierung zusammenzuarbeiten. Sie hatten sie einfach zurückgelassen.

»Würdest du uns einen Moment entschuldigen?«, fragte Mark Taylor. Sie nickte sofort und ging in die Küche, um mit Shawn zu reden. »Was geht dir gerade durch den Kopf?«, fragte Mark, legte seinen Finger unter Mollys Kinn und sah ihr in die Augen.

Sie fand es toll, wie sensibel er auf ihre Gefühle einging. »Ich kann nicht anders, als die Reaktion des *Silverstone-Teams* mit der von *Apex* zu vergleichen ... meinem ehemaligen Arbeitgeber. Haben sie überhaupt versucht, mich zu finden? Ich glaube nicht, dass sie das getan haben. Bart ist noch nicht einmal eine Stunde verschwunden, und ihr setzt alle Hebel in Bewegung, um ihn zu finden.«

»Hör mir zu. Hörst du mir zu?«

Molly nickte.

»Ich kann die Vergangenheit nicht ändern. Ich wünschte, ich hätte dich gekannt, bevor du nach Übersee gegangen bist. Aber ich habe mir schon verdammt große Sorgen um dich gemacht, bevor ich dich überhaupt kannte. Du kannst die Jungs fragen, wenn du willst. Als wir die Nachricht erhielten, dass eine Amerikanerin zusammen mit den nigerianischen Schülerinnen entführt worden war, war ich *nicht* glücklich. Ich habe sie gedrängt, früher zu gehen, dabei waren wir noch gar nicht wirklich bereit, aber ich konnte den Gedanken nicht ertragen, dass du irgendwo da draußen bist. Unser Job war Shekau ... aber meine Gedanken waren bei *dir*.

Apex ist dumm, wenn sie nicht erkennen, dass ihr größtes Kapital die Menschen sind, die für sie arbeiten. Und dass man sie um jeden Preis schützen muss. *Silverstone Towing* ist nichts ohne unsere Mitarbeiter. Aber Bart ist mehr als nur ein Angestellter. Er ist ein Freund. Einer, den wir alle mögen und respektieren. Wenn er beschlossen hat, eine längere Pause zu machen, und sein Funkgerät vergessen hat, ist das in Ordnung. Es wird ihm peinlich sein, und das wird ihm nie wieder passieren. Aber wenn er ausgeraubt wurde, verletzt ist oder etwas anderes passiert ist, werden wir alles tun, um ihm zu helfen.«

»Ich weiß, und deshalb respektiere ich euch so sehr.«

»Sei versichert, Molly, jetzt, *da* ich dich kenne, wird mich und den Rest des *Silverstone-Teams* nichts mehr davon abhalten, dich zu finden, wenn *du* dich plötzlich nicht mehr meldest.«

Seine Worte beruhigten sie und dabei war ihr gar nicht bewusst gewesen, dass sie diese Art von Beruhigung brauchte.

Wieder einmal fand sie sich in seiner Umarmung wieder. In den letzten Wochen hatte sie Mark öfter umarmt als irgendjemanden zuvor, außer vielleicht ihre Großeltern. Es hätte sie eigentlich überraschen müssen, aber es fühlte sich einfach richtig an.

Es waren angespannte fünfundvierzig Minuten, in denen sie darauf warteten, von den anderen Jungs zu erfahren, was mit Bart los war. Als Marks Handy endlich klingelte, hörten Shawn, Taylor und Molly ungeniert mit.

»Habt ihr ihn gefunden, Eagle?«, fragte Mark. »Gut!«

Jeder Muskel in Marks Körper entspannte sich und Molly seufzte erleichtert auf.

»Ich stelle dich auf Lautsprecher, bleib dran«, erklärte Mark. »Okay, schieß los. Was ist passiert?«

»Die Polizei war schon vor Ort, als wir ankamen. Es sieht so aus, als sei sein Blutzucker zu niedrig gewesen. Er beschloss, ein kurzes Nickerchen zu machen, anstatt zu essen – was er, glaub mir, nicht noch einmal tun wird. Gramps ist mit ihm auf dem Weg ins Krankenhaus, um sich davon zu überzeugen, dass es ihm gut geht. Bull und ich sollten bald zurück sein. Taylor?«

»Ich bin hier«, sagte sie zu ihrem Mann.

»Geht es dir gut?«

»Ja, Eagle. Mir geht's gut.«

»Es sieht also nichts ungewöhnlich aus? Wurde etwas manipuliert?«, fragte Mark seinen Freund.

»Nein. Seine Türen waren verschlossen und ich schätze, die

Polizisten haben eine ganze Weile gebraucht, um ihn zu wecken, damit er innen aufmacht. Das war nicht Weldon. Darauf würde ich dein ganzes Vermögen verwetten.«

»*Mein* Vermögen verwetten, hm?« Er lachte. »Okay, jetzt fühle ich mich besser. Vielen Dank.«

»Ich komme gleich zurück.«

»Okay. Fahr vorsichtig.«

»Immer.«

Mark legte auf und lächelte Molly an. »Die Aufregung für den Tag scheint vorbei zu sein. Zumindest hoffen wir das.«

Molly nickte. »Auf jeden Fall.«

»Ich werde in Zukunft Lunchpakete für die Fahrer vorbereiten«, erklärte Shawn. »Daran hätte ich schon längst denken sollen. Sie können immer noch eine Pause machen und essen, aber wenn Bart sofort Zucker braucht, muss er sich nicht zwischen Fast Food und einem Nickerchen entscheiden.«

»Danke, Archer. Ich bin sicher, das werden alle zu schätzen wissen.«

»Und ich sorge dafür, dass das Mittagessen für Eagle und Bull fertig ist, wenn sie zurückkommen. Und auch für Gramps, wenn er aus dem Krankenhaus zurückkehrt. Ich dachte, ich mache einen Salat mit gegrilltem Zitronenhähnchen. Klingt das gut?«

»Klingt perfekt«, versicherte Mark ihm. »Willst du bleiben?«, fragte er Molly.

Sie nickte. »Wenn das in Ordnung ist?«

»Natürlich. Geh schon mal mit Taylor nach unten. Ich bringe euch beiden das Mittagessen runter.«

»Bist du sicher?«

»Ja.«

»Danke.«

»Jederzeit.«

Und Molly hatte das Gefühl, dass Mark das wirklich so meinte. Auch Taylor bedankte sich bei ihm und sie gingen zurück in den Keller.

Erst anderthalb Stunden später – nachdem die Jungs zurückgekommen waren, Molly und Taylor gegessen hatten, Bull und Gramps Feierabend gemacht hatten und Eagle oben war, um mit Shawn zu reden – nahmen die Frauen ihr Gespräch von zuvor wieder auf.

»Ich weiß, dass ich vorhin weggegangen bin, aber ich habe trotzdem noch gehört, was du über deine alte Firma gesagt hast«, sagte Taylor zu Molly. »Ich war genauso überrascht wie du, als ich herausfand, wie gut es die *Silverstone*-Mitarbeiter haben. Sie haben buchstäblich keine Fluktuation. Das ist unvorstellbar. Aber jeder, der hier arbeitet, weiß, wie gut er es hat. Sie arbeiten sich die Finger wund. Es hat mich nicht überrascht, dass die Jungs sofort losgezogen sind, um nach Bart zu sehen. So sind sie nun mal.«

Molly nickte. »Finde ich auch. Sie hätten mich nicht mitnehmen müssen, nachdem sie mich gefunden hatten. Es wäre einfacher gewesen und sie wären früher zu Hause gewesen, wenn sie es nicht getan hätten.«

»Also ... du willst nicht mehr für *Apex* arbeiten. Ich habe dich wohl oder übel davon überzeugt, ein Buch über deine Erfahrungen zu schreiben. Aber dann ... was? Was willst du *wirklich* machen?«

Molly warf einen unruhigen Blick auf die Tür zum Schutzraum.

»Der Raum ist schalldicht. Smoke kann dich nicht hören, wenn es das ist, was dir Sorgen macht«, erklärte Taylor.

Das war es tatsächlich, was sie nervös machte. Aber da sie Taylor vertraute, holte sie tief Luft und gestand ihr ihren tiefsten Wunsch.

Nachdem sie Bart gefunden hatten, war das Team nicht mehr in der Lage gewesen, sich voll und ganz auf die Vorbereitung ihres nächsten Einsatzes zu konzentrieren. Also machten sie Feierabend und vereinbarten, es morgen wieder zu versuchen. Smoke war im Sicherheitsraum geblieben, um Taylor und Molly Zeit zu geben, sich weiter kennenzulernen. Er fand es toll, dass sie sich so gut verstanden. Er wusste, dass Molly das Angebot angenommen hatte, in naher Zukunft auch Skylars Kindergartenklasse zu besuchen. Er hoffte, dass die beiden Frauen letztendlich dazu beitragen würden, dass Molly bleiben würde. Enge Freunde hier in Indianapolis zu haben würde sie doch sicher davon abhalten wegzuziehen, oder?

Sein Telefon surrte mit einer eingehenden Nachricht und Smoke sah auf.

Eagle: Kannst du bitte kurz nachsehen, wie es Taylor geht, ja? Ich möchte mich nur davon überzeugen, dass es ihr nach allem, was passiert ist, wirklich gut geht. Stress ist Gift für das Baby.

Smoke: Mach ich. Aber du könntest auch einfach runterkommen und dich selbst davon überzeugen, dass es ihr gut geht.

Eagle: Das könnte ich. Aber sie beschwert sich ohnehin schon ständig, dass ich zu sehr auf sie aufpasse, also versuche ich, es ein wenig langsamer angehen zu lassen.

Smoke: Du willst also, dass ich Ärger bekomme?

Eagle: Benutze doch einfach die Kamera. Sieh einfach nach, ob es ihnen gut geht. Bitte?

Smoke: Na gut. Aber du bist mir etwas schuldig.

Eigentlich war es keine große Sache, nach den Frauen zu sehen; es machte Smoke nichts aus, nachzusehen, ob es Molly nach allem, was heute passiert war, auch tatsächlich gut ging. Er ging zu den Computerbildschirmen hinüber und rief die Überwachungskamera im Keller auf. Die beiden Frauen saßen gemütlich beisammen und Taylor sah definitiv nicht gestresst aus.

Er wollte die Kamera gerade ausschalten und Eagle Bericht erstatten, als ihn etwas, das Molly zu Taylor sagte, zögern ließ.

»Das Zusammenleben mit Mark war das Beste und das Schlimmste, was mir in meinem Leben passiert ist.«

Smoke runzelte die Stirn. Er hatte nicht gedacht, dass Molly unglücklich war.

Er wusste, dass er eine Grenze überschritt, als er ein Gespräch belauschte, das sie für privat hielt, aber er konnte sich nicht von seinem Platz vor der Kamera bewegen und beugte sich vor, um kein Wort zu verpassen.

»Was meinst du?«, fragte Taylor. »Ich dachte, du seist dort glücklich.«

»Bin ich auch! Ich meine, es ist toll. Ich fühle mich sicher. Mark hat dort genügend Sicherheitsvorkehrungen, um den Präsidenten zu schützen. Ich finde ihn einfach toll. Und lustig. Und so verdammt gut aussehend. Jedes Mal wenn er mich mit diesem Grübchen anlächelt, bekomme ich weiche Knie.«

»Und das ist etwas Schlechtes?«, fragte Taylor und zog skeptisch die Augenbrauen hoch.

»Nein. Aber ... ich bin mir ziemlich sicher, dass ich in ihn verliebt bin, Taylor. Und es bringt mich um, wenn ich vermute, dass er einfach nur nett zu mir ist. Dass er jeden beschützen würde, der es braucht.«

Smoke blieb der Mund offen stehen.

Molly war in ihn verliebt?

Verdammt! Er hatte versucht, es langsam angehen zu lassen, weil er sie nicht damit erschrecken wollte, wie sehr *er* sich in *sie* verliebt hatte. Was für ein Schlamassel.

Taylor lachte und schüttelte den Kopf. »Wenn du glaubst, Smoke würde irgendeine Frau in sein Haus einziehen lassen, bist du verrückt. Das ist auch *sein* sicherer Ort. Seit du eingezogen bist, waren wir alle öfter bei ihm zu Hause als vor ihrer Abreise nach Nigeria. Er würde vielleicht alles tun, um jemandem zu helfen, den er aus einer schrecklichen Situation gerettet hat – eine Wohnung für die Person finden, ein Sicherheitssystem einrichten und so weiter –, aber er würde denjenigen nicht einfach in sein Haus einziehen lassen.«

»Wirklich?«, fragte Molly.

»Wirklich. Jetzt hör auf, um den heißen Brei herumzureden, und beantworte meine Frage. Was willst du *wirklich* mit deinem Leben anfangen? Du lebst mit einem Mann zusammen, den du zu lieben glaubst, bist dir aber nicht sicher, was er für dich empfindet, und hast deinen Job gekündigt. Wirst du nach Chicago zurückgehen? Wirst du einen anderen Job als Umwelttechnikerin finden, nachdem du dein Buch geschrieben hast? Denke nicht darüber nach. Sag mir einfach, was dein Herz tun will.«

Ein Buch schreiben? Smoke hatte keine Ahnung, wovon Taylor sprach, aber er hatte keine Zeit, sich darüber Gedanken zu machen, bevor Molly wieder redete.

»Du wirst denken, dass ich total verrückt bin.«

»Nein, das werde ich nicht, glaub mir.«

Molly holte tief Luft und schaute zur Tür des Sicherheitsraumes hinüber. Smoke hatte erneut ein schlechtes Gewissen, weil er mitgehört hatte, aber er konnte die Kamera *jetzt* nicht abschalten. Nicht bevor er gehört hatte, was Molly wirklich wollte.

»Ich möchte Mutter werden«, gab sie leise zu. So leise, dass er es fast nicht gehört hätte. »Ich dachte, ich hätte noch viel Zeit. Aber ich bin Mitte dreißig und ich schwöre, ich kann meine biologische Uhr ticken hören. Vielleicht ist es lächerlich und antifeministisch, aber ich dachte, ich sei mittlerweile schon verheiratet. Ich wollte nie lange bei *Apex* arbeiten. Ich dachte, ich würde jemanden kennenlernen, heiraten, schwanger werden und dann kündigen, um zu Hause zu bleiben und unser Kind aufzuziehen.« Sie hielt einen Moment lang inne und legte dann eine Hand über ihre Augen. »Das ist dumm, ich weiß.«

»Es ist *nicht* dumm«, protestierte Taylor. »Es ist dein gutes Recht, eigene Wünsche zu haben.«

»Viele Frauen hätten getötet, um bei *Apex* so weit zu kommen wie ich. Ich habe das Gefühl, dass es in der heutigen Gesellschaft verpönt ist, wenn Frauen *nicht* arbeiten wollen. Wenn sie lieber Hausfrau und Mutter sein wollen. Aber ... seit ich meine Eltern verloren habe, möchte ich jemand anderem die Liebe geben, die sie mir gegeben haben.«

»Und du glaubst nicht, dass du das jetzt tun kannst?«, fragte Taylor.

»Wie ich schon sagte, ich werde nicht jünger. Und jetzt ... ich bin mir nicht sicher, ob ich mir vorstellen kann, mit jemand anderem als Mark Kinder zu haben. Das ist verrückt, denn ich bin sicher, dass er mich nur als schwache Jungfrau in Nöten sieht, weil er mich so oft auf die Stirn küsst.«

Smoke konnte nicht glauben, was er da hörte.

Molly liebte ihn nicht nur, sie wollte auch *Kinder* mit ihm?

Er hätte nichts lieber getan, als von seinem Stuhl aufzuspringen, in den Keller zu stürmen, sich Molly über die Schulter zu werfen und zum nächsten Bett zu stürmen.

»Er sieht dich *nicht* als Jungfrau in Nöten«, argumentierte Taylor. »Wenn du mich fragst, will der Mann dich mindestens genauso sehr wie du ihn.«

»Meinst du, er will das? Ich dachte, vielleicht, aber ...« Molly schüttelte den Kopf. »Nein, du bist nur nett zu mir.«

»Bin ich nicht. In meinem Zustand verstehe ich nicht einmal immer die Mimik. Aber Smoke kann den Blick nicht von dir abwenden, Molly. Und hast du mir nicht vorhin erzählt, dass er dich zum Kegeln mitgenommen hat? Das war eine richtige *Verabredung*. Ganz zu schweigen davon, wie er durchdreht, wenn er daran denkt, dass dein Ex dich belästigt. Männer, die eine Frau nur als Freundin betrachten oder als jemanden, der einfach nur Schutz braucht, verhalten sich nicht so.«

Smoke grinste. Er hatte bisher gedacht, dass er heimlich Molly beobachtete, ohne dass sie es merkte, aber anscheinend war er doch nicht so geschickt, wie er dachte. Taylor hatte es auf jeden Fall bemerkt.

»Du willst meinen Rat?«, fragte Taylor.

Molly nickte.

»Sag ihm, was du willst.«

»Ich soll ihm sagen, dass ich ihn liebe und Kinder mit ihm haben will?«, fragte Molly mit weit aufgerissenen Augen und ungläubigem Blick. »Ähm ... *nein!*«

Taylor lachte. »Okay, vielleicht nicht ganz so. Aber wenn keiner von euch den ersten Schritt macht, werdet ihr beide weiterhin unglücklich sein.«

»Ich habe nach einer Wohnung gesucht, die ich mieten könnte«, gab Molly leise zu.

Jeder Muskel in Smokes Körper spannte sich an. *Auf keinen Fall* würde sie aus seinem Haus ausziehen, nicht nachdem er erfahren hatte, was sie wirklich für ihn empfand.

»Hast du das?«, fragte Taylor.

»Ja. Ich habe beschlossen, dass ich hier in Indianapolis bleiben will, aber ich kann nicht für immer mit Smoke zusammenleben. Und ich fürchte mich schon vor dem Tag, an dem er mich bittet auszuziehen. Und Gott bewahre, dass er inzwischen eine Frau kennenlernt, mit der er sich treffen will. Damit könnte ich nicht umgehen. Also ist es einfach klüger, den ersten Schritt zu machen.«

»Tu mir einen Gefallen und rede mit ihm, bevor du etwas Verrücktes tust, wie einen Mietvertrag zu unterschreiben«, erklärte Taylor.

»Natürlich«, versprach Molly. »Er weiß wahrscheinlich, in welchem Stadtteil man am besten eine Mietwohnung finden kann.«

»Ja, das auch«, entgegnete Taylor trocken.

Smoke war fertig. Er schaltete die Kamera aus. Wenn Molly dachte, sie würde aus seinem Haus ausziehen, hatte sie sich gewaltig geirrt. Woanders war sie nicht annähernd so sicher. Und wenn sie Babys wollte, würde er gern sein Bestes tun, um sie ihr zu schenken. Sie hatte wahrscheinlich recht mit ihrer biologischen Uhr, und wenn sie Kinder haben wollten, mussten sie sich so schnell wie möglich darum kümmern.

Damit hatte er überhaupt kein Problem.

Smoke schaltete alle Computer im Raum aus und vergewisserte sich, dass alle sicherheitsrelevanten Materialien weggeschlossen waren, bevor er sich auf den Weg zur Tür machte. Er wusste nicht, ob die Frauen mit ihrem Gespräch fertig waren, aber es war an der Zeit, sich mit Molly auszusprechen. Zu Hause. Wo sie nicht unterbrochen werden konnten.

Beide Frauen sahen überrascht zu ihm auf, als er den Keller betrat. Molly errötete ... und er konnte nicht anders, als sich zu fragen, ob sie überall ganz rosa wurde, wenn sie errötete.

Er konnte es kaum erwarten, das herauszufinden.

»Sollen wir den Heimweg antreten?«, fragte er.

»Ähm ... ja. Ist alles in Ordnung?«, fragte Molly, während sie aufstand.

»Ja.«

»Oh, okay.« Sie drehte sich zu Taylor um und umarmte sie. Smoke sah, wie Taylor ihr etwas ins Ohr flüsterte, und Molly nickte. Dann drehte sie sich zu ihm um. »Wir können gehen.«

Smoke hielt ihr die Hand hin und entspannte sich, als sie sie nahm. Sie gingen alle die Treppe hinauf und betraten den großen Aufenthaltsraum, als Eagle gerade von draußen hereinkam.

»Eagle, gutes Timing. Ich bin mit Molly auf dem Heimweg«, sagte Smoke zu seinem Freund. Er hatte ihm nicht zurückgeschrieben, um ihm mitzuteilen, dass es den Frauen gut geht, aber er ging davon aus, dass Eagle das selbst sehen konnte.

»Okay. Hey, Flower«, grüßte Eagle und ging auf seine Frau zu.

Smoke wurde nicht einmal langsamer, während er Molly zur Tür schleppte. Er hatte es eilig, sie nach Hause zu bringen. Jetzt, da er wusste, was sie für ihn empfand, konnte ihn nichts mehr davon abhalten, den nächsten Schritt zu machen.

KAPITEL SECHZEHN

Molly war aus irgendeinem Grund nervös. Vielleicht lag es daran, dass sie ihre tiefsten Sehnsüchte laut ausgesprochen hatte. Oder vielleicht, weil Mark auf dem Heimweg nicht viel gesagt hatte.

Er parkte in der Garage und wartete darauf, dass sie um den Wagen herumkam. Er nahm ihre Hand und zerrte sie praktisch ins Haus. Er blieb lange genug an der Alarmanlage stehen, um sie zu entschärfen und wieder zu aktivieren, dann zog er sie durch den großen Raum, die Treppe hinauf und in sein Schlafzimmer.

Molly hatte keine Ahnung, was vor sich ging.

Mark zog sie zum Bett hinüber und setzte sie auf den Rand. Dann kniete er sich vor sie und legte seine Hände auf ihre Knie. Er sah sehr ernst aus ... und Molly leckte sich nervös über die Lippen.

»Ich sage es jetzt einfach, damit wir es hinter uns bringen«, erklärte Mark. »Eagle hat mir eine Nachricht geschickt und wollte, dass ich nach Taylor sehe. Ich habe die Sicherheitskamera eingeschaltet. Du weißt, dass wir Sicherheitskameras in jedem Raum von *Silverstone Towing* haben, oder? In jedem Raum, außer in den Badezimmern.«

Molly nickte. Das wusste sie *wirklich*. Er hatte es ihr gesagt, als er sie das erste Mal durch das Unternehmen geführt hatte.

»Also, ich habe nicht absichtlich gelauscht ... aber ich *musste* wissen, was dir am Zusammenleben mit mir nicht gefällt, damit ich es in Ordnung bringen kann.«

Molly schnappte nach Luft. »Oh Mist!«, flüsterte sie.

Marks Griff wurde fester. »Keine Panik«, befahl er.

»Zu spät«, erwiderte Molly und erinnerte sich an alles, was sie Taylor erzählt hatte.

»Was denkst du, warum ich das Haus behalten habe?«, fragte er.

Sie war verwirrt über den abrupten Themenwechsel, aber auch erleichtert. »Weil es deinem Onkel gehört hat.«

»Nein. Ich meine, ich habe den alten Kauz geliebt, aber ich hätte das Grundstück verkaufen und ein Haus mit viel weniger Nebenkosten kaufen können. Ich brauchte auf keinen Fall ein Haus mit fünf Schlafzimmern. Ich habe es umgebaut und ein paar Badezimmer hinzugefügt ... denn Kinder sind verdammt unordentlich, und wenn sie erst Teenager sind, brauchen sie ewig, um sich fertig zu machen.«

Molly starrte Mark an und atmete kaum noch.

»Ich wollte Kinder, Molly. Eine große Familie. Ich wollte dieses alte Haus mit Lachen füllen, mit Schwestern, die ihre Brüder anschreien, und mit einer Menge Chaos. Aber mit jedem Jahr, das verging, wurde mir immer klarer, dass mein Traum sich wahrscheinlich niemals verwirklichen würde.«

Sie starrten sich einen Moment lang an. Molly konnte kaum glauben, was sie da hörte.

»Ich möchte dir einen Vorschlag machen«, sagte Mark locker und durchbrach die Stille.

Mollys Mund war trocken, also sagte sie nichts, sondern wartete nur darauf zu hören, was er vorschlagen würde.

»Ich werde dir so viele Kinder schenken, wie du haben willst«, erklärte er unverblümt, »aber ich möchte an ihrem Leben teilhaben – und an deinem. Ich weiß, dass die Dinge zwischen uns auf einer ungewöhnlichen Basis begonnen haben, aber dich hier in meinem Haus zu haben macht mich glücklich. So glücklich wie seit Langem nicht mehr.

Ich will dich nicht unter Druck setzen, aber ... du bist *die Eine* für mich, Mol. Du bist alles, was ich mir je von einer Frau gewünscht habe, und ich habe an nichts anderes gedacht, als dich in meine Arme zu nehmen und mit dir Liebe zu machen, jedes Mal wenn du ins Bett gehst, jeden verdammten Abend. Lass mich dich lieben. Dir Kinder schenken. Du kannst hier bei mir bleiben, unser Kind bekommen und musst nie wieder arbeiten.«

Molly wusste, dass ihr der Mund offen stand, aber sie konnte es nicht verhindern. »Das kann nicht dein Ernst sein.«

»Ich meine es todernst«, erwiderte er. Er bewegte sich plötzlich und drückte sie zurück, bis sie auf dem Bett und Mark über ihr lag. Sie spürte seinen Schwanz an ihrem Oberschenkel und spreizte unbewusst die Beine weiter, weil sie mehr von ihm spüren wollte.

»Ich liebe dich, Molly. Und das sage ich nicht nur, weil du es zuerst gesagt hast, sondern weil du so bist, wie du bist. Du bist alles, was ich mir je von einem Partner gewünscht habe. Bleib bei mir. Lass mich mit dir Liebe machen. Lass mich dir die Kinder schenken, die wir beide wollen.«

Sie hätte gern Ja gesagt. Sie wünschte es sich so sehr ... aber das ging zu schnell.

Ihr Herz schlug mit rasender Geschwindigkeit und sie keuchte, als sei sie gerade einen Marathon gelaufen. Ihr ganzes Leben lang war sie vorsichtig gewesen, vor allem nachdem ihre Eltern getötet worden waren. Sie ging kein Risiko ein. Nach Nigeria zu gehen war das größte Risiko, das sie je eingegangen war, und das war nicht gerade so gelaufen, wie sie es sich vorgestellt hatte.

»Ich bin in meinem Leben schon zu oft verletzt worden, um zu glauben, dass das wahr sein könnte«, flüsterte sie ehrlich.

»Ich gebe zu, dass ich heute Abend wahrscheinlich nichts gesagt hätte, wenn ich euer Gespräch nicht mitbekommen hätte«, erklärte Mark. »Aber das ändert nichts an der Tatsache, dass ich mitten in der Nacht aufstehe, nur um nach dir zu sehen. Um dich in deinem Bett schlafen zu sehen und mir zu wünschen, ich könnte bei dir sein. Es ändert auch nichts an der Tatsache, dass ich mir in den letzten zwei Wochen jeden Morgen unter der Dusche einen runtergeholt habe.

Das alles ist auch für mich neu, Molly. Es macht mir Angst, wie sehr ich dich bereits liebe. Der Gedanke, dass Weldon dir etwas tut, macht mich *wahnsinnig*. Wir wollen beide das Gleiche, aber wenn wir aus irgendeinem Grund in der Zukunft feststellen, dass wir uns nicht mehr lieben, können wir unsere Kinder immer noch gemeinsam großziehen. Ich habe genügend Geld, um dafür zu sorgen, dass es dir und unseren Kindern an nichts mangelt. Und ich kann dir so viel Zeit geben, wie du willst, um dich zu entscheiden – es muss ja nicht sofort etwas passieren.«

Molly schluckte schwer und leckte sich über die Lippen. Sie umklammerte seinen Bizeps fester. Sie konnte praktisch hören, wie Taylor ihr ins Ohr schrie: »Sag Ja!«

Die Tatsache, dass sie das ernsthaft in Erwägung zog, war verrückt. Aber sie konnte nicht leugnen, dass er ihr alles bot, was sie sich jemals gewünscht hatte.

Mark bot ihr den Wunsch ihres Herzens auf einem Silbertablett an – und seine Liebe gleich mit.

»Okay«, flüsterte sie.

»Okay?«, fragte er. »Ich darf dir ein Kind schenken?«

Molly nickte.

»Willst du warten?«

»Nein.«

Seine Augen weiteten sich und Molly spürte tatsächlich, wie sein Schwanz an ihrem Bein zuckte.

»Ich bin gesund. Es ist lange her, dass ich mit jemandem geschlafen habe, und ich habe mich gleich nach dieser letzten

Beziehung testen lassen, nur für den Fall, dass ich jemanden treffe, mit dem ich zusammen sein will«, erklärte Mark.

Molly rümpfte die Nase. Sie hasste diesen Teil. Das Gespräch über Sex war unangenehm und peinlich, aber sie waren erwachsen. Sie musste es hinter sich bringen. »Ich auch. Ich meine, bei mir ist es schon ein paar Jahre her, und ich musste eine Million Tests machen lassen, bevor ich nach Nigeria geflogen bin, um sicher zu sein, dass ich gesund bin.«

»Um das klarzustellen«, erklärte Mark in einem leisen Ton, der ihr eine Gänsehaut auf die Arme trieb, »ich werde dich nackt ausziehen. Und zwar jetzt gleich. Ich habe noch nie – und ich meine noch nie – mit einer Frau ohne Kondom geschlafen. Ich wollte zwar Kinder haben, aber nicht mit der falschen Frau.«

»Woher weißt du, dass ich die richtige Frau bin?«, platzte Molly heraus, die immer noch Schwierigkeiten hatte zu begreifen, was da vor sich ging.

»Weil ich es hier spüre«, erwiderte Mark und legte eine Hand auf sein Herz. Dann hob er eine ihrer Hände an und legte sie auf seine Brust. »Spürst du das? Spürst du, wie heftig mein Herz schlägt? Nur deinetwegen, Mol. Ich kann es kaum erwarten, in dich einzudringen, wie ich es mir schon so viele Nächte lang erträumt habe. Du bringst mich zum Lachen, du jagst mir eine Heidenangst ein und du machst mich glücklicher, als ich es je war.«

Er machte sie völlig fertig.

»Bist du dir da sicher? Ich meine, wir haben uns noch nicht einmal geküsst. Wie können wir uns lieben, wenn wir noch nie mehr getan haben, als uns zu umarmen?«, fragte sie.

Mark beugte sich hinunter und legte seine Stirn an ihre. »Ich liebe es, wie du im Schlaf das ganze Bett einnimmst. Ich liebe es, wie du dir auf die Unterlippe beißt, wenn du dich konzentrierst. Ich liebe es, wie deine Augen leuchten, wenn du die Rehe siehst, die sich gern auf meinem Grundstück aufhalten. Ich liebe es, wie gern du deine Nana und deinen Papa gehabt hast, wie du morgens deine erste Tasse Kaffee genießt und wie wir lange Diskussionen über alles Mögliche führen können, angefangen bei Politik bis hin zu der Frage, ob Pinguine früher fliegen konnten, ohne uns gegenseitig zu verletzen. Ich liebe es, dass du gern kegelst und dass du bereit bist, neue Dinge auszuprobieren, nur weil ich sie dir empfehle. Ich finde es toll, dass du meine Freunde magst und wie gut du zu ihnen passt. Aber vor allem liebe ich das Gefühl, das ich habe, wenn ich in deiner Nähe bin. Als hätte ich endlich den Grund gefunden, warum ich tue, was ich tue … um dich vor allem Schlechten in der Welt zu beschützen.«

»Mark«, flüsterte Molly überwältigt.

»Liebe ist mehr als Sex«, fuhr er fort, »aber glaub mir, ich habe keinen Zweifel daran, dass wir zusammen großartig sein werden. Es tut mir leid, dass ich dein Gespräch mit Taylor mitgehört habe, aber ich bedaure nicht, dass es uns an diesen Punkt gebracht hat. Es hat uns davor bewahrt, noch viel mehr Zeit zu verschwenden. Ich liebe dich, Molly. Ich bin achtunddreißig Jahre alt. Ich weiß, was ich fühle. Es tut mir nur leid, dass es so lange gedauert hat, bis wir uns gefunden haben.«

Molly schloss die Augen und seufzte. »Ich habe Angst«, gab sie zu, dann öffnete sie die Augen und begegnete Marks Blick. Er hatte sich zurückgezogen und schaute besorgt auf sie herab. »Aber ich liebe dich. Ich habe noch nie jemanden wie dich getroffen. Du nimmst mich so, wie ich bin, mit all meinen Fehlern. Ich habe Angst, dass du eines Tages aufwachst und dich fragst, was zum Teufel du mit mir machst. Jeder, den ich je geliebt habe, hat mich verlassen. Wenn du das auch tust, würde ich daran zerbrechen.«

»Ich werde dich nicht verlassen«, erklärte Mark in dem ernstesten Ton, den sie je von ihm gehört hatte. »Ich habe lange Zeit auf dich gewartet. Ich wäre ein Idiot, wenn ich dich jetzt, da ich dich gefunden habe, gehen lassen würde.«

Molly öffnete den Mund, um zu sagen, dass er es sich später noch anders überlegen könnte, aber sie hatte keine Gelegenheit dazu. Er rutschte nach oben, sodass er auf ihren Hüften saß. Mit den Händen griff er nach dem Saum ihres T-Shirts und befahl: »Arme hoch.«

Sie war so überrascht, dass sie, ohne nachzudenken, tat, was er verlangte. Dann lag sie unter ihm, nur noch mit ihrem BH bekleidet.

Aber das hielt Mark nicht auf. »Drück deinen Rücken durch.«

Sie tat, wie geheißen, und er öffnete ihren BH und zog ihn an ihren Armen herunter.

Ihre Brustwarzen zogen sich zusammen, sowohl wegen der kalten Luft als auch wegen des lustvollen Ausdrucks in seinen Augen. Aber er berührte sie nicht. Er ließ seine Hände zu ihren Jeans wandern. Geschickt öffnete er den Knopf und machte den Reißverschluss auf. Er ging in die Knie und schob ihr die Hose mitsamt dem Höschen über die Oberschenkel. Molly zog ihre Schuhe aus und schlüpfte dann aus der Hose.

Dann hielt Mark über ihr inne – und Molly geriet in Panik. Sie hatte viel von dem Gewicht, das sie verloren hatte, wieder zugenommen, aber sie war immer noch nicht sehr kurvig. Ihre Brüste hatten nur Körbchengröße A und sie hatte in ihrem Leben schon viel zu viele Kommentare gehört, dass sie mehr essen müsse, um sich nackt vor Mark wohlzufühlen.

»Oh mein Gott«, flüsterte er.

Er ließ die Hände zu ihren Brüsten wandern und umfasste sie. Seine Hände waren so groß, dass sie fast ihre gesamte Brust umspannten. Er kniff in eine Brustwarze und Molly wurde fast verrückt vor Lust. Sie krümmte sich an ihm und stöhnte. Sie umklammerte seine Handgelenke und hielt sich an ihm fest. Er spielte weiter mit ihren Brustwarzen, und als sie zu ihm aufblickte, sah sie ein breites Grinsen auf seinem Gesicht. Sein verdammtes Grübchen schien ihr zuzuzwinkern.

»Sie sind so sensibel«, bemerkte er und klang dabei viel zu erfreut.

»Sie sind klein«, konterte Molly.

»Sie sind einfach perfekt«, korrigierte Mark, dann beugte er sich hinunter und legte statt seinen Händen seine Lippen auf ihre Brustwarzen, und sie verlor erneut fast den Verstand. Molly wand sich gegen ihn und konnte nicht still liegen bleiben. Sie ließ ihre Hände an seinen Armen hochgleiten und als sie auf den Stoff stießen, stöhnte sie auf.

Sie versuchte, ihm das T-Shirt auszuziehen, aber es gelang ihr nicht, da er ihre Brustwarze nicht lange genug losließ, um es über seinen Kopf zu ziehen.

»Mark«, jammerte sie.

»Ja?«, fragte er unkonzentriert.

»Ich will dich auch nackt sehen.«

Das schien ihn aus seiner Trance zu rütteln. Er kniete sich hin und zog sich das Hemd über den Kopf. Als Molly auf seinen unglaublichen Waschbrettbauch starrte, spannten sich seine Bauchmuskeln an, als er sich neben dem Bett hinstellte.

Er zog den Rest seiner Kleidung aus und befahl dann: »Rutsch nach oben.«

Molly rutschte in die Mitte seines Bettes und schob die Decke herunter, sodass sie auf dem Laken lag. Dann kam er zu ihr zurück und kroch auf allen vieren auf sie zu, als wäre er auf der Jagd nach Beute.

Er rutschte an ihrem Körper hoch und hörte nicht auf, bis er wieder über ihr war. Aber diesmal schmiegte er sich an sie, sodass seine Haut an ihrer lag. Molly konnte spüren, wie feucht sie war, als er sich zwischen ihre Beine schob.

Sie konnte nicht glauben, dass dieser Mann sie liebte. Es ergab keinen Sinn ... aber sie glaubte ihm. Er hatte sie nie angelogen, er hatte sogar zugegeben, dass er sie und Taylor belauscht hatte.

»Ich wollte es langsam angehen lassen, aber der Gedanke daran, nackt mit dir zusammen zu sein, hat mich so erregt, dass ich glaube, ich werde explodieren, wenn du mich auch nur berührst«, gab er zu.

Molly öffnete den Mund, um ihm zu sagen, dass er es nicht

langsam angehen lassen müsse, als er seine Hand zwischen ihre Körper schob und ihre Klitoris berührte.

Sofort schob sie ihre Hüften nach oben. Sie wollte mehr von ihm.

Mark grinste. »Verdammt, ich liebe es, wie sensibel du bist.«

Sie wollte sich zurückhalten, wollte schüchtern sein, konnte es aber nicht. Es war, als hätte Mark kleine elektrische Sonden an seinen Fingern befestigt. Jedes Mal wenn er sie berührte, zuckte und wand sie sich und verlangte nach mehr. Er tauchte seinen Finger tiefer, schöpfte etwas von dem Saft auf, der aus ihr heraustropfte, und schmierte ihre Klitoris träge damit ein.

»Mark«, protestierte sie. »Mehr.«

Er lehnte sich zur Seite, stützte sich mit einem Ellbogen ab und schaute an ihrem Körper hinunter, während er mit ihr zu spielen begann. Mit dem Finger gab er ihr nie wirklich, was sie wollte. Er neckte sie, indem er mit ihm an einer Seite ihrer Klitoris entlangfuhr, dann mit ihren Schamlippen spielte und dann wieder nach oben ging, um auf der anderen Seite zu kreisen.

Molly dachte, sie würde verrückt werden. Als er den Kopf senkte und erneut eine Brustwarze in den Mund nahm, schrie sie vor lauter Frustration fast auf. »Bitte«, flehte sie. »Bitte, ich will dich in mir spüren.«

Smoke hielt seine Beherrschung nur noch an einem Faden fest. Molly war wie eine Wildkatze unter ihm. Sie stieß mit den Hüften gegen seine Hand, wand sich und stöhnte und berührte ihn, wo immer sie konnte. Er konnte sie nur mit Mühe im Zaum halten. Es war aufregend und etwas, das er bisher nur mit wenigen Frauen erlebt hatte. Zu oft lagen sie gefügig und unterwürfig unter ihm.

Nicht so seine Molly. Er wusste, wenn sie die Kraft hätte, hätte sie ihn schon längst auf den Rücken gedreht und sich an ihm vergangen.

Dieser Gedanke war auch sehr reizvoll. Er stellte sich vor, wie sie auf ihm saß, seinen Schwanz in sich aufnahm und ihn dann wild und schnell ritt, während ihre Haare um sie herumwirbelten und ihre kleinen Titten auf ihrer Brust hüpften.

»Verdammt«, murmelte er, als sein Schwanz zuckte und ein Lusttropfen aus der Spitze quoll. Er verlor den Kampf um seine Selbstbeherrschung. Er wollte in Molly eindringen. Jetzt sofort.

Er hob den Kopf von ihrer Brust und sah an ihrem Körper hinunter. Sie war dünn, ja, aber er liebte jeden verdammten Zentimeter von ihr. In seinen Augen war sie perfekt gebaut. Er hörte auf, sie zu necken, und begann, ihre Klitoris heftig zu bearbeiten, in der Hoffnung, dass es nicht zu lange dauern würde, bis sie zum Höhepunkt kam. Er achtete darauf, was sie zu mögen schien, und es dauerte nur wenige Minuten, bis sie den Mund öffnete und ihr Körper zu zittern begann.

Sie war so schön, als sie zum Orgasmus kam. Smoke wusste sofort, dass er sie jede verdammte Nacht so sehen wollte.

Er bewegte sich sogar, als sie versuchte, ihre Schenkel zu schließen. Sie stöhnte lange und tief, als Smoke seine Knie benutzte, um ihre Beine weiter offen zu halten. Er drückte die Spitze seines Schwanzes zwischen ihre feuchten Schamlippen und drang in sie ein.

Als er zum ersten Mal ihre heiße Wärme an der nackten Haut seines Schwanzes spürte, wäre er fast vorzeitig zum Orgasmus gekommen. Er packte seinen Schwanz am Ansatz und drückte fest zu, um seinen Orgasmus zurückzuhalten.

»Verdammt, Mol«, stöhnte er.

Sie umschloss mit ihren Händen seinen Hintern und zog ihn mit aller Kraft an sich. Smoke stöhnte angesichts ihrer unerwarteten Kraft und musste sich mit beiden Händen an der Matratze abstützen, um sie nicht zu zerquetschen.

»Mehr!«, bettelte sie, schlang ihre Beine um ihn und hakte ihre Knöchel über seinem Hintern zusammen.

Er konnte spüren, wie ihr Körper durch den Orgasmus, den er

ihr gerade beschert hatte, leicht bebte, und als er tief in sie eindrang, stöhnte er auf, schloss die Augen und warf den Kopf zurück. Sie brachte ihn um den Verstand. Er hatte noch nie so viel Lust verspürt, während er mit einer Frau geschlafen hatte. Noch nie.

Er öffnete die Augen und blickte auf Molly hinunter. Sie lächelte ihn an und hatte einen höchst zufriedenen Ausdruck auf dem Gesicht. Ihr Haar lag zerzaust auf seinem Kopfkissen und er schwor sich in diesem Moment, dass sie nie wieder eine Nacht ohne ihn verbringen würde. Sie gehörte genau hierher. In sein Bett. Unter ihn, über ihn, neben ihn.

»Meins«, knurrte er und drang tiefer in sie ein.

Ihre Augen weiteten sich und sie atmete scharf ein. »Deins!«, stimmte sie zu. »Und du gehörst mir. Niemand sonst kann haben, was ich habe.«

Smoke konnte sich ein Lächeln nicht verkneifen.

»Ich meine es ernst«, sagte sie mit Nachdruck.

»Ich gehöre dir und du gehörst mir«, erklärte er, zog sich zurück und stieß dann hart zu. Wieder wollte er es langsam angehen, aber jetzt, da er in ihr war und sie das Erstaunlichste war, was er je in seinem Leben gefühlt hatte, konnte er es nicht. Später würde er sie gebührend verwöhnen. Er würde sie lecken und ihren Orgasmus auf seiner Zunge spüren. Dann würde er sie von hinten nehmen, sie auf ihm reiten lassen und es ihr in der Dusche besorgen.

Aber im Moment konnte er nur daran denken, sie mit seinem Samen zu füllen.

Sie wollte ein Baby? Er würde ihnen eins schenken.

»Halt dich fest, das wird heftig und schnell«, warnte er sie.

»Besorg es mir«, hauchte Molly.

Die vulgären Worte, die ihr über die Lippen kamen, und ihre Erklärung, dass er ihr gehörte, brachten Smoke um den Verstand. Er kniete sich hin, packte ihre Hüften und hielt sie fest, während er in sie stieß. Er glitt mühelos in sie hinein und aus ihr heraus, da sie von ihrem früheren Orgasmus noch ganz feucht war. Ihre Brüste wippten bei jedem Stoß und Smoke wünschte sich, er hätte noch ein Paar Hände, um ihre Brustwarzen zu drücken und zu kneifen, während er sie vögelte.

Er hatte keine Ahnung, wie lange er es seiner Frau besorgt hatte, aber er wusste, dass es nicht annähernd lange genug war. Es würde nie genug sein. Im einen Moment genoss er noch, wie sie sich um ihn herum anfühlte, und im nächsten war es um ihn geschehen.

Ströme von Sperma flossen aus seinem Schwanz, schossen in ihre Muschi und machten es noch einfacher, in ihren Körper hinein- und wieder herauszugleiten. Erstaunlicherweise blieb Smoke danach halb hart. Er vermutete, das lag daran, dass er so verdammt lange darauf gewartet hatte, mit Molly zu schlafen, dass selbst sein Schwanz nicht aufhören wollte.

»Verdammt noch mal, Mark«, keuchte sie, während sie sich an seinen Armen festklammerte.

Er bedauerte, dass sie kein zweites Mal gekommen war, und sagte: »Fass dich an. Ich will spüren, wie du um mich herum zum Orgasmus kommst.«

Ohne zu zögern, schob sie eine Hand zwischen ihre Körper. Er konnte ihren Handrücken an seinem Schamhaar spüren, während sie mit ihrer Klitoris zu spielen begann.

»Ja, genau so. Gott, das ist so sexy«, murmelte er und schaute zwischen ihnen hinunter. Er stieß weiter zu, wenn auch nicht mehr so heftig wie zuvor.

Auch Molly war nicht gerade züchtig. Ihre Finger bewegten sich blitzschnell über ihre Lustknospe. Sie bewegte ihre Hüften im Takt mit seinen Stößen auf und ab und wand ihren ganzen Körper sinnlich unter ihm.

»Ich bin nahe dran, noch mal zu kommen!«, keuchte sie.

Mark wollte weiter stoßen, zwang sich aber stattdessen, so weit wie möglich in sie einzudringen und stillzuhalten. Molly stöhnte laut auf und umschloss mit ihrer Muschi fest seinen Schwanz.

Ihre inneren Muskeln pressten sich so fest um ihn, dass es sich anfühlte, als könnte er nicht mehr aus ihr herauskommen ... nicht dass es ihm etwas ausgemacht hätte, für immer in Molly zu bleiben.

Sie wand sich weiter unter ihm und er musste sich mit beiden Händen an ihren Hüften festhalten, um in ihrem Körper zu bleiben, während sie ihn weiter fest in ihrem Griff hielt. Als ihr Orgasmus abebbte, begann er wieder, es ihr heftig und schnell zu besorgen. Es dauerte nur ein Dutzend Stöße, bis er ein zweites Mal kam. Nicht so heftig wie zuvor, aber genauso befriedigend.

Sie schwitzten beide und waren außer Atem ... und Smoke konnte an nichts anderes denken als daran, wie sehr er die Frau unter sich liebte.

Er drückte sie an sich, damit sein Schwanz nicht aus ihr herausrutschte, und rollte sich, bis Molly auf ihm saß. Sie setzte sich ein wenig auf und sah ihn an. Smoke spürte, wie ihr gemeinsamer Saft zwischen seinen Beinen herunterlief, aber es war ihm egal, dass er bald auf einem nassen Fleck liegen würde.

»Ich liebe dich«, erklärte er und schaute ihr in die Augen.

Er sah, dass ihr die Tränen in den Augen standen, aber sie sah nicht weg. »Ich liebe dich auch«, flüsterte sie.

Smoke zog sie zu sich herunter, sodass ihr Kopf auf seiner Schulter ruhte.

»Ich sollte aufstehen und mich waschen.«

»Nein«, entgegnete Smoke schnell. »Bleib. Meine kleinen Schwimmer müssen erst einmal bleiben, wo sie sind.«

Molly lachte laut auf. »Du weißt, dass die Wahrscheinlichkeit, dass ich nach einem Mal direkt schwanger werde, gering ist, oder?«

Smoke zuckte mit den Schultern. »Dann müssen wir das später wiederholen.«

»Molly hob den Kopf. Bist du sicher?«, fragte sie.

»Hundertprozentig. Ich hasse die Umstände, die dich dazu gebracht haben, den ganzen Weg nach Nigeria zu fliehen, aber ich kann es nicht bedauern, dass du dort warst«, bemerkte er ehrlich. »Du hast mein Leben zum Besseren verändert. Und wenn du schwanger wirst, wird das der glücklichste Tag in meinem Leben sein. Du wolltest vielleicht schon immer Mutter sein, aber ich wollte auch schon immer Vater werden.«

Molly legte den Kopf zurück auf seine Schulter und er konnte die Feuchtigkeit ihrer Tränen auf seiner Haut spüren. Er sagte nichts, denn er fühlte sich in diesem Moment *selbst* den Tränen nahe.

Während er bei Molly lag, fühlte er sich endlich vollkommen. Sein ganzes Leben lang hatte er sich eine Frau gewünscht, die ähnliche Träume von einer großen Familie hatte, und jetzt war sie da. Und sie liebte *ihn*. Sein Schwanz steckte noch immer tief in ihr, sein Samen füllte ihre Muschi und suchte in ihrem Körper nach einer Eizelle, die er befruchten konnte, und er war wirklich glücklich.

»Ich lasse dir gleich Platz, damit du dich wieder breitmachen kannst«, flüsterte er, aber zu seiner Überraschung hörte er Molly leicht schnarchen. Er schaute zu ihr, ohne sich zu bewegen, und sah, dass sie fest schlief. Sie war auf ihm eingeschlafen.

Smoke dachte, dass sie sich bewegen würde, wenn sie sich unwohl fühlte, und seufzte. Molly fühlte sich absolut perfekt an da, wo sie war.

Es war noch früh – die Sonne war noch nicht einmal untergegangen –, aber er konnte dem Drang nicht widerstehen, die Augen zu schließen. In ein oder zwei Stunden musste er seiner Frau etwas zu essen machen, und er konnte es kaum erwarten, sie nur mit seinem T-Shirt bekleidet in seinem Haus herumlaufen zu sehen. Er hatte es ihr heftig besorgt und wollte sie das nächste Mal die Arbeit machen lassen, aber im Moment war er zufrieden, mit ihrem Atem in seinem Nacken und ihrem leichten Gewicht, das ihn auf die Matratze presste, einzuschlafen.

KAPITEL SIEBZEHN

»So ist es richtig ... schneller, Mol!«, befahl Mark.

Molly stützte ihre Hände auf Marks Brust und ritt ihn schneller, während die Sonne den Raum um sie herum zu erhellen begann. Das Geräusch ihrer Haut, die aneinanderklatschte, war laut an diesem sonst so ruhigen Morgen.

Sie sah an sich herunter, während sie den Mann vögelte, in den sie bis über beide Ohren verliebt war, und konnte sich ein Lächeln nicht verkneifen. Er starrte auf die Stelle, an der sie zusammenkamen, während sie sich bewegte, und sie konnte sich vorstellen, was er sah. Sie hatte dasselbe getan, als er letzte Nacht mit ihr geschlafen hatte. Der Anblick seines Schwanzes, der mit ihren Säften bedeckt war, war erotisch und verdammt aufregend gewesen.

Wie sie erwartet hatte, ließ Mark sie nicht lange die Kontrolle behalten. Das lag nicht in seiner Natur. Er spannte seine Bauchmuskeln an, drehte sie auf den Rücken und stieß noch heftiger und schneller in sie hinein, als sie ihn hatte nehmen können. In weniger als einer Minute stieß er so weit in sie hinein, dass es fast wehtat, und hielt dann inne, während er zum Höhepunkt kam.

Sie hatte schon aufgehört zu zählen, wie oft er in ihr

gekommen war. Ihre Hüften schmerzten, ihre Muschi war wund, sogar ihre Brustwarzen waren wund, weil er vorher mit ihnen gespielt hatte, aber sie hätte nicht glücklicher sein können.

Sie hatte keine Ahnung, wo sie sich in ihrem Zyklus befand und ob es überhaupt möglich war, jetzt schwanger zu werden, aber wenn sie nicht schon ein Kind von ihm trug, lag das nicht daran, dass sie es nicht versucht hatten.

Mark hatte sie am Abend zuvor überrascht, als er ihr angeboten hatte, ihr die Kinder zu schenken, die sie sich wünschte. Dann hatte er sie noch mehr aus den Socken gehauen, als er ihr seine Liebe gestanden hatte.

Sie hatte alles, was sie in ihrem Leben wollte, hier in ihren Armen. Und sie hatte Angst, es zu verlieren. Dass sie etwas Dummes tun würde, was Mark dazu bringen würde, sein Angebot zu bereuen. Dass Preston das, was sie gefunden hatte, ruinieren würde.

»Keine negativen Gedanken, wenn ich in dir bin«, befahl Mark.

Molly lächelte. »Tut mir leid.«

»Die Sache wird funktionieren. Unsere *Beziehung* wird funktionieren«, erklärte er, als könne er ihre Gedanken lesen.

Molly war dankbar, dass er sie nicht bedrängte, wenn sie anfing, negativ zu denken. Er half ihr lediglich, ihre Gedanken zu ordnen. »Das stimmt. Es ist fast beängstigend, wie gut wir uns schon nach so kurzer Zeit kennen«, erwiderte sie.

Mark bewegte sich, zog sich aber nicht aus ihr zurück, während sie kuschelten. »Erzähl mir von dem Buch, das du laut Taylor schreiben sollst.«

Molly wurde klar, dass sie am Abend zuvor nicht dazu gekommen waren, darüber zu sprechen. Nach einem kurzen Nickerchen hatte Mark sie geweckt und sie hatten zusammen zu Abend gegessen. Dann hatte er sie mit in sein Schlafzimmer genommen, wo er sie zweimal mit der Zunge zum Orgasmus gebracht hatte, bevor er erneut mit ihr geschlafen hatte.

Mitten in der Nacht hatte er sie geweckt, um sie von hinten zu nehmen, und heute Morgen hatte er darauf bestanden, dass *sie* ihn dieses Mal reitet.

»Sie meint, ich solle ein Buch über meine Entführung schreiben.« Molly wartete darauf, dass er die Stirn runzelte und ihr sagte, dass das keine gute Idee sei. Aber stattdessen nickte er.

»Ich finde, das ist eine tolle Idee. Die Leute sind von solchen Dingen fasziniert.«

»Ich würde euch nicht erwähnen ... zumindest nicht namentlich«, versicherte sie ihm.

»Und wir wissen das zu schätzen. Wir können tun, was wir tun, weil die Leute nicht wissen, wer wir sind, und nicht mit uns rechnen. Wir sind zwar nur vier Männer, aber das ist oft ein Vorteil für uns. Wir können schneller handeln als größere Teams, und weil wir uns nicht um die Bürokratie der Behörden kümmern müssen, können wir handeln, wann wir wollen – wir müssen niemanden um Erlaubnis fragen.«

»Ich bin stolz auf dich«, sagte Molly zu ihm.

»Danke. Du hast keine Ahnung, wie viel mir das bedeutet. Die meisten Leute würden uns für Mörder halten.«

»Das ist einfach nur dämlich«, entgegnete Molly aufgebracht. »Ihr tut der Welt einen Gefallen, und wenn die Leute das nicht sehen, ist das ihr Problem, nicht eures.«

Molly kreischte überrascht auf, als er sie packte und sich mit ihr auf den Armen aufrichtete. Er hob sie hoch und ging in Richtung seines Badezimmers.

»Ich kann laufen«, protestierte Molly, auch wenn sie sich dabei an seine Brust kuschelte.

»Ich weiß. Aber warum laufen, wenn ich dich tragen kann?«

»Du verwöhnst mich zu sehr«, erklärte Molly ihm.

»Gut. Du brauchst mehr Verwöhnung«, erwiderte Mark leichthin.

Er setzte sie auf den Tresen und Molly spürte den kalten Marmor unter ihrem Hintern. Er legte seine Hände rechts und links neben ihre Hüften und lehnte sich zu ihr. Molly legte ihre Hände an seine Flanken und hielt sich an ihm fest.

»Es ist komisch, immer wenn ich dich schlafen gesehen habe, hast du so viel Platz wie möglich im Bett eingenommen. Du lagst mit weit von dir gestreckten Beinen da. Deine Gliedmaßen streckst du in jede Ecke des Bettes. Ich dachte, ich müsste mich daran gewöhnen, auf einem kleinen Stück der Matratze am äußersten Rand zu schlafen. Aber jedes Mal, wenn du in meinen Armen einschläfst, bewegst du dich keinen Zentimeter. Letzte Nacht hast du dich an mich geklammert, als sei ich ein Teddybär. Du hast deine Arme und Beine nicht ausgestreckt. Du hast nicht den ganzen Platz im Bett für dich beansprucht. Ich muss schon sagen ... das gefällt mir verdammt gut, Mol. Ich liebe es, dass du dich an mich klammerst, als wolltest du nicht, dass ich mich auch nur einen Zentimeter von dir wegbewege.«

Molly wusste, dass sie rot wurde, aber sie versuchte trotzdem, ihm in die Augen zu sehen. »Ich weiß nicht, was ich dazu sagen soll.«

»Du musst gar nichts sagen. Ich wollte nur, dass du weißt, wie sehr ich es liebe, dich in meinem Bett zu haben. Ich werde das Wasser schon mal einschalten, damit es warm wird. Putz dir die Zähne, geh ins Bad ... aber du sollst wissen, dass ich dich wieder nehmen werde, wenn wir unter der Dusche stehen. Ich kann gar nicht genug von dir bekommen. Selbst wenn mein Schwanz ganz wund wird, ist es mir egal, weil du dich so verdammt gut anfühlst. In dir zu sein bringt den Höhlenmenschen in mir zum Vorschein. Es tut mir leid.«

»Du brauchst dich nicht zu entschuldigen«, sagte Molly zu ihm. »Ich mag deinen Höhlenmenschen.«

Er lächelte, und sein verdammtes Grübchen sorgte dafür, dass sie sofort wieder feucht wurde. »Gut. Ich Tarzan, du Jane. Und jetzt beweg deinen Hintern unter die Dusche.«

Molly lachte und verdrehte die Augen. »Wenn du mich loslassen könntest, könnte ich das tun.«

Aber Mark wich nicht von ihr weg. Sein Gesicht wurde ernst und er beugte sich zu ihr hinunter und küsste sie.

Sie hatten sich gestern Abend zum ersten Mal geküsst, nachdem sie beim Abendessen gesagt hatte, dass sie sich zwar geliebt, aber noch nicht geküsst hatten. Mark hatte dafür gesorgt, dass sie das gründlich nachholten. Er hatte sie so leidenschaftlich geküsst, dass ihr die Knie weich wurden und ihr Essen fast verbrannt wäre.

Seitdem hatte er darauf geachtet, sie so oft wie möglich zu küssen.

Der Kuss, den er ihr in diesem Moment gab, war nicht leidenschaftlich, sondern zärtlich. »Heute ist der erste Tag vom Rest unseres Lebens«, bemerkte er leise. »Ich kann dir nicht versprechen, dass ich dich nicht verärgern werde, denn ich bin mir sicher, dass ich das tun werde. Wir werden uns streiten und zanken und uns gegenseitig leid werden. Wir werden uns fragen, was zum Teufel wir hier tun und ob wir als Eltern taugen. Aber egal, was passiert, ich werde nie aufhören, dich zu lieben. Ich werde Himmel und Hölle in Bewegung setzen, um dich und unsere Kinder zu beschützen. Keiner wird dir je wieder wehtun. Und niemand wird unseren Kindern wehtun, verstanden?«

Molly nickte.

Dann küsste er sie auf die Stirn und trat zurück. Er drehte das Wasser in der großen Dusche auf und ging zum Waschbecken auf der linken Seite des Badezimmers. Nach dem Abendessen hatten sie ihre Sachen ins Bad gebracht und Molly hüpfte von der Ablage und ging zu »ihrem« Waschbecken. Sie fühlte sich zwar unwohl, wenn sie nackt herumlief, aber Mark hatte ihr bereits klargemacht, dass er ihren Körper liebte.

Nachdem sie sich die Zähne geputzt hatte, stieg Molly in die Dusche, wo Mark bereits auf sie wartete. Er zog sie zu sich heran und sie konnte nicht anders, als ihrem Glücksstern zu danken, dass er ihr diesen Mann gebracht hatte.

»Wie lauten deine Pläne für den Rest der Woche?«, fragte Molly ihn.

Smoke hatte das Training an diesem Morgen aus offensichtlichen Gründen ausgelassen und Molly ihr Lieblingsomelett gemacht. Sie waren gerade mit dem Frühstücken fertig und saßen immer noch nebeneinander am Esstisch.

»Das hängt ganz von dir ab«, erklärte er ihr.

»Ich bin sicher, du hast mit deinem Team einiges zu besprechen«, protestierte sie.

Das war auch tatsächlich der Fall. Willis hatte ein großes Paket mit Informationen über eine Krise in Jamaika geschickt, die seiner Meinung nach ihre Aufmerksamkeit erforderte. Sie hatten noch keine Gelegenheit gehabt, sich damit zu befassen. »Gehst du zu Skylars Schule, um in ihrer Klasse zu helfen?«, fragte er.

»Ja, ich denke, wir wollen das in den nächsten Tagen machen. Sie hat mir erzählt, dass sie eine Unterrichtseinheit über Farben abschließen und ein großes Kunstprojekt machen werden. Anscheinend wird es eine Sauerei geben und Skylar sagte, sie könne jede Hilfe gebrauchen, die sie kriegen kann.«

Smoke lachte. »Das kann ich mir vorstellen.«

»Ja, Kindergartenkinder und Farben – ich bin mir nicht sicher, was diese Kombination angeht.«

»Willst du das Buch wirklich schreiben?«, fragte er.

Molly zuckte mit den Schultern. »Ich weiß es nicht. Aber ich muss zugeben, dass es reizvoll ist, alles aufzuschreiben, was passiert ist und wie ich mich dabei gefühlt habe. Ich habe zwar keine Albträume mehr davon, aber ich kann mir nicht helfen, ich denke, dass es erlösend sein könnte, alles zu Papier zu bringen.«

»Finde ich auch. Du weißt, dass du mit mir über alles reden kannst, wenn du es möchtest. Wenn du dich dabei nicht wohlfühlst, kann ich auch eine Psychologin für dich finden, mit der du dich treffen kannst.«

»Ich weiß, und ich danke dir. Die Sache ist die, dass ich mich mehr über den Tod von Nana und Papa aufrege als über das, was mit mir passiert ist. Es war schlimm, und ich wurde einmal geschlagen, aber ich wurde nicht sexuell missbraucht. Ich wurde die meiste Zeit über ignoriert. Ich weiß nicht, ob die Polizei jemals herausfinden wird, wie genau meine Großeltern gestorben sind ... und ich weiß nicht mal, ob ich es wirklich wissen will. Ich würde es nicht ertragen, von ihren letzten Minuten auf Erden zu erfahren. Es könnte mich zerstören.«

Smoke schob seinen Stuhl zurück und streckte eine Hand aus. »Komm her.«

Molly bewegte sich sofort von ihrem Stuhl zu seinem und setzte sich auf seinen Schoß. Sie legte ihren Kopf auf seine Schulter und kuschelte sich an ihn. Er liebte das. Er liebte es, sie im Arm halten zu können, wann immer er wollte. Es war eine riesige Umstellung, statt sich zurückhalten zu müssen, wie er es bisher getan hatte. Es fühlte sich wie ein Segen an.

»Es tut mir wirklich leid wegen Nana und Papa. Ich weiß, dass ich das schon mal gesagt habe, aber es tut mir leid. Ich bedaure, dass ich sie nie kennengelernt habe. Ich konnte ihnen nie sagen, wie toll sie dich erzogen haben. Dass sie nie sehen werden, wie gut ich dich behandle, oder ihre Urenkel kennenlernen werden.«

Smoke spürte, wie Molly tief gegen ihn einatmete. »Ich auch«, erklärte sie leise. »Sie hätten dich geliebt. Aber was noch wichtiger ist, sie hätten es geliebt, dich mit *mir* zu sehen.«

Ihre Worte fühlten sich gut an. Richtig gut.

»Also ... wie wäre es, wenn wir uns vorerst weiterhin abwechselnd zu Hause und bei *Silverstone Towing* aufhalten? Ich kann dort meine Arbeit erledigen und du kannst anfangen, deine Gedanken am Computer niederzuschreiben. Taylor kann dir helfen, die Geschichte zu organisieren und zu ordnen, und ich bin sicher, dass sie jemanden finden kann, der sie umschreibt, wenn es nötig ist.«

»Wenn du von den Jungs gebraucht wirst, gehst du doch hin, oder?«, fragte Molly.

»*Wir* gehen zusammen hin. Ich will dich hier nicht allein lassen«, sagte Smoke zu ihr.

Sie sah ihn an. »Hier bin ich sicher«, entgegnete sie.

Smoke gefiel es, dass sie sich so fühlte. Aber trotzdem fühlte er sich nicht wohl dabei, sie allein zu lassen, da Weldon immer noch hinter ihr her war. »Ich weiß, aber«, er legte seine Hand auf die Innenseite ihres Oberschenkels und streichelte sie durch die Baumwoll-Leggings, die sie sehr zu seiner Enttäuschung nach der Dusche angezogen hatte, »ich bin gern mit dir zusammen.«

Molly verdrehte die Augen. »Ich bin auch gern mit dir zusammen, aber wir können nicht einfach zu Hause bleiben und die ganze Zeit nur miteinander schlafen.«

Smoke lächelte.

»Klar, dass du darüber lächelst«, erklärte sie.

»Eigentlich lächle ich darüber, dass du das hier dein *Zuhause* nennst«, gab Smoke zu. »Obwohl es natürlich toll ist, die ganze Zeit nur miteinander zu schlafen.«

»Ziehen wir das wirklich durch?«, fragte Molly leise. »Ist das wirklich wahr?«

»Ja. Und ja«, versicherte Smoke ihr. »Und damit das klar ist: Ich will dich heiraten, Molly. Aber ich wollte dich gestern Abend nicht verängstigen. Ich dachte, die Sache mit dem Baby wäre schon genug. Ich bin bereit, so lange zu warten, bis du dazu bereit bist ... solange du dazu bereit bist, bevor unser erstes Kind geboren wird.«

Molly starrte ihn mit großen Augen an. »War das ein Antrag?«

»Nein. Es war eine Absichtserklärung«, erklärte Smoke ihr.

»Oh, das ist so viel weniger stressig«, erklärte sie und verdrehte die Augen.

»Sieh mich an«, befahl Smoke und freute sich insgeheim, als sie seinen Blick sofort erwiderte. »Ich liebe dich. Das wird sich auch in einem Tag oder in neun Monaten nicht ändern. Ich weiß, was ich will, und das bist du.«

»Was ist, wenn ich nicht schwanger werden kann? Was ist, wenn etwas nicht stimmt?«, fragte sie.

»Das ändert nichts daran, dass ich dich liebe. Und wir werden uns darum kümmern, wenn es nötig ist. Ich werde mich testen lassen, um sicherzugehen, dass mein Sperma brauchbar ist, und du kannst dich auch testen lassen. Wir wollen beide Eltern werden, und wir werden das auf die eine oder andere Weise erreichen. Adoption, Leihmutterschaft, Fruchtbarkeitsbehandlungen, was auch immer nötig ist. Ich habe das Geld, um unsere Träume wahr werden zu lassen, Molly. Ich werde alles tun, um dich glücklich zu machen, aber ich will, dass du Mrs. Molly Chamberlin bist, wenn wir Eltern werden.«

»Ich glaube nicht, dass ich schon so weit bin«, erklärte sie ihm.

Mark nickte. »Ich weiß. Deshalb erzähle ich es dir ja, damit du darüber nachdenken und dich an den Gedanken gewöhnen kannst. Für mich ist das etwas Langfristiges. Wir haben unsere Beziehung vielleicht auf eine intensive Art und Weise begonnen, aber das macht meine Liebe nicht weniger echt.«

»Du machst mir Angst, Mark.«

»Das hast du gestern Abend schon gesagt. Du wirst lernen, dass du vor mir keine Angst haben musst. Bei dir bin ich eine Schmusekatze.«

»Oh ja, *das* glaube ich nicht. Du bist eher wie ein Grizzlybär. Du nimmst dir, was du willst, wann du willst, ohne Rücksicht auf die Konsequenzen«, stichelte sie.

»Nun, wenn du es bist, die ich will, verdammt richtig«, erklärte Smoke.

»Wie wäre es, wenn wir heute zu *Silverstone Towing* fahren und morgen zu Hause bleiben?«, schlug sie vor.

Smoke schmollte. »Ich wollte heute zu Hause bleiben.«

Molly lachte. »Ich weiß. Aber ich bin etwas wund. Und wenn

wir ein paar Stunden Pause vom gegenseitigen Vernaschen machen, bin ich heute Abend wenigstens wieder einsatzbereit.«

Smoke runzelte die Stirn. »Habe ich dir wehgetan? Du hättest etwas sagen sollen.«

Molly legte ihre Hand an seine Wange. »Du hast mir nicht wehgetan, Mark, ehrlich. Ich brauche nur eine kleine Pause.«

»Wir können hierbleiben. Ich kann meine Hände von dir lassen. Glaube ich.« Den letzten Satz fügte er leise hinzu.

Sie lächelte. »Ich traue *mir selbst* nicht«, gab sie zu und ließ ihre Hände über seine Brust gleiten. »Du bist ziemlich sexy.«

»Alles klar, fahren wir zu *Silverstone Towing*«, erklärte Smoke, stand abrupt auf und stellte Molly vor sich auf die Beine.

Sie lachte, als sie ihr Geschirr in die Küche brachten. »Ich werde Skylar anrufen und herausfinden, wann ich mit ihr in den Kindergarten gehen soll.«

Smoke stellte sein Geschirr in die Spüle und zog Molly an sich. »Danke«, erklärte er.

»Wofür?«, fragte sie.

»Dafür, dass du mir vertraust. Dass du hier bist. Dafür, dass du einfach du bist.«

»Ich weiß nicht, wie ich etwas anderes sein soll. Und ehrlich gesagt sollte ich mich über Preston aufregen. Mir Sorgen machen, was er als Nächstes vorhat. Aber ich vertraue dir und deinem Team, dass ihr mit ihm fertigwerdet. Es ist eine große Sache für mich, das loszulassen. Also danke.« Dann stellte sie sich auf die Zehenspitzen und küsste ihn, bevor sie ihn fest umarmte. »Ich gehe nach oben und ziehe mich um.«

»Räum deine ganzen Sachen in meinen Schrank«, rief er ihr zu, als sie auf die Treppe zuging.

Sie drehte sich um. »Bist du sicher?«

Smoke wollte ungläubig den Kopf schütteln, sagte aber nur: »Ja!«

»Okay. Ich brauche vielleicht ein bisschen. Ich scheine eine

Menge Zeug angesammelt zu haben für jemanden, der vor nicht allzu langer Zeit noch nichts besessen hat.«

»Brauchst du meine Hilfe?«, fragte er.

»Nein, das schaffe ich schon. Aber danke.« Dann drehte Molly sich um und ging die Treppe hinauf. Auf halber Höhe blieb sie stehen und sagte: »Mark?«

»Ja, Mol?«

»Es macht mir nichts aus, dass du das Gespräch zwischen Taylor und mir belauscht hast. Nicht im Geringsten.« Dann drehte sie sich um und nahm zwei Stufen auf einmal, bis sie außer Sichtweite war.

Smoke seufzte erleichtert auf. Sie hätte wirklich wütend auf ihn sein können, weil er in ihre Privatsphäre eingedrungen war, auch wenn er es anfangs gar nicht beabsichtigt hatte. Aber stattdessen war sie genauso dankbar wie er, dass ihre Beziehung sich weiterentwickelt hatte. Sie war eine tolle Frau und Smoke wusste, dass er verdammtes Glück hatte, sie zu haben.

Jetzt musste er nur noch die Sache mit Weldon klären und dafür sorgen, dass der Mann sie vergaß. Er musste die Polizei in Oak Park kontaktieren und herausfinden, ob die Beamten Weldon mit dem Tod ihrer Großeltern in Verbindung bringen konnten. Er musste herausfinden, was sie über die E-Mail-Belästigung herausgefunden hatten, der sie ausgesetzt war. Weldon war offensichtlich schlau ... aber er war nicht schlauer als das *Silverstone-Team*.

»Wenn du meine Frau anrührst, bist du ein toter Mann«, schwor er, bevor er sich der Aufgabe zuwandte, die Spülmaschine einzuräumen.

KAPITEL ACHTZEHN

Zwei Tage später saß Molly mit einer Gruppe von Kindern um sie herum auf dem Boden und las ein Buch über Farben. Sie hatten den Vormittag mit den Malfarben verbracht und es war das reinste Chaos gewesen, aber Molly hatte es genossen.

Vor allem hatte sie sich amüsiert, weil Skylar so eine tolle Lehrerin war. Sie hatte sich nicht aufgeregt, als Becky ein ganzes Glas mit Farbe verschüttet hatte. Sie war nicht ausgeflippt, als Mohammed beschlossen hatte, seinen Nachbarn anzumalen anstatt sein Papier. Sie hatte nicht einmal die Stimme erhoben, als Abby und Sarah einen Farbkrieg begonnen hatten, indem sie ihre Pinsel aufeinander schnippten.

Wer meinte, Kindergartenkinder seien ein Kinderspiel, der irrte sich gewaltig. Aber Skylar bewältigte alles mit Geduld und Freundlichkeit. Mollys Respekt für die andere Frau war enorm gestiegen.

Die Bilder der Kinder wurden zum Trocknen aufgehängt, damit sie später ausgestellt werden konnten, und am Ende der nächsten Woche würden die Kinder sie mit nach Hause nehmen.

Molly hatte einen Großteil ihrer Zeit mit einem kleinen schwarzen Mädchen namens Leteisha und ihrer besten Freundin

Lena verbracht. Lena stammte aus Vietnam, und Skylar hatte ihr erklärt, dass das kleine Mädchen zu Beginn des Schuljahres kaum gesprochen hatte. Aber nachdem sie Leteisha kennengelernt hatte, hatte sie sich schnell geöffnet, und die beiden schnatterten jetzt wie kleine Elstern. Die Mädchen waren so unterschiedlich wie Wasser und Öl, aber sie verstanden sich auf einer Ebene, die Molly bei so jungen Kindern noch nie gesehen hatte. Leteisha war blind, und Lena hatte sie buchstäblich unter ihre Fittiche genommen. Die beiden Mädchen unternahmen nichts getrennt voneinander, und Lena hielt oft Leteishas Hand und half ihrer Freundin, sich in der Welt der Sehenden zurechtzufinden. Es war rührend, und der Anblick ihrer innigen Freundschaft gab Molly ein wenig mehr Hoffnung für die Menschheit.

Ein Junge namens Rob setzte sich auf ihren Schoß, während sie las, und Mollys Herz schmolz fast dahin. Er steckte seinen Daumen in den Mund und lehnte sich an sie. Sie konnte nicht anders, als an ihr eigenes Kind zu denken, das eines Tages so auf ihrem Schoß sitzen würde.

Und daran, wie hart Mark daran arbeitete, dass sie schwanger wurde.

Sie wusste, dass das, was sie taten, verrückt war, aber sie war noch nie so glücklich wie im Moment gewesen.

Molly klappte das Buch gerade zu, als Rob niesen musste – über das Buch und ihre Hand. Lachend griff sie nach einem Taschentuch und half ihm, sich die Nase zu putzen. Der arme Kerl hatte den ganzen Tag gehustet und geniest.

Wenn man es sich recht überlegte, hatten viele Kinder in der Klasse eine laufende Nase. Molly hatte den ganzen Tag Nasen geputzt und den Kindern geholfen, sich die Hände zu waschen.

»Pause!«, erklärte Skylar der Klasse.

Die Kinder sprangen von ihren Plätzen um sie herum auf, und Molly half Rob beim Aufstehen, bevor sie selbst aufstand. Dann half sie den Kindern, sich in einer Reihe aufzustellen, und lächelte, als sie Lena und Leteisha Hand in Hand sah. Sie machten sich auf den Weg nach draußen und Molly musste lachen, als die Kinder sofort losrannten, kaum dass sie den Rasen des Spielplatzes betreten hatten.

Eine Aufsichtsperson und Sicherheitskraft ging um den Spielplatz herum, und die Frau winkte einigen Kindern zu und begrüßte sie.

»Sie wurde eingestellt, nachdem Sandra und ich entführt worden waren«, erklärte Skylar leise neben ihr. Sie standen in der Nähe der Tür und beobachteten die Klasse mit Adleraugen. »Die Schulleitung hat sich geweigert, einen Vollzeit-Sicherheitsbeauftragten zu bezahlen, und ich kann es ihnen nicht verdenken. Aber bei all der Gewalt in der Welt war es etwas, das getan werden musste. Smoke sprang ein und spendete das Geld für das Gehalt der Frau.«

»Das hat er getan?«, fragte Molly erstaunt.

»Ja. Und er hat darauf bestanden, dass die Schulbehörde jemanden einstellt, der jung und hoch motiviert ist. Er wollte keinen pensionierten Polizeibeamten oder jemanden, der sich einfach nur etwas dazuverdienen wollte. Officer Williams wurde nach einem intensiven Such- und Interviewprozess eingestellt. Sie war vorher Polizistin bei der Polizei von Memphis, die für sich und ihren Sohn einen Tempowechsel wollte.«

Molly schaute zu der Beamtin hinüber. Sie hatte ihre schwarzen Zöpfe zurückgebunden und lächelte breit, während sie am Zaun kniete und mit Lena und Leteisha sprach. Sie trug eine schwarze Cargohose und ein gelbes Polohemd mit dem Logo der Grundschule. Sie trug einen voll ausgestatteten Dienstgürtel mit allem, was ein Vollzeit-Polizist mit sich führt. Noch während sie mit den Mädchen sprach, konnte Molly sehen, wie sie den Blick über das Gelände gleiten ließ und nach Gefahren Ausschau hielt.

»Die Kinder lieben Destiny«, fuhr Skylar fort. »Und wir Lehrer auch. Sie gibt uns allen ein Gefühl der Sicherheit. Sie geht erst, wenn der letzte Lehrer gegangen ist. Ich erinnere mich an die Zeiten, in denen ich als Letzte von uns gegangen bin und wie unheimlich es war, im Dunkeln zu meinem Wagen auf dem Parkplatz zu gehen. Ohne Smokes Großzügigkeit wären wir alle ein bisschen nervöser.«

Molly wusste, dass Mark großzügig war, aber mit jedem Tag, der verging, wurde ihr klarer, was für ein netter Kerl er wirklich war.

»Ich liebe die Kinder in deiner Klasse«, sagte Molly zu Skylar.

»Danke. Sie sind ganz schön anstrengend. Sie sind viel energiegeladener als die vom letzten Jahr. Sandra und auch der Rest der Klasse haben mich ganz schön verwöhnt. Aber so ist es nun mal. Manche Jahre sind einfacher als andere, aber mir gefällt ihre Lebensfreude.«

Molly nickte. »Heute waren aber eine Menge Kinder nicht da, oder? Ich meine, du hast doch sonst nicht nur zehn in deiner Klasse, oder?«

»Nein. Ich habe fünfzehn. Fünf fehlen wegen der Grippe. Ich versuche wirklich, die Eltern davon zu überzeugen, ihre Kinder zu Hause zu lassen, wenn sie Fieber haben, aber viele können es sich nicht leisten, nicht arbeiten zu gehen, um mit ihren kranken Kindern zu Hause zu bleiben, also schicken sie sie trotzdem in die Schule. Wir tun unser Bestes mit Desinfektionstüchern und Händewaschen, aber Kinder sind kleine Petrischalen. Es ist ein Wunder, dass ich nicht öfter krank bin, als es der Fall ist. Andererseits lasse ich mich auch jedes Jahr gegen Grippe impfen und wasche mir ständig die Hände. Du hast dich doch impfen lassen, oder?«, fragte Skylar.

Molly zuckte mit den Schultern. »Ich wurde gegen alles Mögliche geimpft, bevor ich nach Nigeria geflogen bin. Ich bin mir sicher, dass das eines davon war.«

»Gut. Ich glaube, ich habe eine Art Immunität entwickelt, seit ich ständig mit Kindern zusammen bin.«

»Taylor hat mir etwas erzählt, und ich hoffe, du hältst mich nicht für unhöflich ... aber du willst keine eigenen Kinder?«, fragte Molly.

»Versteh mich nicht falsch. Ich liebe meinen Job, und ich liebe Kinder. Aber ich liebe auch meine Zeit allein. Ich kann mir nicht vorstellen, den ganzen Tag mit Kindern zu verbringen und dann nach Hause zu kommen, um noch mehr Zeit mit Kindern zu verbringen. Manche Leute würden mich als egoistisch bezeichnen, weil ich keine Kinder haben will, aber ich mag mein Leben. Ich habe einfach noch nie diesen Mutterinstinkt verspürt. Willst du Kinder?«

»Oh ja«, erklärte Molly seufzend, während sie Rob dabei zusah, wie er Maria über den Spielplatz jagte.

»Mit jemand Bestimmtem?«, stichelte Skylar.

Molly wusste, dass sie rot wurde, als sie sich umdrehte und ihre Freundin anlächelte. »Mark und ich sind ... ich glaube, man könnte sagen, wir sind zusammen.«

Skylar quietschte vor Freude und hüpfte sogar auf den Zehenspitzen auf und ab und klatschte leicht. »Juhu!«

Molly konnte sich ein Lachen nicht verkneifen. Dann fragte sie: »Findest du nicht, dass es zu schnell geht? Oder komisch ist?«

»Nein!«, entgegnete Skylar sofort. »Jede Beziehung entwickelt sich in ihrem eigenen Tempo. Wenn es mit jemandem klappt, dann klappt es. Ich weiß, dass es bei Carson und mir auch sehr schnell ging. Verliere dich nicht in dem, was du denkst, wie deine Beziehung sein *sollte*. Sie ist, wie sie ist.«

»Er sagt, dass er Kinder will. Das ist einer der Gründe, warum er das große Haus seines Onkels behalten hat«, gab Molly zu.

»Das finde ich toll für dich«, bemerkte Skylar, wobei die Aufrichtigkeit in ihrem Tonfall deutlich zu hören war. »Im Ernst, ihr seid wie füreinander geschaffen. Und da du bereits mit ihm zusammenlebst, macht das die Sache einfacher«, neckte sie sie.

»Ja, er ist hundertprozentig von der Baby-Sache überzeugt«, gab Molly zu.

Skylar machte große Augen, dann grinste sie. »Du bist wahrscheinlich schwanger, bevor der Monat um ist«, prophezeite sie. »Unsere *Silverstone*-Männer sind so verdammt männlich, ich schwöre, ich mache mir manchmal Sorgen, dass meine Eierstöcke sich spontan befruchten, wenn ich Carson nur ansehe.«

Molly schnaubte. »Aber echt!«

»Carson fragt mich täglich, ob ich ihn heiraten will«, gab Skylar zu. »Aber ich lehne es immer wieder ab.«

»Warum?«

»Das ist es ja gerade ... ich weiß es nicht. Ich liebe den Mann mehr als das Leben selbst, aber ich denke immer wieder, dass ... keine Ahnung ... er vielleicht seine Meinung ändern wird? Es klingt dramatisch, aber ich glaube, ich würde buchstäblich sterben, wenn er beschließt, nicht mehr mit mir zusammen sein zu wollen. Ich glaube, ich wage den Schritt nicht, weil ich Angst habe, dass unsere Beziehung sich dadurch verändert.«

»So wie ich das sehe, wird Bull seine Meinung über dich auf keinen Fall ändern. Ich bin neu im *Silverstone*-Kreis, aber er hat nur Augen für dich. Verheiratet zu sein wird daran nichts ändern, glaube ich. Die Gesellschaft übt einen großen Druck auf Paare aus, endlich zu heiraten. Aber letztendlich glaube ich nicht, dass das etwas an Beziehungen ändern muss. Sie funktionieren oder sie funktionieren nicht. Ein Ring und ein Stück Papier ändern daran nichts«, bemerkte Molly.

Skylar nickte. »Tief im Inneren weiß ich das. Aber es hilft, es von jemand anderem zu hören. Danke.«

»Gern geschehen.« Es war ein gutes Gefühl, ihrer Freundin helfen zu können. Molly hatte das Gefühl, dass sie selbst in letzter Zeit nur von anderen genommen hatte, also war es schön, einmal diejenige zu sein, die helfen konnte.

»Was ist mit dir und Smoke? Werdet ihr heiraten?«

»Mark sagt, er will mich heiraten, aber dass er wartet, bis ich mit der Vorstellung einverstanden bin. Aber er hat mich auch gewarnt: Wenn ich schwanger werde, will er seinen Ring an meinem Finger haben, bevor unser Baby kommt.«

Skylar brach in Gelächter aus. »Ihr werdet also noch vor Jahresende verheiratet sein. Gut zu wissen. Du solltest dir überlegen, was für eine Hochzeit du willst. Etwas Schnelles und Einfaches? Oder einen großen Rummel mit fünfzehn Brautjungfern und Trauzeugen?«

»Oh Gott, nein. Ich kenne nicht einmal so viele Leute«, entgegnete Molly mit einem Schaudern. »Ich denke, es wird irgendetwas zwischen den beiden Extremen sein. Ich habe eigentlich keine Freunde außer euch und den Leuten, die bei *Silverstone* arbeiten. Also vielleicht etwas nicht ganz so Ausgefallenes, bei dem ich trotzdem ein schickes Kleid tragen kann. Oh, und ich will die Hochzeitsfeier. Vielleicht können wir sie sogar bei *Silverstone Towing* feiern.«

»Ich finde, das klingt nach einer tollen Idee«, entgegnete Skylar mit einem Lächeln.

»Und ... vielleicht, wenn du willst ... könnten wir eine Doppelhochzeit abhalten«, erwiderte Molly schüchtern. »Ich meine, Mark hat mich noch nicht einmal offiziell gefragt, aber ich weiß, dass ich supernervös wäre, wenn die ganze Aufmerksamkeit auf mich gerichtet wäre. Ich würde gern den Hochzeitstag mit jemandem teilen.«

Skylars Augen wurden groß. »Ernsthaft?«

»Ja, es sei denn, du möchtest deine eigene Zeremonie. Ich weiß, dass viele Leute es *mögen*, wenn an ihrem großen Tag die ganze Aufmerksamkeit auf sie gerichtet ist.«

»Ich gehöre nicht dazu«, bemerkte Skylar und schüttelte den Kopf. »Das ist so süß. Danke!«

»Sieh uns an, wir planen unsere Hochzeiten, obwohl noch keine von uns Ja gesagt hat.« Molly lachte nervös. »Bringt das nicht Unglück oder so?«

»Bestimmt nicht«, sagte Skylar. »Ich weiß, dass du versuchst, positiver zu sein, also darfst du das nicht einmal denken. Außerdem ist es anscheinend nur eine Frage der Zeit, bis Smoke dir seinen Ring an den Finger und sein Baby in deinen Bauch steckt.«

Molly gefiel der Gedanke an diese Dinge.

Eine laute Glocke unterbrach ihr Gespräch, und Skylar trat sofort vor und hob ihre Hand. Die Kinder stürmten aus allen Ecken des Spielplatzes auf sie zu. Skylar drehte sich um und sah Molly an. »Ich würde gern einen Hochzeitstag mit dir teilen. Es bedeutet mir sehr viel, dass du mich überhaupt fragst. Ich bin froh, dass Smoke dich gefunden hat; ich denke, wir werden dich behalten.« Sie grinste.

Molly wollte etwas erwidern, aber die Kinder lachten und erzählten, wie viel Spaß sie in der Pause gehabt hatten.

Am Ende des Tages war sie erschöpft. Sie fühlte sich, als sei sie einen Marathon gelaufen.

Mark war gekommen, um sie abzuholen, und nachdem sie in seinen Wagen gestiegen war, beugte er sich zu ihr und küsste sie. »Wie war's?«

»Anstrengend, chaotisch und wirklich lustig«, erwiderte Molly.

»Hast du deine Meinung geändert, was deine zukünftige Karriere betrifft?«, fragte er grinsend.

»Nein, auf keinen Fall«, entgegnete Molly. »Ich bleibe lieber zu Hause mit einem Baby, oder zwei oder drei, als mich fünf Tage die Woche mit einem Klassenzimmer voller Kinder herumzuschlagen.«

»Babys können anstrengender sein als Grundschüler«, bemerkte Mark, als er vom Parkplatz abfuhr.

»Und woher weißt du das?«

»Nachforschung«, sagte er zu ihr.

Molly wollte mehr wissen, aber sie fühlte sich plötzlich etwas schüchtern in seiner Nähe. Über Babys zu sprechen machte sie nervös. Sie war immer noch erstaunt darüber, dass ihr Leben so gut zu laufen schien. »Wie war die Arbeit heute?«

Mark seufzte. »Anstrengend.«

Molly legte ihre Hand auf seinen Arm. »Das tut mir leid.« Sie wusste, dass es besser war, nicht nach Details zu fragen. Was er und das *Silverstone-Team* taten, war gefährlich, und sie wusste, dass er *sie* nicht in Gefahr bringen würde, indem er ihr sagte, wohin sie als Nächstes gehen würden, oder sie mit Details darüber aufregte, was irgendein Monster anderen antat.

»Danke«, entgegnete Mark. »Wir haben mit unserem FBI-Kontakt gesprochen, der uns mitgeteilt hat, dass es in einem der Fälle, die wir recherchiert haben, eine neue Entwicklung gegeben hat und er uns weitere Informationen zukommen lassen wird.«

»Heißt das, dass ihr bald auf einen neuen Einsatz gehen werdet?«, fragte Molly.

»Kann schon sein. Aber wir sind uns alle einig, dass wir nicht gehen wollen, bis die Sache mit Weldon erledigt ist«, erklärte Mark.

Sie war schockiert. »Aber Preston könnte beschließen, sich wochenlang zu verstecken.«

Mark zuckte scheinbar unbekümmert mit den Schultern.

»Du kannst nicht einfach wochenlang mit dem aufhören, was du tust«, argumentierte sie.

»Warum nicht?«, fragte er.

»Darum! Es könnte da draußen noch jemand sein, der Hilfe braucht. Was wäre, wenn du wochenlang gewartet hättest, um nach Nigeria zu fliegen? Ich hätte es vielleicht nicht geschafft, von dort wegzukommen. Und noch mehr Schulmädchen wären vielleicht verkauft worden. Du darfst nicht warten«, informierte Molly ihn. »Wenn ihr von einem Vorfall wisst, müsst ihr gehen. Ich komme schon zurecht. Ich habe schon früher mit Preston zu tun gehabt und ich werde auch mit ihm fertig, wenn er beschließt, etwas zu versuchen, während ihr weg seid.«

Mark presste die Lippen zusammen und sagte nichts, als sie in seine Einfahrt einfuhren. Er tippte den Code für das Tor ein und als er in die Garage fuhr, stellte er den Wagen ab und stieg aus.

Molly war nervös, weil er auf nichts von dem, was sie gesagt hatte, reagiert hatte, aber es war offensichtlich, dass er darüber nachdachte, als er ihre Hand ergriff und sie ins Haus zog. Er kümmerte sich um den Alarm und zerrte sie dann praktisch die Treppe hinauf. Das tat er oft, aber es machte ihr nichts aus.

Er legte seine Hände um ihre Taille, hob sie hoch und warf sie praktisch auf das Bett. Dann kroch er schnell auf sie drauf.

»Hör mir zu, Molly. Hörst du mir zu?«

Sie war etwas besorgt, denn so hatte er sie noch nie angefasst. Er hatte ihr nicht im Geringsten wehgetan, aber er fühlte im Moment offensichtlich etwas sehr Intensives. Sie nickte.

»Gut. Denn du musst dir das anhören. Weldon ist ein Dreckskerl und ich werde ihm keine Gelegenheit geben, an dich heranzukommen, indem ich abreise. Das ganze Team ist sich da einig. Wir wissen, dass er da draußen ist. Er beobachtet uns und wartet darauf, etwas zu tun. Der Mann hat deine Großeltern *getötet*, als sie ihm nicht sagen wollten, wo du bist.

Ich hasse den Gedanken, dass in der Zwischenzeit vielleicht jemand unsere Hilfe gebrauchen könnte, aber ich lasse dich nicht allein. Ich weiß, dass meine Sicherheitsvorkehrungen hervorragend sind, aber Weldon braucht nur eine winzige Nachlässigkeit, und er wird sie ausnutzen. Ich liebe dich, Molly. Und jetzt, da ich dich gefunden habe, werde ich dich nicht mehr verlieren. Wir haben noch Jahrzehnte vor uns. Du könntest bereits schwanger sein.« Er legte seine Hand auf ihren flachen Bauch und Mollys Herz schmolz dahin.

»Wir haben darüber gesprochen. Wir sind uns alle einig – sogar Gramps –, dass unsere Familien an erster Stelle stehen. Skylar, Taylor, du, alle Kinder, die wir haben – sie alle kommen vor *Silverstone*. Wenn es so weit ist, werden wir die Einsätze aufgeben. Irgendwann werden wir sowieso zu alt sein. Es ist wichtig für uns, unseren Teil dazu beizutragen, die Welt sicherer zu machen, aber die Menschen, die wir lieben, sind noch viel wichtiger. Verstehst du?«

Molly nickte und schloss vor lauter Rührung die Augen.

Mark senkte den Kopf und kraulte ihren Nacken, um ihr die Möglichkeit zu geben, sich wieder zu beruhigen.

Dann öffnete sie die Augen und platzte heraus: »Ich habe

Skylar gesagt, dass wir mit ihr und Bull zusammen heiraten, wenn sie möchten.«

Er hob den Kopf und lächelte sie an. »Okay.«

»Du bist nicht verärgert? Ich habe dich nicht einmal gefragt.«

»Bull ist einer meiner besten Freunde. Und wenn du über unseren Hochzeitstag nachdenkst und über die Art der Trauung, die du dir wünschst, bedeutet das, dass du Ja sagen wirst, wenn ich dich frage, ob du mich heiraten willst. Also, nein, ich bin nicht verärgert.«

»*Ich* könnte *dich* fragen«, widersprach sie nur aus Trotz.

»Wenn du das tust, würde ich Ja sagen«, erwiderte er und grinste immer noch, wobei sein Grübchen sie vor Verlangen ganz verrückt machte.

Molly griff nach oben, packte ihn im Nacken und zog ihn zu sich herunter. Sie küsste ihn mit allem, was sie an Liebe in ihrer Seele hatte. Als sie sich voneinander lösten, sagte sie atemlos: »Sieh uns an. In einem Bett. Was sollen wir nur tun?«

Er brach in Gelächter aus. Sein Kopf fiel zurück und Molly konnte ihn nur noch lustvoll anstarren. Sie spürte seinen Schwanz an ihrem Oberschenkel und hatte plötzlich unbändiges Verlangen nach ihm.

»Wer sich zuerst auszieht, darf sich die Stellung aussuchen«, erklärte sie.

Und damit war es um beide geschehen. Die Klamotten flogen und innerhalb von Sekunden waren sie beide nackt. »Wer hat gewonnen?«, fragte sie, als er wieder auf sie fiel und ihr mit seinem heißen, muskulösen Körper einen Schauer über den Rücken jagte.

»Wir beide«, entgegnete Mark und rutschte an ihrem Körper hinunter; seine Absicht war klar.

Molly öffnete die Beine, um ihm Platz zu machen, und stöhnte bei der ersten Berührung seiner Zunge.

Nach über einer Stunde waren sie beide befriedigt und er stieg schließlich aus dem Bett, um ein paar Snacks zu holen, damit sie wieder Energie tanken konnten. Molly war erschöpft, aber vollkommen zufrieden.

Mark kennenzulernen war das Beste, was ihr je passiert war.

Sie schloss die Augen und fiel in einen tiefen Schlaf, bevor er zurückkam.

***

Preston starrte auf das Haus in der Ferne. Als es dunkel wurde, verhöhnte ihn das verdammte blinkende rote Licht der Überwachungskamera über dem Tor, genau wie beim letzten Mal, als er hier gewesen war. Er war das gesamte Grundstück abgegangen und hatte überall am Zaun die gleichen blinkenden Lichter bemerkt.

Es würde ihm schwerfallen, durch das Tor zu kommen, Molly zu holen und zu fliehen, bevor die Polizei eintraf. Er wusste genau, wie die Sicherheitssysteme funktionierten und dass er auf den richtigen Zeitpunkt und Ort warten musste, um sich zurückzuholen, was ihm gehörte.

Die Zeit würde kommen. Er musste geduldig sein, auch wenn er das Warten hasste. Er wartete schon seit Monaten! Er *hasste* die dumme Schlampe dafür, dass sie ihm diesen lächerlichen Mist zumutete, aber sie hatte nicht zu entscheiden, wann ihre Beziehung endete. *Er* hatte das Sagen.

Er neigte die Flasche Whisky, die er mitgebracht hatte, und fiel fast um, als er einen tiefen Schluck nahm. Nach all dem Alkohol, den er an diesem Nachmittag getrunken hatte, spürte er keine Schmerzen mehr. Er brauchte ihn. Er brauchte den Alkohol, um den Schmerz zu überwinden, weil er wusste, dass *seine* Frau mit einem anderen vögelte.

Er hatte gesehen, wie sie Händchen gehalten hatten. Wie sie sich an dem Nachmittag geküsst hatten, als er sie von der Grundschule abgeholt hatte. Wahrscheinlich trieben sie es gerade jetzt miteinander – was Preston wütend machte.

Dafür würde sie auch noch büßen müssen. Sie würde für so viele Dinge büßen müssen, dass er sich in diesem Moment nicht einmal an alle erinnern konnte.

Taumelnd und schwankend ging er zurück zu seinem Wagen. Seinem kostbaren Crown Vic. Er hatte sich so gefreut, ihn bei der Polizeiauktion zu gewinnen. Er war zwar nicht in die Polizeiakademie aufgenommen worden, aber er war trotzdem ein Polizist. Die Leute beugten sich vor seiner Autorität. Er hatte die Waffe, die Uniform und den Wagen.

Molly würde ihn respektieren, bevor er mit ihr fertig war. Dafür würde er sorgen.

Er ging den knappen Kilometer zur Tankstelle, wo er sein Fahrzeug geparkt hatte, stolperte ab und zu und ließ sich praktisch auf den Fahrersitz fallen. Er hatte ganz hinten geparkt, wo es keine Überwachungskameras gab ... er hatte es überprüft. Er brauchte mehrere Versuche, um den Schlüssel ins Zündschloss zu stecken. Als der Wagen ansprang, trank er den Whisky aus und warf die Flasche auf der Beifahrerseite auf den Boden.

Er hob seine Waffe auf, die neben ihm auf dem Sitz lag, und streichelte sie liebevoll, als sei sie ein lebendiges, atmendes Wesen.

»Wenn se mich nich reschpektiert, wird sie *dich* reschpektieren«, lallte Preston, während er die Waffe streichelte. Er warf sie wieder auf den Sitz, legte den Gang ein und fuhr langsam aus der Tankstelle heraus, um zu dem beschissenen Motel zu fahren, in dem er übernachtete.

Sein Geld ging langsam zur Neige. Er würde bald etwas unternehmen müssen. Sein Job war weg – er hatte mehrere Schichten versäumt und sein Chef hatte schließlich genug gehabt. Aber der Mann hatte ihn immer gehasst, weil er wusste, dass Preston so viel besser war als er. Er war neidisch auf Prestons Aussehen, seine Autorität und seine offensichtlichen Fähigkeiten als Polizist.

Die Gedanken kreisten in seinem Kopf und Preston fühlte sich überraschend ruhig in Anbetracht der Situation mit Molly. Er war nach Indianapolis zurückgekehrt, nachdem ein paar Beamte der Mordkommission von Oak Park in Chicago an seine Tür geklopft hatten. Sie hatten von ihm verlangt, mit ihnen auf die Polizeiwache zu kommen, um zu reden, aber er kannte seine Rechte. Solange sie ihn nicht verhafteten, musste er gar nichts tun. Die Arschlöcher gingen davon aus, dass er sich nicht mit dem Gesetz auskannte, aber das tat er sehr wohl. Er hatte sich damit auseinandergesetzt. Er wäre ein besserer Polizist gewesen als die beiden zusammen.

Die Polizisten hatten ihm ein paar Fragen gestellt, um ihn dazu zu bringen, seine Taten zuzugeben, aber er hatte ihnen ein falsches Alibi gegeben und sie dann weggeschickt, denn er wusste, wenn sie seine Geschichte überprüft und herausgefunden hatten, dass er gelogen hatte, wäre er längst weg. Er wollte auf keinen Fall in den Knast wandern. Nicht wegen dieser dummen Schlampe.

Die Insassen mochten bekanntermaßen keine Polizisten. Und Preston war praktisch ein Polizeibeamter. Er trug nur kein offizielles Abzeichen, weil der Psychologe ihn nicht mochte und ihn ausgemustert hatte.

Preston war sich sicher, dass er mit dem Mord an den nutzlosen Großeltern der Schlampe davongekommen war, aber offensichtlich hatte sie ihn verpfiffen. Dafür würde er sich rächen, genau wie für all ihre anderen Missetaten.

Sein Plan war es, sich um die unerledigten Dinge in seinem Leben zu kümmern – vor allem um eine gewisse Molly Smith – und dann mit einem lauten Knall unterzugehen.

Die Polizei war ihm auf den Fersen, und nach reiflicher Überlegung hatte Preston beschlossen, keine Zeit mehr damit zu verschwenden, Psychospielchen mit Molly zu spielen. Sie war eine dumme Schlampe – sie hatte ihn abgewiesen, war dann verschwunden und mit einem verdammten Verlierer zusammengezogen.

Aber *er* war nicht dumm, auch *wenn* es ihm bei all dem Alkohol in seinen Adern schwerfiel, klar zu denken. Er hatte keine

Frau, keinen Job und kein Zuhause. Er konnte nicht zurück nach Chicago. Und selbst wenn er es gekonnt hätte, wusste er, wie die Polizei arbeitete. Die Beamten würden nicht aufgeben. Sie würden ihn weiterjagen, egal wohin er ging.

Sein neuer Plan war es, Molly Smith ein für alle Mal auszuschalten und dann die Polizisten in Zugzwang zu bringen. Mal sehen, ob die Weicheier überhaupt ihre verdammten Waffen abfeuern konnten. Und er würde sein Bestes geben, um ein paar von den Mistkerlen auszuschalten, bevor sie ihn töteten. Das war die Rache dafür, dass man Preston seine Dienstmarke verweigert hatte.

Ja, das war ein guter Plan.

Wenn Preston Molly nicht haben konnte, sollte niemand sie haben.

Sie würde dafür bezahlen, dass sie ihn zurückgewiesen hatte. Und die Polizisten auch.

Niemand wies Preston Weldon zurück.

Er fuhr auf den Parkplatz des Motels, überfuhr dabei zwei Bordsteine und schaffte es, seinen Wagen fast zwischen die weißen Linien des Parkplatzes zu stellen. Er hatte am Ende der Reihe angehalten, weil er wusste, dass er seinen Wagen nicht direkt vor seinem Zimmer abstellen sollte. Das taten nur Idioten, die nicht wussten, wie polizeiliche Ermittlungen funktionieren. Und Preston war kein Idiot. Er war ein knallharter Polizist, vor dem man sich fürchten sollte.

Er stolperte aus seinem Wagen und ging in sein Zimmer. Dort fiel er mit dem Gesicht voran auf das Bett und nahm den Geruch der nicht ganz sauberen Bettdecke in seinem betrunkenen Zustand kaum wahr. Kurz bevor er einschlief, dachte er noch, dass das Schlimmste, was Molly Smith je getan hatte, war, mit diesem Idioten zusammenzuziehen. Und das würde sie bereuen. Dafür würde Preston sorgen.

KAPITEL NEUNZEHN

Molly lag im Sterben. Das war alles, was es zu sagen gab.

»Wie geht es dir, Mol?«, fragte Mark.

Sie konnte nur noch stöhnen.

»Ich hatte gehofft, dass es dir heute besser geht«, bemerkte er leise. Er saß neben ihr auf dem Sofa und streichelte leicht ihre Schulter.

Molly lag auf der Seite und rollte sich zu einem kleinen Ball zusammen. Sie fühlte sich schrecklich. Sie hasste es, krank zu sein. Verabscheute es. Und doch war sie hier, fror sich zu Tode, obwohl sie neununddreißig Grad Fieber hatte, war umgeben von Taschentüchern, hustete und nieste und hatte sogar einen verdammten Kotzeimer auf dem Boden neben dem Sofa stehen. Es war erbärmlich, und sie wollte nur noch sterben.

Ohne die Augen zu öffnen, sagte sie: »Das tut es nicht.«

»Das sehe ich.«

Molly hatte sich an diesem Morgen auf dem Sofa niedergelassen, nachdem sie aufgestanden war, um sich eine Sprite aus der Küche zu holen. Sie hatte nicht die Kraft, den ganzen Weg nach oben ins Bett oder in eines der Gästezimmer zu gehen. Sie wollte auch nicht, dass Mark krank wurde, obwohl es wahrscheinlich sowieso schon zu spät war. In den ein oder zwei Tagen, seit sie in Skylars Kindergartenklasse geholfen hatte, bevor sie krank geworden war, hatten sie viel mehr als nur dieselbe Luft geteilt. Es war offensichtlich, dass die Grippeimpfung nicht zu den Impfungen gehörte, die sie vor ihrer Abreise nach Übersee bekommen hatte.

Mark wollte mit ihr zum Arzt gehen, aber sie hatte sich geweigert. Sie hatte die Grippe schon oft genug gehabt, um zu wissen, dass der Virus sich erst einmal durch ihren Körper arbeiten musste. Mark hatte zugestimmt, ihr noch einen Tag zu geben, aber wenn es ihr nicht besser ginge, würde er mit ihr zum Arzt gehen, egal was *sie* wollte.

Molly war ebenso entschlossen, für den Rest ihres elenden Lebens auf dem Sofa zu bleiben.

»Brauchst du etwas?«, fragte Mark sanft.

»Nein«, antwortete sie ihm.

»Ich hasse es, dich so krank zu sehen«, stellte er fest.

»Ich hasse es, so krank zu *sein*«, stimmte sie zu.

»Ich bin in meinem Arbeitszimmer, wenn du mich brauchst«, erklärte er. Dann beugte er sich herunter, küsste sie auf die Schläfe und stand auf.

Molly sah ihm nicht einmal nach. Sie schloss die Augen und versuchte, es sich bequem zu machen. Jeder Muskel in ihrem Körper schmerzte und sie glaubte nicht, dass ihr jemals wieder warm werden würde. Sie glaubte nicht, dass sie in den letzten zwei Tagen mehr als ein oder zwei Stunden am Stück geschlafen, *richtig* geschlafen, hatte. Die Grippe war echt ätzend. Aber so richtig.

Smoke setzte sich in seinem Arbeitszimmer hin, nachdem er zum gefühlt hundertsten Mal nach Molly gesehen hatte. Sie lag in der gleichen Position wie beim letzten Mal, als er nach ihr gesehen hatte. Sie lag auf der Seite und hatte sich zu einem Ball zusammengerollt. Nur hatte sie diesmal im Schlaf gestöhnt. Er hasste es, sie krank zu sehen, und er wünschte sich, er könne mit ihr tauschen.

Skylar hatte ein schlechtes Gewissen gehabt, als sie gehört hatte, wie krank Molly war. Offensichtlich hatte sie sich die Grippe bei den Kindern in Skylars Klasse eingefangen. Im Nachhinein wünschte Smoke, er hätte vor ihrem Besuch daran gedacht, sie gegen die Grippe impfen zu lassen. Jetzt konnte er nur noch versuchen, sie mit Flüssigkeit zu versorgen, und hoffen, dass ihr Fieber bald zurückging.

Er hörte, wie Molly hustete, und wollte gerade zu ihr gehen, aber sein Handy klingelte. Er warf einen Blick darauf in der Hoffnung, den Anrufer ignorieren zu können, aber dann sah er, dass es Gramps war.

»Was gibt's?«, sagte er statt einer Begrüßung.

»Wir haben die neuesten Informationen von Willis bekommen. Wir müssen uns treffen.«

»Jetzt?«, fragte Smoke.

»Ja. Ich weiß, dass Molly krank ist, aber es ist wichtig. Es ist schlimm, Smoke, sonst würde ich dich nicht bitten, zu uns zu kommen. Wir würden zu dir kommen ... aber es handelt sich um eine Angelegenheit für das *Silverstone-Team*.«

Smoke seufzte. Das Team hatte schon vor Langem beschlossen, nirgendwo über seine Arbeit bei *Silverstone* zu sprechen, außer im Schutz ihres Sicherheitsraumes. Obwohl Molly und auch Skylar und Taylor wussten, was er und seine Freunde taten, wollten sie nicht, dass sie in die genauen Details ihrer Missionen eingeweiht waren.

Er wusste auch, ohne dass Gramps etwas sagen musste, dass es sich bei dem, was Willis geschickt hatte, um etwas Wichtiges handelte, wenn sein Freund überhaupt in Erwägung zog, ihn zu bitten zu kommen, obwohl Molly krank war. Sie verfolgten den Fall eines berüchtigten Drogendealers in Jamaika schon seit einigen Wochen. Drogendealer waren nichts Neues, leider gab es sie wie Sand am Meer. Aber dieser Typ war wirklich schlimm. Auf ihrer Skala der kriminellen Subjekte, mit denen sie es zu tun hatten, war er eine Neun oder Zehn, und es war offensichtlich, dass die Informationen, die Willis geschickt hatte, sehr wichtig waren.

»Okay. Ich werde Molly wecken. Wir kommen so schnell wie möglich.«

»Es tut mir leid«, erklärte Gramps noch einmal. »Geht es ihr heute besser?«

»Nein. Ich hoffe aber, dass heute das Schlimmste vorbei ist. Wenn wir es schaffen, das Fieber zu senken, wird es ihr bald wieder besser gehen.«

»Okay. Eagle lässt Taylor zu Hause – nicht dass sie darüber glücklich ist. Er will sie wegen des Babys nicht in Mollys Nähe haben. Er will nicht riskieren, dass sie krank wird und das Kind darunter leidet.«

»Verstehe. Ich würde dasselbe tun«, entgegnete Smoke, nicht im Geringsten beleidigt.

»Aber ich glaube, Skylar kommt mit Bull. Heute ist ein Verwaltungstag an ihrer Schule und sie war schon bei den obligatorischen Treffen, also hatte sie heute Nachmittag früher frei. Ich bin mir sicher, dass es ihr nichts ausmacht, auf Mol aufzupassen, bis wir fertig sind.«

»Das weiß ich zu schätzen. Ich sage dir Bescheid, wenn wir auf dem Weg sind.«

»Fahr vorsichtig.«

»Mach ich. Bis später.« Smoke schaltete sein Handy aus und fuhr sich mit der Hand durch die Haare. Es würde nicht leicht werden, Molly davon zu überzeugen, dass sie aufstehen und mit ihm zu *Silverstone Towing* fahren sollte.

Er betrat das Wohnzimmer – und sein Herz brach erneut, als er sie ansah. Ihre Wangen waren gerötet und sie hatte die Stirn in Falten gelegt, als hätte sie Schmerzen.

Er hockte sich neben das Sofa und legte seine Hand auf ihre Schulter. »Mol?«

»Hmmm?«

»Ich muss zu *Silverstone Towing* fahren. Es ist etwas passiert, was das Team besprechen muss.«

»Viel Spaß«, murmelte sie.

»Ich möchte, dass du mitkommst, damit ich dich im Auge behalten kann.«

»Nein.«

Smoke zog vor Überraschung die Augenbrauen hoch. Ihr Tonfall war fast grimmig. »Es wird nicht so schlimm werden. Wir können dich in einem der Schlafräume unterbringen.«

Sie öffnete die Augen einen Spaltbreit und starrte ihn an. »Ich werde nicht von diesem Sofa aufstehen, Mark. Vielleicht nie wieder.«

Smoke grinste, machte dann aber wieder ein ernstes Gesicht, als er sah, dass Molly nicht amüsiert war. »Ich weiß, dass du dich schlecht fühlst, aber ich muss wirklich hinfahren und mich um die Sache kümmern.«

»Dann geh«, entgegnete sie.

»Ich will dich hier nicht allein lassen.«

Molly richtete sich auf und stützte sich auf einen Ellbogen. Smoke sah, wie ihre Muskeln zitterten, als sie sich bemühte, stark zu sein, während sie mit ihm stritt.

»Mark, ich fühle mich schrecklich. Ich kann nicht länger als dreißig Minuten durchhalten, ohne mich zu übergeben. Mir ist eiskalt und mein Kopf tut weh. Wenn ich aufstehe, um zu pinkeln, dreht sich der Raum. Ich werde nirgendwo hingehen, selbst wenn du gehst. Ich werde hier auf dem Sofa bleiben und versuchen, nicht zu sterben. Ich bin schon lange Single und ich schaffe es auch allein, krank zu sein. Ich liebe dich, aber wenn du ständig besorgt um mich herum bist, geht es mir dadurch auch nicht besser. Ich fühle mich dadurch sogar noch schlechter, weil ich weiß, dass du dich hilflos fühlst.«

Smoke holte tief Luft und sah zu, wie sie sich wieder auf das Sofa sinken ließ und zitterte. Er streckte die Hand aus und legte ihr die Decke wieder um die Schultern. Er konnte das Elend in ihren Augen nicht mehr sehen und wünschte, er könnte etwas tun, damit sie sich besser fühlte.

»Ich bin hier in Sicherheit«, erklärte sie leise. »Ich werde nichts tun, außer zu schlafen. Versprochen. Geh ohne mich. Bitte! Zwing mich nicht, aufzustehen und mit dir zu kommen. Ich will auch niemanden bei *Silverstone* anstecken. Es ist besser, wenn ich einfach hierbleibe.«

»Was würdest du davon halten, wenn Skylar vorbeikommt?«, fragte Smoke.

Molly seufzte. »Das ist nicht nötig, Mark.«

»Ich weiß, aber sie hat ein schlechtes Gewissen, dass du so krank geworden bist. Ich bin sicher, sie würde sich gern um dich kümmern.«

»Würdest du dich dann besser fühlen?«, fragte Molly.

»Ja.«

»Wenn ich zustimme, heißt das, dass ich hierbleiben kann?«

»Ja«, wiederholte Smoke.

»Dann ist ja gut. Aber ganz ehrlich, ich werde nicht besonders unterhaltsam sein. Ich will auf keinen Fall, dass jemand anderes mir dabei zusieht, wie ich mich übergebe. Aber wenn es bedeutet, dass ich mich nicht von hier wegbewegen muss, dann meinetwegen.«

»Okay, Mol. Dein Handy ist voll aufgeladen. Es liegt hier auf dem Tisch neben dir. Ich kann den Alarm zurücksetzen, wenn ich gehe, aber du musst aufstehen, wenn Skylar kommt, um ihn zu deaktivieren, damit sie reinkommen kann. Ich werde ihr den Code für das Tor geben, aber du musst an die Tür gehen.«

»Okay.«

»Meinst du, du schaffst es aufzustehen?«

»Ja«, erwiderte Molly mit einem leichten Nicken. »Ich muss wahrscheinlich sowieso bald auf die Toilette.«

»In Ordnung. Ich schicke sie rüber, sobald ich bei *Silverstone* angekommen bin. Ich liebe dich und es tut mir so leid, dass du dich schrecklich fühlst.«

»In Krankheit und Gesundheit, richtig?«, scherzte sie.

Diese Worte trafen Smoke direkt ins Herz. »Auf jeden Fall«, stimmte er zu. Dann küsste er sie erneut. »Ich liebe dich, Mol.«

»Ich liebe dich auch«, entgegnete sie.

Smoke stand auf und blickte auf seine arme kranke Frau hinunter. Unter der Decke sah sie noch kleiner aus als sonst. Die meiste Zeit vergaß er, wie zierlich sie war. Aber jetzt, da sie krank war, hätte er sie am liebsten in die Arme genommen und wie ein Baby geschaukelt.

Er ging nach oben und zog sich um, und als er ins Wohnzimmer zurückkehrte, schien Molly zu schlafen. Er drückte ihr das Handy in die Hand, denn sie musste es klingeln hören, wenn Skylar eintraf, damit sie aufstehen konnte, um die Alarmanlage auszuschalten und ihre Freundin hereinzulassen.

Smoke überlegte kurz, ob er gehen sollte, aber er wusste, dass sie nichts anderes tun würde als das, was sie gesagt hatte: liegen bleiben und versuchen, gesund zu werden.

»Ich bringe noch etwas Vanilleeis mit«, flüsterte er gegen ihre Schläfe.

»Danke. Fahr vorsichtig. Ich liebe dich«, murmelte sie.

»Ich liebe dich.«

Dann zwang Smoke sich, aufzustehen und zur Garage zu gehen. Es war bereits später Nachmittag. Je eher er losfuhr, desto eher konnte er zu ihr zurückkehren. Er vergewisserte sich, dass die Alarmanlage scharf war, bevor er aus der Garage fuhr, aber das ungute Gefühl in seiner Magengrube ließ nicht nach. Er wusste nicht, ob es daran lag, dass er sich schlecht fühlte, weil er Molly verließ, während sie so krank war, oder ob es etwas anderes war.

Er redete sich ein, dass er so schnell wie möglich zurückkommen würde und dass sein Sicherheitssystem ihn alarmieren würde, wenn etwas im Argen lag. Dann konzentrierte er sich auf die Straße.

***

Molly spürte, wie ihr Telefon an ihren Fingern vibrierte, und hörte das Klingeln durch ihre wie mit Watte ausgestopften Ohren.

»Hallo?«, murmelte sie in den Hörer.

»Ich bin's, Skylar. Ich stehe hier vor deiner Tür.«

»Okay, ich bin gleich da«, erklärte Molly ihrer Freundin. Sie legte auf und legte das Handy zurück auf den Tisch neben dem Sofa. Sie hatte angenommen, dass Mark wirklich gerade erst gegangen war. Offensichtlich war sie aber in der Zwischenzeit eingeschlafen. Molly richtete sich auf und wartete, bis der Raum sich nicht mehr drehte, bevor sie langsam aufstand. Sie stützte sich zunächst auf die Rückenlehne des Sofas, dann auf einen Stuhl am Tisch und schließlich auf die Kücheninsel, um das Gleichgewicht zu halten, und machte sich auf den Weg zur Alarmtastatur. Sie tippte die Zahlen ein, wobei sie sich nur einmal vertippte, aber zum Glück nicht den Alarm auslöste, und schlurfte dann langsam zur Haustür.

Nachdem sie Skylar hereingelassen hatte, ging sie zurück zur Schalttafel der Alarmanlage und schaltete das System wieder ein. Skylar legte ihren Arm um Mollys Taille und half ihr zurück auf das Sofa.

»Mein Gott, Mol, ich hatte keine Ahnung, dass es dir *so* schlecht geht.«

Sie versuchte, ihre Freundin anzulächeln. Eigentlich wollte sie sich wieder hinlegen, aber sie zwang sich, erst einmal sitzen zu bleiben. »Ich habe Mark unmissverständlich gesagt, dass ich dieses Haus nicht verlassen werde.«

Skylar nickte. »Ich kann es dir nicht verdenken. Taylor wollte unbedingt mitkommen, aber Eagle hat wegen des Babys Einspruch eingelegt.«

»Ich hätte ihr die Hölle heißgemacht, wenn sie hierhergekommen wäre«, entgegnete Molly. »Ich bin sicher, dass es mir bald wieder besser geht. Es ist nur die Grippe.«

»Trotzdem ist es schlimm«, bedauerte Skylar sie.

»Das muss an den vielen Niesern gelegen haben, die die Kinder auf mich abgefeuert haben.«

»Ja, diese Woche waren fünf weitere Kinder krank«, entgegnete Skylar mit einem Nicken. »Kann ich dir etwas bringen?«

Molly schaute zu dem kleinen Tisch hinüber. »Vielleicht noch etwas zu trinken?«

»Natürlich«, erklärte Skylar und griff nach dem Plastikbecher, aus dem Molly getrunken hatte. »Soll ich dir eine Suppe machen oder so?«

Bei dem Gedanken an Nahrungsmittel zog Mollys Magen sich zusammen. Sie presste die Lippen aufeinander und schüttelte den Kopf.

»Alles klar. Okay, ich bin gleich wieder da.«

In dem Moment, in dem Skylar in die Küche ging, rebellierte Mollys Magen. Sie beugte sich vor und griff nach dem Plastikeimer, den Mark ihr hingestellt hatte. Ihr stieg die Galle hoch und sie spuckte in den Eimer und betete, dass sie sich nicht noch einmal übergeben musste. Ihr Magen tat ohnehin schon weh, und sie wollte auf keinen Fall vor ihrer Freundin diese schrecklichen Würgegeräusche machen.

Als Skylar mit einem Becher voll Elektrolytgetränk zurückkam, war die Übelkeit zum Glück erst einmal vorbei. Der Raum drehte sich jedoch wieder, also legte Molly sich wieder hin. »Ist es kalt hier drin oder liegt es an mir?«, fragte sie.

»Es liegt an dir«, entgegnete Skylar sofort und stellte den Becher auf den Tisch.

Molly schloss die Augen und betete, dass der Raum aufhören würde, sich zu drehen.

»Du meine Güte, was mache ich hier eigentlich?«, fragte

Skylar. »Du bist ganz offensichtlich nicht in der Verfassung zu reden, das merke ich. Kann ich sonst noch etwas für dich tun?«

Molly schüttelte den Kopf, öffnete aber nicht die Augen.

»Es tut mir leid, dass du dich so schlecht fühlst«, erklärte Skylar. »Ich weiß, Smoke wollte, dass ich rüberkomme und auf dich aufpasse, weil er es nicht kann ... aber du fühlst dich richtig schlecht. Und dass ich hier bin, wird dir nicht helfen. Ich weiß, wenn ich krank bin, will ich mit niemandem reden.«

»Du kannst gern bleiben«, erklärte Molly, aber es steckte nicht viel Nachdruck hinter ihren Worten. »Und ich komme schon wieder in Ordnung.«

Skylar lachte ein wenig. »Ich weiß, dass du wieder in Ordnung kommst. Du wirst jetzt schlafen. Ich kehre zu *Silverstone* zurück und sage Smoke, dass es dir gut geht. Schlaf ein bisschen. Achte darauf, dass du so viel Flüssigkeit wie möglich zu dir nimmst. Wenn du zu sehr dehydrierst, musst du ins Krankenhaus, und ich weiß, dass du das nicht willst.«

Molly zwang sich, die Augen zu öffnen. »Danke, dass du nach mir gesehen hast. Ich weiß das wirklich zu schätzen.«

»Das weiß ich. Musst du mich rauslassen?«

»Ach ja, Mist. Gib mir einen Moment«, bemerkte Molly. Sie wünschte sich, sie könnte die Augen schließen und schlafen oder es zumindest versuchen, aber sie musste aufstehen, Skylar rauslassen und dann die Alarmanlage wieder einschalten. Sie richtete sich noch einmal auf. Die Übelkeit kehrte zurück, aber sie zwang sich, sie zu verdrängen.

»Ich helfe dir«, sagte Skylar und hielt ihr die Hand hin.

»Benutze auf jeden Fall ein antibakterielles Gel, wenn du zu deinem Wagen zurückkehrst«, erklärte Molly, als sie die Hand ihrer Freundin nahm. »Und berühre dein Gesicht eine Weile nicht.«

»Okay«, beruhigte Skylar sie.

»Werden die Jungs sauer sein, dass du nicht lange geblieben bist?«, fragte Molly.

»Nein. Und wenn sie es sind, Pech gehabt. Jungs mögen es vielleicht, wenn man sie von vorn bis hinten bedient, wenn sie einen kleinen Männerschnupfen haben, aber wenn man wirklich krank ist, so wie du, ist Schlaf und Alleinsein in deinem Elend das Beste.«

»Genau das finde ich auch«, erklärte Molly. Sie machte einen Abstecher zur Alarmanlage in der Garage und schaltete sie aus, dann ging sie zur Haustür, wo Skylar auf sie wartete. Sie versuchte, sie anzulächeln. »Danke noch mal, dass du vorbeigekommen bist. Ehrlich.« Ihr stieg erneut die Galle hoch und Molly hoffte, dass man ihr nicht ansah, wie schlecht ihr war.

»Klar doch. Ruf mich an, wenn du dich wieder ein bisschen besser fühlst.«

»Mach ich.«

»Tschüss, Mol.«

»Tschüss.«

Als die Tür sich hinter Skylar schloss, wusste Molly, dass sie sich gleich wieder übergeben würde. Sie machte drei schnelle Schritte in Richtung Badezimmer, schaffte es aber nicht, bevor sich ihr Magen zusammenkrampfte. Sie beugte sich im Flur vor, zitterte und tat ihr Bestes, um nicht auf die Nase zu fallen, während sich ihr der Magen umdrehte. Die kleine Menge Wasser, die sie seit dem letzten Mal getrunken hatte, kam wieder hoch.

Mit tränenden Augen und dem Gefühl, mitten in der Antarktis ohne Mantel zu stehen, schlurfte Molly in die Küche. Sie schnappte sich ein paar Papiertücher und versuchte, die Sauerei im Flur zu beseitigen.

Dankbar, dass sie nichts gegessen hatte, was sie hätte erbrechen können, schwankte Molly auf ihren Füßen. Sie war zwei Sekunden davon entfernt, auf ihr Gesicht zu fallen. Das Sofa sah aus, als sei es kilometerweit entfernt. Langsam bewegte sie sich darauf zu und betete, dass ihr nicht noch einmal schlecht werden würde. Es schien ein Jahr zu dauern, aber schließlich erreichte sie ihr Nest aus Decken und Kissen. Als sie sich hinlegte und die

Decke bis zum Kinn hochzog, fröstelte sie einige Minuten lang, bevor sie das Gefühl hatte, dass sie vielleicht doch nicht erfrieren würde.

Sie drehte sich wieder auf die Seite und zog die Knie an die Brust.

Sie schloss die Augen und vergaß alles, nur nicht, wie elend sie sich fühlte. Wenn sie sich nicht besser fühlte, wenn Mark nach Hause kam, würde sie ihm sagen, dass sie bereit war, zum Arzt zu fahren. Sie hatte keine Lust aufzustehen. Wollte nicht gehen. Aber sie war selbst ziemlich besorgt, weil sie sich so furchtbar fühlte. Und sie wollte auf keinen Fall, dass Mark auch krank wurde.

Der Gedanke, dass es ihnen beiden schlecht ging und sie krank waren, ging ihr durch den Kopf, als Molly auf dem Sofa in den Halbschlaf fiel.

Preston war wieder betrunken. Er war schon seit Tagen betrunken. Aber das war ihm egal. Ihm war alles scheißegal. Außer, dass er die Schlampe in die Finger bekam, die ihn beleidigt hatte.

Er beobachtete von seinem Platz in den Bäumen in der Nähe des Tors, das zum Haus des Idioten führte, der ihm seine Freundin gestohlen hatte, als ein Wagen eintraf und die Einfahrt entlangfuhr. Er erkannte die Frau. Seine Molly war manchmal mit ihr unterwegs.

Er trank noch immer seinen Whisky und überlegte, wie er Molly für ihre Sünden gegen ihn bestrafen könnte, als er die Frau kurz nach ihrer Ankunft die Einfahrt wieder herunterkommen sah.

Er schwelgte in seinem eigenen Hass, als er zufällig auf die Kamera am Tor schaute, nachdem sie auf die Straße zurückgefahren war.

Preston konnte nicht glauben, was er da sah.

Er rieb sich die Augen und hoffte, dass er keine Halluzinationen hatte.

Nein, das tat er nicht.

Die Kamera blinkte nicht.

Sie war nicht an.

Er schaute von der Kamera zum Haus und dann wieder zur Kamera. Preston hatte keine Ahnung, wie viel Zeit er hatte, aber er wusste, dass er schnell handeln musste. Er konnte sich nicht daran erinnern, dass die Alarmanlage einmal nicht aktiviert gewesen war, seitdem er Molly verfolgte. Er hatte den Mistkerl vorhin wegfahren sehen, bevor die andere Frau gekommen war. Er wusste nicht, ob noch jemand im Haus war – er glaubte es nicht –, aber das war letztendlich auch egal. Er würde jeden erschießen, der sich zwischen ihn und Molly stellte.

Es wurde Zeit, dass sie für das bezahlte, was sie ihm angetan hatte. Dafür, dass sie ihn im Stich gelassen hatte. Dass sie ihn zurückgewiesen hatte. Für *all* das.

Preston stolperte, so schnell er konnte, zurück zu seinem Wagen. Er fuhr die Auffahrt entlang und schaute nervös aus sicherer Entfernung auf die Kamera. Sie war immer noch ausgeschaltet.

Böse lächelnd nahm er noch einen Schluck Whisky, dann atmete er tief ein.

Er trat aufs Gas.

Preston stöhnte vor Schmerz, als sein Kopf beim Aufprall gegen das Tor auf das Lenkrad schlug, und schaute auf. Er hatte die Metallbarriere verbogen, war aber nicht ganz durchgebrochen. Verdammt waren der Mann und seine verfluchten Sicherheitsvorkehrungen!

Es brauchte ein paar weitere Versuche, bei denen Preston rückwärtsfuhr und immer wieder das Tor rammte, aber dann stieß er einen Triumphschrei aus, als er mit seinem Wagen endlich durchbrach und die Kiesauffahrt entlangfahren konnte.

Der ausgeschaltete Alarm hatte ihm zwar etwas Zeit verschafft, aber er musste trotzdem schnell handeln. Einsteigen, töten, wen auch immer er töten musste, Molly schnappen und verschwinden. So lautete der Plan.

Danach würde er aus Indianapolis verschwinden und sich ein gutes Versteck suchen, um Molly *genau* zu zeigen, dass es keine gute Idee gewesen war, ihn zurückzuweisen.

Er machte vor dem Haus halt, sprang aus dem Wagen, wobei er fast auf sein Gesicht gefallen wäre, und ging zum Kofferraum. Er schnappte sich ein Brecheisen und ging auf die Tür zu. Molly würde auf jeden Fall mit ihm kommen, so oder so. Das würde lustig werden.

KAPITEL ZWANZIG

Smoke konnte nicht glauben, was er da sah. Gramps, der sonst so ruhig war, lief im Sicherheitsraum von *Silverstone Towing* sichtlich aufgeregt auf und ab. »Ich *kenne* sie«, erklärte Gramps mit leiser Stimme. »Cassidy Hewitt. Sie ist in El Paso aufgewachsen und wir waren ein Jahr lang auf der gleichen Highschool. Sie war im ersten Jahr, als ich im letzten war. Sie war in der Band, spielte Flöte und war verdammt witzig. Meine Eltern und ihre Eltern kannten sich, verkehrten in denselben Kreisen.«

»Was zum Teufel hat sie sich dabei gedacht, nach Jamaika zu gehen?«, fragte Bull. »Und für Michael Coke zu arbeiten, den berüchtigtesten Drogendealer, den das Land je hatte?«

»Ich weiß es nicht!«, fuhr Gramps ihn an. »Es ist Jahre her, seit ich das letzte Mal von ihr gehört habe. Sie hatte diesen Kerl geheiratet und sich dann scheiden lassen. Sie hatten einen Sohn, glaube ich. Er müsste jetzt etwa zehn oder elf Jahre alt sein. Das ist so eine verdammt beschissene Situation.«

Es war beschissen. Smoke schaute auf die Kopie des Briefes in seiner Hand. Er war handgeschrieben, die Buchstaben waren typisch weiblich und verschnörkelt. Die Hässlichkeit der Worte stand im Widerspruch zu der schönen Schrift.

Sehr geehrte Damen und Herren,

mein Name ist Cassidy Hewitt. Ich komme aus El Paso, Texas. Ich arbeite auf dem Anwesen von Michael Coke in Kingston, Jamaika. Ich hatte keine Ahnung, wer er war, als ich den Job als Hauslehrerin annahm. Ich will weg, aber ich weiß, dass er mich und meinen Sohn töten wird, wenn wir versuchen zu fliehen. Ich bin bereit, alles zu tun, was nötig ist, um meinen Sohn lebend hier herauszubringen. Ich weiß, wie Cokes Operation funktioniert, wo die Drogenhäuser sind und wer für ihn arbeitet. All das. Ich erzähle Ihnen alles, wenn Sie uns nur helfen zu fliehen. Wenn er herausfindet, dass ich diesen Brief verschickt habe, wird er meinen Jungen foltern und mich zwingen zuzusehen. Am Ende wird er mich ohnehin töten. Das weiß ich. Bitte helfen Sie mir.

Mit freundlichen Grüßen

Cassidy, eine verzweifelte amerikanische Staatsbürgerin

Das *Silverstone-Team* studierte Coke und sein Drogennetzwerk schon wochenlang. Cokes Vater hatte die *Shower Posse*, eine gewalttätige Drogenbande, gegründet und sie an seine Kinder weitergegeben. Er war schon viele Jahre zuvor ermordet worden, ebenso wie Michaels Bruder und seine Schwester. Michael war sogar noch skrupelloser und paranoider, als seine Geschwister es waren. Das kam ihm zugute, denn seine Feinde und die Behörden waren nicht in der Lage, an ihn heranzukommen.

Er hatte Hunderte von treuen Anhängern, die alles für ihn taten, einschließlich der Ermordung aller, die dumm genug waren, zu viele Fragen zu stellen, und der Entführung von Kindern aus ihren Häusern, um sie zu zwingen, für sein Unternehmen zu arbeiten. Gerüchten zufolge lebten Dutzende von Kindern auf seinem riesigen Grundstück in West Kingston. Dass er die Kinder einer Gehirnwäsche unterzog und ihnen erzählte, ihre Eltern hätten sie verkauft und er sei jetzt ihr Vater.

»Wie gesagt, ich kenne sie schon lange«, erklärte Gramps. »Ich mochte sie. Sehr sogar. Wir haben sogar eine Zeit lang Briefe ausgetauscht, als ich beim Militär war. Sie ist die Art von Mädchen, die du gern zu deinen Eltern nach Hause bringen würdest. Um dich niederzulassen und zu heiraten. Ein *anständiges* Mädchen. Ich wusste, dass sie so weit außerhalb meiner Liga war, dass ich keine Chance hatte. Dann heiratete sie, und das war's. Jede Chance, die ich bei ihr gehabt hätte, war dahin«, erzählte Gramps.

Smoke kniff die Augen zusammen. Er hatte noch nie von dieser Cassidy gehört. Und die Tatsache, dass Gramps offensichtlich verzweifelt war, überraschte ihn sehr. Er war immer der Unerschütterliche. Der Beständige.

»Aber zu wissen, dass sie mit diesem Abschaum zusammenlebt, dass sie Angst hat ... das tut weh. Und zwar sehr«, bemerkte Gramps.

»Das ist nicht wie die meisten unserer Missionen«, sagte Eagle leise. »Es ist fast unmöglich, an Coke heranzukommen. Wegen der hohen Arbeitslosigkeit und der Armut in Jamaika sind die Leute, die er beschäftigt, extrem loyal ... meistens, weil sie ihre Einkommensquelle nicht verlieren wollen, aber trotzdem. Viele Leute haben im Laufe der Jahre versucht, Coke zu stürzen, aber es ist ihnen nicht gelungen.«

Gramps knurrte, beugte sich vor und riss den Brief vom Tisch. Er beugte sich zu Eagle und wedelte mit dem Papier. »Cassidy und ihr Sohn sind also entbehrlich?«

»Das habe ich doch überhaupt nicht gesagt«, erklärte Eagle.

»Verdammt noch mal!«, rief Gramps, warf das Papier auf den Tisch und begann, wieder auf und ab zu gehen.

»Ich glaube, wir sind uns alle einig, dass Coke verschwinden muss«, bemerkte Bull ruhig.

Alle nickten.

»Und wenn wir uns dafür entscheiden, wird es eine Mission sein, wie wir sie noch nie gemacht haben.«

Wieder nickten sie.

»Das ist eine persönliche Sache für Gramps. Ich kann mich nicht erinnern, dass wir jemals einen Einsatz gemacht haben, bei dem wir jemanden persönlich kannten, der betroffen war. Vielleicht sehen wir Bilder von den Opfern oder wissen, dass unsere Zielperson Geiseln hält. Oder wir stolpern über jemanden wie Molly, der unsere Hilfe braucht, aber hier ist die Situation anders. Ich bin bereit für die Herausforderung. Was haltet ihr davon?«

Die anderen drei Männer stimmten sofort zu.

»Dieser Einsatz wird eine Menge Recherche und Planung erfordern«, warnte Eagle.

»Woran denkst du?«, fragte Smoke Gramps.

»An einen Undercover-Einsatz«, platzte Gramps heraus. »Willis kann mit seinen Verbindungen helfen. Ich weiß, dass sie dort bereits einige Undercover-Agenten haben. So sind wir an einige der Informationen gekommen, die er uns bereits geschickt hat.«

Eagle runzelte die Stirn. »Das ist verdammt gefährlich«, entgegnete er.

»Ich weiß. Aber *weil* es etwas Persönliches ist, gehe ich alleine rein«, erklärte Gramps.

»Von wegen!«

»Auf keinen Fall!«

»Kommt überhaupt nicht infrage!«

Bull, Eagle und Smoke sprachen alle gleichzeitig.

»Hört zu, ihr habt jetzt Familien. Keiner von euch kann das machen.«

»Stimmt, aber du machst das nicht alleine«, knurrte Eagle. »Wir sind ein verdammtes Team. Wir *arbeiten* als Team. Ich stimme dir zu, dass es Aspekte an diesem Einsatz gibt, die besser von einer einzelnen Person ausgeführt werden könnten, aber das bedeutet nicht, dass du allein nach Jamaika fliegst, während wir hier in Indiana auf unseren Hintern sitzen.«

Die vier Männer starrten sich gegenseitig an. Smoke stimmte Eagle vollkommen zu, aber er wusste auch, dass Gramps recht hatte. Für einen einzelnen Mann wäre es *tatsächlich* einfacher, Cokes Organisation zu infiltrieren. Er hielt den Atem an und wartete auf die Reaktion von Gramps.

Schließlich nickte er. »Ich meine nur … du kennst Cassidy nicht. Ich meine, ich schätze, *ich* kenne sie auch nicht mehr wirklich. Aber wenn ich mir vorstelle, wie sie vor lauter Angst alles riskiert, um einen verdammten Brief an das FBI zu schicken … Jesus … das macht mich verrückt.«

Smoke stand auf und legte eine Hand auf Gramps' Arm. »Wir werden alles tun, um sie *und* ihren Sohn da rauszuholen.«

Gramps seufzte schwer. »Ich danke dir.«

»Wir sollten uns mal zusammensetzen und alles durchgehen, was wir bisher von Willis erfahren haben«, schlug Bull vor. »Jetzt, da wir wissen, dass wir nicht nur darüber nachdenken, sondern es auch wirklich tun, können wir konkrete Fragen stellen. Bitte ihn um genauere Informationen. Wir müssen über alle Mitarbeiter von Coke Bescheid wissen, wer für ihn arbeitet, wie seine Villa aussieht, wie die Abläufe sind. *All* diese Dinge. Wissen ist Macht, und wenn wir Gramps in die Höhle des Löwen schicken wollen, müssen wir wissen, womit wir es zu tun haben und wo wir am besten zuschlagen. Einverstanden?«

Alle nickten und Gramps schien etwas weniger aufgeregt zu sein, jetzt, da er wusste, dass das *Silverstone-Team* einer Meinung war, was die Rettung der Frau anging, der er einst nahestand.

Als sie sich alle um den Tisch versammelt hatten, nickte Bull Smoke zu. »Skylar ist zurück«, erklärte er und hielt sein Handy hoch. »Sie sagt, Molly ginge es gut, aber sie wollte nur schlafen. Sie hat sie wohlbehalten auf deinem Sofa zurückgelassen.«

»Danke«, sagte Smoke zu seinem Freund. Er war erleichtert, dass es Molly gut ging, aber der Drang, nach Hause zu fahren und sich selbst davon zu überzeugen, dass sie in Sicherheit war, ließ ihn nicht los.

»Lasst uns ganz von vorn beginnen«, erklärte Eagle. »Mit Cokes Vater und wie er sein Imperium gegründet hat.«

Da er wusste, dass sie wahrscheinlich länger dort sein würden, als er wollte, zwang Smoke sich, seine Gedanken von Molly abzuwenden. Sie würde wahrscheinlich sowieso nicht wissen, wie lange er weg war – sie würde den Nachmittag verschlafen und sich hoffentlich besser fühlen, wenn er am Abend nach Hause kam.

Preston schaute durch eines der Fenster an der Vorderseite des Hauses und sah einen formellen Esszimmertisch. Es gab keine anderen Hindernisse, wenn er das Fenster aufbrach und hineinkletterte.

Er holte tief Luft und schaute auf die Uhr. Er wusste nicht, wie viel Zeit er haben würde. Selbst wenn der Alarm nicht eingeschaltet war, gab es vielleicht noch ein separates Kamerasystem. Er musste reingehen, Molly holen und dann verschwinden.

Er zog den Arm zurück und schlug das Brecheisen gegen das Fenster.

Überraschenderweise ging das Fenster nicht zu Bruch. Es zersplitterte, aber es hielt zusammen.

Sicherheitsglas. *Verdammt!*

Er schlug noch mehrere Male auf das Glas ein, ohne sich darum zu kümmern, dass ihn jemand hören könnte, bis er den gesamten Rahmen ins Haus schieben konnte. Preston drängte sich hinein, atmete bereits schwer und fiel auf seine Hände und Knie.

»Verdammtes Sicherheitsglas ist wenigstens für diese *eine* Sache gut«, murmelte er. Dankbar, dass er sich bei seinem Sturz nicht verletzt hatte, stand er schnell auf und stolperte in den nächsten Raum.

Molly war auf dem Sofa, sie hatte sich aufgesetzt und sah sich verwirrt um.

Er zog die Glock-Pistole aus dem Seitenholster und richtete sie auf sie. »Steh auf«, bellte er.

»Preston?«

»Ja, Schatz. Ich bin's! Steh jetzt auf.«

»Wie bist du denn reingekommen?«

Verärgert darüber, dass sie nicht sofort gehorchte, ging Preston zum Sofa hinüber und schlug sie mit seiner Pistole. Sie kreischte auf und fiel seitlich auf die Kissen.

Ein süßes, berauschendes Gefühl der Macht überkam ihn, er ging um das Sofa herum und packte sie am Arm. »Ich sagte: *Steh auf!*« Er zerrte sie hoch, bis sie stand. Dann hielt er ihr die Waffe genau zwischen die Augen und beugte sich vor. »Du wirst tun, was ich sage, wenn ich es sage, wenn du am Leben bleiben willst, verstanden?«

Er sah, wie Molly schwer schluckte und dann nickte.

»Gut.« Preston schob einen Plastikeimer aus dem Weg, drehte Molly mit dem Rücken zu ihm und legte einen Arm diagonal um ihre Brust. Er drückte die Waffe gegen ihre Schläfe. »Und jetzt geh.«

Ohne ein Wort zu sagen, tat sie, wie geheißen.

Preston wusste nicht, warum er das nicht schon früher getan hatte, aber er genoss den gewaltigen Adrenalinstoß, den er in diesem Moment verspürte, und lächelte, als sie sich auf den Weg zur Tür machten.

»Schließ auf. Und mach keine Dummheiten«, drohte er.

Molly streckte die Hand aus und öffnete den Riegel. Dann die Kette. Sie machte die Tür auf.

Er schob sie mit seinem Körper hindurch und lachte, als ihre Beine auf der Treppe fast nachgaben. Nur sein Griff bewahrte sie davor, mit dem Gesicht nach unten zu stürzen. Er eilte mit ihr zu seinem Wagen, öffnete die hintere Tür und stieß sie hinein.

Dann führte Preston in der Einfahrt einen fröhlichen, betrunkenen Freudentanz auf.

Er hatte es geschafft! Er hatte sie in seiner Gewalt! Sie konnte nicht vom Rücksitz aufstehen. Nicht bevor er sie rauslassen würde. Bei dem alten Wagen, den er gekauft hatte, waren einige der Polizeielemente entfernt worden, nachdem er ausgemustert worden war, aber er hatte viel Geld bezahlt, um sie wiederherzustellen. Ein Plastiksitz hinten, ein Gitter aus Draht, das den hinteren Teil vom vorderen trennte. Türen, die sich nicht von innen öffnen ließen.

Als er sich umschaute und sein verwirrtes Gehirn sich endlich daran erinnerte, dass er von hier verschwinden musste, öffnete Preston die Fahrertür und stieg ein. Er sah Molly an und grinste. Sie hatte eine blutige Wunde an der Schläfe, wo er sie geschlagen hatte, und sie sah total verängstigt aus.

Das gefiel ihm *verdammt gut*.

»Jetzt bist du nicht mehr so frech, was?«, fragte er und griff nach seiner Whiskyflasche. Er kippte ein paar Schlucke hinunter und erschauderte bei dem heißen Rausch des Alkohols, der durch seinen Blutkreislauf floss, dann wendete er den Wagen und raste die Auffahrt hinunter.

Er hatte ihm seine Frau schlicht und einfach gestohlen. Er konnte es kaum erwarten, ihr ein paar Lektionen zu erteilen ... und sie bereuen zu lassen, dass sie ihn erniedrigt hatte.

Eineinhalb Stunden später war Smoke fertig. Sie hatten noch eine Menge Arbeit vor sich, aber sein ungutes Gefühl hatte sich noch verstärkt. Er musste nach Hause zu Molly.

»Ich bin dann mal weg«, erklärte er seinen Freunden. »Ich habe Molly versprochen, dass ich ihr auf dem Heimweg noch ein Eis besorgen werde.« Er schaute Gramps an. »Das mit Cassidy tut mir leid. Nach dem zu urteilen, was du uns erzählt hast, scheint sie einen gesunden Menschenverstand zu haben. Sie wird schon durchhalten, bis wir zu ihr kommen.«

»Das hoffe ich«, entgegnete Gramps.

Smoke schaute zum tausendsten Mal auf seine Armbanduhr und stellte fest, dass er keine Benachrichtigung von seinem Alarmsystem erhalten hatte. Erleichtert beschloss er, die Kameras in der App auf seinem Telefon zu überprüfen. Das hatte er seit seiner Ankunft bei *Silverstone* nicht getan. Er war zu sehr mit ihren

Nachforschungen über die *Shower Posse* Bande und Cokes Welt in Jamaika beschäftigt gewesen.

Er klickte auf die App und wartete, bis sie hochgefahren war. Die erste Kamera, die er überprüfte, war die am Tor.

Was er sah, ließ ihm das Blut in den Adern gefrieren.

Das Tor war demoliert, lag kaputt auf der Straße und hing nur noch an einem Scharnier.

»Smoke? Was ist?«, fragte Eagle und bemerkte deutlich die Panik in seinem Gesicht.

»Verdammt!«, fluchte Smoke. Schnell holte er weitere Kameras heran – und konnte nicht glauben, was er da sah. Jemand hatte das Fenster an der Vorderseite seines Hauses in seinem Esszimmer eingeschlagen ... und die Haustür stand weit offen.

Er wählte sofort Mollys Nummer und fluchte erneut, als es klingelte und schließlich die Mailbox dran war.

»Weldon hat Molly entführt«, erklärte Smoke und stand so schnell auf, dass der Stuhl, auf dem er gesessen hatte, umkippte.

Ohne ein weiteres Wort drehte er sich um und wollte zur Tür stürmen, aber Bull hielt ihn am Arm fest. »Du kannst nicht einfach so losstürmen. Wir brauchen weitere Informationen«, entgegnete er.

»Vergiss es! *Er hat* sie *in seiner Gewalt!*«, rief Smoke. »Ich weiß nicht, warum der Alarm nicht losgegangen ist.«

Er riss seinen Arm aus Bulls Griff und öffnete die Tür zum Sicherheitsraum. Er eilte durch den Keller und nahm die Treppe immer zwei Stufen auf einmal, seine Freunde dicht auf den Fersen.

Skylar saß oben und sah fern. Sie stand auf, als die vier Männer ins Zimmer stürmten.

»Hat Molly den Alarm wieder eingeschaltet, nachdem du gegangen bist?«, fragte er ohne Vorrede. Schon als er die Frage aussprach, wusste er, dass Skylar es nicht wissen würde. Er geriet in Panik, was nicht seine Art war.

»Ähm ... ich weiß es nicht. Ich glaube schon? Ich meine, sie hat ihn angestellt, als ich reinkam, und hat ihn wieder ausgemacht, bevor ich ging.«

Smoke brauchte nicht mehr zu hören. Es war nicht wichtig, was passiert war. Wichtig war nur, dass Molly in Schwierigkeiten steckte.

»Geht mit ihm«, befahl Gramps Eagle und Bull. »Ich rufe die Polizei an und gebe eine Beschreibung von Weldons Wagen durch. Sie können eine Fahndungsmeldung herausgeben.«

»Ruf auch unsere Fahrer an«, erwiderte Bull. »Sie können die Augen offen halten, wenn sie auf den Straßen unterwegs sind.«

Gramps nickte.

»Ich fahre«, sagte Eagle zu Smoke. »Gib mir deinen Schlüssel.«

Smoke reichte ihn ihm. Es war ihm verdammt egal, wer fuhr, obwohl er wusste, dass es besser wäre, wenn er es nicht täte. In seiner Eile, nach Hause zu kommen oder Weldons Wagen zu finden, würde er wahrscheinlich jemanden umbringen.

Innerhalb weniger Augenblicke saßen sie in seinem Explorer und fuhren zu seinem Haus. Die Fahrt dauerte nur halb so lange wie sonst, denn Eagle fuhr wie ein Verrückter.

Der Schaden an seinem Sicherheitstor war noch schlimmer, als es auf den Kameras ausgesehen hatte. Jemand hatte es offensichtlich einfach durchgerammt. Jemand, der entschlossen war ... denn Smoke wusste, dass es nicht einfach gewesen war.

»Das muss Spuren am Wagen hinterlassen haben«, bemerkte Eagle. »Die Front seines Wagens ist sicher völlig kaputt.«

Smoke stimmte zu, aber er biss die Zähne so fest zusammen, dass er kein Wort herausbekam.

Eagle raste über den Schotter und kam vor dem Haus zum Stehen. Smoke stieg aus und lief auf die Tür zu, bevor ihn jemand aufhalten konnte.

»Smoke! Bleib stehen! Lass *mich* zuerst reingehen!«, brüllte Bull, aber Smoke ignorierte ihn. Er wusste, dass sein Freund ihn nur beschützen wollte. Er wollte ihn davor bewahren, Molly zu sehen, falls sie vielleicht tot war, aber das war ihm egal. Er musste einfach zuerst hineingehen.

»Molly!«, brüllte er, sobald er im Haus war, aber irgendwie wusste er schon, dass sie nicht da war. Das Haus fühlte sich einfach leer an. Seit sie eingezogen war, hatte sie es mit ihrer Anwesenheit gefüllt, und jetzt wirkte es kalt und öde.

Er lief durch die Küche und schaute auf das Sofa, auf dem er Molly zuletzt gesehen hatte. Die Decken, unter die sie sich gekuschelt hatte, lagen halb neben den Kissen. Der Eimer, in den sie sich übergeben hatte, war umgekippt, und ihr Handy lag noch auf dem Tisch. Jede Chance, sie über das Telefon aufzuspüren, war damit hinfällig.

Dann fiel ihm etwas anderes ins Auge. Smoke beugte sich hinunter, um einen genaueren Blick darauf zu werfen, und erstarrte.

Blut.

Er berührte es nicht, denn er wusste, dass die Ermittler am Tatort Fotos machen mussten, aber es brachte sein eigenes Blut zum Kochen.

Abrupt stand er auf und ging noch einmal zur Haustür.

»Smoke?«, fragte Bull. »Wir müssen das Haus durchsuchen.«

»Nicht nötig. Sie ist nicht hier. Weldon hat sie mitgenommen, und ich wette alles, was ich besitze, dass er sie nach Chicago zurückbringt.«

»Ja, dort fühlt er sich wohl«, stimmte Eagle zu. »Es ist sein Revier.«

»Ich rufe die Chicagoer Polizei an«, erklärte Bull, als sie sich wieder auf den Weg zum Wagen machten.

»Sag Gramps Bescheid. Er wird auch mitkommen wollen«, bemerkte Eagle.

Smoke hörte, wie seine Freunde Pläne schmiedeten, aber er konzentrierte sich nicht darauf. Er konnte nur daran denken, wie viel Angst Molly haben musste. Er hatte ihr versprochen, dass sie in seinem Haus in Sicherheit war, und das war sie nicht.

Er hätte sie nie verlassen dürfen. Er hatte es *gewusst*, sobald er aus der Tür getreten war. Er würde nie wieder an seinem eigenen Urteilsvermögen zweifeln. Smoke würde sie nach Hause bringen, und wenn es das Letzte war, was er tat.

Er kletterte auf den Beifahrersitz, ballte die Hände in seinem Schoß zu Fäusten und starrte auf sie hinunter, während Eagle den Wagen wendete und auf die Autobahn fuhr. Er dachte daran, wie diese großen Hände auf Mollys zierlichem Körper aussahen. Wie ihre Finger mit seinen verschränkt aussahen. Wie er seine Hand auf ihren Bauch gelegt hatte, bevor sie krank geworden war, und sich gefragt hatte, ob sie schon schwanger war ...

Weldon war ein toter Mann. Er hatte Smokes Frau verletzt. Egal wie lange es dauerte oder wie viele Gesetze er brechen musste, Smoke würde dafür sorgen, dass der Mann leiden würde, weil er es gewagt hatte, Molly anzufassen.

Es gab keinen Ort auf der Welt, an dem Preston sich vor ihm verstecken konnte. Seine Tage waren gezählt.

KAPITEL EINUNDZWANZIG

Molly zitterte auf dem Rücksitz von Prestons Wagen. Der Sitz war unbequem. Sie hatte schon versucht, die Tür zu öffnen, als sie an einer Ampel standen, aber sie hatte sich nicht öffnen lassen. Sie befanden sich jetzt auf der Autobahn in Richtung Chicago.

Jeder Muskel in Mollys Körper schmerzte. Die Übelkeit war mit voller Wucht zurückgekehrt, jetzt, da sie in einem fahrenden Wagen saß, und ihr Fieber war immer noch so hoch wie zuvor. Als wäre es nicht schon schlimm genug, von ihrem verrückten Ex-Freund entführt worden zu sein, war sie obendrein auch noch todkrank.

Folly Molly – Molly, der Pechvogel.

Der alte Spitzname schoss ihr durch den Kopf, aber sie versuchte, ihn zu verdrängen. Sie durfte jetzt nicht in ihre alte Denkweise zurückfallen. Sie musste so klar und positiv wie möglich sein, um aus dieser Situation herauszukommen. Molly hatte auch keinen Zweifel daran, dass Mark nach ihr suchen würde. Sie erinnerte sich daran, wie er und seine Freunde alles stehen und liegen gelassen hatten, um Bart zu finden. Sie würden dasselbe für sie tun. Daran hatte sie keinerlei Zweifel.

Molly erinnerte sich an das Gespräch, das sie mit Mark

darüber geführt hatte, ob sie gegen einen Entführer kämpfen oder versuchen sollte, sich aus einer Situation herauszureden, und holte tief Luft. Sie konnte nicht kämpfen, nicht wenn sie auf Prestons Rücksitz festsaß, aber sie konnte reden.

»Preston, was ist hier los?«

»Was los ist?«, wiederholte er. »Du hast mich gedemütigt. So etwas *tut man nicht*, Molly!«

»Es tut mir leid«, erklärte sie und versuchte, dabei möglichst zerknirscht zu klingen.

»Allerdings wird es dir leidtun«, stimmte Preston finster zu.

Molly zitterte. Sie war sich nicht sicher, ob es am Fieber lag oder daran, dass Preston so verdammt angsteinflößend klang. Sie beobachtete, wie er einen weiteren Schluck aus der Flasche neben sich nahm. Er wich über die Mittellinie aus, übersteuerte dann und fuhr auf den Seitenstreifen, bevor er wieder auf seine Fahrspur zurückfuhr. Verdammt, er würde noch dafür sorgen, dass sie beide bei einem Autounfall ums Leben kamen.

»Danke, dass du mich abgeholt hast«, sagte sie leise in dem Versuch, ihn dazu zu bringen, ihr zu glauben.

Er schaute sie an und Molly zuckte zusammen, als er wieder über die gesamte Fahrspur kurvte. Er konzentrierte sich auf die Straße und lachte. Das Geräusch war eiskalt und eine Gänsehaut bildete sich auf ihren Armen. »Dafür ist es zu spät, du Schlampe«, erklärte er ihr. »Du kannst mich nicht austricksen, indem du jetzt so nett und süß bist. Erstens, du hast mit mir Schluss gemacht. Zweitens bist du verschwunden, ohne mir zu sagen wohin. Und zwar *monatelang*! Und damit das klar ist, zuerst habe ich deine Großeltern höflich gefragt, wo du bist. Wenn sie es mir gesagt hätten, wären sie heute noch am Leben. Aber stattdessen haben sie mich *nicht respektiert*! Sie sagten mir, ich solle aus ihrem Haus verschwinden. Dass sie nie aufhören würden, dich zu beschützen, selbst wenn es das Letzte wäre, was sie täten. Und weißt du was? Das war es auch!«

Preston lachte laut auf. Er warf den Kopf zurück und schlug

mit der Hand auf das Lenkrad, als sei das, was er gesagt hatte, das Lustigste, was er je in seinem Leben von sich gegeben hatte.

Molly konnte nichts dagegen tun; Übelkeit überkam sie. Zum einen, weil sie daran dachte, was ihre arme Nana und ihr armer Papa wegen ihres Ex durchgemacht hatten und wie verängstigt sie gewesen sein mussten, und zum anderen, weil Preston Schlangenlinien fuhr. Sie lehnte sich zur Seite und würgte. Wie immer kam nichts hoch, außer etwas von dem Getränk, das sie zu trinken versucht hatte.

»Das ist das Gute an einem Plastiksitz, es ist egal, was du da hinten machst ... es lässt sich leicht abwischen«, erklärte Preston höhnisch. »Du kannst dir in die Hose machen, überall hinpinkeln und dich übergeben, so viel du willst, aber ich brauche nur einen Schlauch nach hinten zu halten, und schon ist alles weg. Puff! Kein DNA-Beweis, dass du überhaupt jemals hier warst. Also tu, was du willst. Es wird an deinem Schicksal nichts mehr ändern.«

Molly wischte sich den Mund mit dem Handrücken ab und versuchte, nicht ohnmächtig zu werden. Ihr war schwindelig und sie hatte das Gefühl, jeden Moment umzukippen und zu sterben. An einem normalen Tag krank zu sein war schon schlimm. Noch schlimmer war es, wenn man von seinem Ex entführt wurde, der einem alle möglichen schrecklichen Dinge androhte.

»Was hast du mit mir vor?«, fragte sie und beschloss, dass sie nichts zu verlieren hatte.

»Da du so nett gefragt hast, werde ich es dir sagen«, antwortete Preston. »Zuerst dachte ich daran, dich zurück nach Chicago zu bringen. Zu mir nach Hause. Ich wollte dir zeigen, wie gut wir zusammen sein können. Ich wollte dich wie meine Königin behandeln und beweisen, dass wir füreinander bestimmt sind. Dass es falsch war, dass du mit mir Schluss machen wolltest. Aber jetzt, da du zugelassen hast, dass ein anderer deinen Körper schändet – mich *betrogen* hast, mit der Polizei gesprochen und sie misstrauisch gemacht hast –, habe ich meine Meinung geändert.«

Molly zitterte erneut. Sie hatte nicht geahnt, dass Preston so wahnsinnig war. Wenn sie es gewusst hätte, wäre sie ihm aus dem Weg gegangen und hätte sich nicht einmal auf eine Verabredung eingelassen. Sie bedauerte so vieles, was ihn betraf, aber nichts würde etwas an dem ändern, was gerade geschah.

»Jetzt suche ich mir eine einsame Ausfahrt, fahre herum, bis ich den perfekten Ort gefunden habe, und dann bringe ich dich um, genau wie deine geliebten Großeltern. Was hältst du davon?«, fragte er.

Molly hatte immer noch Angst ... aber in diesem Moment wurde sie auch wütend. Wie konnte er es wagen, sie zu töten, als sei sie nichts weiter als ein Stück Dreck? »Mir gefällt das nicht«, antwortete sie unverblümt.

Einen Moment lang dachte sie, sie hätte ihn noch wütender gemacht. Aber dann lachte er wieder. Er nahm noch einen Schluck von dem Alkohol und hielt ihn hoch. »Es ist mir verdammt egal, ob es dir gefällt oder nicht. Und ich würde dir ja etwas von meinem Whisky geben, aber ich kriege ihn nicht durch das Gitter. Tut mir leid«, erklärte er ihr. »Es ist wirklich eine Schande. Wir hätten das perfekte Paar sein können. Aber jetzt hast du dir alle Chancen bei mir verspielt, selbst wenn du mich nicht respektlos behandelt hättest, indem du uns keine Chance gegeben hast und dachtest, du könntest dich von mir trennen. Du hast mit einem anderen Mann gevögelt, obwohl du *mir* gehörst. Das kann ich dir verdammt noch mal nicht verzeihen.«

Molly öffnete den Mund, um zu antworten, aber er fuhr fort.

»Wohin bist du verschwunden, Schlampe? Ich verlange, dass du es mir sagst! Ich habe *überall* nach dir gesucht! Ich habe die Post deiner Großeltern gestohlen und nach irgendwelchen Briefen gesucht. Ich habe mich bei *Apex* hineingeschlichen, und du warst nicht bei der Arbeit. Weißt du, wie peinlich es für mich war, meinen Kollegen gegenüberzutreten? Ich hatte ihnen alles über meine schöne, süße Freundin erzählt, wie sehr sie mich liebt, und dann bist du verschwunden! Sie wollten dich kennenlernen. Ich habe mit dir geprahlt, dann konnte ich dich nicht mehr vorzeigen.

Sie dachten, ich hätte dich erfunden! Alle fingen an, hinter meinem Rücken zu tuscheln. Ich erwischte sie, wenn ich einen Raum betrat, und dann wurden sie alle plötzlich ganz still. Du hast mich ruiniert – und das ist nicht *fair*! Ich wäre auf der Polizeischule angenommen worden, wenn du nicht alles kaputt gemacht hättest!«

Molly schaltete Preston aus und sagte ihm gar nichts. Nichts von dem, was er behauptete, stimmte. Und er hatte Wahnvorstellungen. Er hatte sich für die Polizeiakademie beworben, lange bevor er sie kennengelernt hatte. Sie hatte nichts damit zu tun, dass er nicht angenommen worden war. Gott sei Dank hatte derjenige, der ihn beurteilt hatte, erkannt, dass mit ihm etwas nicht stimmte. Der Gedanke, dass Preston Macht über andere haben könnte, war schrecklich. Sein Job als Wachmann hatte offensichtlich ausgereicht, um ihn glauben zu lassen, er sei unantastbar.

Als Preston ein weiteres Mal ins Schleudern geriet und dabei fast einen anderen Wagen gerammt hätte, griff Molly nach ihrem Sicherheitsgurt. Als sie erschrocken feststellte, dass es keinen gab, schloss sie die Augen und betete, dass sie nicht verunglücken würden. Obwohl das wahrscheinlich das Beste wäre, was ihr in diesem Moment passieren könnte. Die Polizei würde gerufen werden, und vielleicht könnte sie sich aus dem Staub machen, wenn die Scheiben bei dem Unfall zu Bruch gingen.

»Hörst du mir zu?«, schrie Preston.

»Ja«, erwiderte sie automatisch.

»Und ob du das tust«, knurrte er mit Genugtuung. Er wetterte weiter gegen sie, Oak Park, ihre Großeltern, die Polizei und sogar gegen die Farbe des Himmels. Er war wirklich wahnsinnig – und Molly hatte das Gefühl, dass das nicht gut für sie ausgehen würde.

Sie hatte keine Ahnung, wie lange sie unterwegs waren. Die Zeit verging ohne Bedeutung. Sie war noch halb im Fieberwahn, aber Molly bemerkte, dass es jetzt völlig dunkel war. Die Sonne war gerade erst untergegangen, als Preston sie aus Marks Haus entführt hatte. Sie nahm an, dass sie näher an Chicago als an

Indianapolis sein mussten und dass sie wahrscheinlich schon ein paar Stunden gefahren waren.

Molly sah auf, als sie bemerkte, dass sie langsamer geworden waren. Es war ihr ein völliges Rätsel, warum Preston noch keinen Unfall gebaut hatte. Eine Zeit lang schien der Wagen immer schneller zu fahren, und das Wanken und Ausweichen hatte ihr nicht gerade geholfen, ihre Übelkeit in den Griff zu bekommen. Preston hatte auch kein einziges Mal die Klappe gehalten, sondern weiter getrunken und geschimpft, und die einzige Möglichkeit, ihn halbwegs bei der Stange zu halten, bestand darin, das, was er sagte, mit einem gelegentlichen »Aha« und »Tut mir leid« zu bestätigen.

Molly verkrampfte sich, als sie bemerkte, dass Preston von der Autobahn abgefahren war und sie auf einer sehr dunklen, sehr verlassenen Straße unterwegs waren. »Preston, wir können neu anfangen. Wir können es schaffen, dass es zwischen uns funktioniert«, erklärte sie verzweifelt.

»Isch zu spät«, lallte er. »Du hast den Garten deines Körpers entweiht, indem du eine giftige Sch-schlange hineingelassen hast.«

Sie wollte über seine lächerliche Analogie lachen, aber das war definitiv nicht zum Lachen. Molly legte eine Hand auf ihren Bauch und schloss die Augen. Sie hatte keine Ahnung, ob sie schwanger war, aber wenn sie es war, würde ihr Tod, möglicherweise zusammen mit dem ihres Kindes, Mark zerstören.

Preston fuhr eine gefühlte Ewigkeit über die Nebenstraßen des ländlichen Indiana. Er schien sich verfahren zu haben, und der Alkohol half ihm nicht gerade dabei, sich zurechtzufinden. Molly betete, dass er mit seinem Wagen stecken bleiben würde und Hilfe holen müsste, aber so viel Glück hatte sie nicht.

Schließlich hielt er an und stellte den Motor ab. »W-wir schind da«, lallte er undeutlich. Dann stieg er aus dem Wagen und ließ seine Scheinwerfer in Richtung eines großen, bewachsenen Feldes leuchten. Hinter dem Feld gab es ein kleines Wäldchen und nirgendwo andere Lichter.

Prestons Kopf verschwand aus dem Blickfeld und Molly vermutete, dass er auf seinen Hintern gefallen war. Sie betete, dass er zu betrunken war, um aufzustehen, aber sie weinte fast, als er wieder aufsprang.

Folly Molly.

In Gedanken sagte sie ihrem Gehirn, es solle still sein – und als Preston die hintere Tür öffnete, machte sie ihren Zug.

Sie stürzte sich auf Preston und hoffte, ihn so zu erschrecken, dass sie in die Dunkelheit laufen und sich verstecken konnte.

Aber selbst betrunken war Preston erstaunlich flink ... und sie war es nicht. Durch den Virus, der von ihrem Körper Besitz ergriffen hatte, war sie schwach und unsicher auf den Beinen. Sie schaffte es, sich auf Preston zu stürzen, aber anstatt nach hinten umzufallen, legte er seine Arme um Molly und riss sie mit sich zu Boden. Er rollte sich mit ihr zusammen, bis sie unter ihm lag.

Er beugte sich hinunter, sodass seine Lippen praktisch ihre berührten. Molly wandte ihr Gesicht ab, konnte aber immer noch den Whisky in seinem Atem riechen, sodass ihr Magen sich zusammenzog.

»Du wirst mir nicht mehr entkommen«, erklärte er ihr.

Molly konnte nicht anders – sie musste würgen. Die Angst, die Aufregung bei ihrem Fluchtversuch und der Geruch des Alkohols – all das wirkte gegen sie.

Preston ließ sie schnell los und schob sie rüber, damit sie sich nicht auf ihn übergeben würde. Natürlich war in ihrem Bauch nichts mehr, was rauskommen konnte, aber das wusste er anscheinend nicht.

»Ekelhaft«, murmelte er, als sie sich auf den Boden unter sich übergab. Als sie fertig war, zog er sie hoch und begann, sie über das pechschwarze Feld zu schieben.

Molly hatte keine Ahnung, wo sie waren, aber sie wusste, dass es das Ende war. Er würde sie töten und ihre Leiche hier verrotten lassen. Sie konnte nur hoffen, dass jemand sie schnell finden würde. Der Gedanke, dass Mark sich darüber quälte, was mit ihr geschehen war, war schmerzhafter als alles andere, was sie sich vorstellen konnte.

Der Tod ihrer Großeltern war extrem hart für sie gewesen, aber sie konnte sich nicht vorstellen, dass Mark an einem Tag da und am nächsten weg war. Die Qualen, sich zu fragen, was passiert war, wären mehr, als sie ertragen konnte, und sie hasste es, dass Mark ihretwegen auch nur ein Zehntel dieser Qualen empfinden könnte.

Sie stolperte über den unebenen Boden und fühlte sich völlig durchgefroren. Sie trug das schwarze T-Shirt, das Mark ihr geschenkt hatte, als er sie zum ersten Mal unten in dem Loch gesehen hatte. Es hatte sie getröstet, als sie krank war, und jetzt würde es sie im Tod trösten. Sie hatte keine Schuhe an, nur ein Paar flauschige Socken. Es fühlte sich an, als sei es draußen unter dem Gefrierpunkt, aber sie wusste, das lag an ihrem Fieber.

»Preston«, platzte sie heraus, ohne zu wissen, was sie sagen wollte, aber sie musste es noch einmal versuchen, um zu ihm durchzudringen.

»Halt die Klappe, Schlampe«, fuhr er sie an. »Hier ist es gut«, erklärte er und brachte sie zum Stehen. »Stell dich genau da hin«, lallte er in einem bedrohlichen Ton.

Mollys Muskeln waren wie erstarrt. Sie konnte sich keinen einzigen Zentimeter bewegen. Mit dem Rücken zu Preston überlegte sie, ob sie weglaufen sollte, aber sie war buchstäblich zu krank, um etwas anderes zu tun, als dazustehen und zu zittern.

Sie schloss die Augen und dachte an Mark. Wie er ausgesehen hatte, als er das letzte Mal mit ihr geschlafen hatte. Seine Pupillen waren geweitet, die Wangen gerötet, jeder Muskel in seinem Körper steinhart und angespannt gewesen, als er zum Orgasmus gekommen war. Er war das Beste, was ihr je passiert war, und es war nicht fair, dass sie ihm so bald genommen werden sollte. Dass sie es nie schaffen würde, Mutter zu werden. Aber zum ersten Mal in ihrem Leben hatte sie einen Ort gefunden, an dem sie sie selbst sein konnte und nicht verurteilt wurde. Sie hatte neue Freunde gefunden und erfahren, wie eine wirklich liebevolle Beziehung sein sollte.

Molly war sich nicht sicher, worauf Preston wartete. Sie hörte ihn hinter sich schwer atmen, aber sie wagte nicht, sich umzudrehen.

»Du hättest nicht versuchen sollen, mit mir Schluss zu machen«, erklärte Preston schließlich in einem überraschend ruhigen, klaren Ton. »Ich hätte schnell die Nase voll von dir gehabt und dich zur Seite geschoben. Du bist nicht gut genug für mich, warst es nie. Aber du musstest ja gehen und mich demütigen. Mir sagen, du möchtest lieber nur *befreundet* sein. Männer und Frauen können keine Freunde sein. Leb wohl, Molly.«

Der Gedanke an das, was jetzt passieren würde, ließ erneut die Übelkeit in ihr aufsteigen. Galle füllte ihre Kehle und Molly konnte sie nicht mehr zurückhalten.

Sie öffnete den Mund und beugte sich vor, um sich zu übergeben – gerade als der Schuss fiel.

Der Schmerz explodierte in ihrem Kopf, und sie kippte nach vorn und fiel auf ihr Gesicht.

Ein weiterer Schuss ertönte, aber Molly hörte und fühlte nichts mehr.

***

Eagle fuhr fast hundertfünfzig Kilometer pro Stunde. Bull hatte die Scanner-App der Bundespolizei auf seinem Handy eingeschaltet und sie hörten zu, wie ein halbes Dutzend Polizisten einem betrunkenen Fahrer auf den Fersen war, den jemand gemeldet hatte. Normalerweise hätte Smoke sich einen Dreck um eine solche Verfolgungsjagd geschert, aber weil es sich um einen älteren Wagen mit Weldons Kennzeichen handelte, blieb ihm die Luft weg.

Der Wagen schlängelte sich offenbar durch den Verkehr und versuchte, der Polizei zu entkommen. Smoke konnte nur noch daran denken, dass Molly mit ihm im Wagen saß.

Die Polizisten wussten bereits, dass der Fahrer möglicherweise eine Geisel hatte, und sie taten alles in ihrer Macht Stehende, um ihm auf den Fersen zu bleiben, ihn aber nicht so aufzuregen, dass er die Kontrolle verlor. Das war ihnen offensichtlich nicht gelungen. Sie fuhren mit einer Geschwindigkeit von hundertfünfzig oder mehr, und Smoke konnte nicht einmal schlucken, so trocken war sein Mund.

Keiner sagte ein Wort, alle im Fahrzeug waren angespannt und lauschten der Verfolgung. Überraschenderweise waren sie gar nicht so weit hinter Weldon. Smoke hatte keine Ahnung, was er getan hatte und warum er nicht schon in Chicago war. Er wollte nicht daran denken, was er Molly angetan haben könnte.

Die Polizisten versuchten, Nagelstreifen auf der Autobahn auslegen zu lassen. Sie würden Weldons Reifen durchstechen und die Luft langsam entweichen lassen, sodass er nicht mehr mit hoher Geschwindigkeit weiterfahren könnte.

Es schien alles nach Plan zu laufen – doch dann brach die Hölle los.

»Er kommt ins Schleudern. Verdammt, er hat den Mittelstreifen überquert! Der Verdächtige fährt in Richtung Norden auf der Südspur ... zurückweichen! Zurückfallen! Zehn-fünfzig, zehn-fünfzig! Alarmiert den Rettungsdienst!«

Smoke konnte nicht atmen. Er wusste, dass ein »Zehn-fünfzig« einen Unfall bedeutete. Weldon war auf der falschen Seite der Straße gefahren und hatte einen Unfall gebaut.

Er schloss die Augen und betete so sehr wie noch nie zuvor.

Das Geplapper aus dem Funkgerät war kaum zu verstehen, denn die Polizisten bellten Informationen an ihre Kollegen und die Zentrale. Innerhalb weniger Minuten konnte Smoke rote und blaue Lichter in der Dunkelheit vor sich blinken sehen. Der Verkehr war zum Stillstand gekommen, aber Eagle wurde kaum langsamer. Er fuhr auf den Seitenstreifen und raste an den angehaltenen Fahrzeugen vorbei.

Natürlich wusste Eagle, wie verzweifelt Smoke war, um zum Tatort zu gelangen und Molly zu finden. Allein der Gedanke, dass seine Frau, seine Liebe, verletzt und blutend in Weldons Wagen eingeklemmt sein könnte ... die Angst war fast überwältigend.

»Sie ist in Ordnung«, flüsterte er.

Bull griff nach vorn und legte ihm vom Rücksitz aus eine Hand auf den Arm. »Natürlich ist sie das. Egal was passiert, wir werden uns um sie kümmern.«

Smoke nickte. Er war dankbar, dass er und Molly so hilfsbereite Freunde hatten.

Eagle trat auf die Bremse, und Smoke sprang aus dem Wagen und stürmte auf die chaotische Szene vor ihnen zu. Überall standen Streifenwagen und der Verkehr war auf beiden Seiten der Autobahn zum Erliegen gekommen. Er entdeckte Weldons demoliertes Fahrzeug auf dem Mittelstreifen. Es hatte sich offensichtlich mehrmals überschlagen.

Er schaute sich um, und die Scheinwerfer des angehaltenen Verkehrs zeigten eine beschädigte Leitplanke auf der anderen Seite der Gegenfahrbahn. Smoke vermutete, dass Weldon gegen die Leitplanke geprallt war, zurückgeschleudert worden war und sich im Mittelstreifen immer wieder überschlagen hatte, bis er schließlich im Gras in der Mitte der vier Fahrspuren zum Stillstand gekommen war. Wie durch ein Wunder waren keine anderen Fahrzeuge in den Unfall verwickelt worden. Irgendwie hatte Weldon niemanden angefahren.

Doch zu Smokes Entsetzen stand der Wagen in Flammen.

Die Polizisten taten ihr Bestes, um die zerstörte Fahrertür zu öffnen, aber noch während Smoke zusah, zogen sie sich schnell zurück, als die Flammen höher schlugen.

»Nein!«, schrie Smoke und lief auf den Wagen zu, der bereits vollständig in Flammen stand.

Er wurde von hinten übermannt und flog nach vorn, wobei

sein Kinn so heftig auf das Gras in der Mitte aufschlug, dass er sich auf die Zunge biss. Smoke bemühte sich umgehend, aufzustehen.

»Stopp!«, rief Gramps.

Smoke wusste, dass sein Teamkamerad ihnen in seinem eigenen Wagen gefolgt war, aber er spürte keine Erleichterung, dass er da war. »Lass mich los!«, rief Smoke. »Ich muss zu Molly!«

»Es ist zu spät!«, rief Gramps. »Du kannst ihr nicht mehr helfen!«

Smoke wehrte sich noch mehr, doch dann bemerkte er, dass Eagle und Bull ihn zusammen mit Gramps festhielten.

Auf dem Bauch liegend und mit seinen Freunden, die auf ihm saßen, musste er mit ansehen, wie die Flammen den Benzintank erreichten und das Fahrzeug in einem spektakulären Feuerball explodierte.

Tränen liefen ihm über die Wangen, als er ungläubig auf das Gemetzel starrte. »Molly«, röchelte er und ließ den Kopf fallen. Er ließ seine Stirn in das frisch duftende Gras sinken, und er spürte, wie sein Herz in tausend Stücke zerbrach.

Er hatte sie im Stich gelassen. Wie oft hatte er Molly gesagt, dass sie in Sicherheit sei? Dass er sie beschützen würde?

Zu oft. Und jetzt war sie tot.

Smoke spürte, wie seine Freunde von ihm abließen, aber er bewegte sich nicht. Er konnte es nicht. Er hatte das Gefühl, gelähmt zu sein. Ein Schluchzen entrang sich seiner Kehle und er spürte, wie sich sein ganzer Körper zusammenzog, als es ihn verließ. Tränen flossen aus seinen Augen, als er auf dem Boden lag und den Verlust der Frau betrauerte, die er mehr liebte als das Leben selbst.

Smoke konnte sich nicht dazu durchringen, den Ort des Unfalls zu verlassen. Eagle, Bull und Gramps waren in diesen unerträglichen

Stunden an seiner Seite geblieben und hatten ihn bedingungslos unterstützt. Die Feuerwehr war aufgetaucht und es hatte eine Weile gedauert, bis das Feuer gelöscht war. Als die Feuerwehrmänner fertig waren, war von dem Fahrzeug fast nichts mehr übrig gewesen.

Die Nacht war schon vor Stunden hereingebrochen und Smoke beobachtete wie betäubt aus der Ferne, wie die Polizisten und Kriminalbeamten aus der nächstgelegenen Stadt jeden Zentimeter von Weldons Fahrzeug untersuchten und alle Beweise einsackten, die sie finden konnten. Smoke kam es so vor, als würde sich die Aufgabe quälend in die Länge ziehen.

Er und seine Freunde durften bleiben, nachdem ihr FBI-Kontaktmann Willis ein paar Anrufe getätigt und einige Räder geschmiert hatte. Smoke wusste, dass Gramps das arrangiert hatte, und er war dankbar dafür. Denn er konnte nicht gehen. Er konnte nicht wegsehen. Er musste dabei sein, wenn sie Mollys Leiche fanden.

Jemand zog ein Laken heraus und legte es über Weldons Überreste auf dem Vordersitz. Er war bei der Explosion stark verbrannt. Als Smoke vorhin gesehen hatte, wie ein Polizist eine Whiskyflasche einpackte, hatten sich seine Fingernägel so tief in seine Handflächen gebohrt, dass sie bluteten. Es war schon schlimm genug, dass Weldon Molly entführt hatte, aber dass er auch noch sturzbetrunken war? Es war ein Wunder, dass er nicht noch jemanden getötet hatte.

Aber dieser Gedanke tröstete Smoke im Moment nicht.

Nach einer gefühlten Ewigkeit sah er endlich, wie die Feuerwehrleute den Kofferraum aufhebelten.

Und Smoke runzelte verwirrt die Stirn, als sie Sekunden später vom Wagen weggingen.

Er schaute zu Eagle hinüber. »Was ist hier los?«

»Ich weiß es nicht.«

Er behielt das Fahrzeug im Auge. Sie griffen nicht nach einem weiteren Laken ... deckten nicht die Überreste einer weiteren Leiche ab.

Zum ersten Mal seit Stunden durchströmte Smoke ein Funke Hoffnung.

Bedeutete das, dass Molly *nicht* im Wagen war?

»Ich frage mal nach«, erklärte Bull und eilte zu den Polizisten.

Smoke wollte sich bewegen. Er wollte hinübergehen und hören, was der Beamte Bull erzählte, aber er war wie erstarrt. Jeder einzelne Muskel in seinem Körper war angespannt. Er wartete darauf zu erfahren, was in Weldons Kofferraum gefunden worden war.

Nach einer gefühlten Ewigkeit joggte Bull wieder zu ihnen hinüber.

»Es war nur ein Insasse im Wagen«, erklärte er ohne Vorrede. »Es war niemand im Kofferraum. Und niemand auf dem Rücksitz.«

»Sie war nicht da drin?« Smoke atmete auf.

»Sieht nicht so aus«, stimmte Bull zu.

Für einen kurzen Moment sackte Smoke vor Erleichterung in sich zusammen – doch dann kam die Panik. »Wo ist sie dann, und was hat er mit ihr gemacht?«, fragte er.

»Ich weiß es nicht, aber wir werden sie finden«, erklärte Gramps.

Als Molly wieder zu sich kam, war es draußen noch dunkel. Es dauerte einen Moment, bis sie sich daran erinnerte, was passiert war.

Stöhnend griff sie nach hinten und fühlte ihren Kopf. Ihr Haar war klebrig und sie wusste zweifelsfrei, dass Preston sie angeschossen hatte. Sie hatte schreckliche Kopfschmerzen, aber sonst spürte sie nicht viel. Ihre Lippen öffneten sich für einen tiefen Atemzug – und Molly zuckte zusammen, als der Schmerz schon bei dieser kleinen Bewegung durch ihr Gesicht schoss. Als sie ihr Gesicht vorsichtig berührte, spürte sie mehr Blut in der Nähe ihres

Kiefers. Es schien, als hätte jemand ihr zweimal in den Kopf geschossen, aber sie war nicht tot. Das schien unmöglich.

Wahrscheinlich hatte sie sich bewegt, um sich zu übergeben, und die Kugel war nicht in ihr Gehirn eingedrungen.

Sie versuchte, sich umzudrehen, aber noch mehr unerträgliche Schmerzen in ihrem Bein ließen sie erstarren.

Während sie keuchend liegen blieb und versuchte, sich zu orientieren, lauschte sie, um herauszufinden, ob Preston noch irgendwo in der Nähe lauerte. Sie hörte nichts außer dem Geräusch der Zikaden.

Da sie wusste, dass sie nicht dort bleiben konnte – Preston könnte zurückkommen, um sich zu vergewissern, dass er sie tatsächlich getötet hatte –, zwang Molly sich, sich umzudrehen und aufzusetzen. Es dauerte fast fünf Minuten, bis sie auf Händen und Knien war. Ihre Wade brannte, als hätte jemand mit einem heißen Schürhaken auf sie eingestochen, aber sie versuchte, es zu ignorieren. Sie musste sich bewegen. Sie würde sterben, wenn sie auf dem Feld blieb.

Langsam begann sie zu kriechen. Sie schob eine Hand vor, dann ein Knie. Dann die andere Hand und das gegenüberliegende Knie. Sie bewegte sich Zentimeter für Zentimeter durch das Gras und den Dreck und spürte die Kieselsteine kaum, als sie sich in die Haut ihrer Handflächen und Knie gruben. Mit dem Fieber von dem Virus, der ihren Körper plagte, und den verdammten Schüssen war sie fast taub. Fast.

Sie kroch fünf Minuten lang, dann ließ sie sich auf den Bauch fallen, um eine Pause zu machen. Sie zwang sich, wieder hochzukommen, und kroch weitere sechs Minuten, bevor sie sich erneut ausruhte. Sie zählte jede Sekunde jeder Minute und beschäftigte sich damit, wie lange sie kroch, bevor sie sich erlaubte aufzuhören. Ab und zu schaute sie auf, um zu sehen, ob sie etwas oder jemanden entdecken konnte.

Du machst das toll, Molly. Ich bin stolz auf dich.

Als sie zum ersten Mal Marks Stimme hörte, dachte sie wirklich, er sei da.

Aufgeregt drehte sie sich um, um ihn zu sehen, aber sie fand nichts als Dunkelheit.

»Ich verliere den Verstand«, murmelte sie. Aber seine Stimme zu hören, auch wenn sie nur in ihrem Kopf war, gab ihr die Kraft weiterzumachen.

Ihre Energie begann bald zu schwinden. Sie wollte aufstehen, gehen – es wäre so viel schneller gegangen –, aber beim ersten Versuch war der Schmerz in ihrem Bein einfach zu groß.

Sie fiel schluchzend auf den Boden.

Gib nicht auf. Ich weiß, dass du das schaffst.

»Ich kann nicht«, flüsterte sie.

Du kannst es. Tu es für unsere Babys.

Molly dachte, das sei ein Tiefschlag, aber sie atmete trotzdem tief durch und ging wieder auf alle viere. Sie hätte schwören können, dass die Dunkelheit nicht mehr so allumfassend war, aber das war wohl Wunschdenken. Sie konnte nicht sehen, wohin sie sich bewegte, und einmal dachte sie, dass sie im Kreis kroch, als sie an eine Baumgruppe kam, aber schließlich stellte sie fest, dass alle Bäume einfach gleich aussahen.

Als sie das erste Mal etwas sah, das sie für ein Licht hielt, dachte Molly, sie hätte Halluzinationen. Sie drückte ihre Augen zu und öffnete sie dann wieder.

Das Licht war immer noch da.

Das gab ihr neue Hoffnung. Vielleicht war es gar nichts – und wer zum Teufel würde ihr mitten in der Nacht eine Tür öffnen –, aber sie musste es versuchen.

Du bist fast da. Ich liebe dich, du schaffst das.

Marks Stimme war das Einzige, was sie in diesem Moment aufrecht hielt. Sie hatte keine Energie, zitterte wegen des Fiebers und wusste, dass sie viel Blut verloren hatte. Ihr war so kalt.

Als sie merkte, dass das, was sie sah, ein Bauernhaus war, hatte sie sich schon fast eingeredet, dass es sich nur um ein Hirngespinst handelte. Es gab buchstäblich nichts anderes in der Nähe.

Eine unbefestigte Auffahrt, die wahrscheinlich zu einer Straße führte, aber Molly hatte keine Kraft mehr, sie zu erreichen. Sie wusste, sie würde sterben, wenn niemand zu Hause war oder sich weigerte, ihr zu helfen.

Du wirst nicht sterben.

»Mark ... ich brauche dich!«

Er antwortete nicht.

Molly konnte nicht mehr klar denken. Sie wusste nicht mehr, was real war und was nicht. Mehrmals hatte sie sich hingelegt und beschlossen, bis zum Morgengrauen zu schlafen, aber dann hatte sie gehört, wie Mark ihr befahl, wieder aufzustehen. Weiterzumachen. Sie hatte nicht gewollt. Es war zu schwer. Zu schmerzhaft. Aber jedes Mal hatte sie getan, was Mark von ihr verlangt hatte. Sie würde alles für ihn tun. Selbst wenn jede Zelle in ihrem Körper ihr sagte, sie solle aufhören.

Fast geschafft, Mol. Du schaffst es!

Als Molly auf die Stufen blickte, die zur Eingangstür des Bauernhauses führten, hätte sie fast wieder aufgegeben. Nach allem, was sie durchgemacht hatte, schienen diese Stufen unüberwindbar zu sein.

Wenn du oben ankommst, kann ich dich finden, flüsterte Marks Stimme.

Und das gab ihr die Kraft, die Treppe hinaufzukriechen – eine schmerzhafte Stufe nach der anderen.

Schließlich erreichte sie die Tür. Molly hob eine Hand und schlug sie schwach gegen die Oberfläche.

Sie machte kaum ein Geräusch. Das musste sie besser machen.

Nachdem sie ihre Hand zu einer Faust geballt hatte, merkte Molly, wie sehr ihre Handfläche schmerzte. Sie schaute sie an und sah nichts als Blut. Es war, als würde sie die Hand eines anderen Menschen sehen. Als wäre es nicht *sie*, die da auf der Veranda eines fremden Hauses lag.

Klopf noch einmal, Molly. Tu es! Tu es jetzt!

In diesem Moment hasste sie Mark, machte jedoch noch mal

eine Faust und klopfte mit den Knöcheln an die Tür.

Lauter!

»Herrisch«, murmelte Molly, aber sie klopfte noch einmal, fester und mit letzter Kraft. Sie ließ sich vor die Tür fallen und schloss die Augen. »Ich bin fertig«, flüsterte sie.

Das hast du gut gemacht, Mol. So verdammt gut ...

Vielleicht vergingen Minuten oder auch nur Sekunden, aber über ihr ging ein Licht an und Molly zuckte zusammen. Selbst durch ihre geschlossenen Augenlider hindurch fühlte sich das Licht an, als würde es ihre Netzhaut verbrennen.

»Was zum Teufel?«, rief eine männliche Stimme, als Molly hörte, wie die Tür geöffnet wurde. »Carol! Ruf die Polizei!«

»Was ist los?«, fragte eine weibliche Stimme von irgendwo im Haus.

»Es ist ein Mädchen! Sie ist verletzt. Sie ist blutüberströmt. Verdammt noch mal, können Sie mich hören?«, fragte der Mann.

Sag ihm, er soll bei Silverstone Towing anrufen.

Molly wollte Mark sagen, dass er die Klappe halten solle. Dass sie müde sei und schlafen müsse, aber stattdessen öffnete sie die Augen zu kleinen Schlitzen. Das Licht war immer noch so hell, dass es wehtat, aber seltsamerweise spürte sie keine Schmerzen mehr in ihrem Körper. »*Silverstone Towing* ...«, flüsterte sie.

»Was?«, fragte der Mann und beugte sich über sie.

»Rufen Sie bei *Silverstone Towing* an«, wiederholte Molly.

»Was hat sie gesagt?«, fragte die Frau, ihre Stimme war jetzt näher.

»Ich weiß es nicht. Silver irgendwas oder so«, entgegnete der Mann.

»Hier ist eine Decke – wickle sie um sie«, befahl die Frau.

Die Decke wurde über sie drapiert und Molly stöhnte fast, so gut fühlte es sich an. Ihr war so kalt. So verdammt kalt, und die Decke fühlte sich fantastisch an.

»Hier, du rufst die Polizei«, erklärte die Frau und Molly spürte eine Hand auf ihrer Schulter. »Können Sie mich hören?«

Molly nickte. Zumindest hatte sie das Gefühl.

»Die Polizei ist unterwegs. Wie heißen Sie?«

»Rufen Sie bei *Silverstone Towing* an«, brachte sie noch einmal heraus.

Braves Mädchen.

Molly schloss die Augen und ignorierte die Unruhe um sie herum. Mark war stolz auf sie – das genügte ihr, um sich endlich ausruhen zu können. Sie war es leid, Schmerzen zu haben. Sie war es leid, krank zu sein. Sie wollte nur noch schlafen. Wenn sie schlief, hatte sie keine Schmerzen.

Smoke war sich nicht sicher, wo er Eagle hinschicken sollte. Molly war irgendwo da draußen, aber ohne Anhaltspunkte hatten sie nichts in der Hand. Aber er konnte nicht zurück nach Indianapolis fahren. Er konnte nicht in ein Hotel einchecken, um etwas zu schlafen. Nicht, wenn Molly ihn brauchte. Und er wusste ohne Frage, dass sie ihn brauchte.

Er konnte ihre Verzweiflung praktisch spüren.

Was auch immer Weldon getan hatte, er hatte es nicht geschafft, sie zu töten. Das wusste er mit Sicherheit. Egal wie die Chancen standen, sein *Bauchgefühl* sagte ihm, dass Molly noch am Leben war.

Er schloss die Augen und tat sein Bestes, um ihr positive Gedanken zu schicken.

Du machst das toll, Molly. Ich bin stolz auf dich.

Gib nicht auf. Ich weiß, dass du das schaffen kannst.

Tu es für unsere Babys.

Ich liebe dich, du schaffst das.

Du wirst nicht sterben.

»Ich glaube, er hat sie irgendwo zurückgelassen«, erklärte Eagle. »Wir müssen die Polizei anrufen und fragen, wo sie die Verfolgung aufgenommen haben. Da Molly nicht im Wagen war, muss er sie irgendwo abgesetzt haben, bevor die Polizisten gesehen haben, wie er über die Straße gerast ist. Das würde uns zumindest einen Anhaltspunkt für die Suche nach ihr geben.«

Das war ein guter Vorschlag, aber Smoke wusste, dass es trotzdem sehr weit hergeholt war. Sie wussten nicht, wie lange Weldon sie gehabt hatte. Und wo er sie zurückgelassen haben könnte.

Die Sonne würde bald aufgehen. Es war schwer zu glauben, dass so viel Zeit vergangen war. Es kam ihm wie eine Ewigkeit vor, seit er Mollys Verschwinden bemerkt hatte. Und er wollte auf keinen Fall daran denken, was Weldon mit Molly gemacht haben könnte, bevor er sie irgendwo zurückgelassen hatte. Sie suchten nach einer Nadel im Heuhaufen, und Smoke brauchte ein Wunder.

Sein Handy klingelte und erschreckte ihn zu Tode. Als er nach unten blickte, sah er, dass es Archer von *Silverstone Towing* war. Was sie jetzt überhaupt nicht gebrauchen konnten, war irgendein Notfall zu Hause.

»Smoke.«

»Smoke, Gott sei Dank gehst du ran!«, rief Archer, seine Worte waren schnell und atemlos. »Wir haben einen Anruf bekommen. Von einer Frau aus der Nähe eines Ortes namens Deer Park, Indiana. Sie sagte, sie und ihr Mann hätten ein blutüberströmtes Mädchen vor ihrer Haustür gefunden. Sie hat nicht gesagt, wie sie heißt, sondern nur, dass sie *Silverstone Towing* anrufen sollen.«

»Das ist Molly!« Smoke blieb fast der Atem weg. »Wo genau ist sie?«

»Die Frau sagte, der Krankenwagen sei im Moment da und sie würde mit einem Rettungshubschrauber ins Mount Sinai in Chicago geflogen werden.«

»Hast du ihren Namen erfahren? Den Namen der Frau, die angerufen hat?«, fragte Smoke.

»Ihren Namen und ihre Telefonnummer.«

Smoke seufzte innerlich erleichtert auf. Das Paar würde ein

tolles Dankeschön-Geschenk bekommen, aber jetzt musste er erst einmal zum Krankenhaus fahren. »Danke, Archer.«

»Glaubst du wirklich, dass es Molly ist?«, fragte er.

»Daran habe ich keinen Zweifel«, entgegnete Smoke. »Ich rufe an, wenn ich mehr weiß«, sagte er zu seinem Angestellten und legte dann auf.

»Sie wurde gefunden?«, fragte Eagle.

»Ja. In Deer Park. Sie wird ins Mount Sinai in Chicago geflogen. Wie schnell kannst du mich dorthin bringen?«

Eagle antwortete nicht, aber Smoke spürte, wie der Wagen immer schneller wurde.

»Deer Park ist nicht weit von hier«, bemerkte Bull. »Weldon hatte einen Unfall, kurz nachdem er sie abgeladen hatte.«

Smoke zuckte bei diesem Satz zusammen, sagte aber nichts.

»Ich sage Gramps, was los ist«, fügte Bull hinzu und hielt sich das Handy ans Ohr.

Smoke hörte nur halb zu, was Bull seinem Teamkameraden erzählte. Er fand es schrecklich zu wissen, dass Molly geblutet hatte, als sie vor der Haustür des Paares aufgetaucht war, aber sie war immerhin am Leben. Das war alles, was zählte.

Ich komme, Molly. Halte durch.

KAPITEL ZWEIUNDZWANZIG

Molly runzelte die Stirn über das unaufhörliche Piepen. Es war lästig und sie griff nach ihrem Handy, um den Wecker auszuschalten, aber sie merkte sofort, dass es keine gute Idee war, sich zu bewegen. Jeder Muskel in ihrem Körper schmerzte. Sie hatte keine Ahnung warum.

Stöhnend versuchte sie, die Augen zu öffnen, aber auch das schien wehzutun.

»Mol? Gott sei Dank! So ist's gut, mach die Augen auf ... du schaffst das.«

Marks Stimme war kratzig und er klang müde. Molly runzelte die Stirn und wollte ihn fragen, warum er so müde war. Sie wollte ihm sagen, dass er zu hart gearbeitet hatte und sich ausruhen müsse. »Mark?«

Sein Name war nichts weiter als ein Krächzen. Gott, warum fiel es ihr so schwer zu sprechen und warum fühlte sie sich so schwach?

»Ich bin hier, Molly. Ich bin hier«, sagte er. »Kannst du bitte deine schönen braunen Augen öffnen, damit ich sie sehen kann?«

Blinzelnd tat Molly ihr Bestes, um zu tun, was Mark verlangt hatte. Sie öffnete sie einen Spaltbreit und warf einen ersten Blick auf ihn.

Er sah richtig schlecht aus. Es schien, als hätte er sich seit Tagen nicht rasiert. Vielleicht sogar eine Woche oder länger. Er hatte dunkle Ringe unter seinen blutunterlaufenen Augen.

»Du siehst fertig aus«, platzte sie heraus.

Aber anstatt sich über sie zu ärgern, lächelte er. Und das Grübchen, das sie so sehr liebte, war durch seine Gesichtsbehaarung kaum noch zu sehen.

»Und du bist so verdammt schön, dass ich es nicht aushalte«, erklärte er ihr. »Wie geht es dir? Tut dir etwas weh?«

Molly schluckte und nickte. »Ja. Wo bin ich?«

»In einem Krankenhaus in Chicago. Woran erinnerst du dich noch?«

Panik erfüllte sie. *Chicago?* Sie wollte nicht in Chicago sein! Dort war Preston!

»Schon gut. Konzentriere dich auf mich, Molly. Woran erinnerst du dich?«, fragte Mark.

»Ähm ... i-ich habe die Grippe«, sagte sie. »Ist es schlimmer geworden?«

»Ja, es ist schlimmer geworden, aber Weldon hat dich entführt. Erinnerst du dich daran?«, fragte Mark.

In dem Moment, in dem sie seine Worte begriff, erinnerte sie sich.

Ihre Augen weiteten sich und sie ignorierte den Schmerz, den das Licht im Raum ihr verursachte. »Er hat auf mich geschossen!«, rief sie aus.

»Ja, zweimal«, erklärte Mark traurig. »Aber er ist ein schlechter Schütze. Eine Kugel ist in deinen Hinterkopf eingedrungen, aber der Winkel war extrem und sie kam direkt vor deinem Ohr wieder heraus und hat fast alles Wichtige verfehlt. Sie ist nur an deinem Schädel vorbeigeschrammt. Aber es blutete wie verrückt. Der andere Schuss ging in deine Wade.«

»Er war betrunken. Und ich habe mich vorgebeugt, um mich zu übergeben«, gab Molly zu. »Da hat er das erste Mal auf mich geschossen. Ich wurde bewusstlos und kann mich an den zweiten Schuss nicht mehr erinnern.«

Mark schloss die Augen und atmete tief durch. Dann sah er wieder zu ihr hinunter. »Zum Glück war er zu betrunken, um geradeaus zu schießen.«

»Wo ist er? Ich will eine Aussage machen«, erklärte Molly entschlossen.

»Das musst du nicht. Die Polizisten haben ihn gefunden, als er zurück auf die Autobahn fuhr, und er ist geflohen. Er hat sich mit dem Wagen überschlagen und das Fahrzeug ist in Flammen aufgegangen.«

Molly konnte Mark nur ungläubig anstarren. »Wurde noch jemand verletzt?«

»Das war natürlich klar, dass du dir um alle anderen Sorgen machst, nur nicht um dich. Nein, wie durch ein Wunder ist er mit niemandem zusammengestoßen. Aber ein paar Stunden lang dachte ich, du seist mit ihm in dem Fahrzeug gestorben. Als das Feuer ausbrach, musste Gramps mich zurückhalten, damit ich mich nicht in den brennenden Wagen stürze.«

»Oh, Mark«, flüsterte Molly, der ihr wahnsinnig leidtat.

»Du warst so krank, als du hier ankamst, dass die Ärzte sehr besorgt waren. Dein Fieber lag bei über vierzig Grad. Er hat zweimal auf dich geschossen, aber sie hatten mehr Angst, dass du an der verdammten Grippe stirbst«, erklärte Mark und schüttelte den Kopf.

Er nahm ihre Hand und küsste ihren Handrücken, und Molly bemerkte zum ersten Mal, dass sie bandagiert war.

»Die Polizei weiß nicht genau, wie weit du gekrochen bist, da die Beamten die Stelle, an der Weldon auf dich geschossen hat, noch nicht gefunden haben, aber deine Hände und Knie wurden ganz schön in Mitleidenschaft gezogen. Die werden aber wieder heilen. Du bist ihn für immer los, Molly. Er kann weder dir noch sonst jemandem mehr wehtun.«

Molly lächelte schwach. Eine Last, die sie unbewusst mit sich herumgetragen hatte, seit sie aus Nigeria geflohen war, wurde ihr von den Schultern genommen. »Es tut mir nicht leid, dass er tot ist«, stellte sie fest.

»Gut. Mir tut es auch nicht leid. Wenn er noch leben würde, hätte ich einen Weg gefunden, ihn eigenhändig zu töten«, erklärte Mark.

Seine Wut machte ihr keine Angst. Stattdessen gab er ihr das Gefühl, geliebt zu werden.

Sie schloss die Augen und es dauerte eine Minute, bis sie sie wieder öffnete.

»Du bist müde«, bemerkte Mark. »Schlaf.«

»Ich habe dich gehört, weißt du«, bemerkte Molly.

»Was?«

»Als ich auf allen vieren gekrochen bin und jemanden gesucht habe, der mir hilft. Ich habe deine Stimme in meinem Kopf gehört. Du hast mir gesagt, dass ich nicht aufgeben soll. Dass ich weitermachen soll. Du warst der einzige Grund, warum ich mich nicht hingelegt habe und gestorben bin.«

Mark hatte Tränen in den Augen, was Molly ebenfalls dazu brachte zu weinen.

»Ich wusste nicht, wo du warst, aber ich wollte nicht aufhören zu suchen, bis ich dich gefunden hatte«, antwortete Mark. »Nachdem ich erfahren hatte, dass du nicht in seinem Wagen warst, konnte ich dir nur noch mental so viele positive Gedanken schicken wie möglich.«

»Ich habe sie gehört«, versicherte Molly ihm.

Mark beugte sich vor und legte seine Hand auf ihren Bauch. »Du bist nicht schwanger, also müssen wir uns Gott sei Dank keine Sorgen machen, dass dieser Mistkerl unser Kind umbringt. Aber ich möchte das so schnell wie möglich ändern. Aber natürlich erst, wenn du wieder gesund bist.«

Molly schenkte ihm ein verschlafenes Lächeln. »Natürlich.«

»Ich liebe dich, Molly. Du wirst nie wissen, wie sehr.«

»Ich weiß es, denn ich liebe dich genauso sehr«, erwiderte sie.

»Und jetzt ruh dich aus. Hier warten eine Menge Leute auf dich«, erklärte Mark ihr. »Bull, Skylar, Eagle, Taylor und Gramps haben abwechselnd im Wartezimmer gezeltet.«

»Wie lange bin ich schon hier?«, fragte Molly.

»Sechs Nächte. Heute ist der siebente Tag.«

»Wirklich?«

»Ja. Wirklich.«

»Du solltest duschen gehen. Und schlafen. Und essen«, schimpfte sie.

»Das werde ich, jetzt, da ich weiß, dass du wieder in Ordnung kommst«, stimmte er zu.

»Wann können wir nach Hause zurückkehren?«

Mark lachte. »Du bist gerade erst aufgewacht! Ich bin mir sicher, dass die Ärzte dich noch ein paar Tage hierbehalten wollen, um sich davon zu überzeugen, dass es dir gut geht.«

»Na gut«, murmelte sie und fühlte sich auf einmal sehr erschöpft. Es war zu anstrengend, zu sprechen.

Molly spürte Marks Lippen auf ihrer Stirn.

»Ich liebe dich, Molly.«

»Ich liebe dich auch«, murmelte sie, dann wurde alles um sie herum dunkel und sie fiel in einen heilenden Schlaf.

Smoke fühlte sich, als könnte er zum ersten Mal seit einer Woche wieder richtig durchatmen. Molly würde wieder gesund werden. Sie hatte ein paar Narben, die ihr später zu schaffen machen könnten, aber damit würden sie schon fertigwerden. Die Polizisten würden auch mit ihr sprechen wollen, um ihre Version der Ereignisse zu hören.

Smoke hatte dem Ehepaar, das ihr geholfen hatte, bereits eine großzügige Belohnung zukommen lassen. Er hatte mit den beiden am Telefon gesprochen und sie hatten darauf bestanden, dass sie nur das getan hatten, was jeder mit einem Herz tun würde, aber das war ihm egal. Sie hatten seiner Molly geholfen, als sie es am nötigsten gebraucht hatte – und, was noch wichtiger war, sie hatten ihr Geschwätz über *Silverstone Towing* nicht abgetan und tatsächlich eine Google-Suche durchgeführt und angerufen. Ihr Anruf hatte es ihm ermöglicht, fast sofort bei Molly zu sein. Das konnte er nie wiedergutmachen.

Eagle, Bull und Gramps waren während der ganzen Zeit an seiner Seite gewesen und auch Skylar und Taylor waren gekommen, um bei ihnen zu sein. Molly hatte allen Angst gemacht, aber jetzt, da sie wach war und er wusste, dass sie wieder gesund werden würde, konnte er endlich wieder aufatmen.

Er betrat das Wartezimmer, das das *Silverstone-Team* praktisch übernommen hatte, und sagte: »Sie ist aufgewacht. Sie erinnert sich an alles und sie wird wieder gesund.«

Skylar und Taylor brachen in Tränen aus. Bull, Eagle und Gramps lächelten erleichtert.

»Heißt das, du lässt dich endlich von uns ins Hotel bringen, um zu duschen?«, schimpfte Gramps. »Du stinkst, Bruder.«

Alle lachten, einschließlich Smoke. »Ja, und ich bin auch völlig ausgehungert. Vielleicht finden wir auf dem Weg eine gute Pizzeria?«

Bull kam herüber und nahm Smoke fest in den Arm. Dann zog er sich zurück und ließ seine Hände auf Smokes Schultern liegen. »Ich freue mich für dich, Smoke.«

»Danke.«

Eagle gesellte sich zu den beiden und legte einen Arm um Smoke und den anderen um Bull. »Deine Frau ist verdammt stark.«

»Das ist sie«, stimmte Smoke zu.

Gramps schloss den Kreis und gesellte sich zu seinen Freunden. »Ich schwöre, unser Job scheint gerade verdammt entspannt zu sein.«

Alle lachten.

Smoke stimmte Gramps zu. In letzter Zeit schien es, als fänden die meisten Dramen in ihrem Leben in ihrem eigenen Umfeld statt, sozusagen als Folge der Einsätze, bei denen sie böse Männer oder Frauen ausschalten mussten.

Das Böse war überall um sie herum, und es hatte die meisten von ihnen auf intimste Weise berührt.

Die vier Männer standen einen Moment so da und genossen die Kameradschaft, die vor Jahren beim Militär begonnen hatte, als sie noch Soldaten der Delta Force gewesen waren. Es fühlte sich an, als hätten sie gerade eine weitere Schlacht überlebt und unbeschadet überstanden.

Skylar duckte sich unter Bulls Arm und umarmte ihn, und Taylor tat dasselbe mit Eagle.

»Wann können wir sie sehen?«, wollte Taylor wissen.

»Sie schläft gerade und ich weiß, dass der Arzt sie untersuchen will, während wir weg sind. Wir gehen etwas Anständiges essen, ich dusche und dann kommen wir zurück, um zu sehen, ob sie wach ist und Besuch empfangen darf«, erklärte Smoke ihr.

»Gut. Sie hat mir gefehlt«, erklärte Skylar.

»Mir auch«, stimmte Smoke zu. »Mir auch.«

»Du musst aufhören, mich wie eine Invalide zu behandeln«, beschwerte Molly sich, als Mark sie aus seinem Wagen hob und in ihr Haus trug.

»Ich weiß, dass du das nicht bist«, erklärte Mark. »Ich trage dich nur gern herum.«

Molly hatte große Lust, die Augen zu verdrehen, aber sie

musste zugeben, dass es *ihr* genauso gut gefiel, wenn er sie herumtrug. Er beugte sich vor, und sie entschärfte den Alarm, um ihn dann sofort wieder zu aktivieren. Er trug sie in die Küche und setzte sie auf die Arbeitsplatte.

Es war jetzt fünf Monate her, dass Preston sie aus dem Haus entführt und versucht hatte, sie umzubringen. Meistens war alles wunderbar gewesen ... aber hin und wieder verfiel Molly in ihre alten negativen Gedanken. Sie war sich sicher, dass alles, was passiert war, ihre Schuld war.

Sie hätte Nein sagen sollen, als Preston sie das allererste Mal um eine Verabredung gebeten hatte.

Sie hätte nicht nach Nigeria reisen sollen.

Wenn sie das nicht getan hätte, wären Nana und Papa vielleicht nicht ermordet worden.

Sie hatte vergessen, die Alarmanlage einzuschalten, nachdem Skylar an dem Tag nach ihrem Besuch gegangen war, und sie hatte Preston damit die Chance gegeben, auf die er gewartet hatte.

Aber jedes Mal, wenn sie deprimiert war, war Mark da gewesen, um sie zu trösten. Um ihr zu sagen, dass er sie liebte. Um sie daran zu erinnern, dass sie nicht für Prestons Handlungen verantwortlich war. Und um ihre wunderbaren Freunde um sie zu versammeln.

Aber heute war ein guter Tag. Sie waren gerade aus dem Krankenhaus zurückgekommen. Taylor hatte einen wunderschönen Jungen zur Welt gebracht. Molly würde diesen rührenden Moment, den sie zufällig miterlebt hatte, nie vergessen. Wenn sie nur daran dachte, kamen ihr die Tränen.

Sie und Mark waren zu Taylors Zimmer gegangen, um die neue Familie zu besuchen, als er von jemandem vom Personal aufgehalten wurde, den er kannte. Während er sich mit ihm unterhielt, ging Molly weiter den Gang entlang und stieß leise die Tür auf.

»Glaubst du, es wird verblassen?«, fragte Taylor ihren Mann.

»Ich weiß es ehrlich gesagt nicht«, erklärte Eagle. »Stört es dich?«

»Stört es mich?«, sagte Taylor ungläubig. »Das Muttermal auf seiner Wange ist ein *Wunder*, Eagle! Ich kann unseren Sohn ansehen und ihn *wiedererkennen*. Er wird es wahrscheinlich hassen, wenn er älter wird, aber wenn ich das Gesicht unseres Sohnes sehe und weiß, wer er ist ...«

Dann brach ihre Stimme ab. Als Molly einen Blick hinter den Vorhang warf, sah sie, dass sowohl Taylor als auch Eagle leise weinten. Sie hatten die Köpfe zusammengesteckt und blickten so liebevoll auf ihren neugeborenen Sohn herab, dass es sich anfühlte, als sei es völlig unpassend, hereinzuplatzen und Hallo zu sagen.

Molly hatte sich leise aus dem Zimmer zurückgezogen und Mark mitgeteilt, dass sie ihre Freunde später besuchen würden. Er war beunruhigt, verstand aber schnell, als sie ihm erzählte, was sie mitgehört hatte.

»Ich habe heute ein Geschenk für dich gekauft«, erklärte Mark und griff nach einer Papiertüte, die auf der Küchentheke stand. Molly hatte sie erst jetzt bemerkt und fragte sich, wann er einkaufen gegangen war. Vielleicht hatte er einen seiner Mitarbeiter von *Silverstone Towing* losgeschickt, während sie im Keller zusammengesessen hatten. Sie hatte in letzter Zeit viel Zeit dort verbracht; bei *Silverstone Towing* konnte sie sich völlig entspannen.

Außerdem hatte sie angefangen, an ihrem Buch zu arbeiten und über das zu schreiben, was ihr in Nigeria *und* mit Preston widerfahren war. Schließlich hatte sie den Job in Nigeria angenommen, um von ihm wegzukommen. Und am Ende musste sie sich genau der Sache stellen, die sie überhaupt erst dazu gebracht hatte abzuhauen. Nigeria kam ihr wie ein anderes Leben vor und die Ereignisse von vor ein paar Monaten verblassten im Vergleich zu der Tatsache, dass sie zweimal von ihrem Ex angeschossen worden war.

»Was ist los?«, fragte Molly und ihre Augen begannen zu strahlen. Sie liebte es, Geschenke von Mark zu bekommen ... nun ja, die, die nicht zu teuer waren. Sie arbeitete immer noch daran, ihn dazu zu bringen, es nicht zu übertreiben, wenn es darum ging, ihr Dinge zu kaufen. Etwas völlig Albernes – wie ein Schlüsselanhänger oder eine lustig geformte Tomate aus dem Supermarkt – war eine Sache, aber der nagelneue Volvo XC90 war ein bisschen zu viel.

Obwohl sie nicht leugnen konnte, dass sie ihren neuen SUV liebte. So sehr, dass sie sich nicht beschwert hatte, als Mark ihn mit allen möglichen Extras ausgestattet hatte, einschließlich aller Sicherheitsfunktionen, die er bekommen konnte.

»Mach das Geschenk auf und sieh nach«, erklärte Mark mit einem zärtlichen Lächeln.

Er hatte ihre Beine auseinandergedrückt und stand so nahe wie möglich bei ihr, während sie auf der Küchentheke saß, sodass sie ganz aufgeregt wurde. Molly hatte einige Wochen nach ihrer Entlassung aus dem Krankenhaus die Geduld mit ihm verloren. Er hatte sich geweigert, Sex zu haben, selbst nachdem der Arzt ihr grünes Licht dazu gegeben hatte. Sie musste sich in die Dusche schleichen und auf die Knie gehen, um ihm einen zu blasen, bevor er seine eiserne Selbstbeherrschung verlor.

Er nahm sie mit ins Bett und ließ sie für die nächsten zwölf Stunden nicht mehr gehen. Nicht dass Molly sich beschwert hätte. Er hatte sie erst zärtlich und dann fast verzweifelt geliebt. Als sie schließlich das Schlafzimmer verließen, war sie ganz schön wund gewesen, aber sie hatte Mark gegenüber nie etwas davon erwähnt. Der kleine Schmerz war es wert gewesen.

Molly zog eine kleine Pappschachtel aus der Tasche. »Ein Schwangerschaftstest?«, fragte sie.

Mark nickte. »Ja. Du hast dich in letzter Zeit morgens nicht gut gefühlt, und deine Geschmacksnerven haben sich verändert. Seit du eingezogen bist, hast du fast jeden Morgen Eier gegessen ... bis vor Kurzem. Deine Brüste sind auch geschwollen und du bist emotionaler als sonst.«

»Und du glaubst, das liegt daran, dass ich schwanger bin?«, fragte Molly. Sie versuchte, ihre Aufregung zu bändigen, aber sie war sich nicht sicher, ob es ihr gelingen würde. Sie hatte sich auch schon gefragt, ob sie schwanger war, weil sie sich einfach ... anders fühlte, aber ihr extrem aufmerksamer Freund hatte natürlich all die anderen kleinen Veränderungen bemerkt.

»Ja«, erklärte er. Er packte sie an der Taille und hob sie von der Küchentheke. »Komm schon, ziehen wir es durch.« Er ergriff ihre Hand und zog sie in Richtung Treppe.

Molly lachte. Sie würde es wohl nie satthaben, dass Mark sie herumschleppte. Sie gingen in ihr Schlafzimmer und sie hielt eine Hand hoch. »Ich kann auch ohne deine Hilfe auf das Stäbchen pinkeln.«

Sie wusste, dass er gern widersprochen hätte, aber er hielt sich wohlweislich zurück. »Okay. Sag mir Bescheid, wenn du fertig bist, dann können wir gemeinsam auf das Ergebnis warten.«

Molly nickte und ging ins Bad. Ihre Hände zitterten, als sie die Verpackung öffnete. Mark hatte nicht noch einmal erwähnt, dass er sie heiraten würde, aber sie wusste, dass er es vorhatte. Sie hatte mitbekommen, wie er und Bull darüber gesprochen hatten, was sie für ihre gemeinsame Trauung wollten. Sie hätte gedacht, dass Männer sich nicht so sehr um die Details ihrer Hochzeit kümmern, aber das war bei Bull und Mark offensichtlich nicht der Fall.

Da sie wusste, dass Mark wahrscheinlich kurz davor war, ins Badezimmer zu stürmen, wenn sie sich nicht beeilte, las Molly die Gebrauchsanweisung, die recht einfach war, und legte los.

Sie legte einen Waschlappen auf den Tresen neben dem Waschbecken, legte den Stick darauf, wusch sich die Hände und drehte sich dann zu Mark um, als er das Bad betrat. Er konnte offensichtlich keine Sekunde länger warten und legte sofort seine Arme um sie.

»Mark, kann ich dich etwas fragen?«, sagte Molly.

»Natürlich. Du kannst mich alles fragen, das weißt du doch«, entgegnete Mark.

Molly lächelte. »Willst du mich heiraten?«

Mark starrte sie mit halb geöffnetem Mund an. Es freute sie, dass es ihr gelungen war, ihn zu schockieren.

»Ich meine, ich will dich heiraten, egal ob ich schwanger bin oder nicht. Ich liebe dich, und selbst wenn wir keine Kinder bekommen, möchte ich den Rest meines Lebens mit dir verbringen.«

»Mein Gott, Mol«, flüsterte Mark und zog sie an sich.

Molly schlang ihre Beine um seine Taille und klammerte sich an ihn, während sie ihre Stirnen aneinanderdrückten und sie die Emotionen in Marks Augen sehen konnte. Schließlich hob er den Kopf und schaute ihr tief in die Augen. »Ja, ich will dich heiraten. Ich liebe dich so sehr, du weißt es nur nicht. Und wir werden die Familie haben, die wir uns immer gewünscht haben, egal was wir dafür tun müssen.« Er trug sie aus dem Bad. Er setzte sich auf die Bettkante, Molly auf seinem Schoß, und griff in die Schublade seines Nachttisches.

Er zog eine schwarze Ringschachtel heraus und hielt sie zwischen ihnen hoch. »Wenn er dir nicht gefällt, können wir auch einen anderen besorgen, aber ich dachte, der hier ist perfekt.«

Molly öffnete die Schachtel mit zitternden Händen – und starrte schweigend auf den Ring darin.

Sie schluckte schwer, aber trotzdem liefen ihr die Tränen über die Wangen. Sie fasste den antiken Ring vorsichtig an und hielt ihn hoch. »Was … Wie …«

»Es ist der Ring deiner Nana«, erklärte Mark ihr unnötigerweise. Molly hätte den Ring überall wiedererkannt. Sie hatte unzählige Male mit ihm gespielt und ihn um den Finger ihrer Großmutter gedreht, während sie neben ihr gesessen und ihre Hand gehalten hatte. Sie kannte die Geschichte auswendig, in der

Papa um Nanas Hand angehalten und ihr genau diesen Ring geschenkt hatte.

»Als der Fall um den Tod deiner Großeltern abgeschlossen wurde, wurden die Beweisstücke hierhergeschickt, nachdem die Ermittlungen beendet waren. Ich habe den Karton durchgesehen und es gab nichts, das zu behalten sich gelohnt hätte ... abgesehen von den Ringen. Es ist mir nicht leichtgefallen, sie dir vorzuenthalten, aber ich habe auf den richtigen Moment gewartet, um dir einen Antrag zu machen. Ich habe auch den Ring deines Großvaters, und wenn es dir recht ist, würde ich ihn gern tragen, wenn wir verheiratet sind.«

»Oh mein Gott, Mark! Ja! Tausendmal ja!«, erklärte Molly weinend.

Er nahm ihr den Ring ab und schob ihn an ihren linken Ringfinger. Er passte perfekt, das war ihr klar gewesen. Nana hatte sie ihn ein paarmal anprobieren lassen, und er hatte immer gepasst.

Dann umarmte Mark sie noch einmal.

Sie konnte nicht glauben, dass dies ihr Leben war. Dass sie irgendwie einen Mann gefunden hatte, für den sie an erster Stelle stand. Der alles tat, um sie glücklich zu machen. Sie brauchte keine materiellen Besitztümer, obwohl die Ringe ihrer Großeltern ein Wunder waren, mit dem sie nie gerechnet hätte.

Mark bewegte sich und Molly erwartete, dass er sie in ihrem Bett auf den Rücken rollen und leidenschaftlich mit ihr schlafen würde, aber stattdessen trug er sie zurück ins Bad.

»Ähm ... was machen wir hier?«, fragte sie.

Er antwortete nicht, sondern löste nur seine Arme und ließ sie an seinem Körper heruntergleiten, bis sie wieder auf eigenen Beinen stand.

»Bist du bereit für das Ergebnis?«, wollte er wissen.

Molly brauchte einen Moment, bis sie sich an den Schwangerschaftstest erinnerte. In dem Moment, in dem sie den Ring ihrer Nana gesehen hatte, hatte sie alles andere völlig vergessen. Plötzlich hatte sie Schmetterlinge im Bauch und sie nickte. Sie lehnten sich beide über den Tresen, um das Ergebnis zu sehen.

Zwei Striche.

Einen Moment lang hatte Molly keine Ahnung, was das bedeutete. Dann sah sie die Erklärung, die direkt auf dem Plastikgerät aufgedruckt war. Ein Strich für nicht schwanger. Zwei für schwanger.

Sie schaute zu Mark auf und sah das schöne Grübchen in seiner Wange. Er lächelte bis über beide Ohren. Er legte seine Hand auf ihren Bauch und sagte ehrfürchtig: »Ich wusste es. Ich habe dir ein Baby gemacht!«

Das war so typisch Mann, dass Molly nur lachen konnte. »Ja, das hast du.«

Dann hob er sie noch einmal hoch und ging zurück ins Schlafzimmer. Diesmal ließ er sie auf das Bett fallen, bevor er sich über ihr abstützte. »Ich liebe dich, zukünftige Molly Chamberlin.«

»Und ich liebe dich, Mark Chamberlin.«

Sie lächelten einander kurz an, dann sagte Molly: »Wer zuerst nackt ist, darf die Stellung aussuchen.«

Die Klamotten flogen und Molly lachte vergnügt. Das Leben mit Mark würde nie langweilig werden, und er würde der beste Ehemann und Vater sein, den eine Frau sich wünschen konnte.

Von wegen *Folly Molly*!

Sie war die glücklichste Frau der Welt.

Sehr geehrte Damen und Herren,

ich bin es wieder, Cassidy. Ich hoffe, Sie bekommen diese Briefe überhaupt. Bitte, ich flehe Sie an, nicht für mich, sondern für meinen Sohn. Sie werden ihn töten. Er wird jetzt von ihnen gezwungen, als Drogenkurier zu arbeiten, und ich habe eine Wahnsinnsangst. Ich werde alles tun, was Sie von mir verlangen, wenn Sie ihn nur aus dieser Hölle retten. Sollte es Ihnen nicht gelingen, uns zu retten, werde ich eben selbst einen Fluchtversuch unternehmen. Ich weiß, dass ich wahrscheinlich erwischt werde, da jeder auf diesem Grundstück Michael liebt und ihm gegenüber loyal ist ... aber ich bin verzweifelt. Ich werde nach Leuten Ausschau halten, die Sie eventuell zu meiner Rettung gesendet haben, und ich werde alles in meiner Macht Stehende tun, um zu helfen. Aber bitte retten Sie uns!

Cassidy Hewitt

Gramps las sich den letzten Brief zum hundertsten Mal durch. Cassidys Verzweiflung zehrte an ihm. Das hatte sie nicht verdient. Sie hatte ihre Regierung um Hilfe gebeten und war, soweit sie wusste, ignoriert worden. Das gefiel ihm nicht.

Aber jetzt war es an der Zeit. Das *Silverstone-Team* hatte eng mit Willis zusammengearbeitet und einen Plan ausgearbeitet. Nach monatelanger Vorbereitung war es nun *endlich* so weit. Gramps würde sich heimlich einschleusen. Er sollte sich als Drogenhändler aus Dallas ausgeben, der Michael Coke persönlich kennenlernen und in sein Vertriebsnetz einsteigen wollte.

Es war verdammt riskant und etwas, das das *Silverstone-Team* noch nie gemacht hatte, aber Gramps war bereit, es zu versuchen. Cassidy und ihr Sohn warteten auf jemanden, der sie rettete, und das *Silverstone-Team* würde die Gelegenheit gleich dazu nutzen, ein weiteres verachtenswertes Individuum auszuschalten. Bull, Eagle und Smoke würden ebenfalls in Jamaika sein, aber sie spielten nur eine Nebenrolle. Sie waren die Verstärkung. Er würde sich allein in die Höhle des Löwen begeben.

Gramps schloss die Augen und erinnerte sich an das letzte Mal, als er Cassidy gesehen hatte. Er war zurück nach El Paso gefahren, um seine Eltern zu besuchen. Diese hatten sich wie immer gestritten und er hatte eine Pause von ihren Streitereien gebraucht. Er war in eine der Kneipen in der Nähe ihres Hauses gegangen und Cassidy war mit einer Freundin dort gewesen. Es war toll, sie wiederzusehen. Zu lachen. Zu reden.

Sie hatten sonst nichts unternommen, aber die Anziehungskraft zwischen ihnen war immer noch da.

Sie hatten immer um ihre Anziehungskraft herumgetanzt. In der Highschool hatte er sie in Ruhe gelassen, weil er dachte, er sei zu alt für sie. Aber er hatte sie über die Jahre hin und wieder gesehen und jedes Mal mit dem Gedanken gespielt, sie mit ins Bett zu nehmen. Eine Nacht mit ihr zu verbringen. Um herauszufinden, ob sie die verrückte Anziehungskraft, die sie aufeinander zu haben schienen, auf diese Weise beseitigen konnten. Aber jedes Mal hatte er gekniffen, weil er ihre unkomplizierte Freundschaft nicht ruinieren wollte.

Er erinnerte sich an einen bestimmten Brief, den er während seiner Zeit beim Militär von ihr erhalten hatte. Gramps vermutete, dass sie irgendwann seine Adresse von seinen Eltern bekommen hatte. Der Brief war nicht der erste, den sie geschickt hatte, aber darin hatte sie ihm gesagt, wie unglücklich sie in ihrer Ehe war. Sie sagte, das einzig Gute daran sei ihr Sohn.

Mario.

Er war jetzt elf Jahre alt. Es war ein heikles Alter, in dem Kinder leicht zu beeinflussen waren. Wenn er von Coke und seiner Bande einer Gehirnwäsche unterzogen wurde, würde er irgendwann im Gefängnis landen.

Gramps biss die Zähne zusammen und atmete tief durch. Bald wären sie auf dem Weg nach Jamaika. Er würde Cassidy in Sicherheit bringen oder bei dem Versuch sterben. Er hoffte nur, dass sie ihn nicht auffliegen lassen würde, wenn sie ihn sah.

Cassidy Hewitt war ein Risikofaktor bei dieser Operation. Sie würde vielleicht eine entscheidende Rolle dabei spielen, dass alle heil aus der Sache rauskamen, doch genauso gut konnte sie für seinen Untergang sorgen. Aber sie war das Risiko wert. Gramps würde Jamaika nicht ohne sie und ihren Sohn verlassen.

**

Als Nächstes kommt *Vertrauen in Cassidy* ... eine alleinerziehende

Mutter, eine zweite Chance und ein rasantes Abenteuer. Cassidy sucht verzweifelt nach Hilfe, und Gramps und das Silverstone-Team sind genau die Männer, die ihr die benötigte Hilfe bieten können. Doch natürlich ist es nicht ganz einfach, sie und ihren Sohn außer Gefahr zu bringen. Denn das ist erst der Beginn ihrer Probleme ... und sie wird sich auf den Mann verlassen müssen, für den sie vor Jahren geschwärmt hat, damit sie und ihr Sohn gerettet werden können. Holen Sie sich _Vertrauen in Cassidy_ jetzt!

BÜCHER VON SUSAN STOKER

Die Männer von Silverstone

Vertrauen in Skylar

Vertrauen in Taylor

Vertrauen in Molly

Vertrauen in Cassidy (1 Dez)

SEALs of Protection: Alliance

Schutz für Remi (2 July)

Schutz für Wren (5 Nov)

Schutz für Josie (4 Mar)

Schutz für Maggie (1 Apr)

Schutz für Addison (6 May)

Schutz für Kelli

Schutz für Bree

Die Zuflucht in den Bergen

Zuflucht für Alaska

Zuflucht für Henley

Zuflucht für Reese

Zuflucht für Cora

Ein Held für Kinley
Ein Held für Aspen
Ein Held für Jayme
Ein Held für Riley
Ein Held für Devyn
Ein Held für Ember
Ein Held für Sierra

Mountain Mercenaries:
Die Befreiung von Allye
Die Befreiung von Chloe
Die Befreiung von Morgan
Die Befreiung von Harlow
Die Befreiung von Everly
Die Befreiung von Zara
Die Befreiung von Raven

Ace Security Reihe:
Anspruch auf Grace
Anspruch auf Alexis
Anspruch auf Bailey
Anspruch auf Felicity
Anspruch auf Sarah

Die Delta Force Heroes:
Die Rettung von Rayne
Die Rettung von Emily
Die Rettung von Harley
Die Hochzeit von Emily
Die Rettung von Kassie
Die Rettung von Bryn
Die Rettung von Casey
Die Rettung von Wendy
Die Rettung von Sadie

Die Rettung von Mary
Die Rettung von Macie
Die Rettung von Annie

<u>SEALs of Protection:</u>
Schutz für Caroline
Schutz für Alabama
Schutz für Fiona
Die Hochzeit von Caroline
Schutz für Summer
Schutz für Cheyenne
Schutz für Jessyka
Schutz für Julie
Schutz für Melody
Schutz für die Zukunft
Schutz für Kiera
Schutz für Alabamas Kinder
Schutz für Dakota

<u>Eine Sammlung von Kurzgeschichten</u>
Ein langer kurzer Augenblick

BIOGRAFIE

Susan Stoker ist die New York Times, USA Today und Wall Street Journal Bestsellerautorin der Buchreihen »Badge of Honor: Texas Heroes«, »SEAL of Protection«, »Die Delta Force Heroes« und einigen mehr. Stoker ist mit einem pensionierten Unteroffizier der US-Armee verheiratet und hat in ihrem Leben schon überall in den Vereinigten Staaten gelebt – von Missouri über Kalifornien bis hin zu Colorado. Zurzeit nennt sie die Region unter dem großen Himmel von Tennessee ihr Zuhause. Sie glaubt ganz und gar an Happy Ends und hat großen Spaß daran, Geschichten zu schreiben, in denen Romantik zu Liebe wird.

Besuchen Sie Susan im Netz!
www.stokeraces.com
facebook.com/authorsusanstoker
twitter.com/Susan_Stoker
bookbub.com/authors/susan-stoker
instagram.com/authorsusanstoker
Email: Susan@StokerAces.com